Raquel Byrnes

IN DEN STRASSEN VON SAN DIEGO

Raquel Byrnes

In den Straßen von San Diego

francke

Über die Autorin:
Raquel Byrnes schreibt viel und gerne – angefangen von romantischen, spannungsgeladenen Erzählungen bis hin zu Thrillern. Sie lebt mit ihrem Mann und ihren sechs Kindern in Südkalifornien. „Ruby Dawn" ist ihr erstes Buch, das auf Deutsch veröffentlicht wird.

Bibliografische Information Der Deutschen Bibliothek
Die Deutsche Bibliothek verzeichnet diese Publikation in der Deutschen Nationalbibliografie; detaillierte bibliografische Daten sind im Internet über http://dnb.ddb.de abrufbar.

ISBN 978-3-86827-456-1

Originally published in English under the title:
Ruby Dawn by Raquel Byrnes

Published by White Rose Publishing
a division of Pelican Ventures, LLC, P.O. Box 1738, Aztec, NM 87410
International rights contracted through:
Gospel Literature International
P.O.Box 4060, Ontario, California 91761-1003 USA

35037 Marburg an der Lahn
Deutsch von Brigitte Hahn
Umschlagbild: © iStockphoto.com / Klubovy, Vernon Viley
Umschlaggestaltung: Verlag der Francke-Buchhandlung GmbH / Sven Gerhardt
Satz: Verlag der Francke-Buchhandlung GmbH
Druck und Bindung: CPI Moravia Books, Pohorelice

www.francke-buch.de

Kapitel 1

San Diego, Kalifornien

Dunkle Ecken sollte ich lieber meiden, weil nie etwas Gutes dabei herauskommt, wenn ich mich in Gefahr begebe. Aber es gehört zu meinem Beruf, nicht wegzusehen, und es war gut, dass ich hingeschaut habe. Denn ich begegnete in jener Nacht einem Geist aus meiner Vergangenheit. Wenn ich zurückblicke, passt das Blut auf dem Asphalt zu meinem eigenen Start ins Leben. Als schwer misshandeltes, an einer Bushaltestelle ausgesetztes Kind wurde ich im Alter von acht Jahren von Neuem geboren. Ich lag zwei Tage lang bewusstlos auf der Intensivstation. Die Erinnerung daran, wer ich war und wer mir diese schweren Verletzungen zugefügt hatte, sollte nie mehr zurückkehren. Eines Morgens schlug ich die Augen auf und war einfach da. Die Krankenschwestern nannten mich „Ruby Dawn" nach der roten Farbe des Morgenhimmels an dem Tag, als ich die Augen öffnete.

Meine Kindheit verbrachte ich auf den Straßen vor den Häusern meiner ständig wechselnden Pflegefamilien. Weil ich mich in den fremden Häusern oder in Gesellschaft gönnerhaft auf mich herabschauender Menschen nie so recht wohl fühlte, blieb ich oft so lange draußen, bis es zu kalt oder zu dunkel wurde, um sich unter freiem Himmel aufzuhalten.

Die Straßen, durch die ich als Kind gewandert bin, habe ich wohl nie so richtig verlassen. Ich bin noch heute so etwas wie ein Straßenkind.

Das ist auch ein Grund, warum ich an jenem eisigen Winterabend vor dem alten Gebäude aus rotem Sandstein auftauchte. Es war die letzte Station auf meiner täglichen Route. Ich parkte mein Auto, das schon bessere Tage gesehen hatte, am Bordstein. Dann entfernte ich vorsichtig das Klebeband, mit dem ich das Handschuhfach geschlossen hielt. Ich holte eine Taschenlampe heraus. Dabei sah ich mein Gesicht im Rückspiegel. Mit einem Stirnrunzeln versuchte ich, mein Haar zu einem Pferdeschwanz zusammenzubinden und meine Ponyfransen zurückzukämmen. Meine Augen wirkten farblos und müde. Ich arbeitete als Assistenzärztin in der Notaufnahme. Der anstrengende Schichtdienst und mein Nebenjob in der kostenlosen Ambulanz für Bedürftige forderten ihren Tribut.

Wie lange konnte ich diese doppelte Belastung noch durchhalten?

Ich rieb mir die Augen und stieg aus. Dann nahm ich ein paar von Spendern geschenkte Mäntel vom Beifahrersitz und ging den Bürgersteig entlang. Munch und Joe, zwei alte, vom Leben auf der Straße gezeichnete Männer, wärmten sich in der kleinen Seitenstraße an einem Feuer, das sie in einer Mülltonne angezündet hatten. Sie erkannten mich, als ich auf sie zukam. Deshalb ließen sie ihre Schnaps- und Weinflaschen verschwinden. Das war ihre Art, aufzuräumen, wenn Besuch kam. Joe schenkte mir ein zahnloses Lächeln, und Munch winkte mir zu. Seine heisere Stimme klang in der von Schmutz starrenden Seitenstraße wie das Klirren einer rollenden Blechdose.

„Ruby D.!"

„Hallo Munch, hallo Joe. Wie geht's euch denn heute Abend?" Ich zwang mich zu einem fröhlichen Lächeln.

„Och, du weißt schon." Joe zuckte mit den Schultern. Dabei bewegten sich seine schichtweise übereinander getragenen Jacketts und Pullover. Alle seine Kleidungsstücke nahmen mit der Zeit dieselbe Farbe an wie der graue Asphalt der Straße. Joe zitterte vor Kälte, aber trotzdem lächelte er.

„Ihr zwei solltet ins Obdachlosenheim gehen. Heute Nacht soll es einen Kälterekord geben. Das haben die Wetterfrösche gesagt."

„Ach, die Wetterfrösche … das ist der einzige Beruf auf Erden, in dem du dafür bezahlt wirst, die meiste Zeit das Falsche zu behaupten." Munch winkte verächtlich ab.

„So ein Glück sollten wir alle mal haben, nicht wahr?"

„Was hast'n da, Ruby?" Joe reckte neugierig den Hals, damit er sehen konnte, was ich über dem Arm trug.

„Ein paar Wintermäntel. Die könnt ihr bestimmt gut gebrauchen."

„Meine Klamotten sind gut genug." Munch rümpfte beleidigt die Nase.

„Klar doch. Ich hab mir bloß gedacht, dass ihr sie morgen früh ins Sozialkaufhaus bringen könnt. Ihr würdet mir damit einen großen Gefallen tun."

Joe reagierte mit einem Schulterzucken, aber ich sah, dass er sich mit der Zunge über die rissigen Lippen fuhr. Sein Interesse war geweckt. Er wollte zwar keine Almosen annehmen, aber eine bezahlte Arbeit war eine andere Sache.

„Ich hab so viel zu tun, aber ihr kommt sowieso dort vorbei. Stimmt's?"

„Och, dieser Laden gibt einem für Klamotten bloß Essensgutscheine." Munch rümpfte wieder die Nase. In Wirklichkeit gab es für Kleidungsstücke Bargeld, aber nicht für die Leute, die ich dorthin schickte. Brachte jemand Kleidung, die mit meinen Initialen gekennzeichnet war, erhielt diese Person kein Geld, sondern Essensgutscheine. Ich wollte nicht, dass meine Schützlinge ihr Geld in den Getränkemarkt trugen.

„Also, ich hab gehört, dass das Obdachlosenheim für Leute mit Essensgutscheinen was Besonderes bereithält."

„Wie – was Besonderes?" Joes Augen leuchteten auf.

Ich zuckte scheinbar gleichgültig mit den Schultern, nahm mir aber vor, morgen Abend einen Karton mit Leckereien ins Obdachlosenheim zu bringen.

„Wetten, dass das Pudding ist? Mann, ist der lecker, der Schokoladenpudding. Für diese kleinen Becher braucht man keinen

Kühlschrank." Munch machte mit den Lippen ein schmatzendes Geräusch. Dann nahm er mir die Mäntel ab.

„Kann schon sein." Ich nickte zustimmend.

Ein lautes, metallisches Klirren bei den Mülltonnen am anderen Ende der Seitenstraße ließ mich erschrocken herumwirbeln. Der Schatten, der sich im Dunkeln bewegte, hatte die Umrisse eines Menschen. Auf dem Boden lag eine Gestalt und ruderte mit den Armen. Vielleicht war hier ein Kind in Gefahr. Ich sah genauer hin.

„He, Jungs, b-bleibt, wo ihr seid."

Ich zog die schwere Metalltaschenlampe aus meinem Rucksack. Dann leuchtete ich durch die Seitenstraße. Der Lichtstrahl hob und senkte sich unsicher, weil meine Hand zitterte. Vorsichtig bewegte ich mich vorwärts.

Ein Mann wand sich vor Schmerzen auf dem Boden. Er drückte mit einer Hand gegen seine Seite. Ich hob die Taschenlampe und beleuchtete das obere Ende des Zaunes, den er offenbar gerade hatte erklimmen wollen. Dort oben war niemand.

Ich ging auf den Mann zu und biss kräftig meine Zähne zusammen, um die Angst, die in mir aufstieg, zurückzudrängen.

„He, Ruby, geh nicht zu nah ran", rief mir Munch zu. Ich drehte mich um und deutete ihm an, dass er still sein sollte.

„Was?"

„P-Polizei … rufen", brachte der Mann mühsam und stöhnend heraus.

„Sie brauchen einen Krankenwagen, keine Polizei."

Er streckte die Hand nach mir aus. Sie war voller Blut. Ich spürte, wie mir das Herz bis zum Hals schlug. Ich ging noch einen Schritt auf ihn zu. Der Lichtstrahl der Taschenlampe zeigte den Körper des Mannes. Er lag auf der Seite. Sein Gesicht war zerkratzt und staubbedeckt.

„Nein … ich bin im Dienst."

„Sie sind Polizist?", fragte ich erstaunt.

Er nickte, während er mühsam versuchte, sich aufzurichten.

Ich drehte mich zu Munch und Joe um, die aus sicherer Entfernung zuschauten.

„Ruft den Notruf an! Im Auto liegt ein Telefon. Macht schnell!", rief ich ihnen zu.

Ich beugte mich herunter, um dem Mann zu helfen, als der Lichtstrahl auf sein Gesicht fiel. Ich zuckte zurück.

Grüne Augen unter dunklen Augenbrauen starrten mich erschrocken an. „Ruby?"

„Tom, wo bist du gewesen? Was ist mit dir passiert?" Ich packte ihn am Hemd und zog ihn in eine Umarmung. Mir blieb die Luft weg, aber trotzdem brachte ich ein nervöses Lachen heraus.

„Na ja, fürs Erste: Man hat auf mich geschossen."

Ich wischte mir die Tränen aus den Augen und half ihm beim Aufstehen. Wir taumelten bis zur Kreuzung.

Der Polizist, der in dieser Gegend mit dem Streifenwagen unterwegs war, hielt vor uns an. Polizeimeister Farrell hatte es sich zur Gewohnheit gemacht, nach mir zu sehen. Deshalb musste er in der Nähe gewesen sein, als der Notruf einging. Ich winkte ihn herüber, weil mich Toms Gewicht fast niederdrückte. „Wir sind gleich da, Tom. Bleib wach."

Tom ächzte, weil ihn jede Bewegung Kraft kostete.

Polizeimeister Farrell umrundete die Vorderseite des Streifenwagens und riss die Tür hinter dem Beifahrersitz weit auf. Er legte eine Hand auf Toms Kopf und half ihm auf den Rücksitz.

„Dr. McKinney, ist alles in Ordnung mit Ihnen?", fragte er mich besorgt. Mit einem Blick registrierte er die Blutflecke auf meiner Hand und meiner Jacke.

„Mir geht es gut, aber ich muss diesen Mann in die Notaufnahme bringen. Er verliert eine Menge Blut." Ich berührte Polizeimeister Farrell am Arm. „Er ist Polizist."

„Ich darf nicht meinen richtigen Namen angeben. Melden Sie den Vorfall, aber nennen Sie nicht meinen Namen." Toms Stimme war vom Rücksitz des Autos aus kaum hörbar.

„Geht klar, Kumpel", erwiderte Farrell.

Tom drehte sich um. Sein Gesicht wirkte totenblass in der Innenbeleuchtung des Autos. Schwer atmend streckte er die Hand nach mir aus. Ich stieg ein und setzte mich neben ihm auf den Rücksitz. Farrell schlug die Tür zu. Dann rasten wir mit Blaulicht zum Krankenhaus.

Toms Augen schlossen sich eine Sekunde lang. Die Angst stieg in mir auf und legte sich wie ein stählerner Ring um meine Brust. Ich schüttelte ihn. Erschrocken schlug er die Augen auf.

„Weißt du, ich habe nie gesagt, wie leid es mir tut", hauchte er.

Ich nahm meinen Schal ab, legte ihn zusammen wie eine Kompresse und drückte ihn auf seine Schusswunde. Sofort spürte ich eine klebrige Wärme zwischen meinen Fingern. Ich unterdrückte ein Schluchzen. „Fang bloß nicht damit an." Plötzlich gehorchte mir meine Stimme nicht mehr.

Er streckte die Hand aus und strich mir über den Nasenrücken. Das hatte er schon tausend Mal gemacht, aber das war eine halbe Ewigkeit her.

„Ich hätte nicht einfach so weggehen, einfach so verschwinden dürfen."

Ich konnte ihn nicht ansehen, ohne weinen zu müssen. „Du hast getan, was du tun musstest." Ich drückte auf den Schal.

„Hasst du mich noch immer?" Der Schmerz ließ ihn zusammenzucken.

Da sah ich ihn schließlich an. Ich wollte ihn anbrüllen, weinen und ihn schütteln, weil er mir so viel Kummer bereitet hatte, aber das tat ich nicht. Stattdessen schlug ich mit der Hand verzweifelt an das Gitter, das den hinteren vom vorderen Teil des Autos trennte. „Beeilen Sie sich, Farrell, bitte!"

Ich beugte mich zu Tom herab. „Bitte konzentrier dich und stirb jetzt nicht. Ich brülle nämlich nur gesunde Leute an."

„Es tut mir leid, Ruby. Ich ..." Mitten im Satz fielen Tom die Augen zu.

Ich hielt Tom in den Armen und schickte verzweifelte Stoßgebete zu Gott, während wir förmlich durch die Straßen flogen. Lichter blitzten an den Fenstern des Streifenwagens auf. Das Herz wurde mir so schwer, dass ich kaum noch atmen konnte. Tränen flossen mir die Wangen herab und landeten auf Toms schmutziger Wollmütze. Ich musste weinen, weil ich ihn schon einmal verloren hatte und es nicht ertragen könnte, wenn das wieder geschehen würde.

Kapitel 2

Farrell fuhr mit dem Streifenwagen direkt vor die Notaufnahme. Gemeinsam zerrten wir Tom vom Rücksitz. Ich schrie laut nach einer Krankentrage. Ein paar Ärzte und eine Krankenschwester drängten sich um uns, als wir mit Tom hereinkamen. Ich rannte neben der Liege her und drückte noch immer mit der Hand gegen die Wunde. „Er hat eine linksseitige Schusswunde und auf dem Weg vom Tatort hierher das Bewusstsein verloren. Ich … ich weiß nicht, wie sein Blutdruck aussieht." Bei der Schilderung seines Zustandes klang meine Stimme heiser.

„Dr. McKinney? Kennen Sie diesen Mann?" Dr. Blaine Daniels, der Leiter der Notaufnahme und mein Chef, warf mir einen überraschten Blick zu.

Ich nickte und versuchte gleichzeitig, die Tränen zu unterdrücken, die mir in den Augen brannten. „Ja, das ist ein Bekannter von mir." Ich beugte mich zu ihm hin und flüsterte: „Er ist im Dienst."

Blaine nickte. „Wir werden ihn schon zusammenflicken."

Wir rannten weiter, bis wir in einen der Schockräume einbogen. Weil ich Fachärztin für Unfallchirurgie bin, konnte ich sofort in meine berufliche Rolle schlüpfen. Rasch zog ich mir Chirurgenhandschuhe an. Wir umschwärmten Tom, schnitten seine Kleidungsstücke weg, bis wir bei der Wunde angekommen waren. Dann überprüften wir seine Werte. Die ganze Zeit bat ich Gott in Gedanken, ihn durchkommen zu lassen. „Sein Blutdruck fällt ab. Christy, geben Sie ihm einen Liter Salzlösung. Rufen Sie die Blutbank an und fordern Sie die passenden Blutkonserven an. Er ist A-positiv." Ich war überrascht, dass meine Stimme so ruhig klang. Plötzlich erinnerte ich mich daran, wie Tom und ich als Teenager Blutplasma gespendet hatten, um Geld zu verdienen.

Blaine drehte sich zu mir um. Sein Gesicht zeigte keine Gefühlsregung. Es wirkte professionell distanziert. Seine Finger tasteten in der Schusswunde. An den Rändern sickerte Blut heraus.

Ich warf einen Blick auf Toms aschfahles Gesicht. Das Atmen fiel mir schwer. „Blaine?" Ich sah meinem Chef direkt in die Augen.

„Es ist ein Durchschuss, aber vielleicht ist eine Arterie gestreift worden."

In Gedanken durchlief ich alle Risiken, die bei einer Schusswunde an dieser Stelle des Körpers auftreten könnten. Meistens kam es zu Komplikationen, wenn Organe wie die Leber, der Dünn- oder der Dickdarm betroffen waren. „Wir können ihn bis zum OP stabilisieren und dann einen Bauchschnitt durchführen." Unsicher kaute ich auf meiner Unterlippe herum. In meinem Kopf klingelten die Alarmglocken, als ich daran dachte, wie viel von Toms Blut bereits auf meiner Jacke und in dem achtlos auf den Boden geworfenen Schal war. Ich kämpfte gegen die in mir aufsteigende Panik an.

„Wir müssen das verletzte Gefäß finden, sonst kollabiert er auf dem Weg zur OP. Ruby, holen Sie das tragbare Ultraschallgerät." Mit einem sorgenvollen Stirnrunzeln warf Blaine einen Blick auf die Monitore über Toms Kopf. Ich nickte, stürmte durch die Verbindungstür in den nächsten Schockraum und packte das Ultraschallgerät. Mit zittrigen Fingern drückte ich die Tasten. Blaine nahm den Schallkopf und fuhr damit über Toms Bauch.

Atemlos betrachtete ich das Bild, das sich auf dem Monitor aufbaute. Plötzlich war ein Schatten zu sehen. Ich drehte mich abrupt zu Blaine um. „Ist das freie Flüssigkeit?", fragte ich. „Das könnte die verletzte Arterie sein."

Er sah noch einmal genauer hin. Dann antwortete er mit einem kurzen Kopfnicken.

„Rufen Sie an und lassen Sie einen OP-Raum vorbereiten."

Ich riss mir die Latexhandschuhe von den Händen und griff nach dem Telefon.

Sandra Walsh, die für die Belegung der OP-Räume zuständige Mitarbeiterin, meldete sich.

„Dr. McKinney hier. Wir brauchen einen OP-Raum für einen Notfallpatienten."

„In einer halben Stunde ist alles bereit."

Ich sah, wie Toms Brust sich kaum noch hob und senkte. Ich schluckte mühsam. „Nein, Sandra, dieser Patient ist in akuter Lebensgefahr", widersprach ich. „Wenn er nicht in den nächsten zehn Minuten auf dem OP-Tisch liegt, können wir ihm nicht mehr helfen."

Sie hatte wohl die Angst in meiner Stimme gehört. Ein paar Sekunden lang schwieg sie.

„Sandra? Hören Sie? Er muss jetzt operiert werden, und zwar sofort!"

„Äh … ja, Dr. McKinney, bringen Sie ihn gleich hoch."

Ich knallte das Telefon auf den Tisch. Wieder zitterten mir die Hände. Dann drehte ich mich zu meinem Chef um, der mich mit einem besorgten Blick musterte.

„Wir können sofort nach oben. Es ist alles bereit."

Blaine nickte seinen Kollegen und den Krankenschwestern zu, aber dann bat er mich mit einer Handbewegung in eine andere Ecke des Raumes.

„Ruby, Sie können nicht mit ihm nach oben."

Ich warf meinem Chef einen verständnislosen Blick zu. „Ich habe Privilegien auf der Unfallchirurgie-Station, Blaine."

Er schüttelte den Kopf, beugte sich zu mir herab und flüsterte: „Sie sind doch schon jetzt ein Nervenbündel, Ruby. Was tun Sie denn, wenn er uns auf dem OP-Tisch stirbt?"

Seine Worte wirkten auf mich wie eine Ohrfeige. Ich konnte nichts darauf erwidern. Blaine legte mir eine Hand auf die Schulter und sah mich mit einem traurigen Lächeln an. Die Angst nahm mir förmlich den Atem und drückte mich gegen die Wand.

„Bitte, Blaine …“

„Ich tue mein Bestes für ihn“, versprach er mir.

Ich wischte mir die Tränen von den Wangen und nickte schließlich zustimmend. Dann rollten sie Tom an mir vorbei. Ich streckte die Hand aus und strich ihm zärtlich über das Gesicht. Blut, Tränen, Angst. Das kam mir irgendwie bekannt vor.

Kapitel 3

Vor dem Aufwachraum der Unfallchirurgie ging ich nervös auf und ab. Ich ärgerte mich, dass die Gummisohlen meiner Schuhe so laut quietschten. Die mit Toms Blut befleckten Kleidungsstücke hatte ich gegen einen kornblumenblauen OP-Anzug aus meinem Garderobenschrank ausgetauscht. Die Tür am Ende des Flurs öffnete sich. Das Herz schlug mir bis zum Hals, aber dann sah ich, dass es nicht mein Chef war. Die Ärzte operierten Tom jetzt schon fast drei Stunden lang. Das war kein gutes Zeichen. Mein Blick fiel auf den Plastiktisch. Dort stand inzwischen eine ganze Herde aus Origami-Tieren. Ich hatte sie aus den Seiten einer Zeitschrift gefaltet. Wenn ich nervös war, machte ich diese Tierchen, weil ich meine Hände nicht ruhig halten konnte.

Mein Handy summte. Ich zog es aus der Hosentasche und sah auf das Display. Es war Lilah, meine Assistentin in der kostenlosen Sozial-Ambulanz.

„Hallo, Lilah.“ Mir versagte die Stimme, während ich mir mit einer Hand den verspannten Nacken massierte.

„Du liebe Zeit, Ruby, was ist mit dir passiert? Du bist nicht in der Ambulanz aufgetaucht. Dann sind Dakota und ich deine Route abgefahren. Wir haben dein Auto gefunden, und Munch hat uns erzählt, dass man auf dich geschossen hat!“

„Nein, Lilah, man hat nicht auf mich geschossen. Ein Bekannter von mir ist verletzt, und ich habe ihn ins Krankenhaus gebracht.“

„Oh Mann, dann ist ja alles gut.“ Ich hörte einen tiefen Seufzer.

„Was sagst du da?“

„Klar ist es nicht gut, dass man auf deinen Bekannten geschossen hat. Ich meine, es ist gut, dass du in Ordnung bist.“

Am anderen Ende des Flurs kam Blaine aus dem OP-Bereich heraus. Er riss sich den Mundschutz vom Gesicht und winkte mir zu.

„Lilah, ich muss jetzt gehen. Kannst du das Auto zurück zur Ambulanz bringen lassen?"

„Ich komme zum Krankenhaus."

„Nein, du brauchst nicht hierher zu kommen. Ich bin morgen früh wieder in der Ambulanz, und dann können wir reden." Ich eilte mit großen Schritten zu meinem Chef.

„Äh … wir sind schon unterwegs."

Ich biss die Zähne zusammen. Ich wollte ihr nicht erklären, woher ich Tom kannte … noch nicht. Dann fuhr ich mir mit der Hand über die Augen. „Also gut. Dann bis gleich."

Ich beendete das Gespräch mit Lilah und sah Blaine erwartungsvoll an. Seine OP-Kappe war schweißnass, und unter seinen Augen zeichneten sich dunkle Schatten ab. „Wir haben das verletzte Gefäß gerade noch rechtzeitig gefunden."

„Was … ist er über den Berg?" Ich biss mir auf die Unterlippe, weil sie zu zittern begann. Ich fühlte mich nicht wie eine Ärztin, sondern wie einer von den vielen Tausend Familienangehörigen, mit denen ich zu sprechen hatte, wenn ein geliebter Mensch in die Notaufnahme gekommen war. Bestimmt stand mir meine schreckliche Angst ins Gesicht geschrieben. Ich sah meinen Chef an und wusste nicht, was ich sagen sollte. Gerade ich hätte die richtigen Fragen stellen sollen, aber in meinem Kopf herrschte eine seltsame Leere.

„Er wird durchkommen, wenn keine Infektion auftritt. Aber er hat Glück gehabt. Ein Zentimeter mehr oder weniger, und er wäre uns auf dem Tisch verblutet." Mit einem schwachen Lächeln machte er eine Kopfbewegung zu den Aufwachräumen hin. „Sie können jetzt zu ihm."

„Oh, danke, Blaine." Ich merkte, dass ich die Luft angehalten hatte. Deshalb atmete ich erst einmal tief durch. Mein Blick fiel auf die doppelten Schwingtüren. Hinter meinem Chef ging ich an dem mir sehr vertrauten Anmeldungsbereich vorbei. Mit einem Kopfnicken grüßte ich ein paar Ärzte, die ich kannte. Mein Praktikum in der Chirurgie lag zwar schon ein Jahr zurück, aber wenn es in der Notaufnahme zu Engpässen kam, assistierte ich noch immer bei Operationen.

Toms Bett stand an der Rückwand des Aufwachraumes. Die Glastüren zum Patientenbereich öffneten sich mit einem leisen Zischen, als ich den Raum betrat.

„Piepsen Sie mich an, wenn Sie etwas brauchen.“ Blaine hängte die Karte mit Toms Patientendaten an die Wand und nickte mir zu.

„Machen Sie sich keine Gedanken wegen Ihrer Schicht“, sagte er leise, mit einem verschwörerischen Augenzwinkern. „Ich bitte Doyle, Ihren Dienst zu übernehmen. Er schuldet mir nämlich noch einen Gefallen.“ Dann ließ er mich mit Tom allein.

„Ich glaube, dieser Typ ist scharf auf dich“, meinte Tom mit einem rauen Flüstern. Ein Lächeln umspielte seine rissigen Lippen.

Beim Klang seiner Stimme hätte ich einen Freudensprung machen können. „Er ist mein Chef, Tom.“ Ich warf ihm einen verärgerten Blick zu, aber dann strich ich ihm mit dem Fingerrücken über die Wange. Sie war ganz heiß.

„Ja, ja, das ist ein Grund, aber kein Hindernis.“ Tom musterte mich mit einem selbstgefälligen Grinsen. Ich verschränkte die Arme vor der Brust und versuchte, eine entrüstete Miene aufzusetzen. Aber vor Freude schlug mein Herz schneller, und schließlich musste ich lächeln.

„Gib es doch zu. Du bist überglücklich, mich zu sehen“, stellte Tom fest. Wegen des Beatmungsschlauchs klang seine Stimme kratzig, und sie wollte ihm nicht so recht gehorchen.

Ich griff nach dem kleinen, rosafarbenen Krug neben seinem Bett und füllte den dazugehörigen Becher mit Wasser. „Hier, trink einen Schluck“, bat ich ihn und setzte mich neben ihn auf das Bett. Ich zog das Gummiband aus meinen Haaren und massierte mir die schmerzende Kopfhaut mit den Fingerspitzen. „Wie fühlst du dich?"

Tom lachte glucksend, aber dabei zuckte er schmerzhaft zusammen. Dann sog er in tiefen Zügen die Luft ein. „Ich fühle mich, als ob mich ein Esel in die Seite getreten hat." Weil die Medikamente seine Sprachfähigkeit einschränkten, klang es eher wie *ein Ebel in die Beide bedreden.*

„Blaine meint, dass es dir in ein bis zwei Tagen wieder besser geht. Sie werden dich schon bald wieder auf die Beine stellen."

„Du hast mir das Leben gerettet. Jetzt stehe ich doppelt in deiner Schuld", murmelte er. Seine jadegrünen Augen blickten mich ernst an.

Ich versuchte, seine Bemerkung mit einem Achselzucken herunterzuspielen, aber als er seine Hand auf meine legte, spürte ich Schmetterlinge im Bauch. Ich stand hastig auf. Während ich mich verlegen räusperte, fragte ich mich, wie er nach all den Jahren noch immer diese Wirkung auf mich haben konnte, besonders wenn ich an das Ende unserer Beziehung dachte.

„B…bitte entschuldige, Ruby. Ich wollte nicht …" Tom wirkte plötzlich unsicher, fast vorsichtig.

„Was? Ach nein, ich erwarte bloß eine Freundin, und ich muss sie draußen abpassen." Übertrieben lässig zuckte ich mit den Schultern.

„Warte, geh … geh noch nicht. Ich will dir doch sagen …" Mit schmerzverzerrtem Gesicht versuchte er, sich aufzusetzen.

„Du musst liegen bleiben." Ich legte ihm eine Hand auf die Brust, um ihn am Aufstehen zu hindern.

Die plötzliche Bewegung nahm ihm den Atem, und er sank zurück auf das Bett. Schweißperlen bildeten sich auf seiner Stirn, unter seinen Augen zeigten sich tiefe Falten vor Anstrengung. Mit beiden Händen drückte er meine Hand auf seine Brust und sah mir tief in die Augen.

Das Herz schlug mir bis zum Hals. Es machte mich nervös, ihm wieder so nahe zu sein. Ich war wütend auf mich selbst wegen dieser Gefühle, und ich versuchte, es abzuschütteln. Schließlich war ich nicht mehr das verlorene Mädchen von damals. „Ich meine es ernst, Tom. Leg dich wieder hin.“ Ich versuchte, ärztliche Autorität in meine Stimme zu legen.

Unter meiner Handfläche spürte ich seinen rasenden Herzschlag. Ich warf einen Blick auf die Monitore über seinem Bett.

„Später dann?“, krächzte er.

„Hier, trink noch einen Schluck.“ Mit einem Stirnrunzeln reichte ich ihm wieder den Becher, ohne seine Frage zu beantworten.

Draußen hörte ich Lilahs dröhnende Stimme. Sie würde es nie schaffen, in Zimmerlautstärke zu sprechen.

„Ruby?“ Seine Frage klang wie eine Aufforderung. „Du kommst doch wieder?“ Tom blinzelte gegen die zunehmende Müdigkeit an, aber er hielt noch immer meine Hand.

„Ich verspreche dir, dass ich wiederkomme, sobald ich kann. Jetzt ruh dich erst mal aus, Tom. Wir sehen uns dann morgen früh.“

Der Ausdruck in seinem Gesicht erfüllte mich mit Bedauern. So vieles war ungesagt geblieben.

Er entspannte sich, und ich zog sanft meine Hand zurück. Ich zwang mich zu einem Lächeln. Die Spannung der letzten Stunden fiel langsam von mir ab, und jetzt erinnerte ich mich wieder an den Schmerz, den dieser umwerfend gut aussehende Mann mir zugefügt hatte. Ich spürte einen dicken Kloß im Hals, während ich ihn betrachtete. Es war wie ein Wunder, dass er nach all den Jahren plötzlich in meinem Leben aufgetaucht war. Tom war damals gerade vom Jugendlichen zum Mann geworden. Seine Schultern waren breiter geworden, und er war bereit, für alles und jeden zu kämpfen. Jetzt, zehn Jahre später, war er unvermutet wieder da. Er hatte mir gesagt, er sei jetzt Polizist. Wie war das möglich angesichts seiner Vergangenheit?

„Wie bist du zum Vertreter von Recht und Ordnung geworden, Tom? Wie hast du das denn fertiggebracht?“

Tom antwortete mir mit einem gleichmäßigen Schnarchen. Ich warf einen letzten Blick auf ihn und ging zur Tür.

Lilah starrte in den Raum, als sich die Tür mit einem Zischen öffnete. Sie reckte den Hals, um einen Blick auf Tom zu erhaschen, aber ich stellte mich ihr in den Weg.

„Was ist denn los, Ruby? Ist das dein *Bekannter*?" Neugierig versuchte sie, an mir vorbeizuspähen.

Ich verdrehte die Augen und schloss die Tür hinter mir. Dann zeigte ich auf die Plastikstühle und deutete an, dass wir uns setzen sollten. Lilah arbeitete bereits seit vier Jahren mit mir zusammen. Wir verbrachten viel Zeit miteinander, und so waren wir inzwischen gute Freundinnen geworden. Sie war einen Kopf größer als ich. Ihre blonden Haare bildeten einen Kontrast zu meiner dunklen Mähne. Das Lächeln auf ihren vollen Lippen war ansteckend, und ihr unbändiges Temperament wirkte ausgleichend gegenüber meinem eher zurückhaltenden Wesen.

Ich zeigte mit dem Daumen auf die Tür, aus der ich gerade gekommen war. „Ja, stimmt. Aber er braucht Ruhe, und deshalb gehe ich jetzt weg."

„Erzählst du mir, wer dieser Typ ist?" Lilah reckte den Hals, um einen Blick durch das Besucherfenster zu werfen, aber wieder versperrte ich ihr die Sicht. Sie lächelte. Offenbar genoss sie meine Nervosität. „Du weißt doch, dass ich es rausfinde."

Ich blies mir die Haarsträhnen aus den Augen. Damit überspielte ich bloß die Traurigkeit, die mich plötzlich überwältigte. An meine gemeinsame Vergangenheit mit Tom wollte ich nicht denken, und ich wollte erst recht nicht mit Lilah darüber reden.

Eine Bewegung am anderen Ende des Flurs erregte meine Aufmerksamkeit. Ich sah an Lilah vorbei auf den sechzehn Jahre alten Jungen, der am Eingang zur Station stand. Lilahs Sohn Dakota starrte mit finsterem Blick vor sich hin. Die Hände hatte er in den Jackentaschen vergraben, und er ließ die Schultern hängen, als ob er im Regen stehen würde.

„Wie ich sehe, hast du jemanden mitgebracht", platzte ich heraus. Ich warf noch einen Blick auf das Kind meiner Freundin und unterdrückte einen tiefen Seufzer.

Lilah war als Teenager schwanger geworden. Jetzt war sie zweiunddreißig Jahre alt und alleinerziehende Mutter eines verhaltensauffälligen Sohns. Obwohl sie nur wenige Jahre älter war als ich, hatte sie eine fast unmenschlich schwere Last zu tragen.

„Er hat gesagt, dass er für das Loch in der Wand bezahlen will." Lilahs Augen folgten meinem Blick.

Dakota hatte gerade eine Entziehungskur hinter sich. Er hatte das hitzige Temperament von seinem Vater geerbt.

Ich quittierte Lilahs Äußerung mit einer hochgezogenen Augenbraue, aber ich erwiderte nichts darauf.

„Er ist wirklich wieder in Ordnung, Ruby", sagte Lilah leise. „Ich kann ihn doch nicht auf die Straße setzen. Und er kann auch nicht zu seinem Vater und seiner Twix-Tussie."

Lilah gab den Freundinnen ihres Ex-Mannes gewöhnlich Spitznamen, die an kleine Naschereien erinnerten, so wie „Twix-Tussie", „Windbeutel-Wendy" und meine persönliche Lieblingsvariante „Yes-Torty".

„Lilah, ihm steht seine Drogenabhängigkeit doch wie eine Tätowierung auf die Stirn geschrieben. Er verbreitet einen Duft, als ob er gerade von Woodstock zurückkommt." Ich stand auf und zog mir die Jacke über.

„Ich weiß, dass er Probleme hat, Ruby, aber er hat mich überall hingefahren und mit mir zusammen nach dir gesucht. Er hat sich Sorgen gemacht." Lilah biss sich auf die Unterlippe.

„Ich mache mir aber Sorgen um *dich*, Lilah. Bei den Freunden, die er mit nach Hause bringt, habe ich immer Angst, dass …" Ich zog die Nase kraus und suchte nach den richtigen Worten. „Ich will doch nicht, dass man dich bestiehlt oder so."

Ich warf wieder einen Blick auf Dakota. Sein blondes, zu einem langen Irokesenschnitt geformtes Haar hing ihm über die großen braunen Augen. Er sah aus wie ein Verbrecher. Nur die mit Akne bedeckten runden Wangen verrieten sein wahres Alter.

Ich stieß einen tiefen Seufzer aus.

„Er gibt sich doch Mühe", flüsterte Lilah. „Wenigstens das musst du ihm zugestehen. Das ist mehr, als sein Vater jemals getan hat."

Ich zwang mich zu einem aufmunternden Lächeln. Lilah war ein lieber Mensch, obwohl sie in ihrem Leben schon viele Schläge einstecken musste.

„Ich will nur nicht, dass du wieder enttäuscht wirst, Lilah. Als er das letzte Mal bei dir gewohnt hat, hat er dir mit seinem Verhalten fast das Herz gebrochen. Vergiss nicht, dass er krank ist und jederzeit rückfällig werden kann."

„Er hat deine alte Rostlaube zurück zur Ambulanz gefahren. Er will wirklich ein neues Leben beginnen." Sie hielt meine Autoschlüssel hoch, und ich nahm sie ihr aus der Hand.

Dann nickte ich Dakota zu, winkte mit den Schlüsseln und schenkte ihm ein dankbares Lächeln. Er reagierte mit einem freundlichen Kopfnicken.

„Siehst du?" Lilah bettelte förmlich um eine Bestätigung. Sie legte mir die Hand auf den Arm.

„Ja, ist schon gut", pflichtete ich ihr bei.

Es tat mir weh, als ich sah, wie erleichtert Lilah wirkte. Meiner Meinung nach war Dakota noch lange nicht auf dem Weg zur Besserung. Ich hatte gehört, dass er sich mit Jungen herumtrieb, die zu einer Bande gehörten, aber ich wusste nicht genug, um Lilah zu warnen. Sie war meine beste Freundin, und ich wollte unsere gute Beziehung nicht wegen eines vagen Verdachts gefährden.

„Entschuldige bitte, Lilah. Ich habe einen ziemlich schlimmen Abend hinter mir. Klar bin ich dir und Dakota für eure Hilfe dankbar."

„Mach dir keine Sorgen wegen der Kisten. Ich kann morgen früher kommen und dir helfen, wenn du möchtest."

Ich sah Lilah verwirrt an. Die Kisten von der Tafel mussten noch gepackt werden. Meine Ambulanz versorgte das örtliche

Frauenhaus mit regelmäßigen Lebensmittellieferungen von der Tafel. Außerdem sollte ich morgen Nachmittag kostenlose Grippeimpfungen durchführen. Plötzlich spürte ich die bleierne Müdigkeit in meinem ganzen Körper. Ich musste gähnen, aber trotzdem schüttelte ich den Kopf.

„Du brauchst nicht früher zu kommen, Lilah. Ich packe die Kisten noch heute Abend. Ich muss sowieso zurück zur Ambulanz." Dann zeigte ich mit einer Kopfbewegung auf Dakota. „Ihr zwei macht euch jetzt auf den Heimweg."

„Es ist schon nach Mitternacht, Ruby. Willst du wirklich noch zur Ambulanz?" Lilah sah auf ihre Uhr.

„Ich will für diese Familien da sein. Sie rechnen mit mir. Komm schon, wir reden morgen weiter."

„Also gut." Sie ließ ihre Augenbrauen auf und nieder hüpfen. „Erzählst du mir dann alles über deinen geheimnisvollen Fremden?" Lilah lächelte. Die Grübchen, die auf ihren Wangen auftauchten, ließen mich trotz meiner Müdigkeit zurücklächeln.

„Klar doch, Lilah. Ich erzähle dir alle pikanten Einzelheiten."

„Wirklich?" Sie warf mir einen überraschten Blick zu.

„Nein."

„Das hab ich mir schon gedacht." Sie verdrehte die Augen und lachte laut. Ich umarmte sie zum Abschied und winkte sogar dem finster dreinblickenden Dakota zu. Ich sah ihnen nach, bis sie verschwunden waren. Dann schaute ich durch das Fenster und beobachtete den fest schlafenden Tom. Während ich ihn betrachtete, hatte ich ein flaues Gefühl im Magen. Ich hatte so viele Fragen und so viele gute Gründe, den Abend an seiner Seite zu verbringen. Andererseits spürte ich den starken Drang wegzurennen. *Wo bist du die ganze Zeit gewesen, Tom?*

Vor meinem geistigen Auge erschienen die niedlichen Gesichter der Kinder, die zu mir in die Ambulanz kamen. Ich musste unbedingt diese Kisten packen. Zögernd machte ich mich auf den Weg.

Auf dem Weg zum Haupteingang des Krankenhauses wurde

mir klar, dass mein Auto weg war. Lilah hatte es ja erwähnt. Dakota hatte das Auto für mich zur Ambulanz zurückgefahren. Ich hatte bloß die Autoschlüssel. Mit einem verärgerten Seufzer strich ich mir mit beiden Händen über das Gesicht. Ich hatte keine Lust, eine weitere Nacht im Krankenhaus zu verbringen.

In einer Ecke der Eingangshalle bemerkte ich Polizeimeister Farrell. Ich blieb abrupt stehen, weil ich nicht so recht wusste, was ich machen sollte. Der Polizist hatte offenbar auf mich gewartet.

„Hallo, Ruby. Sind Sie auf dem Heimweg?“ Er winkte mich zu sich herüber.

„Hallo, Polizeimeister Farrell. Haben Sie nicht schon Feierabend?“ Ich zwang mich zu einem Lächeln, nahm meine Handtasche in beide Hände und ging zu ihm. Er stand zusammen mit einem Sanitäter an der Kaffeemaschine.

„Ach, Ruby, ich habe Ihnen doch gesagt, dass ich Ben heiße.“ Er erwiderte mein Lächeln. „Und Sie haben recht. Mein Dienst ist seit einer Stunde zu Ende. Aber ich hab mir gedacht, dass Sie vielleicht jemanden brauchen, der Sie irgendwohin fährt, und deshalb …“ Seine Stimme wurde leiser. Ich hatte den Eindruck, dass er noch etwas sagen wollte.

„Ist alles in Ordnung?“

„Na ja, ich mache mir schon Sorgen um Sie. Sie haben sich ganz allein in diese Seitenstraße gewagt. Das war wirklich gefährlich, Ruby. Sie hätten mich oder 110 anrufen sollen, bevor Sie da reingegangen sind.“ Er runzelte die Stirn. Im grellen Neonlicht des Krankenhauses leuchtete sein perfekt sitzendes, mit Gel zurückgekämmtes Haar.

„Ich weiß. Aber es ist alles so schnell gegangen“, sagte ich mit einem Achselzucken.

„Diese riskanten Abenteuer, in die Sie sich immer stürzen …“ Ben sah mich mit besorgtem Blick an. „Sie könnten doch auch Gutes tun, ohne so leichtsinnig zu sein.“

Ich musste lächeln. Es war nicht das erste Mal, dass er so etwas sagte. Ben war wirklich ein netter Mann. Er hatte immer ein freundliches Lächeln auf den Lippen, und er war hilfsbereiter als so mancher Pfadfinder. Zwischen uns beiden gab es regelmäßig vorsichtige Annäherungsversuche. Wir flirteten ganz gerne miteinander, aber sobald er sich mit mir verabreden wollte, wich ich ihm aus. Ich wusste selbst nicht so recht, warum ich keine engere Beziehung zu Ben wollte.

„Also, ich wäre Ihnen dankbar, wenn Sie mich in Ihrem Streifenwagen mitnehmen könnten", sagte ich, weil ich auf seine Bemerkung nicht näher eingehen wollte. „Mein Auto ist nicht hier."

„Okay, Ruby. Ich habe nur meine Meinung gesagt."

Ein paar Sekunden lang musterte Ben mich aufmerksam.

„Ich weiß Ihre Sorge wirklich zu schätzen, Ben", erwiderte ich und legte ihm beruhigend eine Hand auf den Arm. „In Zukunft bin ich vorsichtiger."

„Versprochen?" Sein Blick fiel auf meine Hand, und dann sah er mir in die Augen.

„Versprochen." Ich nickte zustimmend und schenkte ihm mein unwiderstehlichstes Lächeln.

„Also gut." Mit einem breiten Lächeln legte er seine Hand auf die meine und ließ sie rasch wieder los. Wir machten uns auf den Weg zum Eingang. Ben zeigte mit einer Handbewegung auf die Aufzüge. „Wie geht es Ihrem Bekannten?"

„Er wird durchkommen." Ich dachte an Tom, und plötzlich kam wieder all der Schmerz, den ich wegen ihm empfunden hatte, an die Oberfläche. Ich spürte eine seltsame Leere in mir. Ben sah mich abwartend an, aber ich reagierte wieder mit einem Achselzucken.

„Wohin soll es denn gehen?" Er bot mir höflich seinen Arm an, damit ich mich bei ihm unterhaken konnte.

„Zur Ambulanz."

„Zu Befehl, Miss Ruby."

Ich hob den Kopf und musterte sein freundliches, offenes Gesicht. Vielleicht sollte ich endlich aufhören, mich gegen seine Annäherungsversuche zu wehren.

Kapitel 4

Jugendstrafanstalt Dresden Heights
Vor dreizehn Jahren

Wie erstarrt saß ich in der Eingangshalle der Unterkunft für Jugendliche in Not und sah zu, wie die Hitze in Wellen, wie unsichtbare Flammen, vom Asphalt aufstieg. Eine abgrundtiefe Trauer war alles, was ich verspüren konnte. Obwohl der Spätsommer schon in den Herbst überging, war es für die Jahreszeit viel zu heiß. Das Wetter in Südkalifornien war um diese Zeit ziemlich launisch, und außerdem hatte ich mein Zuhause binnen fünfzehn Minuten verlassen müssen. In dieser kurzen Zeit hatte ich kaum die richtigen Sachen packen können. Die Sozialarbeiterin, die mich abholen wollte, hatte ungeduldig mit dem Fuß auf den Boden geklopft, während ich unter Tränen in meinem Zimmer herumgerannt war und wahllos irgendwelche Kleidungsstücke in eine alte Reisetasche geworfen hatte. Ich vermutete, dass ich noch nicht einmal zur Beerdigung meiner Pflegemutter gehen durfte. Wieder traten mir Tränen in die Augen, aber diesmal gelang es mir, sie in Schach zu halten.

Draußen hielt ein Streifenwagen. Ein Polizist half einem Teenager beim Aussteigen. Dann führte er den Jungen zum Eingang. Die Hitze von draußen drang nach innen, und mit ihr kam der Geruch nach altem Öl, Schmutz und Abgasen. Ich rümpfte die Nase und starrte den Jungen an.

Obwohl seine Hände auf dem Rücken mit Handschellen gefesselt waren, bewegte er seine Finger und riss an den Nagelhäuten.

Bei seinem Anblick spitzte Melba, die Empfangsdame, ihre Lippen. Sie strich ihr mit grauen Strähnen durchzogenes braunes Haar aus dem Gesicht und steckte es zurück in ihre große Haarspange.

„Hallo, Melba-Toast." Die Stimme des Jungen klang spöttisch.

Über die Gläser ihrer Lesebrille hinweg starrte sie ihn zornig an. Dann schenkte sie dem Polizisten ein gewinnendes Lächeln.

„Hallo, Melba, ich habe hier Ihren Stammkunden", sagte der Polizist mit einem Augenzwinkern.

Sie kicherte leise, während sie aus der Schublade unter dem Empfangstresen ein Formular zog. Sie warf dem Jungen einen finsteren Blick zu, während ihr Kugelschreiber einsatzbereit über dem Papier schwebte.

„Was hat er denn diesmal angestellt?"

„Tom ist wieder mal von seinen Pflegeeltern abgehauen. Ich hab ihn erwischt, wie er sich am Strand rumgetrieben hat. Er hat von den Verkaufsbuden Sachen mitgehen lassen. Zum Glück bin ich zufällig dort vorbeigekommen."

„In Ihrer zweiten Mittagspause natürlich." Ein provozierendes Grinsen umspielte die Lippen des Jungen.

Der Polizist zog ihn ruckartig am Arm, sodass er das Gleichgewicht verlor und beinahe hingefallen wäre.

Ich zuckte zusammen, aber unterdrückte meinen Protest. Warum war der Polizist so gemein zu dem Jungen?

„Pass auf, du Prachtkerl, sonst fällst du noch hin." Der Polizist lachte höhnisch.

Mit einem leisen Räuspern schob Melba ihre Brille bis zur Nasenwurzel. Dann begann sie zu schreiben.

Ich drehte mich auf meinem Plastikstuhl um und beobachtete den Jungen. Sein Körper war muskulös, aber hager. Er sah aus wie ein Basketballspieler und war fast einen Meter achtzig groß. Deshalb wirkte er älter als ich mit meinen fünfzehn Jahren. Er hatte wohl bemerkt, dass ich ihn anstarrte, weil er durch eine zerzauste Welle von dunkelbraunem Haar zu mir herübersah. Seine Augen hatten die Farbe von hellgrünem, poliertem Glas, das man manchmal am Strand findet. Während sein Blick auf mir ruhte, klopfte mir das Herz bis zum Hals. Ich spürte, wie ich rot wurde, aber ich starrte ihn noch immer an. Dabei packte ich die zerschlissene Reisetasche noch fester mit beiden Händen.

„Also noch mal: Hast du die Telefonnummer von deinen Pflegeeltern?"

Der Klang von Melbas Stimme ließ ihn herumfahren.

„Sie wollen mich nicht zurückhaben", erwiderte er mit einem Kopfschütteln.

„Na, das ist ja eine Überraschung", bemerkte der Polizist und tat so, als wolle er das nicht glauben.

Der Junge namens Tom warf einen kurzen Blick auf mich. Ich konnte sehen, wie sein Gesicht vor Scham glühte.

„Na ja, er hat Glück, dass wir im Schlafsaal für Jungs noch ein Bett frei haben. Die Lücke ist erst heute Morgen entstanden", erklärte Melba.

„Na siehste", brummte der Polizist. „Heute ist dein Glückstag."

„Ruby Dawn?" Ein Wachmann auf der anderen Seite des Empfangstresens winkte mich zu sich heran.

„Ja. Ich bin Ruby." Ich wandte mich dem Mann zu.

„Komm, ich zeig dir deinen Platz."

Der Wachmann winkte noch einmal, diesmal offensichtlich ungeduldig. Ich warf noch einmal einen Blick auf Tom und seine mit Handschellen gefesselten Hände. Wieder stieg die Panik wie eine Welle in mir hoch.

„Ich glaube, das ist ein Irrtum. Ich gehöre doch gar nicht hierher."

„Das ist ja ganz was Neues, Kleine", erwiderte der Wachmann mit einem spöttischen Schmunzeln.

Verwirrt sah ich zuerst Tom und dann die Empfangsdame an.

„Aber hier sieht es aus wie im Gefängnis." Meine Stimme begann zu zittern. Ich hatte plötzlich große Angst.

„Schätzchen", unterbrach mich Melba. „Das hier ist eine Notunterkunft für Teenager. Du hast keine Familie, und im ganzen Bezirk gibt es keine Pflegefamilien für Kinder mit gesundheitlichen Problemen."

„Aber … aber ich habe doch nichts verbrochen." Angstvoll sah ich mich in dem Raum um. Plötzlich hatte ich das Gefühl, dass die Wände auf mich zukamen und mir die Luft zum Atmen nahmen.

„Komm jetzt einfach mit. Es wird sich schon alles klären." Der Wachmann stieß einen tiefen Seufzer aus. Er blickte jetzt ein bisschen freundlicher drein.

„Komm schon. Deine Sozialarbeiterin wird schon bald eine Familie für dich finden." Ich sah Melba verzweifelt an. Sie machte eine Kopfbewegung zum Wachmann hin. Ich folgte ihm durch das schwere Tor, das *Dresden Heights* von der freien Welt trennte. Als der Durchgang sich mit einem leisen Summen hinter mir schloss, spürte ich, wie Toms Blicke mir folgten.

„Bestimmt klärt sich bis morgen früh alles auf." Tom war gerade im Stimmbruch, und so klang seine Stimme mal hoch und mal tief, wenn er sprach.

„Klar wird es das", erwiderte ich.

Ich blieb drei Jahre lang in dieser Jugendstrafanstalt.

* * *

Mit einem dumpfen Aufprall fiel ich von dem schmalen Bett. Ich erschrak, weil ich mich irgendwie ertappt fühlte. Ächzend setzte ich mich auf und rieb mir die Augen. Ich war im Büro der Ambulanz eingeschlafen. Ich sah auf die Uhr. Es war halb vier Uhr morgens. Mit einem leisen Stöhnen stand ich auf, um meine Glieder zu strecken. Dann warf ich einen Blick auf die Kisten, die auf den Tischen standen. Ich seufzte. Sie waren erst zur Hälfte gepackt. Etwa dreißig allein erziehende Mütter würden am Morgen vorbeikommen, um die Kisten mitzunehmen und ihre kostenlose Grippe-Impfung zu bekommen. Ich schüttelte verärgert den Kopf. Als ich so kurz nach dem Abschluss meines Medizinstudiums die Ambulanz eröffnet hatte, hatten mich meine Kollegen für verrückt erklärt. Die Einrichtung lag im schlimmsten Viertel von San Diego. Meine Patienten waren obdachlose Familien und Ausreißer, die sich in der Stadt versteckten. Mit einem jährlichen Zuschuss vom Krankenhaus konnte ich mich zwar über Wasser halten, aber ich hatte letztes Jahr meine Wohnung aufgeben müssen, damit die Ambulanz geöffnet bleiben konnte. Ich hatte mit niemandem darüber gesprochen, vor allem nicht mit Blaine, meinem stillen Teilhaber. Das hatte viele Gründe. Zum einen hatte es damit zu tun, dass er mein Chef war und Mitglied des Ausschusses, in dessen Händen die Zukunft der Ambulanz lag. Blaine ließ mir bei der Leitung der Ambulanz freie Hand, und das war mir auch recht so. Außerdem redete ich mir ein, dass es sich bloß um einen vorübergehenden Engpass handelte. Deshalb hatte ich meine Möbel in einem Lagerraum untergestellt und übernachtete nun in meinem Büro. Außerdem übernahm ich zusätzliche Schichten in der Notaufnahme, damit ich finanziell über die Runden kam. Noch nicht einmal Lilah wusste von meiner misslichen Lage. Vielleicht ahnte sie etwas, aber sie sprach mich nie darauf an.

Stirnrunzelnd betrachtete ich das schmale, harte Bett. So schlimm war es nun auch wieder nicht. Ich musste an den obdachlosen Munch denken. Manche Leute hatten noch nicht einmal ein eigenes Bett. Außerdem hatte ich durch den Auszug aus meiner Wohnung weitere Familien in das Hilfsprogramm der Ambulanz aufnehmen können. Aber die Plätze waren schnell wieder belegt. Angesichts der hohen Zahl von Arbeitslosen in der Stadt würde sich an dieser Situation so bald nichts ändern. Plötzlich hatte ich das Gefühl, dass mir alles zu viel wurde. Ich zwang mich, regelmäßig ein- und auszuatmen, um mich zu entspannen.

„Jetzt hör endlich auf mit dem Gejammer. Reiß dich zusammen und komm endlich in die Gänge!“, ermahnte ich mich energisch.

Ich riss mich von meinen düsteren Gedanken los und schlenderte zur Kochnische, um mir einen Kaffee zu machen. Während ich die Kanne an der Spüle mit Wasser füllte, sah ich aus dem Fenster auf die vorbeifahrenden Autos. Für mich war es erstaunlich, dass so viele Leute praktisch zu jeder Tages- und Nachtzeit herumfuhren.

Wieder dachte ich an Tom. Ich fragte mich, wie lange er schon in dieser Gegend war. Wusste er, dass ich hier lebte und arbeitete? Wenn ja, warum hatte er mich nicht angerufen?

Ich spürte, wie hilflose Wut in mir aufstieg, als ich den Kopf schüttelte. Was interessierte es mich denn, ob er zurückgekommen war oder nicht? Ich unterdrückte die Tränen, die mir vor Wut kamen, weil ich den Schmerz von früher nicht noch einmal durchleben wollte. In den letzten sechs Monaten meines Aufenthalts in der Jugendstrafanstalt war ich umhergewandert wie ein Schlafwandler. Als er verschwunden war, hatte er mich wie betäubt und am Boden zerstört zurückgelassen. Ich war den Spötteleien meiner Mitschüler ausgesetzt gewesen, aber in meinem Herzen hatte er eine tiefe Wunde hinterlassen, die erst Jahre später vernarbt war. Zehn Jahre lang hatte er nichts von sich hören lassen. Erwartete er jetzt etwa, dass ich wie ein verliebtes Schulmädchen atemlos vor Freude an sein Bett eilte? Mit einem tiefen Seufzer schüttelte ich wieder den Kopf. In Wirklichkeit brannte ich vor Neugier auf das, was er mir zu erzählen hatte.

Ich füllte das Wasser in die Kaffeemaschine, löffelte Pulver in den Filter und schaltete die Maschine an.

Dann drehte ich mich um. Draußen vor dem Fenster hörte ich plötzlich ein metallisches Klirren. Ich erstarrte vor Schreck. Leise glitt ich auf den Boden. Ich tastete mich zu dem Schrank neben dem Herd vor, öffnete vorsichtig die Tür und griff nach dem schweren Schlagstock aus Metall, den ich in einem Waffengeschäft gekauft hatte. Letztes Jahr war eine Bande von Teenagern bei uns eingebrochen. Sie hatten alle unsere Lebensmittelvorräte gestohlen und den Medikamentenschrank der Ambulanz geplündert. Ich war zu dem Zeitpunkt zu Hause gewesen, aber ich hatte Glück gehabt. Die jugendlichen Einbrecher hatten entweder unter dem Einfluss von Drogen gestanden oder waren zu ängstlich gewesen, um jedes Zimmer zu durchsuchen. Ben Farrell war der Meinung gewesen, ein Teleskop-Schlagstock sei eine gute Waffe zur Verteidigung, falls die Jugendlichen wiederkommen sollten. Ich hatte seine vergnügte Stimme noch immer im Ohr. *Ein paar Hiebe mit so einem Ding und Sie sind die Kerle los.*

Ich schwang den Schlagstock. Die Metallteile sahen gefährlich aus, wie ein silberfarbener Säbel aus Licht. Dann stellte ich die Kaffeekanne auf den Fußboden und riskierte einen Blick über das Fenstersims. Dort draußen bewegte sich etwas. Das Herz klopfte mir bis zum Hals. Es waren nicht die unsicheren Bewegungen eines Menschen, der auf der Straße lebte oder eines Betrunkenen. Die Gestalt bewegte sich vorsichtig und zielsicher in den dunklen Schatten des Gebäudes.

Ich zog mein Handy aus der Hosentasche. Mit zittrigen Fingern tippte ich die Nummer von Farrell ein. Er fuhr mit seinem Auto oft zusätzliche Runden um die Ambulanz herum, wenn ich den Eindruck hatte, dass es Probleme geben könnte. Ich erreichte jedoch bloß seine Mailbox. Frustriert biss ich die Zähne zusammen. Ich rief nur ungern beim Polizeinotruf an, weil das grelle Blaulicht der Streifenwagen Hilfesuchende abschreckte. Besonders die Menschen, die vor irgendetwas auf der Flucht waren, hatten eine starke Abneigung gegen die Polizei. Wieder hörte ich vor meinem Fenster ein metallisches Klirren. Jetzt musste ich handeln, bevor es zu spät war. Ich tippte die Nummer des Polizeinotrufs ein. Hinter mir hörte ich eine Stimme, die mir das Blut in den Adern gefrieren und mich leise aufschreien ließ.

„Machen Sie das nicht, Frau Doktor."

Ich drehte mich wütend um. Diese Stimme kannte ich nur zu gut.

In meinem Empfangszimmer stand Antonio Llave mit einem

breiten Lächeln auf den Lippen. Er war Mitglied der mexikanischen Mafia, stand natürlich auf den Fahndungslisten der Polizei und grinste mich höhnisch an. Die tropfenförmigen Tätowierungen unter seinen Augen verzerrten sich zu Lachfalten.

„Wie … wie sind Sie hier reingekommen?"

„Ein ganz simpler Trick, nicht wahr? Ein bisschen Krach vorne und von hinten reinschleichen." Er war offensichtlich stolz auf seine Schläue. Seine Augen blitzten auf, als er den Schlagstock in meiner Hand sah.

Er kicherte leise. „Nettes Spielzeug, Frau Doktor. Wollen Sie mit mir kämpfen?"

„Verschwinden Sie von hier, Antonio." Ich umklammerte den Griff des Schlagstocks fester.

„Sie sind doch eine kluge Frau. Warum haben Sie sich nicht bei mir gemeldet? Wir wollen doch miteinander ins Geschäft kommen."

Mit einem leisen Seufzer ließ ich die Schultern hängen. „Wir kommen nicht ins Geschäft, Antonio. Ich will nicht, dass die Kerle aus Ihrer Bande hier arbeiten. Wer weiß, was sie mit den Patienten oder meinen Medikamentenvorräten anstellen."

Es ging so schnell, dass ich noch nicht einmal Zeit zum Luftholen hatte. Seine Hände legten sich wie eine Schraubzwinge um meinen Hals. Kraftlos vor Angst ruderte ich mit den Armen. Der Schlagstock nützte mir jetzt gar nichts mehr. Antonios Gesicht war wutverzerrt, aber seine Stimme klang sanft, fast wie die eines Liebhabers, als er mir ins Ohr flüsterte: „Sie werden Ihre Meinung bald ändern, Frau Doktor. Wenn Sie wollen, dass diese Absteige weiter läuft, tun Sie gefälligst, was ich Ihnen sage."

Verzweifelt schnappte ich nach Luft. Ich spürte, wie die Panik in mir aufstieg. Den Schlagstock ließ ich fallen. Dann fasste ich verzweifelt nach seinen Händen, um sie von meinem Hals zu lösen. Hinter meinen Augen schien ein Feuerwerk aus grellen Lichtern zu explodieren.

„Bitte", krächzte ich.

Endlich ließ er von mir ab.

Ich sackte auf dem Fußboden zusammen und hustete krampfhaft. Während ich nach Luft rang, zitterte ich wie Espenlaub. Antonio ging zu dem Tisch, auf dem die halb gepackten Kisten standen. Mit einer einzigen Handbewegung stieß er das Möbelstück um. Gläser mit Marmelade und Tomatensauce fielen krachend auf den Boden. Ein paar Apfelsinen hüpften wie Gummibälle auf mich zu.

Schock und Panik nahmen mir den Atem, und ich rang nach Sauerstoff. Ich hatte das Gefühl, dass die Angst mir die Luft aus der Lunge presste.

Antonio stolzierte durch den Raum und stellte sich breitbeinig vor mir hin.

Ich zuckte zusammen und hielt mir die Arme schützend vor das Gesicht, weil ich glaubte, er wollte nach mir treten.

Stattdessen beugte er sich zu mir herunter. Wieder senkte er seine Stimme zu einem leisen Flüstern. „Ich besuche Sie bald wieder, Frau Doktor. Dann haben Sie hoffentlich bessere Nachrichten für mich. Sie wissen, was ich damit sagen will? Ihre schönen blauen Augen sehen nicht mehr so hübsch aus, wenn sie zugeschwollen sind."

Ich erwiderte nichts darauf, sondern starrte ihn bloß schweigend an. Um keinen Preis wollte ich vor diesem Mann in Tränen ausbrechen. Antonio lachte leise. Dann strich er mir über den Kopf und machte sich auf den Weg zu meiner Haustür.

Das Herz schlug mir bis zum Hals, als ich mühsam aufstand und die Tür hinter ihm abschloss. Dann rannte ich nach hinten und verriegelte sämtliche Türen und Fenster. Im Bad ließ sich ein Fenster nicht vollständig schließen. Ich zerrte mit meiner ganzen Kraft am Rahmen, aber er bewegte sich keinen Millimeter. Als ich verzweifelt dagegenschlug, zerbrach die Fensterscheibe. Ich schnitt mir in die Hand und schrie vor Schreck auf.

Als ich sah, wie das Blut aus der Schnittwunde quoll, begann ich zu weinen. Schluchzend sank ich zu Boden und legte meine verletzte Hand in den Schoß. Ich wusste nicht, was ich gegen Antonio unternehmen sollte. Er hatte keine leeren Drohungen ausgestoßen, und er würde, ohne zu zögern, mir oder den Menschen, die meine Hilfe brauchten, Schaden zufügen. Aber wenn er in meiner Ambulanz Fuß fassen könnte, würde uns das zugrunde richten. Wütend und angsterfüllt zugleich schrie ich zu Gott. Das hatte ich zuletzt getan, als ich noch ein Teenager gewesen war.

Was tue ich eigentlich hier? Warum kommt so wenig Gutes dabei heraus, wenn ich mich doch so sehr anstrenge?

Ich starrte auf die rissigen Kacheln an der Wand und fühlte mich so verloren wie schon seit Jahren nicht mehr.

Kapitel 5

Nach dem schrecklichen Erlebnis mit Antonio fand ich keinen Schlaf mehr. Immer wieder stand ich von meinem Bett auf, um nachzuprüfen, ob die Fenster wirklich verriegelt waren. Gegen fünf Uhr morgens gab ich jede Hoffnung auf Schlaf auf und entschloss mich, die Kisten für die Familien im Frauenhaus erneut zu packen. Wegen der Schnittwunde an meiner Hand brauchte ich länger als sonst. Als ich endlich fertig war, räumte ich erst einmal auf. Während ich eine Tasse Kaffee trank, starrte ich auf meine Handtasche und meine Jacke, die an der Garderobe neben der Haustür hingen. Ich wusste nicht so recht, was ich machen sollte. Schließlich entschloss ich mich, mich auf den Weg ins Krankenhaus zu machen, um Tom einen Besuch abzustatten. Für Lilah ließ ich eine kurze Nachricht zurück.

Im Geschenkeshop des Krankenhauses trödelte ich herum bis zur Besuchszeit, obwohl ich als Ärztin jederzeit Zugang zum Patientenbereich hatte. Ich kaufte mir noch eine Tasse Kaffee, einen Schlüsselanhänger und ein paar Blätterteigtaschen, bis ich mir sagte, dass ich meinen Besuch lange genug vor mir her geschoben hatte.

Die Stationsschwester der Chirurgie sagte mir, dass man Tom „Smith" in ein normales Zimmer verlegt habe. Das war eine gute Nachricht.

Als ich mich seinem Zimmer näherte, hörte ich erregte Stimmen. Ich ging zögernd auf die Tür zu und warf einen verstohlenen Blick durch das kleine Fensterchen. Dabei achtete ich darauf, dass man mich nicht sehen konnte. Drinnen stand Tom in seinem Krankenhauskittel am Fenster. Mit einer Hand hielt er sich an der Stange des Infusionsgeräts fest, mit der anderen deutete er wütend auf den Mann, der vor ihm stand. Zwei andere, grobschlächtig aussehende Männer umringten Tom.

Obwohl mich ein leises Schuldgefühl durchzuckte, presste ich mein Ohr an die Tür, weil ich unbedingt hören wollte, was die Männer sagten.

„... vorher darüber geredet ... leichtsinnig ... hätten Sie umgebracht ...“

Der Mann brüllte laut. Seine barsche Stimme klang gedämpft durch die Tür. Ich hatte von dem Gespräch so viel gehört, dass mir ganz flau im Magen wurde.

Tom runzelte verärgert die Stirn. Er war offenbar nicht einverstanden mit dem, was der andere Mann sagte. Ich ging einen Schritt von der Tür zurück, weil ich die Männer nicht mehr belauschen wollte. Aber ich hörte wieder Toms Stimme, die zwar leise, aber wütend klang.

„Hallo, Ruby.“

Ich erschrak. Blaine stand hinter mir, mit einem breiten Grinsen auf den Lippen.

„Hallo, Blaine.“ Ich fühlte mich ertappt. Mit dem Kopf deutete ich auf die Tür zu Toms Zimmer. „Ich wollte ihn besuchen, aber ...“

„Sein Chef versteht wohl nicht, was das Wort ‚Ruhe‘ bedeutet“, erwiderte Blaine ironisch. Wir stellten uns neben die Tür.

„Sind sie schon lange hier?“, wollte ich wissen.

„Etwa eine Stunde. Diese Jungs sind sehr verärgert über den nächtlichen Zwischenfall. Sie haben sich alle Unterlagen unter den Nagel gerissen. Hatten eine Vollmacht dabei.“

„Ich muss jetzt los. Können Sie Tom sagen, dass ich vorbeigeschaut habe, wenn Sie ihn sprechen?“ Ich warf noch einen Blick auf die Tür, aber ich fühlte mich nicht wohl in meiner Haut.

„Klar doch, Ruby. Ist alles in Ordnung?“ Blaine nickte, aber er musterte mich besorgt.

„Äh, ja. Ich habe nur viel um die Ohren“, antwortete ich mit einem Achselzucken.

„Ich dachte, er ist ein guter Bekannter von Ihnen … Gestern Abend wirkten Sie so verängstigt." Er sah mir forschend in die Augen. „Sie können doch einfach hineingehen."

„Nein, ich komme lieber später wieder." Mit einem Kopfschütteln trat ich den Rückzug an und rannte fast zum Aufzug. Tom war in eine merkwürdige Sache verwickelt.

Ich fuhr zurück zur Ambulanz. In den nächsten Stunden wollte ich meine Büroarbeit erledigen und dann alles vorbereiten für meine Patienten, die im Laufe des Nachmittags nach und nach eintreffen würden. Wegen meiner Arbeitszeiten in der Notaufnahme des Krankenhauses begannen die Sprechzeiten in der Ambulanz erst am Spätnachmittag. Sie endeten, wenn der letzte Patient ging. Sehr oft arbeitete ich bis in die Nacht hinein. Lilah ging am Mittwochabend regelmäßig zu irgendeinem Kurs, deshalb würde sie mir heute Abend nicht aushelfen können. Einige alleinerziehende Mütter hatten mehrere Jobs. Deshalb kamen ihnen die längeren Sprechzeiten meiner Ambulanz sehr gelegen. Als ich aus meinem Auto ausstieg, rannten gleich mehrere Kinder auf mich zu. Sie sprangen auf und ab und verlangten lautstark ihre Bonbons. Ich musste lachen.

„Erst nach der Untersuchung." Ich fuhr einem kleinen Jungen durchs Haar. „Ihr kennt doch die Regeln."

Die nächsten fünf Stunden verbrachte ich damit, Grippeimpfungen durchzuführen und Bonbons und Vitamine zu verteilen. Ein kleiner Patient namens Nathan weigerte sich, den Mund aufzumachen, damit ich die Nähte an der Innenseite seiner Lippe überprüfen konnte. Deshalb zog ich Grimassen, bis er schließlich lachte. Die lustigen Begegnungen mit den Kindern hatten eine gute Wirkung auf meine Seele.

Den letzten Patienten begleitete ich um halb zehn nach draußen. Auf dem Rückweg ins Büro warf ich einen Blick auf die Papiere, die auf dem Schreibtisch lagen. Ich seufzte leise. Dort stapelten sich unerledigte Aufträge und Versicherungsanfragen.

Es wartete noch viel Arbeit auf mich, obwohl ich todmüde war. Ich rieb mir die Augen.

Plötzlich pochte jemand an die Glasscheibe der Eingangstür. Mit laut klopfendem Herzen warf ich durch die offenstehende Tür meines Büros einen forschenden Blick auf den Schatten, der hinter der Scheibe schwach zu erkennen war.

„Wir haben geschlossen." Ich gab meiner Stimme einen betont unfreundlichen Klang.

„Ruby, ich bin es, Tom. Lass mich rein."

„Ich komme ja schon", brummte ich unwirsch.

Ich hatte ein flaues Gefühl in der Magengrube und musste schlucken, um den Kloß im Hals loszuwerden. Leider musste ich Tom hereinlassen. Schließlich konnte ich nicht so tun, als sei ich nicht da, nachdem ich mich bereits bemerkbar gemacht hatte. Irgendwann musste ich ihm sowieso gegenübertreten. Auf dem Weg zum Eingang dachte ich angestrengt nach. Tom hätte das Krankenhaus noch gar nicht verlassen dürfen. Sein Zustand war zwar stabil und seine Wunde gut versorgt, aber er brauchte Ruhe. Besorgt öffnete ich die Tür. Er stand da mit einem breiten Lächeln auf den Lippen. In seinen Wangen bildeten sich Grübchen. Wie immer schlug bei seinem Anblick mein Herz schneller. Dieser Mann zog mich in seinen Bann, obwohl ich wegen ihm damals in große Schwierigkeiten geraten war.

„Hallo", sagte er bloß.

„Bist du unzufrieden mit der medizinischen Versorgung im Krankenhaus?" Ich warf einen Blick über seine Schulter, bevor ich ihm direkt in die Augen sah.

„Du kannst ja richtig witzig sein." Tom zwinkerte mir zu und schnalzte anerkennend mit der Zunge.

„Wie hast du meine Adresse herausgefunden?"

„Ich halte eben Augen und Ohren offen. Das gehört schließlich zu meinem Job."

„Hat mein Chef etwa geplaudert?"

„Nein, die Krankenschwestern." Tom grinste anzüglich.

Na ja, das ist typisch für ihn.

Ich ließ ihn herein und schloss betont langsam die Tür wieder ab. Ich brauchte einen Moment, um mich für das Gespräch mit Tom zu wappnen. Schließlich war ich jetzt älter und klüger geworden. Ich wandte mich zu ihm um.

Tom lehnte sich an die Wand und fuhr sich mit der Hand durch sein dunkles Haar. Es hing ihm wirr ins Gesicht. Sein Kinn war bedeckt von einem Dreitagebart. Er sah erschöpft aus. Während ich mich auf den Empfangstresen stützte, musterte er mich mit einem fragenden Ausdruck in den Augen.

„Und wie geht es dir, Ruby?"

„Ich bin ziemlich durcheinander", erwiderte ich. „Seit wann bist du hier? Ich meine, wie bist du in San Diego gelandet? Als ich zuletzt von dir gehört habe, warst du noch in New York."

„Ich war dort und an vielen anderen Orten. Aber mir ist klar geworden, dass ich hier sein will. Deshalb habe ich um meine Versetzung gebeten."

Aha, er *wollte* also hier sein. Und wie lange würde er es *diesmal* an einem Ort aushalten?

„Also bist du bloß aus einer Laune heraus hierher gezogen?"

„Nicht aus einer Laune heraus, Ruby. Ich habe über vieles nachgedacht … über das, was wirklich wichtig ist im Leben." Toms Stimme klang ruhig, aber sein Gesicht verriet seine innere Anspannung.

Ich musterte ihn skeptisch. Wie lange würde es dauern, bis er wieder verschwand, bis er einen anderen Ort finden würde, an dem er sein wollte? *Darf ich vielleicht darum bitten, dass das geschieht, bevor du mir wieder das Herz brichst?*

„Bist du schon länger hier?", fragte ich stattdessen.

„Ja. Ich wollte dich anrufen, wenn das hier erledigt gewesen wäre." Tom wirkte plötzlich unsicher. „Schließlich arbeite ich als verdeckter Ermittler, aber weil du jetzt weißt, wer ich bin und für wen ich arbeite …" Er zuckte mit den Schultern, während ein verlegenes Lächeln seine Lippen umspielte. „Außerdem hab ich nicht so recht gewusst, wie ich es anfangen sollte, um ganz ehrlich zu sein."

Am liebsten hätte ich ihn geohrfeigt oder geküsst ... Ich war mir nicht sicher, was ich lieber getan hätte.

„Du fühlst dich verletzt, oder?" Er musterte mich mit seinen außergewöhnlichen Augen. Sein intensiver Blick machte mich plötzlich nervös. „Das habe ich nicht gewollt."

„Nein, ich bin bloß überrascht." Mit einem Achselzucken wischte ich mir die feuchten Handflächen an der Hose ab. Dann zeigte ich mit dem Daumen Richtung Kochnische. „Möchtest du einen Kaffee?", fragte ich.

„Danke, ja", erwiderte er. Er schwieg einen Augenblick und musterte mich wieder mit einem fragenden Blick. „Das klingt gut."

Wir gingen zurück zur Kochnische. Mit der Kaffeekanne in der Hand bewegte ich mich zur Spüle. *Denk immer dran, dass er dir das Herz gebrochen hat. Schau hinter seine schöne Fassade und vergiss nicht, wie sehr er dich verletzt hat.*

Der Klang von Toms Stimme machte diesen Parolen gegen die Wirkung seines Charmes ein Ende.

„Du hast meine Frage nicht beantwortet", sagte er mit einem breiten Lächeln auf den Lippen. Verwirrt erwiderte ich seinen Blick. „Ich hab dich gefragt, wie es dir geht."

„Ach so. Mir geht es sehr gut", antwortete ich betont fröhlich. „Mir geht es sogar großartig."

Tom nickte, ohne seinen Blick von mir abzuwenden. Wieder spürte ich diese vertraute Anziehungskraft, die er auf mich hatte. Deshalb zwang ich mich zu dieser abweisenden Antwort.

„Das freut mich sehr, Ruby", murmelte er.

Ich hatte zu viel Wasser in die Kanne gefüllt. Deshalb goss ich einen Teil davon wieder ins Spülbecken. Dann drehte ich mich zur Kaffeemaschine um. Blitzartig überfiel mich die Erinnerung an letzte Nacht, an Antonios Hände um meinen Hals. Ich zuckte zusammen. Die Glaskanne rutschte mir aus der Hand und zerbrach in tausend winzige Scherben. Der Fußboden war voller Wasser. Verzweifelt rang ich nach Luft und stützte mich auf die Arbeitsplatte. Mein Herz raste vor Panik.

Ich spürte, wie Tom mir den Arm um die Taille legte. Ich lehnte mich an ihn, während ich verzweifelt um Fassung rang.

„Was ist denn, Ruby?" Tom warf mir einen besorgten Blick zu.

„Entschuldige. Ich … ich muss nur mal Luft holen."

Tom half mir auf einen Küchenstuhl. Dann ging er vor mir in die Hocke. Er sah mir prüfend in die Augen. „Ist das einer von deinen …?"

„Nein", unterbrach ich ihn. „Es ist nichts …"

Schnell zog ich den Kragen meines Poloshirts nach oben, aber ich war eine Sekunde zu spät. Toms Blick fiel auf meinen Hals. Zunächst zeigte sich in seinem Gesicht Überraschung und dann Zorn, aber seine Stimme klang sanft und erschrocken zugleich.

„Ruby, warum ist dein Hals ganz blau?"

Meine Wangen brannten vor Verlegenheit. Ich hatte keinen Grund mich zu schämen, aber das Gefühl war trotzdem da.

„Ist er nicht", erwiderte ich mit dünner Stimme.

Jetzt blickte er verärgert drein.

„Ich sehe deinen Hals ganz genau. Er ist blau angelaufen, Ruby."

Sanft fuhr er mit dem Finger über meine Halsgrube.

Ich streifte seine Hand ungeduldig ab, dann stand ich auf. „Ich hatte letzte Nacht eine kleine Auseinandersetzung mit einem Bandenmitglied." Ich straffte die Schultern und versuchte, knallhart zu wirken.

„Du hattest … was?" Seine Augen weiteten sich vor Erstaunen.

„Es gibt hier einen Typen, der seine Jungs in meiner Ambulanz unterbringen will. Als ich ihm gesagt habe, was ich davon halte, hat er nicht so gut darauf reagiert."

„Das überrascht mich nicht im Geringsten. Warum hast du dich denn allein mit ihm getroffen?" Tom rieb sich mit beiden Händen die Augen.

Jetzt verlor ich die Geduld. Der Tonfall seiner Stimme vermittelte mir das Gefühl, als sei ich ein leichtsinniger Teenager, der mal wieder ein verrücktes Abenteuer erlebt hat. Die unterdrückte Wut brannte in meinem Magen wie Feuer. Ich wollte Tom anbrüllen, ihm sagen, welche Ängste ich ausgestanden hatte. Stattdessen erwiderte ich mit einem ironischen Lächeln: „Mich mit ihm getroffen? Glaubst du etwa, hier ist bloß eine nette Verabredung ein bisschen schiefgelaufen?"

Tom ließ sich mit einem selbstgefälligen Lächeln auf einen Küchenstuhl fallen. „Klar doch, Ruby. Ich gehe davon aus, dass du seine Präsentation durcheinandergebracht hast und er daraufhin einen Revolver gezogen hat."

Ich starrte ihn einen Augenblick lang an, aber dann war meine Wut plötzlich verpufft. Es gelang mir nie, ihn in einen Streit hineinzuziehen, selbst dann nicht, wenn er wütend war.

„Er ist letzte Nacht hier eingebrochen", sagte ich schließlich mit einem hilflosen Achselzucken.

Ich sah, wie Toms Kiefermuskeln arbeiteten, aber er schwieg und fixierte mich bloß mit seinen Augen. Schließlich hielt ich es nicht länger aus.

„Ich dachte zuerst, es wären Junkies. Deshalb habe ich nicht die Polizei gerufen. Ich hatte gehofft, dass ich sie vertreiben könnte, aber es waren keine Junkies."

„Offenbar nicht", erwiderte er mit leiser Stimme. Wieder musterte er mich besorgt. „Er lässt dich wohl nicht in Ruhe?"

Ich schüttelte den Kopf. „Er taucht hier auf und belästigt die Patienten. Letzte Woche hat er unseren Fernseher kaputt gemacht. Ich weiß, dass das Krankenhaus schon Beschwerden bekommt."

„Er kommt einfach hier rein und stiftet Unruhe?" Wieder spannten sich Toms Kiefermuskeln an.

„Ja, das passiert sehr oft in letzter Zeit. Ich fürchte, Antonio, so heißt er, verhindert die Angliederung der Ambulanz an das Sportmedizinische Zentrum des Krankenhauses." Ich unterdrückte Tränen der Wut, weil ich vor Tom keine Schwäche und Angst zeigen wollte.

„Sportmedizinisches Zentrum?“

„Das Krankenhaus, in dem ich arbeite, baut mit Zuschussmitteln ein Sportmedizinisches Zentrum. Dort wird es ein Therapie-Schwimmbad geben, modernste Reha-Einrichtungen, und es werden kostenlose Vitamine verteilt. Ich möchte, dass meine kleinen Patienten aus diesem Viertel Zugang zu diesem Zentrum bekommen.“

„Es gibt wohl hier in der Gegend eine ganze Menge verletzte Sportler, oder?“ Tom glitt vom Stuhl und machte sich daran, die Scherben der heruntergefallenen Glaskanne aufzusammeln.

„Nein, aber das Therapie-Schwimmbad ist eine wunderbare Sache für Kinder mit angeborenen Krankheiten wie zerebralen Lähmungen. Ist dir eigentlich bewusst, wie viele Kinder mit Knochenbrüchen oder Schussverletzungen keine Möglichkeit haben, eine anständige Reha-Behandlung zu bekommen? Sie leiden unter Bewegungseinschränkungen, Nervenschäden …“ Ich beugte mich vor, um ihm bei der Suche nach den verstreuten Glassplittern zu helfen. „Wenn das Krankenhaus den Antrag meiner Ambulanz genehmigt, können meine kleinen Patienten dort kostenlos behandelt werden … *kostenlos*, Tom.“

„Und dieser Bandenboss könnte die Genehmigung gefährden?“

„Ich glaube, ja … Ich hoffe nicht … Ach, ich weiß nicht.“

„Du willst die Polizei nicht einschalten wegen … äh … deiner Kundschaft?“

„Meine Patienten leben auf der Straße, Tom. Sie haben kein Vertrauen zu Polizisten. Wenn ich die Polizei rufe, kann ich meine Ambulanz gleich schließen.“

„Du solltest dir noch mal in Ruhe überlegen, ob du die Sache nicht doch lieber der Polizei mitteilen willst.“

„Das habe ich doch gerade getan.“

„Ich gehöre zur Drogenfahndungsbehörde, nicht zur städtischen Polizei.“

„Ach so …“ Hilflos hob ich die Arme und ließ sie wieder sinken. „Das habe ich nicht gewusst.“

Tom beendete die Suche nach Glasscherben und sah mich von der Seite an. „Wie lange bist du schon hier?“

„Ein paar Jahre. Die Ambulanz ist an das Krankenhaus und das hiesige Frauenhaus angeschlossen.“

„Du bist Ärztin? Du bist schon immer ziemlich schlau gewesen, Ruby.“ Tom musterte mich eingehend und schüttelte bedächtig den Kopf.

Ich sammelte die letzten Glassplitter auf. Mit einem Stirnrunzeln dachte ich daran, dass ich mir keine neue Kaffeemaschine leisten konnte.

„Ja, aber trotzdem bin ich immer in Schwierigkeiten geraten, auch als du in meiner Nähe warst.“

Tom musste schmunzeln. Dann nahm er mir die Glasscherben aus den Händen und warf sie in den Abfalleimer. Als er sich zu mir umdrehte, fiel sein Blick auf meine Handfläche. „Was hast du mit deiner Hand gemacht?“

„Das ist bloß eine Schnittwunde.“ Verlegen versteckte ich die Hand hinter meinem Rücken.

Tom wollte etwas erwidern, aber plötzlich wirkte er erschöpft.

„Ist alles in Ordnung mit dir?“ Mit einer Handbewegung forderte ich ihn auf, sich hinzusetzen.

„Ja ja, es geht schon.“

„Hast du dich etwa selbst entlassen, ohne die Genehmigung des Arztes?“, fragte ich entsetzt. Ich legte ihm die Hand auf die Wangen und dann auf seine Stirn, um festzustellen, ob er Fieber hatte.

„Na ja, nicht ganz“, erwiderte er.

„Du bist frisch operiert, Tom. Du solltest im Bett bleiben.“

„Mein Chef hat die Ärzte überredet, mich zu entlassen.“ Tom berührte seine verletzte Seite mit der Hand.

„Ich war vor ein paar Stunden im Krankenhaus. Dein Chef schien wütend auf dich zu sein.“

„Diese Sache ist ziemlich kompliziert, Ruby. Ich weiß nicht, was du gehört hast, aber … ich weiß, was ich tue."

„Na, dieser Satz kommt mir irgendwie bekannt vor."

Ich sah ihn an. Toms Gesichtszüge wurden weicher. Er stand auf, nahm meine Hand in beide Hände und zog mich an sich. Als er mit einem Finger über meinen Nasenrücken fuhr, konnte ich den Blick nicht von seinen Augen abwenden. Das war schon immer so gewesen.

„Vertrau mir einfach. Die Typen, gegen die ich ermittle, haben nicht auf mich geschossen. Das war … eine andere Sache."

„Na, dann ist ja alles gut", erwiderte ich ironisch. „Solange es die *anderen* sind, die dich umbringen wollen …"

„Es ist nicht so schlimm, wie du es darstellst."

„Wenn du meinst, Tom."

Ein Kavalier, zu jedem Risiko bereit, charmant … Tom hatte sich nicht verändert, seitdem ich ihn kannte. Es nützte nichts, wenn man mit ihm einen Streit anfangen wollte.

„Ich wollte ja bloß nach dir sehen."

Er strahlte mich mit seinem umwerfenden Lächeln an, das tiefe Grübchen auf seine Wangen zauberte. Dann drückte er meine Hand.

„Schade, dass du nicht reingekommen bist."

„Ich musste mit meinem Chef sowieso ein paar Dinge besprechen."

Ich spürte ein eindeutiges Kribbeln im Bauch und wandte mich hastig ab, damit Tom nicht sehen konnte, wie mir die Röte in die Wangen stieg.

„Trotzdem danke für deinen Besuch."

Tom grinste wissend. Ich ärgerte mich, dass er noch immer diese Wirkung auf mich hatte. Deshalb drehte ich mich abrupt um und stolzierte mit großen Schritten zur Spüle, um mir die Hände zu waschen. Schließlich war es keine große Sache. Ich hatte ihm versprochen, nach ihm zu sehen. Deswegen musste er noch lange nicht so selbstgefällig dreinschauen. Ich stöberte in einem Schrank herum, zog einen kleinen Saftkarton heraus und stocherte mit dem winzigen Strohhalm in der Öffnung herum.

„Na ja, ich konnte ja nicht herumstehen und abwarten, bis deine ‚Geheimsitzung' beendet war." Ich drehte mich zu ihm um und malte mit meiner freien Hand Anführungszeichen in die Luft. Der Klang meiner Stimme wollte mir jedoch nicht gefallen, diese Wut und die verletzten Gefühle, die darin mitschwangen.

„Willst du etwa einen Streit anfangen, um zu überspielen, dass dir eine Laus über die Leber gelaufen ist?"

Ich wusste nicht, was ich auf diese Frage erwidern sollte. Wie soll man einen Menschen fragen, warum er so einfach verschwunden ist, ohne ein Lebenszeichen zu hinterlassen? *Sag mal, Tom, erinnerst du dich noch daran, wie du vor zehn Jahren ins Krankenhaus kamst und von dort nicht mehr zurückgekommen bist … nie mehr?* Nein, so konnte ich es nicht sagen.

„Ruby?", fragte Tom mit leiser Stimme. Seine Augen suchten meinen Blick. „Sag mir doch, dass du mich hasst oder dass du immer noch wütend auf mich bist. Aber sag wenigstens etwas."

„Lass das, Tom. Das alles liegt lange zurück. Jetzt ist alles in bester Ordnung."

Tom kam auf mich zu. Der Schmerz stand ihm ins Gesicht geschrieben. Ich wich nicht vor ihm zurück.

„Was willst du?", fragte ich. Meine Stimme klang plötzlich hoch und dünn. Ich wollte seine Nähe, hatte aber gleichzeitig Angst davor. Dieses widersprüchliche Gefühl nahm mir den Atem.

Er antwortete nicht, sondern schlang die Arme um meine Taille und sah mir ins Gesicht. Das war alles so vertraut und gleichzeitig wie eine Erinnerung an eine ferne Vergangenheit. Darauf war ich nicht gefasst. Ich spürte seinen Atem an meiner Schläfe, als er sich zu mir herabbeugte.

„Du siehst aber nicht aus, als ob alles in bester Ordnung wäre", flüsterte er mir ins Ohr.

Wie eine düstere Welle stiegen Sehnsucht, Wut und Angst in mir auf. Dieser Ansturm der Gefühle ließ mein Herz schneller schlagen. Ich entzog mich seiner Umarmung und trat einen Schritt zurück. Kopfschüttelnd tippte ich mit dem Zeigefinger an seine Brust. Seine Nähe, meine eigene Verwirrung, wenn ich ihm in die Augen sah – das alles waren Warnsignale, die ich übersehen hatte, als ich noch jünger war. Tom konnte mir gefährlich werden. Ich verlor den Kopf, wenn er mit mir zusammen war. Das durfte nicht wieder passieren, nachdem ich so große Anstrengungen unternommen hatte, wieder klar denken zu können.

„Mach das nicht noch einmal“, sagte ich. Meine Stimme zitterte. „Komm mir nicht so nah und tu nicht so, als ob du wüsstest, ob es mir gut geht oder nicht. Du weißt nichts von meinem Leben – jetzt nicht mehr.“

Tom musterte mich schweigend. Dann schob er seine Hände in die Jackentaschen und trat ebenfalls einen Schritt von mir weg.

„Entschuldige, Ruby. Ich wollte dich nicht durcheinanderbringen. Ich wollte bloß vorbeikommen und dir danken, weil du mir das Leben gerettet hast. Wie ich schon sagte, ist das jetzt schon zwei Mal passiert.“ Ihm war die Enttäuschung anzumerken, aber trotzdem blickten seine Augen mich besorgt an.

Ich unterdrückte das Schluchzen, das mir die Kehle zuschnürte, und straffte die Schultern. Dann zwang ich mich, ihm in die Augen zu sehen und meiner Stimme einen ruhigen Klang zu geben. „Tom, ich bin froh, dass es dir gut geht. Es war wirklich nett von dir, dass du hier vorbeigeschaut hast, aber ich habe noch eine Menge Arbeit zu erledigen.“

„Ich kann nicht wiedergutmachen, was geschehen ist, Ruby. Ich möchte es gerne, aber ich weiß nicht, wie ich es anstellen soll, wenn du nicht darüber reden willst …“

„Das weiß ich doch. Darum geht es mir auch gar nicht“, unterbrach ich ihn. „Ich meine bloß, dass ich eine Menge Arbeit habe und ich mich endlich dazu aufraffen muss. Das ist wirklich alles."

Ich sprach lauter, als ich wollte, und ich merkte, wie verletzt ich klang. Es hatte den Anschein, dass ich trotzdem über das sprach, was vor vielen Jahren geschehen war. Frustriert schüttelte ich den Kopf. Das konnte ich mir jetzt wirklich nicht leisten. Die Erinnerung an Antonios gewaltsamen Übergriff und die Erschöpfung ließen mich die Grenzen meiner Kräfte erreichen. Bevor ich weitersprechen konnte, hob Tom die Hände, als ob er sich ergeben wollte. „In Ordnung, Ruby. Ich gehe jetzt."

Er ging auf die Tür zu.

„Tom …"

Er wandte sich zu mir um. Die Traurigkeit in seinen Augen traf mich bis in mein Innerstes. *Warum tun wir uns bloß immer wieder so weh?*

„Sehen wir uns bald wieder?", fragte er.

„Bald?" Ich war verunsichert. Wie lange wollte er denn in der Stadt bleiben?

„Ja, bald. Ich bin noch eine Weile hier in der Gegend."

Er war verschwunden, bevor ich etwas erwidern konnte.

Kapitel 6

Am nächsten Tag verging die Zeit wie im Flug. Ich hatte viel zu tun, auch in der Ambulanz, und so versuchte ich, die Erinnerung an meine Begegnung mit Tom zu verdrängen. Aber das gelang mir nicht. Dieses Gefühl, das ich verspürt hatte, als er seine Arme um mich gelegt hatte, kehrte immer wieder zurück, zusammen mit einem Schmerz, den ich für längst vergessen gehalten hatte. Ich war wütend auf mich selbst, weil ich mir Sorgen um Tom machte. Aber dann wurde mir klar, dass ich ihn nicht daran hindern konnte, wenn er sich wieder in irgendeine verrückte Sache verstricken würde. Ich hatte es damals nicht gekonnt, und jetzt ging es mich im Grunde genommen nichts mehr an. Dann musste ich plötzlich an diese Schlägertypen in seinem Krankenzimmer denken, an sein Blut an meinen Händen, und ich machte mir schon wieder Sorgen um Tom.

Kurz vor Feierabend stellte ich fest, dass eine Lieferung von Medikamenten und medizinischem Zubehör nicht angekommen war. Ich tauchte mich in die abstrusen bürokratischen Abläufe einer Sendungsverfolgung bei der Spedition ein, bis ich frustriert aufgab. Nach Feierabend stand ich an der Tür und wartete auf Lilah, damit ich zum Dienst im Krankenhaus fahren konnte. Ihre Stelle als meine Assistentin war ihr Zweitjob und sie arbeitete meistens abends. Zu ihren Aufgaben gehörte es, die Medikamente, Verbandszeug und anderes Zubehör aufzufüllen und die Büroarbeiten zu erledigen. Ich fragte mich, wo sie wohl abgeblieben war. Ungeduldig ging ich auf und ab. Schon zum fünften Mal innerhalb von fünf Minuten sah ich auf die Uhr. Lilah kam sonst nie zu spät zur Arbeit.

Plötzlich hielt ihr weißer Minibus mit laut quietschenden

Bremsen vor der Ambulanz. Lilah sprang aus dem Auto und kam atemlos zur Tür herein. Ihre Augen waren rot und geschwollen. Sie stammelte eine Entschuldigung und drängte sich an mir vorbei ins Büro.

„Geht es dir gut, Lilah?“

„Klar doch, Ruby. Bitte entschuldige, dass ich so spät dran bin“, murmelte sie und schob ihre Handtasche mit einer abrupten Bewegung unter den Schreibtisch. Sie wischte sich mit dem Ärmel ihres Pullovers über das Gesicht und ließ sich auf den Stuhl fallen.

„Was ist denn los?“ Ich wollte mir gerade die Jacke anziehen, aber dann hielt ich besorgt inne.

„Geh schon, Ruby, sonst kommst du zu spät.“ Endlich drehte Lilah sich zu mir um. Ihre Augen füllten sich mit Tränen.

„Raus mit der Sprache, Lilah.“ Ich lehnte mich an den Schreibtisch.

„Ich will nicht darüber reden.“ Diese Reaktion kam für mich überraschend.

„Warum denn nicht?“, fragte ich, ein wenig gekränkt.

„Weil du immer das Schlimmste vermutest und ich deshalb den Eindruck habe …“ Ihre Stimme wurde leiser. Sie vergrub ihr Gesicht in beiden Händen.

„Lilah, was ist denn?“, fragte ich. Meine Besorgnis verwandelte sich allmählich in Angst. „Ist es Brooklyn? Belästigt dich Dakotas Vater schon wieder?“

„Ich will nicht darüber reden, Ruby. Bitte geh jetzt.“ Sie hielt den Kopf gesenkt.

„Lilah!“ Ich versuchte erneut, ihr gut zuzureden. „Ich verspreche dir, dass ich nicht wieder alles nur schwarzsehen werde.“

Verwirrt musterte ich meine Freundin. Lilah erzählte mir sonst immer, was sie auf dem Herzen hatte. Wir hatten uneingeschränktes Vertrauen zueinander.

„Morgen früh, in Ordnung?“ Sie hob den Kopf, aber in ihren Augen las ich vorsichtige Zurückhaltung. „Morgen ist mein freier Tag und ich muss sowieso noch ein paar Anrufe erledigen. Außerdem brauche ich Zeit zum Nachdenken."

„Gut. Ich bin hier, wenn du mich brauchst." Ich nickte beruhigend und versuchte gleichzeitig, ihr nicht zu zeigen, wie sehr mich ihr Verhalten verletzte.

„Ich weiß, Ruby, wir reden später." Sie lächelte mich an, aber ihr Lachen erreichte nicht ihre Augen.

„Lilah …"

Das Telefon auf ihrem Schreibtisch klingelte. Sie wirkte erleichtert, als sie den Hörer abnahm.

„Ambulanz in der Zweiten Straße", meldete sie sich und wandte mir den Rücken zu. Es war offensichtlich, dass unser Gespräch beendet war.

Beinahe hätte ich bis zum Ende des Telefonats gewartet, aber dann überlegte ich es mir anders. Ich wollte ihr ein wenig Zeit lassen und sie später anrufen. Als ich auf die Uhr sah, biss ich mir auf die Unterlippe. Jetzt war ich wirklich spät dran. Ich klopfte Lilah sanft auf die Schulter und ging zur Tür hinaus.

Auf dem Weg ins Krankenhaus redete ich meinem Auto gut zu. Es war kaum noch Benzin im Tank, aber die Anzeige stand noch nicht auf Rot. Im Umkleideraum zog ich mich rasch um, dann fuhr ich in das Stockwerk, in dem die Notaufnahme war. Blaine winkte mich zu sich in die Anmeldung. Ich sah die Sorgenfalten in seinem Gesicht. Deshalb machte ich mich auf eine Ermahnung wegen Unpünktlichkeit gefasst.

„Ich habe gehört, dass Sie in der Ambulanz einen ungebetenen Gast hatten", sagte er stattdessen.

„Das war keine große Sache, Blaine, bloß so ein Typ aus dem Viertel." Ich hatte ein flaues Gefühl im Magen, deshalb atmete ich langsam aus. Ich war überrascht, dass er das so schnell herausgefunden hatte.

„Sie wissen, dass ich mich für die Ambulanz stark mache, damit sie die Zulassung für die Anbindung an die Sportmedizinische Abteilung bekommt, Ruby. Aber ich bin der Einzige, der sich dafür einsetzt. Ich weiß nicht, ob ich die anderen Mitglieder des Ausschusses umstimmen kann, wenn dieser Typ Ihnen immer wieder Schwierigkeiten bereitet." Blaine sah mich bedauernd an. „Ich kenne Ihre Meinung über die Polizei, aber ..."

„Nein, Blaine", unterbrach ich ihn. „Wenn ich die Polizei einschalte, vertreibe ich ausgerechnet die Kinder, denen ich helfen will. Ich bekomme diesen Typen schon in den Griff. Er wird keine Schwierigkeiten machen."

„Und Sie melden sich, wenn Sie Hilfe brauchen?", fragte er skeptisch.

„Ich habe die Sache im Griff", versicherte ich ihm.

„Na gut." Er zeigte mit einer Kopfbewegung auf einen mit Vorhängen verschlossenen Untersuchungsraum.

„Ich habe hier etwas Besonderes für unsere verspätete Assistenzärztin", sagte er mit einem Augenzwinkern.

Ich verdrehte die Augen, als er sich umdrehte. Er hatte es also doch bemerkt.

„Kommen Sie mit", rief er mir zu.

Ich folgte ihm zu dem Bett hinter den Vorhängen. Blaine streckte die Hand aus, um den Vorhang aufzuziehen, aber dann hielt er inne. Er schenkte mir sein „verschwörerisch-geniales" Grinsen, das er immer aufsetzte, wenn er unbequeme Patienten an einen anderen Arzt abschob.

„Dr. McKinney, das ist Carl Andrew, Ihr neuer Patient. Er will sich von uns nicht behandeln lassen."

Ich betrachtete den Mann auf dem Bett. Er hatte markante Gesichtszüge. Über seinen Beinen lag eine teure Anzugjacke und er saß mit vor der Brust verschränkten Armen da.

„Mr Andrew, ich bin Dr. McKinney. Was führt Sie zu uns?" Ich versuchte es mit meinem schönsten Arzt-Lächeln.

Carl Andrew bedachte Blaine mit einem finsteren Blick. Daraufhin wandte sich mein Chef abrupt um und ließ den Vorhang mit einem zischenden Rauschen hinter sich zufallen.

„Meine Frau meint, ich habe einen Herzinfarkt." Mr Andrew

sah auf seine Armbanduhr. „Sie ist auf dem Weg hierher und ich will mit allem durch sein, bevor sie kommt."

Ich nickte ihm zu und betrachtete das Blatt mit seinen Daten. Blaine hatte bereits alle wichtigen Bluttests angeordnet. „Im Moment laufen ein paar Blutuntersuchungen und dann werden wir weitersehen. Haben Sie Schmerzen?"

„Klar habe ich Schmerzen. Ich habe wahnsinnige Kopfschmerzen und Muskelkater, weil ich gestern Basketball gespielt habe. Darüber hinaus tut mir mein Hinterteil weh, weil ich schon zwei Stunden lang hier sitzen muss."

Ich nahm mir vor, Blaine das nächste Kind mit einer Lebensmittelvergiftung zu überlassen. Dann nahm ich das Stethoskop ab, das ich mir um den Hals gehängt hatte. „Ich möchte Sie trotzdem mal abhören."

Mr Andrew hob abwehrend beide Hände. „Dieser ältere Typ hat das schon gemacht. Hören Sie, ich weigere mich nicht, mich behandeln zu lassen. Ich weigere mich bloß, diese unnötigen und teuren Labortests zu bezahlen, denn die machen Sie ja nur, um mir das Geld aus der Tasche zu ziehen. Sie brauchen mich doch bloß an eine von diesen piepsenden Maschinen anzuschließen. Dann können Sie gleich jetzt feststellen, dass ich keinen Herzinfarkt habe. Ich habe in einer Stunde ein wichtiges Geschäftsessen."

Ich trat einen Schritt zurück und warf ihm einen strengen Blick zu. Dann seufzte ich.

„Mr Andrew, wenn Sie diesen Herzinfarkt im Restaurant haben und vor den Augen Ihres Chefs mit dem Kopf in Ihre Hummercremesuppe fallen wollen, dann ist das Ihre Entscheidung. Es gibt hier eine Menge griesgrämige Leute, die sich aber wenigstens von mir helfen lassen."

„Was sagen Sie da?" Carl Andrews Augen schienen ihm aus dem Kopf zu treten.

„Seien Sie doch ehrlich, Mr Andrew. Sie haben doch Schmerzen im Brustkorb, oder etwa nicht?" Ich verschränkte die Arme vor der Brust.

„Das habe ich nie behauptet.“ Jetzt verengten sich seine Augen wieder. Er rieb sich die Schulter, ohne dass es ihm bewusst war. Wahrscheinlich strahlte der Schmerz bereits aus.

„Nein, aber Sie sind offenbar ein viel beschäftigter und stressgeplagter Mann. Ich glaube nicht, dass Sie sich überreden lassen, in die Notaufnahme zu kommen, wenn Sie nicht selbst merken, dass mit Ihnen etwas nicht stimmt. Wie sieht es also aus? Wollen Sie sich von uns helfen lassen, oder wollen Sie unterschreiben, dass wir keinerlei Verantwortung übernehmen, wenn Sie tot umfallen?“

Mr Andrew starrte mich mit weit offenem Mund an. „Ich verlange einen anderen Arzt“, brachte er schließlich heraus.

Ich reagierte mit einem bedauernden Kopfschütteln. „Sie haben bereits alle meine Kollegen gegen sich aufgebracht. Mein Chef überlässt mir nur die Patienten, die kein anderer Arzt haben will.“

Carl Andrew warf mir einen seltsamen Blick zu. Dann knöpfte er sein Hemd auf. „Sie haben eine komische Art, mit Patienten umzugehen.“

Ich hörte seinen Herzrhythmus ab und notierte die Anforderung für einen Herzultraschall. Dann schenkte ich meinem Patienten ein übertrieben freundliches Lächeln. „Sie wissen ja: Wie man in den Wald hineinruft, so schallt es heraus.“

Er lachte kurz auf, und dann schüttelte er den Kopf. „Sie sind ein echtes Unikat, Dr. McKinney.“

Ein Laborant zog den Vorhang zurück und trat an das Bett.

„Lassen Sie den armen Mann wenigstens seine Arbeit machen, Mr Andrew?“, fragte ich.

Ned arbeitete schon seit Jahren bei uns im Krankenhaus. Er lächelte dem Mann aufmunternd zu. Mein Patient seufzte und schob den Ärmel seines Hemdes hoch.

„Danke, Mr Andrew. Ich verspreche Ihnen, dass ich bloß ein paar wenige unnötige Tests verordnen werde. Aber ich muss schließlich meine Villa am Meer finanzieren.“ Ich sagte das mit einem Lächeln, obwohl der Blick, den Carl Andrew mir zuwarf, humorvoll und misstrauisch zugleich war. Ich nickte den beiden zu und machte mich auf den Weg zur Anmeldung.

„Kann man mir wenigstens ein belegtes Brötchen bringen?", rief er mir noch nach.

Die nächste Stunde verbrachte ich mit den Medizinstudenten, die mir ihre Behandlungspläne präsentierten. Zu meiner Arbeit im Krankenhaus gehörte es auch, dass ich bei der Ausbildung der neuen Ärzte im Praktikum mithalf, aber sie umringten gerade meinen Chef am anderen Ende des Stockwerks. Ich ging auf die Gruppe zu.

Blaine drehte sich um und nickte mir mit einem breiten Grinsen zu. Sein graues, extrem kurz geschnittenes Haar stellte sich auf, als er mich erwartungsvoll ansah. „Wie geht es Ihrem unwilligen Patienten?"

Ich warf ihm einen vorgetäuscht finsteren Blick zu. „Dafür werde ich mich bei Ihnen revanchieren." Ich sah einer Praktikantin über die Schulter und betrachtete den Patienten, der auf der Liege lag. „Was haben wir denn hier?"

„Dieser Mann behauptet, er sei allergisch gegen elektromagnetische Impulse. Er möchte ein Attest, das er seinem Chef vorlegen kann. Wir sollen bestätigen, dass er sich nicht in der Nähe von elektronischen Geräten aufhalten darf."

Eine Allergie gegen Elektronik gibt es nicht. Interessiert musterte ich den Patienten. „Was machen Sie beruflich?"

„Ich führe die Spielhalle in der Downing Street", erwiderte er.

„Hier könnte das Problem liegen", warf die weibliche Praktikantin ein.

„Wollen Sie den Test durchführen?" Ich fixierte Blaine mit einem durchdringenden Blick.

Der Patient, ein junger Mann, der einen Geruch verströmte, als ob er sich in denselben Kreisen bewegen würde wie Dakota, setzte sich erschrocken auf. „Was denn für ein Test?"

Blaine starrte mich an. Dann seufzte er leise. „Ja, was für ein

Test, Dr. McKinney?“ Sein Mundwinkel verzog sich zu einem dünnen Lächeln.

Ich reagierte mit einem gleichgültigen Schulterzucken und warf Blaine einen ausdruckslosen Blick zu. Jetzt zahlte ich es meinem Chef heim, dass er mir einen schwierigen Patienten überlassen hatte, aber ich hatte deswegen kein schlechtes Gewissen. Die Wahnvorstellung, unter der dieser Patient litt, würde verschwinden, sobald die Wirkung der Drogen nachließ. Man konnte ihm bloß Apfelsaft zu trinken geben und abwarten.

„Ich habe gehört, dass es einen Test gibt, aber wenn Sie ihm nichts darüber sagen wollen ...“ Wieder zuckte ich mit den Schultern.

Der Patient sah Blaine vorwurfsvoll an. „Warum wollen Sie mir nichts von diesem Test erzählen?“

Blaine verdrehte die Augen, aber dann rief Schwester Renée meinen Namen. Sie winkte mich zu Mr Andrews Bett herüber. Ich schenkte meinem Chef ein triumphierendes Lächeln, bevor ich zu meinem Patienten zurückging.

Renée war die Stationsschwester. Mit mehr als zwei Jahrzehnten Berufserfahrung hatte sie die Notaufnahme gut im Griff. Da spielte es keine Rolle, welche Patienten zur Tür hereinkamen. Sie sah aus wie eine streitbare, weibliche Ausgabe des Weihnachtsmanns. Ihr hochgestecktes graues Haar saß auf ihrem Kopf wie ein welliger Helm und ihre Lesebrille rutschte ihr ständig von der Nase. Sie stieß einen leisen Pfiff aus, als sie mir Carl Andrews Laborergebnisse in die Hand drückte.

„Das sieht gar nicht gut aus“, flüsterte sie.

„Wirklich?“

Sie nickte. Ich sah mir den Befund an. Dann zog ich den Vorhang auf. Innerlich wappnete ich mich für das Gespräch mit meinem Patienten.

„Es sieht ganz so aus, als ob Ihre Frau recht hatte, Mr Andrew.“

Er sah mich erschrocken an. „Oh Mann.“

„Mr Andrew, Sie haben etwas, was wir als *ischämisches Ereignis* bezeichnen."

„Was soll denn das heißen?"

„Das heißt, dass Sie sofort auf die Kardiologie verlegt werden. Wir müssen ein Angiogramm durchführen."

Zunächst wirkte Carl Andrew schockiert, aber dann stand ihm die Angst ins Gesicht geschrieben. Er tastete nach meiner Hand. „Und ich hab gedacht ..."

„Wir bringen Sie schon durch." Ich tätschelte ihm die Hand und lächelte ihn aufmunternd an.

Hinter mir klopfte mir jemand auf die Schulter. Abrupt drehte ich mich um. Ich war überrascht, denn Lilah stand vor mir.

„Hallo Lilah, was machst du denn hier?"

Sie sah mich aus rotgeränderten Augen an und forderte mich mit einer Handbewegung auf, ihr zu folgen. Ich drehte mich zu meinem Patienten um. „Äh, Mr Andrew, Schwester Renée bringt Sie auf die Kardiologie. Wir beginnen dann sofort mit der Untersuchung. Ich komme gleich und sehe nach Ihnen."

Er nickte stumm und ließ meine Hand los. Ich folgte Lilah nach draußen. Sie nahm meinen Arm und zog mich ein Stück weiter zur Grasfläche neben der Parkbucht für die Krankenwagen. Sie sah furchtbar aus. Offenbar hatte sie pausenlos geweint, nachdem ich sie in der Ambulanz zurückgelassen hatte. Eine düstere Vorahnung ließ meinen Magen rebellieren.

„Was ist denn los?"

„Vertraust du mir, Ruby?"

„Diese Worte sind keine gute Einleitung für ein Gespräch, Lilah."

Sie ließ die Schultern hängen und putzte sich mit einem zusammengeknüllten Taschentuch die Nase. „Ich muss dir was sagen, aber ich habe Angst, dass es dann richtig schräg wird."

So etwas hatte ich nicht erwartet. „Wie bitte?" Ich legte ihr die Hand auf die Schulter. „Du weißt, dass du mir alles sagen kannst, Lilah."

„Also, es geht um Dakota. Ich glaube, er steckt in Schwierigkeiten."

Es kostete mich ungeheure Kraft, nicht mit einem unwilligen Seufzen zu reagieren. Natürlich steckte er in Schwierigkeiten. Er war neulich durchgedreht, weil es keine Pommes zum Abendessen gab. Deshalb hatte er mit der Faust ein Loch in die Wand ihrer Wohnung geschlagen. So reagierte man gewöhnlich nicht, wenn man bloß Marihuana rauchte.

Ich nahm Lilahs Hand in meine und drückte sie beruhigend. „Na ja, wir können ihn wieder zur Entgiftung schicken. Ich kenne da ein paar Telefonnummern." In Gedanken machte ich einen Haken neben die Namen von Kliniken, in denen ein Platz frei sein könnte.

„Das verstehst du falsch. Ich glaube, er macht irgendwas in der Ambulanz." Lilah warf mir einen verzweifelten Blick zu.

Wieder hatte ich ein flaues Gefühl in der Magengrube. „Aber im Giftschrank sind noch alle Medikamente vorhanden, Lilah. Ich habe den Bestand heute noch geprüft. Wie kann er dann …?"

„Nein, Ruby." Lilah unterbrach mich mit einem heftigen Kopfschütteln. „Mit unserem Bestand ist alles in Ordnung. Aber irgendwas stimmt nicht mit den Papieren. Die Zahlen … die gefallen mir nicht." Sie zuckte mit den Schultern. In ihrem Blick lag Verunsicherung.

„Lilah, du musst dich da schon klarer ausdrücken." Ich ließ ihre Hand los und rieb mir die Augen.

Lilah trat von einem Fuß auf den anderen und fing wieder an zu weinen. Ich war verblüfft. Sie war sonst immer so beherrscht und jetzt schien sie einem Zusammenbruch nahe. Ich wusste nicht so recht, was ich tun sollte. Beunruhigt biss ich mir auf die Unterlippe.

„Ruby, ich habe noch mal die Aufträge für die letzte Medikamentenlieferung durchgesehen. Das Gewicht stimmt nicht und die Frachtkosten auch nicht."

„Was genau stimmt denn da nicht? Ich verstehe das nicht."

„Ich bin mir auch nicht ganz sicher." Lilah stieß einen frustrierten Seufzer aus. „Manche Beträge sind viel höher, als sie sein sollten, andere sind viel zu niedrig. Ich kapiere es selbst nicht, aber irgendwas läuft da gründlich schief."

„Hast du die Spedition angerufen? Vielleicht ist es bloß ein Computerfehler."

„Ich habe dort angerufen. Man hat mir gesagt, dass man die Sache prüfen wird."

„Gut, dann warten wir erst mal ab."

„Ich wollte vorher nicht darüber reden, weil es bei diesen Unstimmigkeiten nicht bloß um unser Verbandszeug und das andere medizinische Zubehör geht, sondern auch um unsere Medikamentenlieferungen." In Lilahs Gesichtszügen zeigte sich Unsicherheit. „Weil Dakota gerade aus der Entziehungskur gekommen ist, will ich ganz genau wissen, was los ist, bevor ich mein einziges Kind ans Messer liefere."

„Wir wollen ihn doch nicht ans Messer liefern, Lilah, sondern dafür sorgen, dass er Hilfe bekommt."

„Aber wenn die Lieferungen von weit her kommen und durch verschiedene Staaten müssen … dann weiß ich nicht, was auf ihn zukommt." Sie rang die Hände, während ihr wieder die Tränen die Wangen herunterliefen. „Diese Sache ist doch viel zu kompliziert für einen Teenager, oder nicht?"

„Wir wissen noch gar nicht, ob wir überhaupt ein Problem haben", erwiderte ich beschwichtigend. „Ich finde, wir sollten abwarten, bis die Spedition zurückruft, bevor wir in Panik geraten."

Ich unterdrückte die Angst, die in mir aufstieg. Wenn Dakota tatsächlich die Medikamentenlieferungen manipuliert hatte, würde er längere Zeit im Gefängnis verbringen müssen. Außerdem würden Lilah, die Ambulanz und ich ins Fadenkreuz der Ermittlungen geraten. Ich hoffte inständig, dass es sich tatsächlich bloß um einen Computerfehler handelte.

„Ich weiß, dass du mit Religion nicht viel am Hut hast, Ruby. Aber ich glaube, ein bisschen Gebet könnte uns jetzt helfen."

Lilah trat nervös von einem Bein aufs andere und warf mir einen schüchternen Blick zu.

„Es schadet bestimmt nicht, wenn du deine Gebetsgruppe anrufst." Weil ich mich unwohl fühlte, ließ ich auf diese Bemerkung ein lässiges Achselzucken folgen.

Lilah nickte bloß und ging nicht näher darauf ein. Ich sprach mit Lilah nie über meinen Glauben oder die Tatsache, dass ich ihn schon vor langer Zeit verloren hatte. Meine Freundin besuchte eine christliche Gemeinde in der Stadt. Oft lud sie mich zu den Gottesdiensten ein, aber ich fand immer einen Vorwand, damit ich sie nicht begleiten musste.

„Danke, dass du nicht ausgerastet bist, Ruby", sagte Lilah leise. „Du bist wirklich eine gute Freundin."

„Ich bin mir sicher, dass sich alles aufklären wird, Lilah. Es beeindruckt mich, dass du die Lieferungen noch mal überprüft hast." Ich musterte sie neugierig. „Wie bist du eigentlich auf diese Idee gekommen?"

„Erinnerst du dich noch an die Lieferung, die verloren gegangen ist?" Sie zog ein Papiertaschentuch aus der Tasche und putzte sich kräftig die Nase.

„Oh ja." Schließlich hatte ich doch versucht, die Lieferung ausfindig zu machen, während ich wie besessen … nein, während ich *so ganz nebenbei* über Toms Besuch bei mir nachgedacht hatte.

„Na ja, als die Lieferung schließlich doch aufgetaucht ist, hat der Lastwagenfahrer gesagt, dass er das Paket zuerst nicht gefunden hat, weil ein falsches Etikett drauf war. Er hat gemeint, das könnte am veränderten Gewicht liegen."

„Hat er einen Grund dafür genannt?"

„Er hat gehört, dass Lieferungen manchmal anders verpackt sind als im Katalog. Dann sind die Schachteln größer oder kleiner, und die Leute im Lager müssen ein bisschen jonglieren, damit sie für uns die richtigen Mengen packen können." Lilah runzelte die Stirn. „Dann habe ich mir gedacht, ich schau einfach mal nach, weil der Fahrer das erwähnt hat. Ich wusste ja nicht, dass ich in ein Wespennest steche, nur weil ich mir so viel Mühe gemacht habe."

Das war also der Dank für ihre Mühe. Ich konnte ihre Verzweiflung gut nachempfinden. Sie arbeitete so hart, weil sie ihren Sohn Dakota so sehr liebte. Ich umarmte meine Freundin. Sie lehnte sich an mich und schniefte leise. Ich sah die Angst und Sorge in ihrem Gesicht, als ich sie noch einmal an mich drückte. „Mach dir keine Gedanken, Lilah. Wir bekommen die Sache schon in den Griff. Wie gesagt, es ist vielleicht nur ein Computerfehler. Ich meine, die Wahrscheinlichkeit ist jetzt sogar noch größer, wenn du diese Sache mit den Mengen berücksichtigst."

„Ja, vielleicht ist es bloß ein Tippfehler oder so was Ähnliches." Lilah schien jedoch nicht so überzeugt von dieser Theorie zu sein. Sie tat mir in der Seele leid. Ich wusste nicht, wie ich sie trösten sollte, weil ich noch nicht einmal wusste, was die Ursache der Unstimmigkeiten war.

„Ich muss wieder an die Arbeit, aber mach dir keine Sorgen, Lilah. Alles wird gut."

„Ruby ... ich habe dir Unrecht getan. Ich dachte, dass du wieder mal das Schlimmste vermutest."

Ich versuchte ihr nicht zu zeigen, dass ich ein schlechtes Gewissen hatte, weil ich tatsächlich das Schlimmste vermutete. „Das ist schon in Ordnung. Du würdest das auch für mich tun. Mir vertrauen, an mich glauben, meine ich."

Sie reagierte mit einem stummen Kopfnicken, drückte mich noch einmal kurz an sich und ließ mich dann auf dem Rasen stehen. Ich sah ihr nach und überlegte, ob ich ihr von Antonios nächtlichem Besuch erzählen sollte. Ich berührte meinen Hals. Obwohl die Muskeln noch immer schmerzten, waren die Würgemale fast verschwunden.

„Alles in Ordnung?" Blaine schaute um die Ecke. Er warf einen Blick auf mich und Lilah, die sich mit schnellen Schritten entfernte.

„Klar doch, bloß so ein kleines Mutterdrama."

„Waren Sie denn brav?"

„Ja, Papa", frotzelte ich.

„Ihr Patient Carl Andrew ist oben. Er fragt nach Ihnen." Mein Chef verdrehte die Augen.

„Ich bin gleich bei ihm."

Blaine ließ mich ebenfalls stehen und ging weg. Ich schlang beide Arme um meinen Körper und dachte nach. Nach der Arbeit wollte ich mir die Frachtaufträge noch einmal genauer ansehen. Ich nahm mir auch vor, Lilah von Antonios nächtlichem Angriff zu erzählen, sobald ich morgen in die Ambulanz kommen würde. Obwohl ich sie nicht mit weiteren Problemen belasten wollte, musste ich sie ins Vertrauen ziehen. Unsere Freundschaft verlangte es, dass sie die Wahrheit kannte, ob es sich nun um eine gute oder schlechte Nachricht handelte.

Aber dazu sollte es nicht mehr kommen.

Kapitel 7

Jugendstrafanstalt Dresden Heights
Vor dreizehn Jahren

Meine ersten Tage in der Jugendstrafanstalt waren unvorstellbar schwer. Niemand sprach mit mir, aber das machte mir nicht viel aus. Die Jugendlichen in dieser Einrichtung strahlten eine Härte aus, die ich bei so jungen Menschen noch nie gesehen hatte. Ich blieb für mich, schwieg während des Unterrichts und zog mich so oft wie möglich in den Schlafsaal zurück. Einsamkeit und Trauer drohten mich zu überwältigen. Ich wusste nicht, wie ich diese innere Leere überwinden sollte. Noch schlimmer wurde es, als ich nicht zur Beerdigung meiner Pflegemutter gehen konnte, weil meine Sozialarbeiterin Urlaub hatte und es niemanden gab, der mich abholte. Beim Frühstück konnte ich nicht aufhören zu weinen. Wie betäubt machte ich mich auf den Weg zum Unterricht. Ich überquerte den Hof und wanderte an dem rostigen Maschendrahtzaun entlang, bis ich den Raum mit den Schließfächern an der Wand erreichte. Wie in den Waschräumen von Grundschulen war die rissige Decke des Raums mit Spuckekügelchen aus zerknülltem Toilettenpapier bedeckt. Ich riss meine Schulbücher aus meinem Schließfach, schob sie achtlos in meinen Rucksack und schlug die Tür mit einem lauten Knall zu. Die Kehle wurde mir eng von den Gefühlen, die ich versuchte zu unterdrücken. Warum schenkte mir Gott die Liebe und Geborgenheit einer wunderbaren Frau, um mir dann beides zu nehmen? Ich fühlte mich, als ob mir jemand einen üblen Streich gespielt hätte.

„Hallo“, rief jemand hinter mir.

Ich drehte mich um. Weiter hinten stand der Junge, dem ich am ersten Tag begegnet war. Seinen Rucksack hatte er über die

Schulter geworfen. Wir alle trugen Jeans und ein weißes T-Shirt. Das war unsere Uniform in *Dresden Heights*, aber Tom sah darin viel besser aus als wir alle.

„Alles in Ordnung?"

„Ja ja, mir geht's gut." Ich wischte mir die Tränen von den Wangen und bemühte mich, meinen Kummer zu verbergen.

„Du siehst aber nicht gut aus", murmelte er. Sein Blick machte mir seine Nähe bewusst. Die Hitze der Verlegenheit stieg von meinem Hals auf und erreichte mein Gesicht. „Du siehst erbärmlich aus. Wie ein kleines Kätzchen, das in einen Regenguss geraten ist."

So wollte ich natürlich nicht auf ihn wirken.

„Du bist Tom, stimmt's?" Ich versuchte, locker zu klingen.

„Und du bist Ruby." Er lächelte. Wegen der Grübchen in seinen Wangen wirkte sein Lächeln ansteckend. Trotz meiner Traurigkeit lächelte ich zurück.

„Ja."

„Ich helfe dir." Er nahm meinen Rucksack und warf ihn sich über die andere Schulter. Diese ritterliche Geste wirkte unpassend angesichts seines Alters, irgendwie rührend, trotz der Umgebung und der Handschellen, die er bei unserer ersten Begegnung getragen hatte.

„Äh, danke", sagte ich. Gleichzeitig versuchte ich, nicht in seine Augen zu starren. Aber ich wollte auch nicht so wirken, als ob ich seinen Blicken ausweichen würde. Ich glaube, ich sah schließlich so aus, als hätte ich Probleme mit den Augen.

„Wo willst du hin?" Tom schien mein Dilemma nicht zu bemerken.

„Ich weiß nicht. Ich meine, ich weiß, wohin ich muss, aber ich weiß nicht, ob ich dorthin gehe." Meine Antwort klang nicht gerade geistreich. Innerlich wand ich mich vor Verlegenheit. „Ich will nicht…" Hilflos zuckte ich mit den Schultern. Ich kam mir ziemlich dumm vor.

Toms Blick wanderte von meinen Augen zu meinem Mund

und wieder zurück. „Du willst nicht zum Unterricht gehen. Bist du zu traurig?“

Ich biss mir auf die Unterlippe und nickte. Er hatte recht. Ich wollte nicht zum Unterricht gehen. Ich wollte nicht hier sein, in dieser Schule, die wie ein Gefängnis war. Ich wollte keine Angst vor dem Einschlafen haben, weil die anderen Mädchen im Schlafsaal sich einen Spaß daraus machten, mit Bleistiften aufeinander einzustechen. Ich konnte meinen Schmerz nicht mehr unterdrücken. Die Tränen liefen mir die Wangen herunter, obwohl ich verzweifelt versuchte, die Flut einzudämmen.

„Ich habe grade erst meine Mutter verloren“, brachte ich mühsam heraus. Wieder überwältigte mich die Trauer.

Tom erstarrte. In seinem Gesicht sah ich Verwirrung. Dann tat er etwas Verblüffendes. Er zog mich an seine Brust und schloss mich in seine langen, muskulösen Arme. Ich verlor die Fassung, um die ich so mühsam gekämpft hatte. Mit den Fingern krallte ich mich an seinem T-Shirt fest und begann haltlos zu weinen. Mit jedem leisen Schluchzer kamen meine hilflose Wut und die Trauer über den Verlust meiner Pflegemutter heraus. Ich lag zitternd und bebend in seinen Armen und hatte das Gefühl, dass ich zu einem Häufchen Asche zerfallen müsste, wenn er mich loslassen würde. Ich wollte diesen netten Jungen nicht belästigen und schon gar nicht im Raum mit den Schließfächern, aber mein Schmerz kam einfach so heraus. Ein einziger Akt des Mitleids, eine einzige Umarmung von einem Fremden genügten, um die Dämme brechen zu lassen.

„Du wirst das alles durchstehen.“ Tom hielt mich fest und flüsterte mir ins Ohr: „Du bist ein starkes Mädchen.“

Ich wischte mir über das Gesicht und sah in seine wunderschönen Augen. Ich wollte ihm so gerne glauben.

„Ich … sie war mehr als drei Jahre lang meine Pflegemutter. Sie war der liebste Mensch, dem ich jemals begegnet bin. Sie wollte mich adoptieren. Wir … wir haben schon Pläne gemacht.“

Ich wusste, dass ich wirres Zeug redete, aber ich konnte nicht anders. Dann löste ich mich aus Toms Armen. Ich trat zurück und fischte in der Tasche meiner Jeans nach einem Papiertaschentuch, mit dem ich mir die Augen abwischte. Mein Blick fiel auf die feuchten Flecken auf Toms T-Shirt. Das war mir furchtbar peinlich.

„Oh nein. Bitte entschuldige."

Er klopfte sich mit der Hand auf den Brustkorb. „Mach dir keine Gedanken." Dann zuckte er mit den Schultern und sah mich mit einem schiefen Lächeln an. „Du hast da drin ziemlich viel aufgestaut, stimmt's?"

Ich sah zu ihm hoch und versuchte zu lächeln. „Ja, das stimmt."

„Ich habe gehört, dass sie ganz plötzlich gestorben ist."

„Ein Autounfall." Ich brachte diese Worte nur mit einem leisen Krächzen heraus. Beinahe hätte ich wieder angefangen zu heulen.

„Das ist brutal", erwiderte er. „Und deshalb bist du hier gelandet?"

Ich nickte und warf einen Blick in den Hof. Auf der gegenüberliegenden Seite beendete ein Wachmann gerade einen Faustkampf zwischen zwei Jungen. Er bemerkte uns nicht.

„Ich habe zu den Schulbesten gehört", platzte ich heraus.

„Deine Noten werden hierher weitergeleitet."

„Nein. Ich meine, ich gehöre nicht in ein Gefängnis. Ich habe doch nichts verbrochen."

Plötzlich zuckte ich zusammen. Warum sagte ich bloß so oft das Falsche? „Ich meine, du verdienst es bestimmt auch nicht, hier zu sein." Mit diesen Worten versuchte ich, meinen Fehler wiedergutzumachen.

„Ja, ja, im Leben läuft nicht immer alles so, wie es laufen sollte." Tom musste schmunzeln.

Ich nickte zustimmend, während ich das zerknitterte Papiertaschentuch zusammenfaltete. Er hatte auf meine Worte nicht beleidigt reagiert, worüber ich froh war. Ein paar Sekunden lang herrschte Stille. Ich hatte Angst, dass Tom einfach so weggehen und mich mit meinem Schmerz allein lassen würde.

„He, weißt du, was du brauchst?“, fragte er plötzlich.

„Was denn?“

„Du brauchst eine Auszeit von dem allen hier.“ Mit dem ausgestreckten Arm markierte er einen Kreis, der die ganze Umgebung umfasste.

„Wie bitte?“ Ich wusste nicht, was er meinte.

Tom nahm meine Hand und legte verschwörerisch einen Finger auf die Lippen. „Sei still und komm einfach mit.“

Ich machte mir keine Gedanken, als er mich an der Rückseite des Gebäudes entlangführte. Atemlos packte ich seine Hand mit beiden Händen. Er blieb stehen, als wir an der Hintertür der Cafeteria ankamen.

„Ich werde dir jetzt was zeigen. Aber du musst schwören, es keiner Menschenseele zu erzählen“, sagte er.

Es war mir gleichgültig, dass ich ihm erst vor wenigen Minuten begegnet war. Er war da gewesen, als ich Hilfe und Trost brauchte. Dieser gut aussehende Junge war der Einzige gewesen, der mich wahrgenommen hatte. Ich starrte sein Profil an, während er einen verstohlenen Blick in das Fenster der Cafeteria warf. Er drehte sich um und zeigte mir mit einem breiten Lächeln nach oben.

„An der Decke des Vorratsraums gibt es eine Luke, die zum Dach führt.“

„Äh, was?“

Tom legte wieder den Finger auf die Lippen. „Ich gehe immer dort rauf, wenn ich allein sein will. Es gibt hier keinen anderen Ort, wo man das kann. Man stößt überall auf Teenager, die in Schwierigkeiten sind.“

„Wir gehören auch zu dieser Sorte Teenager, Tom. Und ich will mir nicht noch weitere Probleme aufhalsen.“

„Was soll dir denn passieren? Meinst du, man nimmt dir deinen Passierschein weg?“

„Gibt es denn so was wie einen Passierschein?"

„Nein."

Tom warf noch einen Blick in die Cafeteria, dann zuckte er zurück.

„Um diese Zeit macht Norma jeden Tag ihre geheime Zigarettenpause", flüsterte er.

Ich nickte und tat so, als ob ich ganz genau wüsste, wer Norma war. Tom sah noch einmal kurz durch die Tür. Dann packte er meine Hand und zog mich in den hinteren Teil der Küche. Wir schlichen uns an den langen Tischen vorbei. Ich sah, wie ein paar mit Plastikschürzen bekleidete Teenager die Frühstückstabletts mit langen, über der Spüle befestigten Schläuchen abspülten. Tom führte mich an den großen Küchenherden vorbei durch eine Tür neben den Tiefkühltruhen. In dem Raum war es stockdunkel.

Jetzt spürte ich den ersten Anflug von Panik. *Worauf habe ich mich bloß eingelassen?*

„An der Wand ist ein Schalter", sagte Tom in die Dunkelheit hinein.

Meine Hand zitterte, als ich nach dem Lichtschalter tastete. Ich drückte fest darauf. Wir befanden uns in einem riesigen, von Regalen gesäumten Vorratsraum. Mindestens zweihundert Blechbüchsen und Säcke nahmen jeden verfügbaren Platz ein. Ich holte tief Luft und zwang mich, bei diesem Abenteuer mitzumachen.

Vertraue ihm, redete ich mir ins Gewissen.

Tom zeigte auf eine Leiter am anderen Ende des Vorratsraums. „Lass mich zuerst hochgehen. Die Luke ist richtig schwer."

Er kletterte die Leiter hinauf und drückte mit beiden Händen gegen das metallene Viereck. Die verrosteten Seiten knirschten laut, aber die Luke hob sich. Tom sprang auf das Dach. Ich folgte ihm auf die mit Kieselsteinen bedeckte Oberfläche. Er schloss die Luke. Eine Kühlbox aus Styropor stand an der erhöhten Dachkante. Ich warf einen Blick hinein. Dosen mit Sprudel schwammen im Wasser. Auf einem Handtuch rechts von der Kühlbox lagen eine Taschenlampe, eine Kerze und eine Streichholzschachtel. Tom ging zum Lüftungskamin und setzte sich hin. Er zog die Knie an und streckte die Hand aus, um mir einen Platz neben sich anzubieten, auf einem alten Liegestuhl-Polster.

„Das sieht ja so aus, als ob du hierher umgezogen bist", bemerkte ich, als ich zu ihm herüberging und mich setzte.

„Na ja, ich komme schon seit Jahren regelmäßig hierher", murmelte er.

Ich spürte seine Wärme neben mir, und ich versuchte, mich auf das Atmen zu konzentrieren. Der Gedanke, dass ich gegen die Regeln verstieß und mich zusammen mit Tom hier oben versteckte, ließ mein Herz schneller schlagen, aber nicht vor Angst, sondern vor Freude am Abenteuer und an der Freiheit.

„Also läufst du ständig weg und wirst deshalb immer wieder hierher geschickt?" Ich drehte mich zu ihm um und bewunderte sein klares Profil.

„Ich … äh … ich kann mich nicht so recht in diese Pflegefamilien einfügen."

Ich nickte zustimmend und hob ein kleines Stück Papier auf. Nachdenklich faltete ich es zu einer Origami-Lilie. Das kurze Hochgefühl unseres kleinen Abenteuers war verflogen, und mein Schmerz kam wie eine Flutwelle zurück. Meine Kehle wurde eng. Ich rang nach Luft.

„Ich war auch in vielen verschiedenen Pflegefamilien." Verlegen tastete ich mit den Fingern nach der Narbe an meiner Schläfe. Das war ein Überbleibsel aus einem längst vergessenen Leben.

Toms Augen folgten meiner Handbewegung. Ich merkte, wie mir vor Verlegenheit die Röte ins Gesicht stieg. Deshalb strich ich mir rasch die Ponyfransen glatt. „Manchmal kippe ich um. Das kommt von einer alten Kopfverletzung. So was nennt man einen kleinen epileptischen Anfall. Man merkt aber nicht viel. Ich schlage nicht um mich oder so, aber trotzdem kriegen die

Leute Angst. Deshalb kann man mich nicht so einfach in einer Pflegefamilie unterbringen."

„Ich habe von dir gehört." Tom streckte die Hand aus und fuhr mit dem Finger über meine Narbe. Seine Augen blickten traurig. „Die Lehrer merken nicht, wie gut man sie hören kann, wenn sie im Aufenthaltsraum miteinander reden."

„Wer weiß von meinen Anfällen?", fragte ich erschrocken.

„Niemand. Sie haben ganz allgemein über dich geredet." Plötzlich lächelte er und klopfte sich mit dem Fingerknöchel an den Kopf. „Sie haben auch gesagt, dass du wahnsinnig schlau bist, also richtig begabt."

Ich tat dieses Kompliment mit einem gleichgültigen Achselzucken ab.

„Vor drei Jahren hat sich eine pensionierte Krankenschwester an mich erinnert – von ... früher. Sie hat nach mir gesucht und mich zu sich nach Hause genommen. Sie ist voll abgefahren auf Bildung", erklärte ich. Es tat mir richtig weh, als ich an sie dachte. „Sie wollte, dass ich studiere."

Tom zog die Augenbrauen hoch und blies langsam die Luft aus. „So coole Leute gibt es nicht viele."

„Nein. Ich weiß. Ihr Name war Sheila McKinney."

Tom hob ein paar Kieselsteine auf und warf sie gegen den Lüftungskamin. Ich machte es ihm nach. Dann saßen wir lange schweigend nebeneinander. Dieses Schweigen war nicht im Geringsten peinlich, sondern angenehm.

„Und was ist mit dir?", fragte ich schließlich in die Stille hinein.

Er reagierte mit einem Achselzucken und strich sich über die feinen Bartstoppeln im Gesicht. Ich bemerkte eine Narbe an seinem Unterkiefer. Sie zog sich wie eine feine Linie vom Kinn bis zu seinem Ohr. Näher betrachtet sah sie aus wie eine Schnittverletzung. An seinen Innenarmen, dicht an den Handgelenken, sah ich weitere, runde Narben. Sie stammten offenbar von brennenden Zigaretten.

„Mein Vater hat ein Alkoholproblem." Toms Gesicht veränderte sich. Sein wissender Blick wurde traurig. „Meine Mutter ..."

„Du brauchst mir nichts zu erzählen ..." Ich wollte bei ihm nicht den Eindruck erwecken, als ob ich ihn ausfragen wollte.

„Drogen, weißt du? Sie kam nicht davon los." Er räusperte sich, und jetzt sah ich den Schmerz in seinem Gesicht. „Sie war Künstlerin, aber die Drogen haben ihr den Verstand geraubt. Kurz vor dem Ende war sie manchmal tagelang weg ... einfach verschwunden. Manchmal hat die Polizei angerufen, manchmal das Krankenhaus ... aber als ich elf war, ist sie nicht wieder aufgetaucht."

„Das ist furchtbar traurig, Tom."

„Diese Drogenhändler haben ihr immer noch Drogen verkauft. Ich habe sie angefleht. Ich habe sogar für einen dieser Typen ein Auto geklaut, um ihre Schulden zurückzuzahlen." Er versuchte, diese Gedanken mit einem lässigen Achselzucken loszuwerden. Seine Miene wurde hart.

„Du hast ein Auto gestohlen?" Ich erschrak so sehr, dass ich nur noch flüstern konnte.

„Ja, aber man hat mich nicht erwischt. Aber das hat alles nicht geholfen. Sie hat ihn eine Woche später schon wieder um Geld angebettelt, obwohl er mir versprochen hatte, ihr keine Drogen mehr zu verkaufen."

Tom schüttelte den Kopf. Ein paar Sekunden später holte er tief Luft. Sein Zorn schien verflogen zu sein.

„Das tut mir leid."

„Du kannst ja nichts dafür." In Toms Blick stand Verwirrung.

„Ich weiß, aber ..." Ich seufzte. „Ich glaube, ich weiß gar nicht, was ich so von mir gebe. Ich bin total durcheinander."

Er reagierte auf diese Worte mit einem Kopfschütteln und fuhr mit dem Finger über meinen Nasenrücken. Sein Lächeln führte dazu, dass ich Schmetterlinge im Bauch spürte. „Du wirst sehen, alles wird gut für dich, Ruby. Das verspreche ich dir."

Mit einem schüchternen Lächeln reichte ich ihm die Lilie, die ich aus dem Papierfetzen gefaltet hatte. „Pfadfinder-Ehrenwort?"

Toms Lippen umspielte ein spitzbübisches Grinsen. „Ich bin nie Pfadfinder gewesen, aber ich habe mal einen verprügelt. Zählt das auch?"

„Ja, fürs Erste." Ich musste lachen. Die Schulglocke schrillte laut, und ich stand auf, um zur Dachluke zu gehen. „Kommst du mit? Der Unterricht ist zu Ende."

Tom holte eine zerknüllte Baseballmütze unter seinem Kissen hervor und zog sie sich bis über das Gesicht. Dann legte er sich auf den Rücken und verschränkte die Arme hinter dem Kopf.

„Nö."

„Willst du den ganzen Tag hier oben bleiben?"

Er hob den Kopf und sah unter dem Rand seiner Mütze zu mir hoch. „Nein, nur so lange, bis ich das Mittagessen rieche."

Ein paar Sekunden lang sah ich ihm zu, wie er es sich bequem machte. Dann trat ich auf die erste Stufe der Leiter. Bevor mein Kopf unter dem Dach verschwand, warf ich einen Blick zurück auf Tom. Mein Herz schlug schneller.

Ich hörte, wie er unter seiner Mütze murmelte: „Pass auf, wo du hintrittst, sonst fällst du runter."

Es war mir peinlich, dass er mich dabei erwischt hatte, wie ich ihn anstarrte. Ich unterdrückte ein verlegenes Kichern und kletterte schweigend die Stufen herunter. Plötzlich fühlte ich mich besser als in den Tagen vorher. Der dunkle Nebel meiner Trauer hatte sich ein wenig gelichtet, ganz so, als ob er nicht für immer bleiben sollte. Ich hatte an einem Ort des Schreckens einen Freund gefunden. Damals wusste ich es noch nicht, dass dieser Tag auf dem Dach mein ganzes weiteres Leben verändern sollte.

* * *

Um Mitternacht beendete ich meine Schicht in der Notaufnahme. Auf dem Weg zum Auto wählte ich Bens Telefonnummer.

Obwohl ich das Problem mit Antonio selbst lösen wollte, würde es nicht schaden, wenn Ben Farrell heute Nacht mit seinem Streifenwagen öfter an der Ambulanz vorbeifahren würde. Außerdem hätte ich dann auch die Gelegenheit, Ben besser kennenzulernen. Und das wollte ich doch, oder etwa nicht?

Ich hinterließ eine Nachricht auf seiner Mailbox und bat ihn, mich zurückzurufen. Mit einem Tastendruck beendete ich meinen Anruf. Ich starrte auf das Display des Telefons, während ich mit dem Aufzug nach unten fuhr. Dabei dachte ich über Tom nach. Er sah noch immer so aus, wie ich ihn in Erinnerung hatte. Noch immer war er stark, selbstsicher und fast krankhaft leichtsinnig, wenn es darum ging, sich in Gefahr zu begeben. Er hatte erwähnt, dass er eine Weile in der Stadt bleiben würde, aber er würde wohl nicht mehr als verdeckter Ermittler arbeiten. Oder etwa doch? Wie passt eine Schießerei zu den Verhaltensregeln für einen Kriminellen? Würden seine Chefs ihm nicht eher einen Bürojob geben, während er sich von seiner Schussverletzung erholte? Ich wusste so gut wie gar nichts über die Arbeitsweise der Drogenfahndungsbehörde.

Als ich merkte, dass ich mein Telefon anstarrte, als ob ich erwartete, dass es mir Zaubertricks vorführen würde, warf ich es zurück in meine Tasche. Nach zehn Stunden auf den Beinen sehnte ich mich nach dem schmalen Bett in meinem Büro. Ich drückte die äußere Doppeltür auf, die zum Parkplatz führte. Plötzlich erstarrte ich vor Schreck.

Ein Trümmerhaufen lag auf dem Parkplatz, auf dem eigentlich mein Auto stehen sollte. Ich schüttelte den Kopf, weil ich nicht begreifen konnte, was ich da sah. Als ich näher heranging, schlug ich entsetzt die Hände vor den Mund. Ungläubig starrte ich auf den Parkplatz.

„Oh nein“, stammelte ich entgeistert.

Orangefarbener, leuchtender Rauch stieg aus jedem zerborstenen Fenster und erleuchtete jede gewaltsam zusammengedrückte Metallplatte. Die zerstochenen Autoreifen waren zusammengesunken über einem Asphalt, der bedeckt war von dunklen Flecken. Von Weitem sah es aus, als ob es schwarze Farbe war, denn auch die traurigen Überreste meines Autos waren von einer dunklen Schicht bedeckt. Auf die Ziegelmauer über dem Auto war – ebenfalls in schwarzer Farbe – eine sich windende Schlange aufgemalt worden. Ich ließ meine Tasche neben mir auf die Straße fallen und starrte mit offenem Mund auf die Trümmer meines einzigen Besitzes.

Mir wurde übel und ich fühlte mich plötzlich verwundbar hier draußen auf dem Parkplatz, mitten in der Nacht. Die Angst ließ meine Kehle eng werden. Ich packte meine Tasche und blickte mich ängstlich um. Vielleicht würde ein Wachmann oder ein Mitarbeiter des Krankenhauses vorbeikommen, aber der Parkplatz war menschenleer. Langsam bewegte ich mich zurück Richtung Krankenhaus. Das Herz klopfte mir bis zum Hals. Mein Blick folgte jedem Schatten, der sich bewegte, und ich atmete stoßweise ein und aus. Ich riss die Tür des Personaleingangs auf und lehnte mich an eine Wand, während ich versuchte, ruhig durchzuatmen.

„Sei ganz ruhig“, sagte ich zu mir selbst. „Die sind bestimmt schon über alle Berge.“

Meine feuchten Hände wischte ich an meinem Arztkittel ab, dann strich ich mir die Haare glatt. Ich sah auf die Uhr. Mike war vielleicht noch im Büro der Sicherheitsleute.

Als ich vor der Tür stand, klopfte ich leise.

„Wer ist da?“, rief Mike von drinnen.

„Mike, ich bin's, Ruby. Ich habe Probleme mit meinem Auto.“

Ich zog eine Grimasse, weil diese Worte so absurd klangen. Schließlich hatte ich gar kein Auto mehr. Ich hörte, wie Mikes Bürostuhl quietschte und sich seine Schritte der Tür näherten. Das Türschloss sprang auf. Er öffnete die Tür mit einem Lächeln.

„Ich habe Ihnen doch gesagt, dass diese alte Schrottkiste früher oder später den Geist aufgeben wird.“

Mike Hannel war etwas über einen Meter fünfzig groß, aber sein Bauch war so dick, dass er sich damit auch im Kreißsaal blicken lassen könnte. Er war Ende fünfzig, und er drohte in letzter Zeit oft damit, dass er in den Ruhestand gehen wollte. Aber bis heute hatte er sein Versprechen nicht eingelöst, und dafür war ich dankbar.

Er zog seine buschigen, grauen Augenbrauen zusammen, als er mich sah. „Was ist denn Ihr Problem, Ruby?"

„Jemand hat mein Auto zerstört." Jetzt liefen mir die Tränen über die Wangen. Ich wischte sie mit dem Ärmel meines Kittels ab. Mir war plötzlich kalt.

Mike sah mich besorgt an. „Wie bitte?"

Ich zeigte schweigend über meine Schulter. Plötzlich fühlte ich mich hilflos.

Mike drängte sich an mir vorbei, und ich folgte ihm zum Ausgang, der zu den Parkplätzen führte. Er blieb abrupt stehen, als er mein Auto entdeckte.

„Ach du Schande!"

„Hat jemand was gemeldet?", wollte ich wissen.

Mike schüttelte den Kopf. „Nein, dieser Teil des Parkplatzes wird nur benutzt, wenn wir zu viele Besucher haben. Wir haben dort noch nicht mal Kameras installiert."

Natürlich hatte niemand etwas gesehen. Das hier war schließlich ein Bezirkskrankenhaus in einem berüchtigten Stadtviertel. Hier könnte jemand den Weihnachtsmann von seinem Schlitten entführen, und die Polizei würde trotzdem im Dunkeln tappen. Noch immer war meine Kehle eng, aber ich musste seufzen. Nach elf Uhr abends fuhren keine öffentlichen Busse mehr. Ich wusste nicht, wie ich nach Hause kommen sollte.

Mike rieb sich nachdenklich das Kinn und deutete auf das Bild der Schlange an der Mauer. „Meinen Sie, das waren Satanisten? Schlangen sind doch ein Sinnbild dafür, oder?"

Ich schüttelte den Kopf. „Eine schwarze, sich windende Schlange ist das Symbol der Culebra-Straßenbande."

Mike rümpfte die Nase. „Cul … was?“

„Das ist das spanische Wort für Schlange“, erklärte ich ihm. „Aber das hier war keine Tat der Bande. Die geben sich mit Leuten wie mir nicht ab. Ich glaube, das war ein persönlicher Racheakt.“

Ich dachte an Antonio und merkte, wie Wut in mir aufstieg. *Dieser elende kleine …*

„Ich rufe die Polizei, Ruby.“ Mike unterbrach meine stummen Hasstiraden. „Sie werden morgen Anzeige erstatten müssen.“

Ich nickte langsam. Mein Auto war ein verkohlter Trümmerhaufen. Auch eine Anzeige würde es nicht zurückbringen. Ich bewegte meine müden Füße, dann drehte ich mich zu Mike um. Wieder musste ich einen Wutanfall unterdrücken, weil ich zu erschöpft war, um daran zu denken, wie unbequem es sein würde, kein Auto zu haben.

„Also dann … danke“, sagte ich. Ich klopfte dem Sicherheitsmann auf die Schulter und ging zurück zum Krankenhaus. Plötzlich klingelte mein Handy in meiner Tasche. Ich warf einen Blick auf das Display. Es war Ben. „Hallo, Polizeimeister Farrell.“ Mit einem leisen Seufzen korrigierte ich mich. „Ach, Entschuldigung. Hallo, Ben.“

„Ruby, es tut mir furchtbar leid.“ Seine Stimme klang besorgt, ja sogar ein bisschen wütend.

Verblüfft sah ich zurück auf die rauchenden Trümmer meines Autos. Woher wusste Ben bereits, was geschehen war? „Nun ja … wie haben Sie das so schnell herausgefunden? Ich habe es unserem Sicherheitsmann Mike erst vor fünf Minuten erzählt.“

Ein paar Sekunden lang schwieg Ben. Dann sprach er weiter, aber ich hörte, wie verwirrt er war. „Sie haben mit Mike gesprochen – *im Krankenhaus*?“

„Äh, ja. Ich glaube, da ist nichts mehr zu retten, Ben. Sie sollten es sich mal ansehen.“

„Ruby, ich stehe doch direkt davor.“

„Was? Aber ich sehe Sie nicht beim Auto." Außer Mike war dort niemand.

„Ruby, wie hat Mike so schnell erfahren, was in der Ambulanz passiert ist?", fragte Ben.

Ich stand da wie betäubt. Plötzlich zitterte ich wie Espenlaub. Beinahe hätte ich das Telefon fallen gelassen.

„Ist Lilah …?"

„Ihr geht es gut. Der Typ, dem der Laden nebenan gehört, hat gesehen, wie sie die Ambulanz verlassen hat. Aber die Ambulanz …"

Mit angehaltenem Atem flüsterte ich ins Telefon: „Was ist mit der Ambulanz, Ben?"

„Ach, Ruby." Seine Stimme klang bekümmert. „Jemand hat die vorderen Fenster eingeschlagen und innen alles mit Farbe bespritzt. Es sieht auch so aus, als ob viele Sachen gestohlen worden wären. Tische, Stühle, ich glaube, die haben sogar die Abfalleimer mitgenommen."

Mir fehlten die Worte. Ich stand wie festgefroren auf dem dunklen Parkplatz des Krankenhauses und starrte mit aufgerissenen Augen auf den gelben Halbmond, der ein wenig schief am Nachthimmel hing. Dann sank ich zu Boden und setzte mich auf die hohe Bordsteinkante. Jetzt war meine Chance auf eine Zusammenarbeit mit der Abteilung für Sportmedizin vertan. Es tat mir von Herzen um die Kinder leid, denn wir waren so nah am Ziel gewesen. Warum war so etwas geschehen?

„Ruby?"

„Ja?" Nur mit Mühe konnte ich die Tränen unterdrücken.

„Ist alles in Ordnung mit Ihnen? Was haben Sie eben von Ihrem Auto erzählt?"

„Ben … ich muss jetzt Schluss machen, aber vielleicht kann mich morgen früh jemand zur Ambulanz fahren. Ich bleibe hier im Krankenhaus."

„Äh … das geht klar, Ruby. Ich kann Sie abholen, wenn Sie möchten."

„Danke, das wäre prima“, erwiderte ich und beendete den Anruf, damit er nicht hören konnte, wie mir die Stimme versagte.

An dem rauchenden Trümmerhaufen aus Metall und Gummi sprach Mike in sein Funkgerät. Dann entfernte er sich mit schnellen Schritten. Er hatte nicht bemerkt, dass ich noch auf der Bordsteinkante saß. Ich drückte meine Tasche an die Brust und krümmte mich zusammen.

Jetzt überwältigten mich die Gefühle der Ohnmacht und Hilflosigkeit. Ich weinte so heftig, dass ich kaum noch Luft holen konnte. Mein Blick flog zum Himmel hinauf, und plötzlich verspürte ich den starken Drang, zu Gott zu schreien. Ich hatte so lange jeden Gedanken an den Glauben verdrängt. Jetzt war ich überrascht, dass mir Gott in den Sinn kam. Aber ich ließ die Worte nicht heraus. Ich schloss die Augen, als mir erneut die Tränen kamen.

Du bist auf dich allein gestellt, mein Kind. Und das wird immer so bleiben.

Kapitel 8

Nach meinem Empfinden waren die Feldbetten für die Mitarbeiter, die Rufbereitschaft hatten, gar nicht so unbequem. Die meisten Ärzte beklagten sich darüber, aber wenn man schon einmal ein paar Nächte auf einer Parkbank hatte verbringen müssen, war man dankbar für eine Matratze, selbst wenn sie dünn und durchgelegen war. Trotzdem schlief ich unruhig. Einmal wachte ich auf und war in kalten Schweiß gebadet, weil ich dachte, man hätte mich entführt. Es lag an der fremden Umgebung. Ich konnte nicht wieder einschlafen, und so warf ich mich auf meinem Bett hin und her. Das Kopfkissen traktierte ich mit der Faust. Gegen sechs Uhr morgens gab ich schließlich auf und ging im Umkleideraum für Ärzte unter die Dusche. Ich hatte immer extra Unterwäsche in meinem Schließfach, weil ich mich hier im Krankenhaus häufig umzog. Einen Vorteil hat die Krankenhauskleidung: Man tauscht sie bloß gegen neue Anzüge in der eigenen Kleidergröße. Das Krankenhaus lagerte überall ausreichende Mengen davon, und das war auch notwendig, wenn man täglich in Kontakt mit Erbrochenem oder Blut kam.

Heute früh entschied ich mich für ein erbsengrünes Ensemble. Ich beneidete die Krankenschwestern um ihre Uniformen, die in schönen, sanften Farben gehalten waren. Als ich fertig angezogen war, band ich mein Haar zu einem lockeren Knoten. Dann verließ ich den Umkleideraum. Jetzt fühlte ich mich schon ein bisschen besser. Schwester Renée begegnete mir auf dem Weg zur Eingangshalle. Sie lotste mich in ein Besprechungszimmer. Ich bemerkte, dass sie eine bunte Schwesternuniform anhatte, mit Bildern von kleinen Teddybären auf strahlend blauen Untergrund.

„Ist alles in Ordnung? Ist noch etwas zu retten?“, wollte sie wissen.

Ich lehnte mich an den Tisch. „Meinst du mein Auto, die Ambulanz oder meinen Geisteszustand?“

Sie klopfte mit einem Bleistift auf das Schreibbrett, das sie in der Hand hielt.

„Was, alle drei?“, fragte sie entsetzt.

„Mein Auto ist wohl nicht mehr zu retten. Es war sowieso schon ein Wrack. Du hast bestimmt gehört, dass die Ambulanz zerstört worden ist, aber ich bin noch nicht dort gewesen.“ Ich zog die Augenbrauen hoch. „Woher weißt du das überhaupt?“

„Mike hat mir von deinem Auto erzählt“, erwiderte Renée, die noch immer wie betäubt wirkte. „Aber du hast gerade selbst die Sache mit der Ambulanz erwähnt.“

„Oh.“ Als Kriminelle würde ich mich schlecht eignen. Ein bisschen Druck genügte, und schon plauderte ich alles aus.

Renée kratzte sich nachdenklich an der Nasenspitze. Ihre Fingernägel waren korallenrot lackiert.

„Dann ist das eine Erklärung für das, was ich vorhin gehört habe“, sagte sie schließlich. „Die Empfangsmitarbeiterin im vierten Stock, die für Dr. Daniels arbeitet, hat erzählt, dass er sie gebeten hat, alle Mitglieder des Ausschusses noch heute früh anzurufen. Einen nach dem anderen.“

Ich staunte wieder einmal, dass Schwester Renée immer bestens informiert war über alles, was im Krankenhaus geschah.

„Ich glaube, meine Bewerbung ist jetzt hinfällig.“ Meine Stimme zitterte, und ich biss mir auf die Unterlippe, damit ich nicht wieder anfing zu weinen. „Es wäre nur ganz nett gewesen, wenn mich einer von ihnen wenigstens angerufen hätte.“

„Ach Ruby“, murmelte Renée. „Das alles tut mir so schrecklich leid.“

Sie legte ihre kräftigen Arme um mich und zog mich in eine nach Rosen duftende Umarmung. Als Krankenschwester konnte sie Menschen besser Trost spenden als die meisten Ärzte, die ich erlebt hatte. Ich war dankbar, dass ich eine so verständnisvolle Freundin hatte.

„Danke, Renée."

Renée ließ mich los und rückte die Brille auf ihrer Nase zurecht. „Wenn du Hilfe brauchst, lass es mich wissen, Liebes."

„Du hast nicht zufällig irgendwo ein Auto rumstehen, oder?", fragte ich und streckte die Hand nach der Tür aus.

„Doch, das habe ich." Renée lächelte mich strahlend an.

„Was sagst du da?"

„Mein Mann Charles hat mir zum Geburtstag einen von diesen niedlichen kleinen Minis geschenkt. Er will meinen alten Geländewagen auf dieser kostenlosen Webseite zum Verkauf anbieten. Aber wenn du ihn eine Zeitlang fahren möchtest, kannst du ihn gerne haben."

„Du willst mir dein Auto leihen?" Ich starrte die Krankenschwester ungläubig an.

Renée nickte und tätschelte mir den Arm. „Der Wagen steht doch sowieso rum, bis sich jemand auf unsere Anzeige meldet. So kann er sich wenigstens nützlich machen. Er steht vor unserem Haus. Du kannst ihn dir immer holen, wenn du ihn brauchst."

„Ich bin … vielen herzlichen Dank", stammelte ich.

„Sei doch nicht so entsetzt, Schätzchen. Weißt du, es geschieht auch noch Gutes in dieser Welt."

„Manchmal verliert man den Glauben an das Gute", murmelte ich.

Über den Rand ihrer Brille warf Renée mir einen besorgten Blick zu. „Bei dem vielen Leid, das du siehst, bei allen diesen armen Seelen, die durch die Tür deiner Ambulanz kommen, musst du auch mal was anderes erleben, Ruby, ein bisschen von dem Glück, von dem es da draußen auch noch etwas gibt. Du brauchst jemand, der sich zur Abwechslung auch mal um *dich* kümmert."

„Weißt du, Renée, auf der Liste der Glücksfälle in meinem

Leben gehörst du mindestens zu den ersten fünfzig", erwiderte ich spöttisch.

Renée musste lachen. Sie verdrehte die Augen, und dann holte sie einen Schlüsselbund aus ihrer Tasche. Sie drehte den Autoschlüssel ab und schüttelte ihn, während sie sprach. „Also gut. Ich werde dir jetzt nichts von meinem unglaublich gut aussehenden, alleinstehenden Neffen erzählen."

„Dafür bin ich dir wirklich dankbar, Renée."

„Ich weiß, Süße." Sie klopfte mir auf die Schulter und lächelte mich an. „Ich werde weiter für dich beten."

Weil ich nicht wusste, was ich darauf erwidern sollte, murmelte ich noch einmal ein Dankeschön und machte mich auf den Weg. Warum hatte in letzter Zeit jeder das Bedürfnis, für mich zu beten? Sah ich wirklich so schlecht aus?

Ich wollte in die Cafeteria, weil ich dringend ein Frühstück brauchte.

Jedes Mal, wenn ich dorthin kam, „vergaß" Sasha, die Chefin der Cafeteria, meinen Mitarbeiterausweis in die Kasse einzuscannen. Vor zwei Jahren war ihr Sohn, ein niedlicher Junge im Alter von vierzehn Jahren, von einem Auto angefahren worden, während er auf dem Heimweg von der Schule gewesen war. Als er in die Notaufnahme gekommen war, hatte ich den Bruch an seinem Oberschenkelknochen operiert. Danach war ich zusammen mit Sasha die ganze Nacht am Bett ihres Sohnes geblieben. Sasha war alleinerziehend. Sie tat mir von Herzen leid, weil sie mich an Lilah erinnerte. Deshalb hatte ich sie nicht mit der Sorge um ihren Sohn allein lassen wollen.

Als die Zeit für die ambulante Nachsorge gekommen war, hatte Sasha das Geld dafür nicht aufbringen können. Sie war mit einem Arbeitsvisum aus Russland gekommen, aber sie kam finanziell kaum über die Runden. Ich hatte ihren Sohn regelmäßig in ihrer Wohnung besucht, bis der Bruch vollständig verheilt war, aber ich hatte nichts für diese Besuche berechnet. Sasha hatte sich bei mir für diesen Liebesdienst mit selbst zubereiteten

Mahlzeiten revanchieren wollen. Ich wusste jedoch, wie hart sie arbeitete. Deshalb hatte ich sie gebeten, sich wegen der Bezahlung keine Gedanken zu machen. Seitdem nahmen sie und alle anderen Mitarbeiter in der Cafeteria von mir kein Geld, wenn ich meine Mahlzeiten dort einnahm. Ich wollte so etwas zwar nicht ausnutzen, aber heute Morgen hatte ich großen Hunger.

Ich durchquerte die hell erleuchtete Halle und erlag dem verlockenden Duft von Donuts. Deshalb packte ich ein paar von den Gebäckstücken in eine Tüte, nahm widerwillig noch einen Apfel mit und blieb stehen, um mit Sasha ein paar Worte über ihren Sohn zu wechseln. Er konnte bereits Auto fahren.

„Ich sage ihm immer wieder, Dr. McKinney, dass er sich erinnern soll, wie sehr ein gebrochener Knochen wehtut, aber er fährt, als ob er in einem dieser Agentenfilme mitspielen will!" Sasha schnalzte missbilligend mit der Zunge und berührte das weiße Namensschild aus Plastik, das am Träger ihrer blauen Schürze steckte.

„Sagen Sie ihm, dass ich ihn nicht wieder in der Notaufnahme sehen möchte." Ich biss ein Stück vom Apfel ab.

Sie lächelte mich an und nickte. „Ja, das mache ich. Ach, Dr. McKinney, fast hätte ich vergessen, es Ihnen auszurichten. Vor ein paar Minuten war ein Mann hier und hat nach Ihnen gesucht."

Verwundert sah ich mich in der Cafeteria um. Ben hätte bestimmt hier nach mir gesucht, aber bei Tom war ich mir nicht so sicher. „Hat er seinen Namen genannt?"

„Oh nein, er ist nicht mehr hier. Dieser Mann war sehr gut aussehend. Wissen Sie, ich habe so schöne grüne Augen nur einmal in meinem Leben gesehen, bei einem Musiker zu Hause in Russland. Der hat vielen Frauen das Herz gebrochen."

Sie schenkte mir ein verschwörerisches Lächeln. Aha, sie meinte also Tom.

„Oh ja, das ist ein alter Freund von mir." Ich tat so, als würde mich die Schale des Apfels faszinieren.

„Niemand ist mit einem solchen Mann bloß *befreundet.*“ Sasha zwinkerte mir zu.

„Na ja, Sie haben es selbst gesagt, Sasha. So ein Mann ist ein Herzensbrecher“, murmelte ich. Jetzt wich ich ihrem Blick nicht länger aus.

„Er hat sich Sorgen um Sie gemacht, Dr. McKinney. Ich kann das an seinem Gesicht ablesen“, fügte Sasha hinzu. Offenbar wollte sie für Tom eine Lanze brechen.

„Natürlich kann er auch sehr nett sein“, gab ich zu. Ich hob die Tüte in meiner Hand hoch, als ich mich auf den Weg nach draußen machte. „Vielen Dank für das Frühstück.“

„Ich habe ihm gesagt, dass Sie heute nicht arbeiten“, rief sie mir nach.

Na, das ist ja großartig.

Draußen ging ich aus Gewohnheit zum Parkplatz. Ich blieb abrupt stehen. Ein Kleintransporter stand neben dem Trümmerhaufen meines Autos. *Man kann nicht mehr erkennen, dass es einmal blau war*, dachte ich.

Ben streckte den Kopf aus dem Fenster auf der Fahrerseite. Er lächelte mich an. „Hallo Ruby. Sie sollten nicht allein hier draußen sein. Diese Banden schlagen ohne Vorwarnung zu.“ Er schüttelte den Kopf. „Ich habe die Einsatzgruppe für Bandenkriminalität angerufen und sie über den Vorfall informiert.“

Ich ließ den Kopf hängen und schluckte den dicken Kloß hinunter, der sich in meiner Kehle gebildet hatte. Die Farbe, mit der mein Auto übergossen war, leuchtete feuerrot im Sonnenlicht. Das machte alles noch schlimmer, als es sowieso schon war. Die grelle Farbe auf meinem Auto und dem Asphalt sah aus, als ob ein Gemetzel stattgefunden hätte.

„Ich habe gedacht, die Farbe ist schwarz. Also, heute Nacht sah das so aus …“, platzte ich heraus.

Ben sprang aus dem Auto und stellte sich dicht neben mich. Ich war so fassungslos, dass ich mit einem tiefen Seufzen den Kopf auf seine Schulter sinken ließ.

„Wir kriegen die Kerle, die das angerichtet haben." Er strich mir zärtlich über den Rücken und sprach leise auf mich ein.

Als ich zu ihm hochsah, wirkte sein Lächeln so zuversichtlich, dass ich ihm am liebsten geglaubt hätte. Ich wollte ihm sagen, dass Antonio und seine Gefolgsleute mir vermutlich auf diesem Weg eine Drohung übermittelt hatten, aber ich entschied mich dagegen. Ben würde sich verpflichtet fühlen, Antonio aufzuspüren, aber ich wollte nicht, dass er meinetwegen sein Leben riskierte. Stattdessen hielt ich die Tüte mit den Donuts hoch und schüttelte sie.

„Ich habe Ihnen die standardmäßige Polizei-Währung mitgebracht."

„Dann hoffe ich, dass es Bärentatzen sind."

Ben fuhr mich zur Ambulanz. Während der Fahrt erzählte er mir von den interessanten Notrufen, auf die er letzte Nacht reagiert hatte. Ich musste zugeben, dass mir Ben in lässigen Jeans und T-Shirt sehr gut gefiel. Sogar sein Haar fiel ihm heute wirr in die Stirn. Mir war vorher noch nie aufgefallen, dass seine Augen beinahe goldfarben waren. Sofort verbot ich mir jeden weiteren Gedanken an ihn und konzentrierte mich auf die Geschichte, die er mir erzählte.

„Also, ich komme zu diesem Waschsalon, und da versucht doch tatsächlich dieser Typ mit dem Dinosaurier-Kostüm, eine Waschmaschine aus der Wand zu reißen. Er hatte sogar eine Metallkette um das Gerät gewickelt. Ich glaube, er hätte die Maschine mit seinem Auto abtransportiert, wenn ich nicht aufgetaucht wäre. Als ich ihn fragte, was er denn da machen würde, beklagte er sich darüber, wie viel es ihn kosten würde, sein Kostüm nach jeder Kinder-Party zu waschen. Mindestens einmal pro Woche findet ein Kind es witzig, ihn mit Eiscreme zu bewerfen. Der Typ hat mir sogar ein bisschen leidgetan."

Ich knabberte an dem mit bunten Zuckerstreuseln verzierten Donut. „Wie geht es Ihrer Partnerin?"

Ben starrte angestrengt auf die Straße. „Es geht ihr gut. Anscheinend ist sie nicht so wild darauf, ihr Baby zu Hause zu lassen, aber die Familie braucht das Geld, das sie verdient."

„Das muss schlimm für sie sein", stimmte ich ihm zu.

„Sie ist immer noch hin- und hergerissen. Der Chef sagt, er hält ihr die Stelle frei, bis sie ihm etwas anderes mitteilt. Aber sie hat ja noch ein paar Wochen."

Bens Kollegin war seit fast einem Monat im Mutterschaftsurlaub, und er zögerte noch, bevor er sich einen anderen Partner zuteilen lassen wollte. Tina war älter als Ben. Sie war ein sehr mütterlicher Typ und versuchte immer wieder, ihren Kollegen mit einer ihrer sechs Schwestern zusammenzubringen.

„Ich bin Ihnen wirklich dankbar, dass Sie mich in Ihrem Auto mitnehmen, Ben, und auch für alles andere, was Sie für mich tun. Sie müssen ja nicht jede Nacht bei der Ambulanz vorbeikommen, und trotzdem machen Sie es. Dafür danke ich Ihnen von ganzem Herzen."

„Das ist doch überhaupt kein Problem", erwiderte er und warf mir von der Seite einen Blick zu. „Dann habe ich wenigstens die Gelegenheit, Sie zu sehen."

Seine Offenheit trieb mir die Röte ins Gesicht. Ben war so ehrlich und geradlinig.

„Ich … äh … ich wollte Ihnen bloß danken."

Ich sah aus dem Fenster und ärgerte mich, weil ich ihm gegenüber so unbeholfen und unentschlossen war.

Ben musste sich räuspern. „Äh, Ruby."

Ich drehte mich wieder zu ihm um. „Ja?"

„Wollen wir mal zusammen eine Tasse Kaffee trinken gehen?"

Ich zögerte kurz. Meine Gedanken überschlugen sich förmlich. *Ich weiß nicht, wie ich ihm Toms Rolle in meinem Leben erklären soll … oder ob es überhaupt etwas zu erklären gibt. Und habe ich mir nicht vorgenommen, Ben näher an mich heranzulassen? Schließlich ist er sehr nett.*

„Klar, Ben, sehr gerne." Ich musste lächeln, als ich die Besorgnis in seinen Augen sah.

„Wie sieht es heute Abend aus? Haben Sie Bereitschaftsdienst?“

Ich überlegte einen Moment lang. Noch wusste ich nicht, wie viele von meinen Sachen durch den Einbruch beschädigt worden waren, aber ich hoffte, dass die Täter nicht meinen modischen Geschmack teilten und meine Kleidungsstücke dagelassen hatten.

„Heute Abend passt es mir gut.“

„Prima.“ Er schenkte mir ein strahlendes Lächeln.

Als wir vor der Ambulanz anhielten, meinte ich, mein Herz würde aufhören zu schlagen. Ich stieg aus und war entsetzt. Wieder war alles mit roter Farbe bedeckt. Passanten gingen am Absperrband der Polizei vorbei und starrten ins Innere des Gebäudes, aber niemand blieb stehen. Das tat niemand in diesem verrufenen Stadtviertel.

„Oh nein“, flüsterte ich atemlos. Und wieder spürte ich diese lähmende Hilflosigkeit.

Ich ging näher an das Gebäude heran. Plötzlich gaben meine Knie nach, während gleichzeitig unbändige Wut in mir hochstieg. In meinem Magen brannte es förmlich, als ich sah, wie das Ergebnis meiner harten Arbeit von einem Monster wie Antonio zerstört worden war. Die vorderen Fenster, die von außen offenbar mit Steinen eingeschlagen worden waren, sahen aus wie klaffende Löcher auf einem blutenden Brustkorb. Rote Farbe ergoss sich über den Bürgersteig, die Vorderseite der Ambulanz und sogar über die Parkuhr an der Straße. Die Täter mussten das Zeug eimerweise verschüttet haben. Ich fuhr mir mit der Hand durch das Haar.

„War irgendwo ein Ausverkauf von roter Farbe?“, fragte ich skeptisch.

Ben kratzte sich nachdenklich am Kopf. „Wir glauben, dass die Täter, die das hier getan und Ihr Auto am Krankenhaus zerschlagen haben, die Farbe aus der noch nicht fertig gebauten Abteilung für Sportmedizin gestohlen haben.“

Ich stieß verächtlich die Luft aus. Die Abteilung für Sportmedizin war zu einem Planungsfiasko geworden. Der Gebäudeflügel stand schon fast drei Monate lang halbfertig da. Gespendete Betten, Möbel und medizinische Geräte trafen bereits ein, bevor die Finanzierung des Gebäudes endgültig geklärt war. Deshalb wurde alles im Rohbau abgestellt. Diebstähle waren an der Tagesordnung, und auch Antonio war dieses Problem offenbar bekannt.

„Ich kann im Laufe des Nachmittags vorbeikommen und Ihnen beim Aufräumen helfen", meinte Ben. „Jetzt muss ich erst mal meine Schwester vom Flughafen abholen." Er warf mir einen entschuldigenden Blick zu.

„Ach, Ben, Sie haben schon mehr als genug getan, indem Sie mich hierher gefahren haben. Ich kann mir gut vorstellen, dass Sie deswegen einen großen Umweg gemacht haben." Ich lächelte ihn an und drückte ihn beruhigend am Arm. „Das geht schon in Ordnung. Lilah kommt später hierher."

„Das ist wirklich kein Problem, Ruby", murmelte Ben. „Ich will Ihnen bloß helfen."

„Na ja …" Ich seufzte und sah Ben an. „Ich sollte mich da drin mal umsehen."

Ben reichte mir eine Taschenlampe. Er sprach mit sanfter Stimme, als ob er Angst hätte, dass ich bei zu viel Lärm zusammenbrechen könnte. „Die werden Sie brauchen, weil die Lampen zerschlagen sind. Soll ich mitkommen?"

„Nein, danke, Ben. Ich muss mir das allein ansehen."

„In Ordnung. Ich bin hier draußen, wenn Sie mich brauchen."

Ich wandte mich wieder der Ambulanz zu. Glasscherben knirschten unter meinen Schuhen, als ich durch den Haupteingang eintrat. Nur eine Deckenleute funktionierte noch. Im dämmrigen Innenraum kniff ich die Augen zusammen, um besser sehen zu können. Letzte Nacht erwähnte Ben, dass einiges gestohlen worden sei. Das war eher untertrieben. Viele medizinische Hilfsmittel, Stühle und sogar die Abfalleimer waren verschwunden. Ich stand in der Mitte des zerstörten Raums und ließ meinen Blick umherschweifen. Ich war entsetzt. Ein unterdrücktes Schluchzen schlüpfte über meine Lippen. Wütend wischte ich mir die Tränen aus den Augen.

„Ruby, ist alles in Ordnung mit dir?“ Ich drehte mich abrupt um, als ich Toms Stimme hörte.

„Tom, was machst du denn hier?“

„Als ich hörte, was passiert ist, bin ich hierhergekommen, weil ich mich davon überzeugen wollte, dass dir nichts zugestoßen ist.“

Hilflos hob ich die Arme und ließ sie wieder sinken. Tom hatte sich die Haare schneiden lassen. Jetzt sah er aus, als ob er Mitglied in einem vornehmen Club wäre. Trotzdem trug er noch immer den Dreitagebart. Damit sah er eigenartig aus, wie ein Gangster der Luxusklasse. Er bemerkte, wie ich ihn anstarrte, befeuchtete seinen kleinen Finger und tat so, als ob er sich die Augenbrauen richten würde. Mit dieser Bewegung hatte er mich im Unterricht oft zum Lachen gebracht. Mein Lächeln war jetzt zwar etwas zittrig, aber diese Geste weckte Erinnerungen an schöne Zeiten.

„Du weißt, wer das getan hat“, sagte Tom und zeigte mit einem Kopfnicken auf die über den Fußboden vergossene Farbe.

Er hatte diesen Satz nicht als Frage formuliert.

„Antonio Llave“, flüsterte ich. „Der Bandenchef, von dem ich dir erzählt habe. Ich glaube, dass er dahintersteckt.“

„Ich habe ein bisschen recherchiert, nachdem du mir von ihm erzählt hattest.“ In seinem Gesicht sah ich ein plötzliches Aufflackern von Zorn. „Er legt bei den Culebras einen raketenartigen Aufstieg hin.“ Tom betrachtete den angerichteten Schaden mit einem kritischen Blick. „Das hier sieht aus wie eine Drohung, nicht wie Vandalismus. Geringer Schaden, aber eine ernste Warnung. Du hast wahrscheinlich recht.“

Im Eingangsbereich war eine zweite Stimme zu hören, wie ein Echo von Toms Worten.

„Geringer Schaden?“, wiederholte Ben. „Meinen Sie das wirklich ernst? Die Täter haben einen beträchtlichen Schaden von mehreren hundert Dollar angerichtet.“ Er stieg durch das zerbrochene Fenster und kam zu Tom und mir. Wir standen in der Mitte des Vorraums. Mein Blick wanderte von Ben zu Tom. Ich fühlte mich unsicher mit den beiden Männern in einem Raum.

„Ja, das meine ich ernst. Wer sind Sie überhaupt?“ Tom machte eine Handbewegung, die den gesamten Raum umfasste.

„Ich bin Polizeimeister Farrell“, erwiderte Ben prompt. „Ich habe mitgeholfen, Sie neulich mitten in der Nacht von der Straße aufzusammeln.“

Beide Männer waren gleich groß. Sie standen sich gegenüber wie zwei zum Angriff bereite Kampfhähne. Mich erinnerte dieser Anblick an ähnliche Szenen aus der Schulzeit. Ich wartete nur noch darauf, dass einer zum anderen sagen würde: „Trau dich doch endlich!“

„Tom, äh … Ben hat uns beide zum Krankenhaus gefahren.“

Ben beäugte Tom misstrauisch.

Plötzlich lächelte Tom und streckte dem anderen Mann die Hand entgegen. „Ich habe Ihnen noch gar nicht danken können, Polizeimeister Farrell“, sagte er, während er Ben die Hand schüttelte. „Ich bin froh, dass Sie meinen Namen aus dieser Sache herausgehalten haben. Ich habe meinem Chef erzählt, wie professionell Sie mit dieser Situation umgegangen sind.“

„Das war doch kein Problem.“ Ben war verblüfft über Toms plötzlichen Stimmungsumschwung. Tom drehte sich zu mir um, steckte sich einen Kaugummi in den Mund und zwinkerte mir zu. Ich hatte vergessen, wie entwaffnend sein Charme sein konnte. Er brachte es fertig, mit einem charmanten Lächeln einen Feind zum Waffenbruder zu machen. Ich hatte ihn immer damit aufgezogen, dass er sogar einer vornehmen Dame mit weißen Handschuhen Wasser-Eis mit Ketchup verkaufen könnte.

„Ben, Tom ist ein alter Freund aus … früheren Zeiten, bevor ich hierher gezogen bin“, erklärte ich vorsichtig.

Tom musterte Bens Gesicht und mein verlegenes Lächeln. Dann verzog er seinen Mund zu einem wissenden Grinsen. Er wusste, dass Ben mich mochte. Er machte einen Schritt auf mich zu, legte einen Arm um meine Schultern und küsste mich auf mein Haar.

„Wir kennen uns schon – wie lange? Dreizehn Jahre?", fragte Tom.

Ben biss die Zähne so fest zusammen, dass seine Kiefermuskeln hervortraten.

Ich unterdrückte ein verärgertes Aufstöhnen. Tom gefiel es, wenn er in ein Hornissennest stechen konnte. Ich entzog mich seiner Umarmung, ging mit festen Schritten zu Ben und gab ihm einen Kuss auf die Wange.

„Noch einmal danke, Ben, dass du für mich da warst und mich hierher gefahren hast. Mir geht es schon viel besser. Ich werde jetzt mit dem Aufräumen anfangen", sagte ich zu ihm. Ben sah mich etwas verwirrt an, weil ich ihn plötzlich duzte und küsste, doch er fing sich schnell wieder.

„Dann mache ich mich mal auf den Weg." Ben warf Tom einen triumphierenden Blick zu. „Passen Sie auf, dass Sie nicht wieder in einer Seitenstraße angeschossen werden, denn heute habe ich keinen Dienst."

„Machen Sie sich keine Gedanken. Ruby kann sehr gut auf mich aufpassen."

„Tschüss, Ben!", sagte ich und zog ihn zum Eingang.

„Sehen wir uns heute Abend?", fragte Ben.

„Klar doch. Bitte hol mich um acht Uhr hier ab."

Ich sah ihm nach, und dann drehte ich mich mit einem verärgerten Stirnrunzeln zu Tom um.

„Lass mich raten: Kaffee?" In seinem Blick lag genüssliche Freude.

Ich verdrehte die Augen und schob Tom durch den hinteren Flur bis zur Hintertür.

„Musst du nicht irgendwo an einem gefährlichen Ort sein?"

Ich dachte an seine Arbeit in der Drogenfahndung, und mein Herz schlug schneller vor Angst. „Was ist eigentlich mit deiner Tarnung, Tom? Du darfst doch gar nicht hier sein, oder?"

„Darüber brauchst du dir keine Gedanken zu machen, wie ich höre." Tom blieb stehen und hielt sich mit beiden Händen am Türrahmen fest. Er sah zu mir herunter und lächelte mich an. Ich spürte, wie die Hitze in meine Wangen stieg. Er legte seine Stirn an meine.

„Du übernachtest doch nicht etwa allein hier, oder?", flüsterte er. Sein Atem streifte meine Augenlider.

Tom wollte mir offenbar immer noch so nah wie möglich sein.

„Wie kommst du auf die Idee, dass ich hier übernachte?" Ich trat zurück und stemmte die Hände in die Hüften.

Tom legte den Kopf schief und verschränkte die Arme vor der Brust. Er wusste also schon Bescheid.

„Woher weißt du ...?", fragte ich.

„Es ist meine Aufgabe, über Leute Bescheid zu wissen, Ruby. Ich kann es einfach nicht glauben, dass du deine Wohnung aufgegeben hast, um diese Ambulanz am Laufen zu halten."

Ich machte noch einen Schritt weg von ihm und warf einen Blick zurück in den Flur, dorthin, wo mein zertrümmertes Büro lag. Voller Wut über so viel Zerstörungswut schüttelte ich den Kopf. „Du weißt ja gar nicht, was ich durchgemacht habe, um diese Ambulanz ins Leben zu rufen. Jetzt kann ich dem Ganzen nicht einfach den Rücken kehren.

„Du hast recht. Ich weiß gar nichts." In seinen Augen las ich Schmerz.

„Ich wollte dir nicht wehtun, Tom. Ich wollte doch bloß sagen ..."

Sofort bereute ich meine Worte.

„Schsch", flüsterte Tom. Er nahm meine Hand und küsste die Handfläche. Diese Geste trieb einen wohligen Schauder durch meinen Körper.

„Schon gut, ich weiß, was du sagen wolltest, Ruby. Und du

hast auch recht mit dem, was du neulich gesagt hast." Er holte Luft und beugte sich zu mir herunter.

„Was ich gesagt habe?" Ich konnte kaum noch klar denken, so verwirrt war ich von seiner Nähe.

„Du hast gesagt, dass du mich nicht mehr kennst. Dass ich dich wieder von Neuem kennenlernen muss." Er lächelte. Er war mir jetzt so nah, dass ich spürte, wie sich seine Lippen bewegten.

„Ich bin mir ziemlich sicher, dass ich so etwas nicht gesagt habe", hauchte ich.

Toms Hand glitt zu meinem Gesicht und legte sich beschützend um meine Wange. Er strich mit dem Daumen über meine Unterlippe. Diese Bewegung entzündete ein Feuer in meinem Innern. Ich packte die Ärmel seiner Jacke. Meine Finger gruben sich tief in den Stoff. In meinem Kopf schien zwar eine Alarmglocke zu schrillen, aber ich schloss die Augen, anstatt mich von ihm zu lösen. Toms Lippen näherten sich meinem Mund, ohne ihn jedoch zu berühren. Ich spürte seinen Atem wie einen sanften Lufthauch.

„Hier liegt ja alles in Trümmern!", rief Lilah vom Eingang her. Erschrocken wandte ich mich von Tom ab.

„Ich … ich bin hier hinten!", rief ich ihr zu. „Ich komme gleich nach vorn."

Lilah kam immer zum falschen oder zum genau richtigen Zeitpunkt. Ich konnte mich bloß noch nicht entscheiden, ob ich das gut oder schlecht fand. Tom stöhnte leise auf und ließ mich los. Frustriert schaute er nach vorn zur Eingangstür. Ich folgte seinem Blick und sah, wie Lilah durch Schutt und Scherben stapfte und dabei Lärm für mindestens drei Personen machte.

„Ich muss endlich anfangen, wenn ich bis acht Uhr fertig sein will." Ich versuchte, ruhig und gelassen zu wirken. Um nicht zu zeigen, wie schwer ich atmete, bückte ich mich und hob einen zerbrochenen Kaffeebecher auf.

„Du wirst ihm das Herz brechen." Tom verzog den Mund zu einem schiefen Lächeln.

„Das weißt du doch gar nicht." Verärgert stemmte ich die Hände in die Hüften.

„Er ist nicht dein Typ." Tom lehnte sich an den Türrahmen.

„Aber du bist es?" Ich warf ihm einen düsteren Blick zu.

„Wenn ich mich richtig erinnere." Die Wut über seinen spöttischen Tonfall und über meine eigene Schwäche trieb mir die Hitze ins Gesicht.

„Das ist lange her, Tom. Wenn *ich* mich richtig erinnere, hat es mit uns beiden nicht so gut geklappt."

Für den Bruchteil einer Sekunde sah ich einen Anflug von Trauer auf seinen gleichmäßigen Gesichtszügen, aber er riss sich zusammen und schenkte mir ein gewinnendes Lächeln. „Seitdem hat sich eine Menge geändert, Ruby. Das wirst du noch sehen."

„Ich weiß nicht, ob das jetzt noch eine Rolle spielt, Tom." Ich legte eine Hand an meine erhitzte Wange und zuckte mit den Schultern.

„Du solltest unsere Beziehung noch nicht völlig abschreiben." Seine Augen blickten traurig.

Ich sah ihn entsetzt an. Dann zeigte ich mit dem Finger auf meinen Brustkorb. Jetzt musste ich es herausschreien. „*Ich* … du willst *mir* sagen, dass *ich* unsere Beziehung nicht abschreiben soll … *Du* hast mich doch verlassen!"

„Das waren vielleicht nicht die richtigen Worte." Tom hob die Hände, als ob er sich ergeben wollte, und ging ein paar Schritte rückwärts.

Ich deutete mit einem zitternden Zeigefinger auf die Hintertür. „Geh jetzt."

„Ruby …"

Ich griff nach einer herumliegenden Zeitschrift und warf sie in seine Richtung.

Tom duckte sich geschickt. „Du kannst immer noch sehr gut zielen", sagte er mit einem süffisanten Grinsen.

„Tom, ich meine es ernst." Sein leiser Spott ärgerte mich. „Geh."

„Und du brauchst nicht meine Hilfe?" Er lächelte wieder. Offenbar ließ er sich durch meine Reaktion nicht einschüchtern.

„Ich will, dass du jetzt gehst, Tom. Ich kann nicht klar denken, wenn du hierbleibst." Mit beiden Händen wischte ich mir die Tränen aus den Augen.

Sein Lächeln wurde schwächer. „Tut mir leid." Er entfernte sich noch einen Schritt weiter von mir. „Ich gehe jetzt."

„Das ist wohl das Beste", flüsterte ich. Verunsichert biss ich mir auf die Unterlippe. Ich sehnte mich nach ihm, als ob ich ihn brauchte, um weiterzuleben.

„Wir sehen uns bald wieder." Jetzt waren seine grünen Augen dunkel vor Kummer, aber sein Lächeln blieb zärtlich.

„Tschüss, Tom", sagte ich leise. Ich wollte mich wegen ihm nicht schlecht fühlen, und ich wollte ihn nicht mehr so nah an mich heranlassen. Schließlich hatte ich zu viel Verantwortung. Ich konnte es mir nicht leisten, seinetwegen den Verstand zu verlieren.

„Ruby!", schrie Lilah wieder. „Ruby!"

Zögernd drehte ich mich um und ging durch den Flur zum Eingangsraum. „Das sieht schlimmer aus, als es ist, Lilah."

„Was redest du da? Hier herrscht das totale Chaos!"

Sie breitete die Arme aus und drehte sich im Kreis. Ich hörte, wie sich die Hintertür leise schloss. Suchend sah ich mich nach Tom um. Mir wurde es schwer ums Herz. Er war verschwunden.

Kapitel 9

Jugendstrafanstalt Dresden Heights
Vor zwölf Jahren

In der Dunkelheit tastete ich nach der Leiter. Mit meinen zu großen Turnschuhen kletterte ich unbeholfen nach oben, und prompt stieß ich mir den Kopf an der Dachluke. Mühsam drückte ich sie nach oben. Mit einem Knirschen öffnete sich die Luke und fiel krachend auf den Kies. Ich kroch auf das Dach. Ich sah seinen schattenhaften Umriss an der Dachkante aus Ziegelsteinen. Die Strahlen der Scheinwerfer warfen ein grelles Licht auf das dunkle Feld unter uns.

„Die Wachleute suchen nach dir."

Tom streckte eine Hand aus. Ich griff danach und setzte mich neben ihn. Dann warf ich einen Blick hinauf zum Vollmond über uns. Er sah aus wie ein hervorstehendes, blindes Auge, das auf uns herunterstarrte.

„Hast du schon mal bemerkt, dass die Menschen nie nach oben sehen, noch nicht einmal in Horrorfilmen?"

Ich erkannte den gequälten Klang seiner Stimme. Tom war wieder bei Dr. Wells gewesen, dem Schulpsychologen. Jeder in der Jugendstrafanstalt musste einmal im Monat zu ihm. Nach diesen Sitzungen war Tom immer seltsam verändert. Ich machte mir große Sorgen um ihn. Diese düsteren Stimmungen wollten mir nicht gefallen. Es machte mir Angst, wenn Tom so war. Ich hatte Angst vor ihm, wenn er sich in seiner Melancholie verlor.

„Was ist passiert?", fragte ich. Ich merkte, wie Tom mit den Schultern zuckte.

„Er meint, ich kann die Prügelattacken einfach wegreden."

Mir wurde die Kehle ganz eng vor lauter Mitleid. Wutanfälle

unter Alkoholeinfluss, Narben von brennenden Zigaretten und schlecht verheilte Knochenbrüche – diese äußeren Zeichen erzählten eine schlimme Geschichte von dem unaussprechlichen Schaden, den Toms Vater bei seinem Sohn angerichtet hatte. Ich konnte nicht verstehen, warum Dr. Wells versuchte, mit Tom immer wieder über diese schrecklichen Erinnerungen zu reden. Ich tastete nach Toms Händen. Er hatte sie zu Fäusten geballt. Hartnäckig bohrte ich meine Finger in eine Faust, und er ließ es geschehen.

„Es tut mir so leid, Tom. Es tut mir so leid, dass dein Vater dir so wehgetan hat."

Ich spürte seine innere Anspannung und versuchte, gegen meine wachsende Hilflosigkeit anzukämpfen. Eine Zeitlang saßen wir schweigend da. Dann flüsterte er kaum vernehmbar: „Wie machst du das bloß, Ruby? Wie machst du es, dass du die Hoffnung nicht aufgibst? Glaubst du wirklich, Gott denkt an Kinder wie uns, an einem Ort wie diesem?"

Ich nickte im Dunkeln. „Sheila hat immer gesagt, dass man Gott vertrauen muss, auch wenn es gerade nicht so gut aussieht. Ich glaube, wir sind jetzt in so einer Situation. Du musst Vertrauen zu Gott haben."

Er strich mit einem Finger über die dünne Narbe an meiner Schläfe. Ich legte meine Hand auf seine.

„Das versuche ich ja, Ruby." Er beugte sich vor und gab mir einen Kuss auf die Schläfe. „Ich kann bloß nicht verstehen, warum die Leute so grausam sein können. Warum schmeißen sie Kinder einfach so weg … wie Müll?" Er konnte nicht weitersprechen.

„Wir sind kein Müll, Tom", flüsterte ich. Mein Herz war zentnerschwer. Ich wollte Tom unbedingt helfen, aber ich wusste nicht, wie. Im Mondlicht wirkte er noch bleicher, noch verlorener. „Sheila hat mich immer ihren vergrabenen Schatz genannt. Sie sagte, es sei für sie ein Segen gewesen, dass sie mich gefunden hat. Und weißt du was – ich glaube, sie hat das ehrlich gemeint."

Tom sah mich mit tränennassen Augen an. Ich wurde unsicher. „Na ja, ich glaube es fast immer“, murmelte ich schließlich.

Tom nickte schweigend. Mit dem Ärmel seines T-Shirts wischte er sich die Tränen ab. Ich wünschte, er hätte Sheila kennengelernt. Ich berührte das kleine goldene Kreuz an meinem Hals. Sie hatte es mir geschenkt, als wir meinen ersten Geburtstag bei ihr feierten.

„Ich wünsche mir bloß, dass dieser Tag schon vorbei wäre“, sagte er. Seine Stimme klang traurig.

Plötzlich erinnerte ich mich an meine Überraschung. Ich zog ein kleines Päckchen aus der Tasche meines Sweatshirts. „Es ist noch nicht Mitternacht, Tom.“

„Was?“

„Herzlichen Glückwunsch zu deinem sechzehnten Geburtstag, Tom.“ Ich wickelte den kleinen Schokoladenkuchen aus und steckte eine Kerze in die Mitte. Die Kerze hatte ich aus dem Aufenthaltsraum der Lehrer entwendet. Dann zündete ich sie mit einem der neben der Kühlbox liegenden Streichhölzer an.

„Du hast an meinen Geburtstag gedacht“, sagte er erstaunt.

„Na klar doch.“

Tom lächelte und nahm mein Gesicht in beide Hände. Er legte seine Stirn an meine und flüsterte leise: „Du bist einfach umwerfend.“

Dann neigte er plötzlich den Kopf und berührte mit seinem Mund sanft meine Lippen. Es war ein zaghafter Kuss, der mein Gesicht zum Glühen und mein Herz zum Rasen brachte. So etwas hatte er noch nie gemacht.

„Soll ich mir etwas wünschen?“ Tom ließ mich los, hob den kleinen Kuchen hoch und schenkte mir ein strahlendes Lächeln.

Ich nickte stumm, während ich um Fassung rang. Ich sah zu, wie er die Kerze ausblies, aber ich hatte auf einmal große Angst, weil mir seine Nähe den Atem raubte.

* * *

„Ist Lava-Kuchen auch in Ordnung?“

Bens Stimme brachte mich wieder in die Gegenwart zurück, in das voll besetzte Café. Er stand am Tisch und hielt einen Teller mit Kuchen in der Hand.

„Wie bitte?“, fragte ich.

„Der Schokoladenkuchen ist schon weg, aber die Kellnerin meint, dieser Lava-Kuchen ist so ähnlich.“

„Ja klar, Lava-Kuchen ist prima.“ Hungrig stürzte ich mich darauf. Ich hatte kein Abendbrot gegessen. Nachdem Lilah und ich den ganzen Tag lang in der Ambulanz aufgeräumt und geputzt hatten, hatte ich mich gerade noch ein wenig frisch machen können, bevor Ben gekommen war. Aus dem Augenwinkel sah ich, wie er mich besorgt musterte.

„Meinst du, du kommst klar, Ruby?“

„Natürlich. Der Schaden in der Ambulanz ist nicht so schlimm. Ich habe die Farbe abgewaschen und ein paar Klapptische gefunden. Natürlich war es ein furchtbarer Schock, aber es sind ja bloß Gegenstände, die sich ersetzen lassen. Ich komme schon zurecht.“ In Wirklichkeit hatte ich keine andere Wahl.

„Ja, sicher, aber … nein, das stimmt einfach nicht. Das hier ist ein Fall von Vandalismus, nicht bloß sinnlose Schmierereien oder eine blödsinnige Protestaktion. Das hier ist ein zielgerichteter Versuch, der Ambulanz und dir Schaden zuzufügen.“ Ben sah mir unverwandt in die Augen. Er war wirklich beunruhigt.

„Ich weiß, dass es so aussieht. Aber vielleicht waren es auch bloß ein paar Leute aus dem Viertel, die sich über mich ärgern, weil ich ihnen keine Drogen gebe.“

Ich hatte ihn wohl nicht überzeugt, aber er widmete sich schweigend seinem Kirschkuchen. Ich hatte meinen Lava-Kuchen viel zu rasch vertilgt, und jetzt hatte ich das dringende Bedürfnis, den Teller abzulecken. Stattdessen nippte ich an dem heißen Kaffee. Die dunkle Flüssigkeit tropfte auf meine cremefarbene Bluse und meinen hellblauen Rock. Ich versuchte, die Flecken mit einer Papierserviette abzutupfen. Rock und Bluse gehörten zu den wenigen eleganteren Kleidungsstücken, die ich besaß.

„Und was meint Tom dazu?", fragte Ben zwischen den einzelnen Bissen. Er musste noch üben, locker und gelassen zu wirken.

„Du hast ja gehört, was er dazu meint", entgegnete ich und sah Ben an. „Aber wenn es dir nichts ausmacht, möchte ich jetzt weder über ihn noch über die Ambulanz reden."

„Na gut", sagte er, lehnte sich auf seinem Stuhl zurück und wischte sich mit der Papierserviette über den Mund. „Darf ich dich etwas fragen?"

„Klar doch."

„Wie warst du als Kind? Wolltest du schon immer Ärztin werden?"

Ich war plötzlich auf der Hut. Es wollte mir nie so richtig gelingen, über die fehlenden Jahre meiner Kindheit oder mein schreckliches Leben als Teenager zu sprechen. Deshalb war ich meistens sehr zurückhaltend, wenn es um meine Person ging. Lilah kannte meine ganze Lebensgeschichte. Und Tom natürlich.

„Ähm, na ja. Ich glaube, ich habe mich erst auf dem College für den Arztberuf entschieden. Ich habe dort auf der Krankenstation gearbeitet, um meine Ausbildung zu finanzieren, und daraus ist dann mein Berufswunsch entstanden."

Und dann waren da noch die Krankenschwestern, denen ich meinen Namen verdankte, und die eine, die mich als Pflegekind aufgenommen hatte. Das Krankenhaus war meine erste zusammenhängende Erinnerung in meinem Leben. Die Version, die ich Ben erzählte, gefiel mir jedoch besser als die Wirklichkeit.

„Und deine Eltern? Die sind bestimmt sehr stolz auf dich." Er merkte, dass ich ihn hinhalten wollte.

„Dieser Kaffee schmeckt hervorragend, Ben. Möchtest du wirklich keinen?"

„Vielleicht bestelle ich mir doch welchen. Danke." Ben fixierte mich kurz mit seinem Blick. Mit den Fingerspitzen klopfte er auf seinen Teller. Das leise Geräusch zerrte an meinen Nerven.

„Das solltest du tun“, sagte ich schließlich mit einem hoffnungsvollen Lächeln.

Ben war nicht dumm. Er merkte, dass er mich nicht bedrängen durfte.

„Und wie gefällt dir dein neues Auto?“, fragte er nach einem kurzen, peinlichen Schweigen. Mein Blick fiel auf Renées Autoschlüssel. Ich hatte Angst, dass mit diesem Auto auch etwas passieren könnte.

„Es gefällt mir gut.“ Ich sah, wie Ben angestrengt die Augenbrauen zusammenzog, und ich bekam ein flaues Gefühl im Magen.

„Also gut, Ben. Frag mich, was du willst. Dieses leere Geschwätz geht mir auf die Nerven.“

„OK.“ Er beugte sich vor und sah mir tief in die Augen. „Wie ist das mit Tom? Er ist ein VE, stimmt's? Woher kennst du ihn?“

„Ein VE? Was ist denn das?“

„Ein verdeckter Ermittler. Was verbindet euch beide? Er hat gesagt, dass ihr euch schon mehr als ein Jahrzehnt lang kennt.“

„Es ist eher so, dass ich ihn vor einem Jahrzehnt gekannt habe“, murmelte ich.

„Wie bitte?“ Bens goldgefleckte Augen blickten erstaunt.

„Ich habe es dir doch schon erzählt. Ich kannte ihn, bevor ich hierher gezogen bin. Das ist alles“, erwiderte ich mit gespielter Gleichmütigkeit.

„Ja“, bestätigte er. „Ich weiß, dass du ihn eine ganze Weile nicht gesehen hast.“

„Woher weißt du das denn?“, fragte ich verblüfft.

„In der Nacht, als ich euch beide zur Notaufnahme gefahren habe, hat er ständig versucht, sich bei dir zu entschuldigen.“

Ich nickte, während ich aus meiner Serviette einen Kranich faltete.

„Diese verdeckten Ermittler stehen ständig unter Hochspannung. Weil ich ihn in meinem Bezirk noch nie gesehen habe, auch nicht draußen auf der Straße, muss er neu sein", erklärte Ben.

„Ja, und?"

„Wieso taucht er gerade dann hier auf, wenn in der Ambulanz alle diese verrückten Sachen passieren? Wie gut kennst du diesen Typen eigentlich?"

„Ich kenne ihn, Ben", antwortete ich ruhig. „Vertrau mir, ich … ist das jetzt ein Verhör oder was?"

„Ich frage mich bloß, warum ein verdeckter Ermittler im aktiven Dienst Umgang hat mit jemandem, der seinen richtigen Namen kennt." Ben lehnte sich zurück und hob die Hände, als ob er sich ergeben wollte.

„Er hat keinen Umgang, Ben, sondern er wollte sich nur versichern, dass es mir gut geht. Und noch etwas: Woher weißt du, ob er im aktiven Dienst ist oder nicht? Beurlaubt die Drogenfahndung nicht Mitarbeiter, auf die geschossen wurde?"

„Die Drogenfahndung?"

„Am besten wechseln wir das Thema, bevor ich Abschuss-Codes oder Ähnliches preisgebe." Ich schlug mir mit der Hand an die Stirn.

„Ich bin nicht an seiner beruflichen Geschichte interessiert, sondern bloß an seiner Geschichte mit dir."

„Aber warum denn?"

„Weil ich sehe, wie er dich anschaut."

„Hör zu, Ben, ich kenne Tom seit meiner Kindheit." Ich spürte, wie mir die Röte vom Hals ins Gesicht hinaufstieg.

„Seit deiner Kindheit? Wie alt warst du da?" Er zog die Augenbrauen hoch.

„Warum spielt das denn für dich eine Rolle?"

Ben beugte sich noch ein Stück weiter vor. Seine Stimme wurde zu einem verschwörerischen Flüstern, seine dunklen Augen glitzerten. „Ich will wissen, ob du mit Kindheit meinst: Wir haben zusammen im Sandkasten gespielt, oder ob du eher meinst:

Wir waren Teenies und hatten eine romantische Beziehung, so ähnlich wie Romeo und Julia.“

„Eine *romantische* Beziehung?“

„Ich will wissen, wer meine Konkurrenten sind, das ist alles.“

Ben streckte den Arm aus, nahm meine Hand und verschränkte seine Finger mit meinen.

Bevor ich etwas erwidern konnte, gab mein Handy einen zirpenden Ton von sich. Ich hatte es für meine Verabredung mit Ben auf stumm geschaltet, aber die SMS machten sich trotzdem bemerkbar. Ich warf einen Blick auf das Display. Eine Nachricht von Lilah zeigte die Nummer des Notrufs und etwa zwanzig Ausrufezeichen dahinter.

„Oh weh“, sagte ich besorgt. Mein Magen zog sich zusammen. Ich hatte eine düstere Vorahnung.

„Was ist denn los?“

Ich schüttelte den Kopf und wählte Lilahs Nummer. Meine Vorahnung verwandelte sich in eiskalte Furcht. Hier stimmte etwas nicht. Sie nahm nach dem ersten Klingeln ab.

„Ruby, Dakota ist verschwunden!“, schrie sie laut. Ich konnte sie kaum verstehen.

„Sprich langsam, Lilah“, ermahnte ich sie. „Was ist passiert?“

Sie weinte ins Telefon. Es waren laute, herzzerreißende Schluchzer, die mich vor Angst zittern ließen.

„Er hat gestern gesagt, dass er sich mit einem Kumpel treffen wollte, aber er ist nicht zurückgekommen. Ich bin über das ganze Gelände gelaufen und habe nach ihm gesucht. Dann habe ich den Minivan hinter den Garagen gefunden. Ruby …“ Ihre nächsten Worte waren ein verzweifelter Aufschrei. „Auf dem Fahrersitz ist Blut. Überall ist Blut!“

Kapitel 10

Blaue und rote Lichter blitzten über den perfekt gepflegten Rasen und erleuchteten das Schild mit dem Namen *Fresco Villas* und dem darunter gemalten Brunnen wie wilde Disco-Effekte. Ich stand neben Lilah und hatte den Arm um ihre zitternden Schultern gelegt. Sie hatte seit meiner Ankunft kein Wort gesagt.

Der Sanitäter hatte ihr ein leichtes Beruhigungsmittel gegeben.

Die Polizeibeamten in Zivil und die uniformierten Beamten drängten sich um den Minivan und redeten aufgeregt durcheinander. Ich hörte angestrengt zu, weil ich unbedingt wissen wollte, was sie herausgefunden hatten. Ben war im Büro des Hausmeisters verschwunden und bisher noch nicht zurückgekehrt.

Lilah und ich standen neben Renées Geländewagen, ein Stück vom Tatort entfernt. Ich erkannte die Nachbarn, die sich auf den Terrassen und Treppenstufen über uns versammelt hatten. Sie warfen besorgte Blicke auf uns, während sie sich im Flüsterton unterhielten.

Nervös kaute ich auf meinem Daumennagel herum. Ich fühlte mich unwohl und zugleich innerlich leer. Vor lauter Angst konnte ich nicht mehr klar denken. In dem Lärm meinte ich plötzlich, eine bekannte Stimme zu hören. Ich drehte mich um und musterte die Neugierigen, die um uns herumstanden. Tom stand am Zaun mitten in der Menschenmenge. Mit einer Kopfbewegung bat er mich, ihm zu folgen. Dann trat er vom Zaun zurück und verschwand in der Menge.

Mein Blick fiel auf Lilah. Sie hatte nichts bemerkt.

„Lilah, Liebes", sagte ich leise. „Ich muss ganz kurz mal weg."

Sie nickte. Noch immer starrte sie den Minivan blicklos an.

„Kann ich dich kurz allein lassen, Lilah?"

Wieder nickte sie. Ich wäre beinahe bei ihr geblieben, aber vielleicht würde ich ja etwas erfahren, was ein wenig Licht in das Geschehen bringen könnte. Ich ließ sie bei den Sanitätern und bückte mich unter dem Absperrband der Polizei durch. Dann ging ich in die Richtung, in der ich Tom zuletzt gesehen hatte.

Er stand drüben auf dem Fußgängerweg, vor den Blicken der Menschenmenge verborgen durch einen riesigen Maulbeerbaum, und lehnte sich an den Baumstamm. Er ließ eine Goldmünze zwischen den Fingern seiner linken Hand entlang wandern, indem er seine Fingerknöchel auf und ab bewegte. Als Teenager hatte er das immer dann gemacht, wenn er über etwas nachdachte oder grübelte. Seine verwaschenen Jeans und das alte T-Shirt waren verschwunden. Stattdessen trug er ein elegantes Hemd und dunkle Hosen. Die Lichter der Streifenwagen tauchten sein Gesicht abwechselnd in ein rotes und blaues Licht. Er begrüßte mich mit einem traurigen Lächeln.

„Wie kommst du zurecht?", fragte er.

Ich legte beide Arme um meinen Körper, als ob ich frieren würde. „Ganz gut. Lilah dagegen …" Ich schüttelte den Kopf und warf einen Blick auf die Menschenmenge. „Hattest du hier in der Nähe zu tun?"

„Nein." Tom sah mich mit hochgezogenen Augenbrauen an. „Und warum bist du dann hier?"

„Ich habe gehört, dass Lilahs Sohn verschwunden ist."

„Schlechte Nachrichten sprechen sich offenbar schnell herum", murmelte ich. Ich dachte an Lilah. „Ich hoffe, sie finden ihn bald."

„Ruby, hoffe das lieber nicht", erwiderte Tom und warf mir die Goldmünze zu.

„Wie bitte?"

Tom holte einen Kaugummi aus seiner Hosentasche, wickelte ihn aus und steckte ihn sich in den Mund. Er kaute kräftig darauf herum, und dann zeigte er mit einer Kopfbewegung auf Lilahs Minivan. „Hast du gesehen, wie viel Blut da drin ist?

Wenn sie Lilahs Sohn finden, wird er nicht mehr am Leben sein."

Mir wurde ganz flau im Magen, aber ich wusste, dass er recht hatte. Die Person, die im Auto gewesen war, hatte mindestens eineinhalb Liter Blut verloren, vielleicht noch mehr. Der gesamte Vordersitz und der Rasen waren blutgetränkt. Ein durchschnittlich gebauter Mann hat zwischen fünf und sechs Liter Blut, aber ich wusste, dass schon der plötzliche Verlust eines Liters Blut lebensbedrohlich ist. Ich rieb mir mit beiden Händen die Augen. Es war unwahrscheinlich, dass Dakota einen eventuellen Angriff überlebt haben könnte.

Ich unterdrückte die Tränen, die mir in die Augen schießen wollten. „Warum sollte ihm jemand so etwas antun? Er war zwar kein vorbildlicher Bürger, aber niemand verdient es, zu … Er ist doch bloß ein großes, dummes Kind. Ein *Kind*, Tom." Hilflos zuckte ich mit den Schultern und starrte auf die Münze in meiner Hand. Es war eine in Goldfolie gepresste Schokoladenmünze, meine Lieblingssorte.

„Ich glaube, wir beide haben einen konkreten Verdacht, wer dahinterstecken könnte", murmelte Tom.

„Du meinst, es war Antonio?"

Tom warf mir einen Blick zu, dann musterte er die Menschenmenge. Er hatte denselben wachsamen Gesichtsausdruck, den ich bereits im Krankenhaus an ihm bemerkt hatte. „Die Kollegen bei der hiesigen Polizei meinen, es sei ein Raubüberfall, aber da liegen sie falsch. Ich habe mich ein bisschen umgehört. Die Culebra-Bande steckt dahinter."

„Ich kann mir nicht vorstellen, dass sie so weit gehen. Ich meine, als Antonio mein Auto und meine Ambulanz zerstört hat … das war bloß Sachschaden." Mein Blick fiel wieder auf die blinkenden Lichter und das gelbe Absperrband der Polizei. „Aber das hier … das ist Mord, Tom." Plötzlich spürte ich Angst. „Bloß weil ich seine Kumpel nicht in der Ambulanz anstellen wollte? Das ist doch sinnlos."

„Du musst dich von dieser Ambulanz fernhalten, Ruby. Ich weiß nicht, warum, zumindest noch nicht, aber dieser Antonio ist gefährlich." Tom stieß sich vom Baumstamm ab. Auf seiner Stirn zeigten sich Sorgenfalten.

Ich schüttelte heftig den Kopf, und meine Stimme war nur noch ein heiseres Flüstern. „Wie kannst du bloß so einen Vorschlag machen? Ich verliere lieber die Ambulanz, weil ich mich an die Vorschriften halte, als diesen Monstern und ihren Drogen Tür und Tor zu öffnen! Wenn ich mich da hineinziehen lasse, verliere ich meine Zulassung als Ärztin. Dann kann ich nirgendwo mehr eine Ambulanz eröffnen. Und wenn ich Sicherheitsleute beauftrage, verliere ich die Patienten, die mich am meisten brauchen. Diese Leute sind misstrauisch, wenn sie Polizei oder Sicherheitsleute bei mir sehen."

„Ruby, du kannst keine Ambulanz betreiben, wenn du verletzt bist oder dir noch Schlimmeres zustößt. Antonio gibt sich nicht mit leeren Drohungen zufrieden. Das Blut auf dem Rasen ist ein Beweis dafür." Tom fuhr mit dem Finger über meinen Nasenrücken. Ein trauriges Lächeln umspielte seine Lippen.

„Wir wissen nicht, ob das hier etwas mit Antonio und meiner Ambulanz zu tun hat. Dakota hat nicht bei mir gearbeitet … Er gehört noch nicht mal zu meinen Patienten." Verärgert schlug ich seine Hand weg.

„Machst du Witze? Du sagst doch immer, dass die einfachste Erklärung meistens die richtige ist. Dakota hat durch seine Mutter eine Verbindung zur Ambulanz. Das weißt du ganz genau." Tom schüttelte den Kopf. „Du bist jetzt bloß dickköpfig, Ruby."

Ich verschränkte die Arme vor der Brust. Das Gespräch mit Lilah über die seltsamen Abweichungen bei den Frachtpapieren ließ mir keine Ruhe. Die Angst durchfuhr mich wie ein elektrischer Schlag. Konnte es da eine Verbindung geben? „Tom, da ist etwas, was ich dir nicht gesagt habe. Etwas stimmt nicht mit den Lieferungen an die Ambulanz."

Über sein Gesicht zog ein kurzes Erschrecken. „Was?"

„Es sah aus wie ein Computerfehler, als Lilah mir zuerst davon berichtet hat, aber jetzt …"

„Lilah hat etwas entdeckt?", unterbrach mich Tom abrupt. „Und jetzt ist ihr Sohn verschwunden." Frustriert zog er die Mundwinkel nach unten. „Warum hast du mir das nicht schon eher erzählt, Ruby?"

„Weil wir angenommen haben, dass es bloß ein Schreibfehler ist", flüsterte ich wütend.

„Jetzt reicht es", sagte er entschieden. „Du gehst nicht zurück in diese Ambulanz."

„Wovon redest du überhaupt? Das ist die einzige Bleibe, die ich habe", erwiderte ich schnippisch.

„Bist du dir eigentlich bewusst, was diese Woche passiert ist, Ruby?", hielt er mir entgegen. „Sei doch nicht so blind!"

„Ich lasse diese Kinder nicht im Stich, Tom. Wir beide wissen doch, wie es sich anfühlt, wenn Erwachsene wegrennen, sobald es Schwierigkeiten gibt."

Tom machte den Mund auf, um etwas zu erwidern, aber sein Blick richtete sich auf etwas hinter mir, über meiner Schulter. Er senkte den Kopf und drehte sich weg. Dann verschwand er in der Dunkelheit.

„Tom?"

„Versprich mir, dass du heute Abend ins Krankenhaus zurückfährst. Warte in der Cafeteria auf mich." Seine leise Stimme kam aus größerer Entfernung, als ich erwartet hatte.

„Wohin gehst du?", flüsterte ich in die dunklen Schatten hinein.

„Tu, was ich dir sage, Ruby … tu es für mich."

Ich kniff die Augen zusammen und starrte auf die finsteren Schatten der Bäume, aber ich konnte nichts erkennen. Es bewegte sich nicht ein Blatt. „Tom? Na toll!" Ich drehte mich um und ging zurück zu Lilah, die neben dem Geländewagen stand und mit Ben sprach. Sie sah furchtbar aus. Ich umarmte sie. Dann wandte ich mich Ben zu und schenkte ihm ein trauriges Lächeln.

„Hallo“, sagte Ben. Er musterte die Menschenmenge am Zaun. „Wo bist du gewesen?“

„Na ja, du weißt schon …“, erwiderte ich mit einem Achselzucken.

Er zog eine Augenbraue hoch, aber beließ es dabei.

„Hast du etwas herausgefunden?“, fragte ich.

„Der Hausmeister hat keine fremden Autos oder seltsame Gestalten gesehen.“ Er machte eine Handbewegung zu den Gebäuden hin. „Dieser Komplex hat keine Kameras oder andere Sicherheitsanlagen.“ Er warf einen Blick auf Lilah. „Aber ich bleibe dran. Meine Schicht fängt in einer Stunde an. Soll ich mir frei nehmen? Ich kann mich abmelden.“

„Das ist sehr lieb von dir, aber das brauchst du nicht. Es gibt keinen Grund, deinen Dienst nicht anzutreten.“ Ich wandte mich Lilah zu. „Soll ich dich nach Hause bringen?“

Sie schüttelte den Kopf und putzte sich die Nase mit einer zerknüllten Serviette. „Nein, ich will nicht nach Hause.“

„Kann ich dich woandershin fahren?“

In ihren Augen standen Trauer und Verzweiflung, als sie mich ansah. „Ich muss es Dakotas Vater erzählen. Ich will nicht, dass er es von Polizisten erfährt. Er kann Polizisten nicht leiden.“ Sie warf Ben einen Blick zu. „Nichts für ungut.“

„Das ist schon in Ordnung.“

Sie drehte sich wieder zu mir um. „Ich habe versucht, ihn auf dem Handy zu erreichen, aber vielleicht habe ich eine alte Nummer. Kannst du mich begleiten, Ruby?

„Klar doch. Wo wohnt er denn?“

Sie zerknüllte die Papierserviette in ihren Händen und schniefte. „Brooklyn ist nicht zu Hause. Er ist Barkeeper in diesem neuen Club in der Innenstadt.“

Sie sagte das so, als ob ich alles über neue Clubs wüsste. Ich sah sie verblüfft an. Sie wühlte in ihrer Handtasche, zog eine laminierte Karte heraus und reichte sie mir. Die Karte sah aus wie ein Künstlerpass für das Theater.

In silberfarbener Schrift stand der Name *Flow* darauf. Ein Foto in der Größe eines Daumennagels zeigte den Eingang des Clubs. Das Lokal sah exklusiv und teuer aus.

„Wollt ihr dorthin?“ Ben sah mir über die Schulter.

„Ich denke schon.“

„Ich nehme mir doch frei.“ Er wirkte unentschlossen. „Ich komme mit euch.“

„Bitte mach das nicht, Ben. Wir kommen schon zurecht. Das ist doch bloß ein Club.“

Ben nickte und schloss mich kurz in die Arme. „Kannst du mich anrufen, wenn du zu Hause bist … damit ich weiß, dass alles in Ordnung ist?“

Ich warf einen flüchtigen Blick auf die dunklen Umrisse der Bäume. Als ich Bens Umarmung erwiderte, durchzuckte mich ein leises Schuldgefühl. Ich schalt mich innerlich, denn ich hatte doch gar keinen Grund, mich schuldig zu fühlen. Oder etwa doch?

„Klar, Ben“, sagte ich und strich die Ponyhaare über meine Narbe. „Aber du brauchst dir keine Sorgen zu machen.“

Wir brauchten noch eine Weile, bis wir uns auf den Weg machen konnten, denn ich bestand darauf, dass der Sanitäter sich um Lilah kümmerte. Offensichtlich stand sie unter Schock. Sie zitterte und war totenblass. Deshalb gab sie nach und ließ sich untersuchen, aber sie wollte nicht ins Krankenhaus. Ich versuchte nicht mehr, sie zu überreden.

Eine Dreiviertelstunde später hielten wir auf dem Parkplatz gegenüber dem Club. Es war Samstagabend, und offenbar war das Lokal sehr gut besucht. Die Schlange vor dem Eingang erstreckte sich bis zur Rückseite des Gebäudes. Das stetige Dröhnen gedämpfter Musik ließ die Metalltür und die Fenster vibrieren. Lilah und ich passierten die lange Reihe von gut gekleideten und gut aussehenden Leuten. Die meisten von ihnen beklagten sich über unseren angeblichen Versuch, uns vorzudrängeln. Lilah ignorierte die Schimpfworte, mit denen man uns bedachte.

Selbstbewusst ging sie zu dem muskelbepackten Riesen am Eingang. Der Mann hielt ein Schreibbrett in der Hand. Das Erste, was mir an ihm auffiel, waren seine buschigen Augenbrauen, die in starkem Kontrast zu seinem fast kahlrasierten Kopf standen.

Er runzelte die Stirn und musterte Lilah, die noch ihre Schwesternuniform trug.

„Sie müssen sich hinten anstellen", sagte er mit einer tiefen Bassstimme.

Lilah stellte sich auf die Zehenspitzen, zeigte ihm ihren Führerschein und flüsterte ihm etwas ins Ohr. Plötzlich wurde sein Gesicht ernst. Er nickte ihr zu, hob das samtene Seil, das als Absperrung diente, und ließ uns in den Club. Lautes Protestgemurmel der anderen Leute in der Warteschlange begleitete uns in das dunkle Innere des Lokals. Drinnen wummerten die Bässe der ohrenbetäubenden Musik im Rhythmus mit blinkenden Lichtern, die die Bewegungen der Tanzenden blitzartig beleuchteten. Bunte Laser-Effekte schlängelten sich durch den dichten Nebel, der von der Tanzfläche aufstieg.

„Er ist dort drüben", schrie Lilah, um die Musik zu übertönen.

Ich nickte ihr zu und folgte ihr. Wir schlängelten uns an den tanzenden Paaren auf der überfüllten Tanzfläche vorbei. Die Musik, eine Mischung aus Techno und House, hatte eine beinahe hypnotische Wirkung auf mich. Der vibrierende Rhythmus wand sich wie eine Schlange in meine Sinne. Ich hielt mich mit dem Finger an der Seitentasche von Lilahs Uniform fest. Wir drängten uns durch die Menge der Tanzenden, lehnten uns an die Bar und drückten uns gegen die Barhocker.

Lilah schlug mit dem Handrücken auf die Theke der Bar.

„Brooklyn", schrie sie laut. „Brooklyn, komm mal kurz her."

Der Barkeeper, eine ältere Ausgabe von Dakota, beugte sich zu einem Gast herab und sagte etwas zu ihm, bevor er zu unserer Ecke der Bar kam. Sein Blick fiel auf Lilahs Gesicht. Er wurde kreidebleich. Ich hätte ihn für einen älteren Bruder und nicht für den Vater von Dakota gehalten.

„Was ist los? Wo ist Dakota?“, fragte er, während er seine braunen Augen weit aufriss. „Was ist passiert?“

Lilah zeigte auf eine ruhigere Ecke neben der Bar. Brooklyn folgte ihr. Sie drehte sich zu mir um und hob die Hand.

Ich nickte und setzte mich auf einen Barhocker. Dann nahm ich einen Werbeflyer in die Hand und formte es zu einem Origami-Frosch. Eine Frau in der Uniform der Barkeeper schlüpfte hinter die Bar. Wahrscheinlich hatte Brooklyn sie gebeten, ihn kurz zu vertreten. Sie kam auf mich zu, betrachtete stirnrunzelnd den Frosch und goss mir ein Mineralwasser ein. Sie warf ein paar Kirschen in das Glas und schob es mir hin. Ich bedankte mich mit einem Lächeln.

Während ich an meinem Wasser nippte, drehte ich mich zur Tanzfläche um. Die regelmäßig aufblitzenden Lichteffekte machten mich ganz benommen, aber ich war froh, dass ich Dakotas Vater nicht die traurige Nachricht überbringen musste. Die Musik wechselte den Rhythmus. Aus den Lautsprechern dröhnte jetzt eine langsamere Melodie. Die tanzenden Paare gingen auf Tuchfühlung. Einen Augenblick lang blitzte bei mir die Erinnerung an einen Schul-Abschlussball auf … allerdings ging es hier weniger harmlos zu. Mein Blick wanderte über die Menge auf der Tanzfläche hinweg zu der Treppe hinten im Raum. Ein weiterer Hüne, seine Arme vor der muskelbepackten Brust verschränkt, stand vor der untersten Stufe.

Ich sah hoch zur Galerie und beobachtete die Menschen in den teuren Edelklamotten, die auf einem Balkon für besondere Gäste ihre Getränke konsumierten und sich miteinander unterhielten. Ich trank mein Wasser aus und wandte mich um, weil ich um ein weiteres Glas bitten wollte, als ich auf der Galerie plötzlich eine vertraute Gestalt bemerkte. Tom trug noch immer die dunkelblauen Hosen und das elegante, hellblaue Hemd. Er stand einen Moment da und ging dann auf die Treppe zu. Er sah blendend aus. Hinter ihm sah ich eine wunderschöne Frau in einem tief ausgeschnittenen Kleid.

Mir stand vor Verblüffung der Mund offen, während ich beobachtete, wie er sie zur Tanzfläche führte. Die beiden bewegten sich im Rhythmus der Musik. Die Frau bog sich langsam und geschmeidig in seinen Armen. Er legte einen Arm um ihre Taille und hielt sie fest, während sie weitertanzten. Dann küsste er sie auf den Hals. Sie warf den Kopf zurück und lachte.

In mir krampfte sich alles zusammen. Ich konnte den Blick nicht von dem Paar abwenden. Die Frau war atemberaubend schön, hoch gewachsen mit langem, welligem Haar, das wie Honig glänzte. Das Diskolicht an der Decke traf auf die beiden und machte ihren intimen Tanz zu raschen, genau bestimmbaren Bewegungen. Mich durchzuckte heftige Eifersucht. Ich presste meine Hände gegen den Mund und drehte mich um, während ich gegen den Zorn ankämpfte, der sich wie ein brennender Schmerz in meiner Brust ausbreitete. Ich konnte die Tränen nicht länger zurückhalten.

Lilah trat von hinten zu mir und legte mir die Hand auf die Schulter. „Ist alles in Ordnung mit dir?"

Ich zwang mich zu einem Lächeln.

„Ich mag diesen Nebel nicht, den sie hier reinpumpen", rief ich gegen die wummernden Bässe der Musik an.

Sie sah mich aus verweinten, geschwollenen Augen an. „Brooklyn hat gesagt, er will hier früher Schluss machen." Sie sah auf ihre Armbanduhr. „In einer Stunde etwa, dann wollen wir mit seinen Eltern reden. Er will mich später nach Hause fahren."

Ich nickte zustimmend und tat so, als ob ich ihr zuhören würde, aber mein Blick richtete sich immer wieder auf die Tanzfläche, auf Tom und seine Partnerin. Lilah sah mich erwartungsvoll an. Ich merkte, dass ich etwas überhört hatte.

„Entschuldige bitte. Was hast du gesagt?", schrie ich.

„Ich habe gesagt, dass du gehen kannst, Ruby. Brooklyn fährt mich. Wir fahren in die Wohnung zurück, um mit der Polizei zu reden." Sie wischte sich das Gesicht ab. Ihre Hände zitterten.

„Oh“, erwiderte ich, als ich ihre Worte endlich verstand. „Soll ich bleiben? Ich kann euch hinterherfahren.“

Sie schüttelte den Kopf. „Nein. Ich … ich muss das zusammen mit Dakotas Vater regeln.“

Ich tätschelte ihr den Arm und versuchte, die Musik zu übertönen. „Wirst du klarkommen?“

Sie nickte. „Ich verbringe das lange Wochenende bei meinem Bruder. Ich muss jetzt meine Familie um mich haben.“

„Möchtest du, dass ich jemanden anrufe?“

Sie antwortete mit einem Kopfschütteln. „Ich rufe nachher noch im Krankenhaus an“, erwiderte sie. „Es wird schon gehen.“

Ich umarmte sie und sah ihr nach, als sie sich durch die Menschenmenge drängte und zurück zur Bar ging. Brooklyn legte den Arm um sie und drückte sie an sich. Ich versuchte, mich an der Seitenwand hinauszuschlängeln, aber in diesem Moment begann ein neues Musikstück mit schnellem Rhythmus. Die Besucher drängten auf die Tanzfläche und rissen mich mit. Frustriert kämpfte ich gegen den Strom der Tänzer an, weil ich mich von Tom fernhalten wollte.

Die Lichter gingen aus. Dann blitzten neue Scheinwerfer auf. In meiner hellen Bluse wirkte ich wie ein Neonbanner in einem Meer von dunkel gekleideten Menschen. Über die Schulter der Blondine sah Tom, wie ich mich durch die Menge der Tänzer bewegte. Unsere Blicke begegneten sich. Er erschrak.

Sein Mund öffnete sich, als ob er etwas sagen wollte, aber ich drehte mich abrupt um und drängte mich durch eine Gruppe von Frauen, die an der Tür miteinander sprachen. Es dauerte nur wenige Sekunden, bis ich zur Tür heraus und auf der anderen Straßenseite war. Ich schlüpfte in den Geländewagen und kauerte mich im Fahrersitz zusammen, sodass ich gerade über das Armaturenbrett hinweg sehen konnte. Tom würde dieses Fahrzeug nicht mit mir in Verbindung bringen. Schließlich kannte er Renée nicht.

Das Herz klopfte mir bis zum Hals, während ich den Eingang

des Clubs im Auge behielt. Ich wünschte mir beinahe, er würde herausstürmen und mich in meinem Versteck auf dem Parkplatz entdecken.

Aber er kam nicht.

Kapitel 11

Das Gute an einer Großstadt wie San Diego ist, dass man untertauchen kann, wann und so lange man will. Weil die Ambulanz wegen eines Feiertags auch am Wochenende geschlossen war, musste ich mich momentan nicht darum kümmern. Am Tag vorher hatte ich den Großteil der Farbe entfernt. Die Sperrholzplatten, die Lilah und ich mühsam an den eingeschlagenen Fenstern angebracht hatten, würden eine Weile halten. Erst am nächsten Mittwoch sollte meine nächste Schicht im Krankenhaus beginnen. Ich könnte eine Weile verschwinden. Und genau das hatte ich auch für die nächsten drei Tage vor.

Ich fuhr zum Krankenhaus und rief Kara, die Frau meines Chefs an, während ich mich im Umkleideraum für Ärzte umzog. Meine Sachen hatte ich auf dem Rückweg vom Club aus der Ambulanz mitgenommen. Ich war Kara bei mehreren Feiern im Krankenhaus begegnet. Sie arbeitete im telefonischen Kundenservice einer Hotelkette. Obwohl sie dort die Nachtschicht leitete, sprang sie ein, wenn alle Telefonleitungen belegt waren. Ich war mir ziemlich sicher, dass sie heute Abend arbeiten würde. Deshalb rief ich ihre Durchwahl an und ließ das Telefon klingeln.

„Hallo, Kara, wie geht es Ihnen?"

Ihre hohe, melodiöse Stimme klang durch die Leitung. „Oh, Ruby, und wie läuft es bei Ihnen? Blaine hat mir von Ihrem Auto und der Ambulanz erzählt."

Ich musste schlucken, weil ich einen dicken Kloß im Hals spürte. Dann erst konnte ich antworten. „Es geht so, Kara. Danke der Nachfrage. Es geht um Folgendes: Erinnern Sie sich noch an den Hotelgutschein, den ich letztes Jahr auf unserer Weihnachtsfeier bei der Tombola gewonnen habe?"

„Na klar doch. Möchten Sie ihn einlösen?“

Ich hörte, wie sie auf die Tastatur eines Computers einhämmerte.

„Ist er denn noch gültig?“

„Aber natürlich. Wo möchten Sie denn übernachten?“

Ich betrachtete den Gutschein, der an der Tür meines Garderobenschrankes klebte. Nachdenklich biss ich mir auf die Unterlippe. Ich wusste nicht, wohin ich fahren sollte. „Welche Möglichkeiten habe ich denn?“

„Wir wollen mal sehen. Haben Sie die Gutscheinnummer?“

Ich las die Zahl vor und hörte, wie sie fröhlich vor sich hinmurmelte, während sie ihre Anfrage in den Computer tippte. Vor meinem geistigen Auge sah ich ihre sommersprossige Stupsnase und ihre wilde Haarmähne. Ich musste lächeln.

„Hm, wie sieht es mit einem Hotel in Strandnähe aus?“

Ich nickte, obwohl sie mich nicht sehen konnte. „Das klingt gut.“

„Wie lange wollen Sie bleiben?“

Ich warf einen Blick auf meine gepackte Reisetasche auf der Bank neben den Garderobenschränken. Wenn ich bei einem meiner Studentendarlehen um Aufschub der Zahlung bitten würde, blieben mir fünfhundert Dollar für diesen Kurzurlaub.

„Drei Tage?“ Ich überlegte kurz. „Kann ich heute Abend noch einchecken, auch wenn es schon spät ist?“

„Hm, Sekunde bitte“, sagte sie und tippte weiter. „Jetzt haben wir es. Ich habe Ihnen ein Zimmer im *Inn Hotel* in Seaside Cliffs, direkt in der Bucht, gebucht. Sie haben ein extragroßes Einzelzimmer mit Meerblick, für drei Tage ab morgen. Das Hotel ist nicht ausgebucht. Deshalb können Sie schon heute Abend einchecken.“

„Und das alles ist kostenlos?“, fragte ich skeptisch.

„Ja, Schätzchen, alles ist kostenlos, wie bei einem Geschenkgutschein. Der Gutschein ist für vier Tage ausgestellt. Möchten Sie so lange bleiben?“

„Nein, danke, Kara. Ich muss in vier Tagen wieder in der Ambulanz sein."

„Alles klar, dann geht Ihre Buchung in Ordnung."

„Danke, Kara", sagte ich leise.

Sie hielt inne, bevor sie etwas erwiderte. „Schätzchen, ist wirklich alles in Ordnung bei Ihnen?"

„Ich habe nur … na ja, ich brauche Zeit zum Nachdenken", entgegnete ich und rieb mir die Augen.

„Ruby, eine so tolle Frau wie Sie sollte doch keine Probleme mit einem Mann haben."

Diese Äußerung brachte mich zum Lachen. „Na ja …"

Sie holte tief Luft. „Ist es dieser Polizist, Ben Soundso? Blaine hat mir erzählt, dass er immer nach Ihnen fragt … Ich dachte, er sei ein netter Kerl."

„Er ist auch sehr nett, Kara", sagte ich traurig. „Aber da gibt es noch einen anderen … einen Mann, den ich vor langer Zeit einmal gekannt habe …"

Kara lachte glucksend. „Ach, Ruby, Sie haben also ein Problem mit *mehr* als einem Mann."

Vor Verlegenheit brannten meine Wangen. Warum schüttete ich der Frau meines Chefs das Herz aus? Das war kein guter Schachzug. Aber wenn sie und ihr Mann bereits über mich und Ben sprachen, dann war es ja kein Geheimnis mehr.

„Ich muss über dieses Problem ernsthaft nachdenken, Kara", sagte ich schließlich.

„Dann ist dieses Hotel genau der richtige Ort dafür, Schätzchen. Gönnen Sie sich was Schönes. Bestellen Sie sich zum Abendessen ein gutes Dessert und lassen Sie sich so richtig verwöhnen."

Lächelnd wischte ich mir die Tränen aus den Augen. „Das mache ich, Kara."

Ich dankte ihr noch einmal, beendete den Anruf und warf das Handy in die Reisetasche. Plötzlich übermannte mich die Müdigkeit. Ich setzte mich auf die Bank und ließ mich erschöpft gegen die Wand sinken.

Ich müsste noch mal zur Ambulanz fahren und dort nach dem Rechten sehen.

„Nein, das machst du nicht", flüsterte ich. „Du musst hier weg, und zwar sofort."

Ich stand auf, sammelte meine Sachen ein und verließ fluchtartig den Raum. Als ich an der Cafeteria vorbeikam, warf ich einen Blick durch die offene Tür. Mein Herz setzte kurz aus. Tom stand an der Kasse und unterhielt sich mit Sasha. Sie schüttelte den Kopf und deutete zum Speiseraum.

Ich beschleunigte meine Schritte und stahl mich in den Aufzug. Renées Geländewagen hatte eine Genehmigung für einen Mitarbeiter-Parkplatz. Ich hatte den Wagen auf ihrem Platz abgestellt, weil ihre Schicht erst am nächsten Morgen um acht Uhr beginnen würde. Ich sah auf meine Armbanduhr. Es war kurz nach Mitternacht. Ich schlüpfte auf den Fahrersitz und legte meinen Kopf auf Renées kuscheligen, pinkfarbenen Lenkradschutz.

Schuldgefühle, Sorgen und Sehnsüchte kamen in mir hoch. Dieser Ansturm der Gefühle ließ mich erzittern. Wenn man einfach so verschwand, verletzte man die Gefühle der Menschen, die sich auf einen verließen. Das wusste ich aus eigener Erfahrung. Trotzdem wollte ich gerade jetzt nicht mit Tom reden, denn er würde sich nicht davon abhalten lassen, mich wieder zu verletzen. Ich schloss die Augen und dachte daran, wie sich sein Atem an meiner Schläfe anfühlte, als er mir etwas zuflüsterte. In meinem tiefsten Inneren fühlte ich mich noch immer zu ihm hingezogen.

Ich sollte zurückgehen und mit Tom reden. Schließlich bin ich jetzt erwachsen und kein liebeskranker Teenager mehr.

Ich hob den Kopf und sah meine geschwollenen, roten Augen im Spiegel der Sonnenblende. In mir stritten Eifersucht und verletzte Gefühle, und ich unterdrückte den Drang, erneut loszuweinen.

Vielleicht auch nicht.

Ich sah aus wie eine nasse, traurige Ratte. Ich strich mir das Haar glatt und band es zurück. Als ich den Schlüssel in den Anlasser steckte, warf ich einen letzten Blick auf die Eingangstüren des Krankenhauses. Dann startete ich den Geländewagen und fuhr weg.

Eine halbe Stunde später bog ich in das zum Hotel gehörende Parkhaus. Das *Inn* war ein schönes Gebäude, das eher wie ein Landgasthof als ein Großstadthotel aussah. Es stand tatsächlich direkt am Strand. Ich trug meine Reisetasche in die Eingangshalle und stellte sie an der Rezeption auf den Boden.

Eine ältere Frau im grauen Blazer begrüßte mich mit einem freundlichen Lächeln.

„Sie sind bestimmt Dr. McKinney."

„Äh, ja. Das bin ich."

Sie nickte mit einem wissenden Ausdruck im Gesicht. Dann holte sie unter dem Empfangstresen ein Blatt Papier hervor.

„Sie haben eine anteilige Reservierung."

Ich zog fragend die Augenbrauen hoch. Anstelle einer Antwort lächelte die Frau und legte das Blatt verkehrt herum auf den Empfangstresen, damit ich den Inhalt lesen konnte. Sie verwendete ihren Kugelschreiber, um mir die wichtigsten Punkte zu zeigen.

„Das heißt, dass wir Ihnen für die erste Übernachtung nichts berechnen. Die Telefonzentrale hat angerufen. Sie bekommen das Zimmer für heute Abend gratis, und ab morgen gilt Ihr Gutschein."

„Oh, das ist aber eine nette Geste." Ich war überrascht. Kara war ein Schatz.

„Wir legen hier großen Wert auf einen guten Service für unsere Gäste, Dr. McKinney", sagte die Empfangsdame voller Stolz.

Ich nickte zustimmend. Sie füllte die Registrierung aus und reichte mir die Schlüsselkarten.

„So, jetzt ist alles bestens. Ihr Zimmer liegt am Ende des Flurs."

„In welchem Stockwerk?“

„Im obersten Stock“, erklärte sie. „Dort sind die Suiten. Ich habe vor ein paar Minuten jemanden hochgeschickt, damit alles für Sie bereit ist. Brauchen Sie Hilfe mit Ihrem Gepäck?“

Erschrocken schüttelte ich den Kopf und dankte der Frau noch einmal. Ich hatte noch nie in einer Suite übernachtet, schon gar nicht ein ganzes Wochenende. Als ich im Aufzug stand, fühlte ich mich bereits, als ob ich im Luxus schwelgen würde. Ich lehnte den Kopf an die Wand und flüsterte ein Dankgebet.

Mit einem leisen Klingeln wurde das Stockwerk angezeigt. Als ich ausstieg, fand ich sofort die richtige Zimmernummer. Ich öffnete die Tür mit der Karte und drückte auf den Lichtschalter. Die Suite war wunderschön, in sanften Blau- und Cremetönen gehalten. An der offenen Terrassentür bauschten sich hauchzarte Gardinen im leisen Wind. Ich ließ meine Reisetasche auf den Marmorfußboden fallen und ging langsam zu den Schiebetüren. Staunend blickte ich auf die funkelnden Lichter der Stadt. In der Ferne erkannte ich die dunklen Umrisse eines Hafendamms. Ich verschränkte die Arme vor der Brust, lehnte mich an das Geländer der Terrasse und atmete die salzige Seeluft ein. Eine so herrliche Aussicht sollte man nicht alleine genießen, sondern mit jemandem teilen.

* * *

Gleich am nächsten Morgen rief ich Lilah an. Ich wurde auf ihre Mailbox weitergeleitet, und so hinterließ ich ihr eine Nachricht. Ich teilte ihr mit, wo ich war, und gab ihr die Telefonnummer meines Zimmers durch. Dann nahm ich den Akku aus meinem Handy.

In den nächsten drei Tagen wanderte ich durch die Museen und Gärten des Balboa-Parks. Ich hatte mir im letzten Jahr ein Museums-Abonnement gekauft, aber ich hatte es nie genutzt. Es war nur noch einen Monat lang gültig. Jetzt war ich froh, dass ich das Geld nicht verschwenden musste. Ich besuchte den Japanischen Garten und setzte mich an den plätschernden Bach, der sich an den Sandpfaden entlangwand. Aus Bambus-Wasserorgeln ertönten hohl klingende Melodien, als der Wind über die gepflegten Rasenflächen strich. Ich knabberte an dem Sandwich, das ich mir im Café gekauft hatte. Die Sonnenstrahlen fielen wärmend auf mein Gesicht.

Ein älteres Paar spazierte unter den Trauerweiden entlang. Die beiden blieben stehen, um das an einer der Bronzestatuen angebrachte Schild zu lesen. Der Mann zog sein Jackett aus und legte es der Frau um die Schultern. Sie drehte sich lächelnd zu ihm um. Dann stellte sie sich auf die Zehenspitzen und gab ihm einen flüchtigen Kuss auf die Wange. Bei diesem Anblick wurde mir schwer ums Herz. Das war genau das, was ich mir so sehr wünschte. Goldene Jahre. Ich wollte einen Partner, mit dem ich gemeinsam alt werden könnte. Vor meinem geistigen Auge tauchte Toms aschfahles Gesicht auf, sein blutbefleckter Körper auf dem OP-Tisch. Ich holte tief Luft. Tom wünschte sich wohl kaum goldene Jahre. Bestimmt lebte er nur für den Augenblick und dachte noch nicht einmal an das kommende Jahr. Ich knüllte die Verpackung meines Sandwichs zusammen, zielte mit dem Papierknäuel auf den nächsten Abfalleimer und verließ den Garten.

Weil ich fest entschlossen war, meinen Aufenthalt hier zu genießen, folgte ich dem Klang einer elektronischen Orgel und kam zum Pavillon. Ich setzte mich auf einen der verschnörkelten weißen Stühle mit Blick auf das Amphitheater. Paare tanzten zu der sanften Musik und sprachen leise miteinander. Ich blieb mit den Händen im Schoß sitzen, allein unter vielen hundert Menschen.

Später lief ich mit aufgerollten Hosenbeinen am Meeresufer entlang und suchte nach den Gehäusen von Sanddollars und nach Muscheln. Ich steckte sie in die Tasche meines Sweatshirts und ließ sie durch die Finger gleiten, während ich am Rand der

Mole stand und sich die Gischt der Brandung wie ein feiner Nebel auf mich legte. Ich musste an Tom und an die Szene im Club denken. Ich nahm an, dass er sich in einer Undercover-Mission befand. Aber ich hatte mir seine Tätigkeit als verdeckter Ermittler irgendwie anders vorgestellt. Ich hatte mir ausgemalt, wie er mit seinen Kollegen, die ihn im Krankenhaus besucht hatten, todmüde und unrasiert irgendwelchen Gaunern auflauerte. In der Rolle als Edelganove gefiel er mir nicht so gut. Mir wurde ganz flau im Magen, wenn ich daran dachte, wie vertraut er sich zusammen mit der Blondine über die Tanzfläche bewegt hatte. Mit mir hätte er so etwas nicht gemacht. Aber was konnte ich nach dieser langen Zeit schon über ihn wissen?

Trotzdem sehnte ich mich mit allen Fasern meines Herzens nach ihm. So war es viele Jahre lang gewesen, nachdem er verschwunden war. Wollte ich mich diesem Schmerz und dieser Sehnsucht wieder aussetzen? Ich schüttelte den Kopf, wütend darüber, dass ich sogar an diesem Ort ständig an ihn denken musste. Ich sollte das nicht tun. Ich sollte mir nicht immer wieder Gedanken über ihn machen. Das war nicht klug, denn ich bewegte mich dabei auf sehr dünnem Eis.

Die Sonne versank über dem Meer und tauchte den Horizont in ein helles orangefarbenes Licht. Ich atmete die sich langsam abkühlende Seeluft tief ein und spürte ihre beruhigende Wirkung.

Plötzlich dachte ich an Bens herzliches, offenes Lächeln. Ben war nett und zuverlässig, und er wollte mit mir zusammen sein. Das hatte er deutlich zu verstehen gegeben an dem Abend, als wir uns zum Kaffee verabredet hatten. Ich vergrub meine Zehen in dem noch immer warmen Sand und strich mir ein paar Haarsträhnen aus dem Gesicht. Ben würde nicht einfach verschwinden und mir das Herz brechen. Wenn ich an ihn dachte, fühlte ich mich sicher und geborgen.

Vielleicht könnte ich lernen, ihn zu lieben.

Eine Frau rannte mit ihren beiden Kindern ans Wasser. Sie

lachte laut, als eine heranrollende Welle über ihre Füße schwappte. Als ich sie beobachtete, musste ich die Tränen zurückhalten. Meine Unterlippe zitterte. Ein Haus im Grünen, Urlaub mit der Familie. Es war doch nicht schlecht, von solchen Dingen zu träumen. Aber warum tat es mir so weh, wenn ich daran dachte?

Ich holte eine Paua-Muschel aus der Tasche. Das Licht der untergehenden Sonne spiegelte sich in ihrem blaugrünen Inneren. Wenn ich an Ben dachte, schlug mein Herz nicht schneller – ganz im Gegensatz zu meinen Gefühlen, die bei dem Gedanken an Tom in mir aufstiegen. Aber Ben stand für alles, was ich als Kind niemals hatte: Stabilität, Familie, die Chance auf ein normales Leben. Etwas machte mich jedoch nachdenklich. War die Tatsache, dass ich Bens Einladung angenommen und ihn dadurch ermutigt hatte, eine Art Reflex, um mich gegen meine starken Gefühle für Tom zu wappnen? Ben verdiente es nicht, als Mittel zum Zweck missbraucht zu werden. Ich schimpfte mit mir selbst, weil ich das Risiko einging, die Gefühle eines so sympathischen Menschen zu verletzen.

Mein Magen zog sich zusammen. Ich warf die Muschel in die heranrollende Brandung. Der kühle Abendwind trocknete die Tränen auf meinen Wangen. Ich kletterte über die sandigen, unebenen Felsen und schlenderte langsam auf das Hotel zu. Die Wellen schwappten gegen meine Fußknöchel, als ich zurückging. Ich wusste noch immer nicht, was ich tun sollte. Im Gegenteil, meine Verwirrung war noch größer als vorher. Mir kam es so vor, als ob die Entscheidung für Ben oder Tom mein Leben in zwei entgegengesetzte Richtungen lenken würde. Sehnsucht, Einsamkeit und Angst schienen in mir die Oberhand zu gewinnen. Ich hielt beide Hände auf meinen Magen gepresst, als ob ich ihm dadurch befehlen könnte, Ruhe zu geben.

Dann zog ich meinen Pullover fester um mich, stemmte mich gegen den stärker werdenden Wind und lief rasch zum Hotel. Die vergangenen Tage hatten mich eher erschöpft als entspannt. Meine Sorgen wegen Antonios Übergriffen, Dakotas Verschwinden und die schrecklichen Folgen für Lilah und jetzt auch noch meine Gefühle für Tom – all das schwirrte mir im Kopf herum. Ich fühlte mich benommen und verloren zugleich.

Ich drehte mich um, wischte die salzigen Tränen von meinen Wangen und legte den Kopf in den Nacken. Ich sah den bleichen Mond, wie er scheinbar mühsam seine Bahn auf dem purpurfarbenen Himmel zog.

Verwirrt und verängstigt schloss ich die Augen.

Habe ich schon zu lange nicht mehr deine Nähe gesucht? Bin ich schon zu weit von dir entfernt? Erinnerst du dich noch, wie meine geflüsterten Gebete klingen?

Später, kurz bevor ich vor dem stumm geschalteten Fernseher einnickte, kam mir plötzlich der Gedanke, dass meine Schwierigkeiten jetzt erst richtig beginnen sollten.

Kapitel 12

Viel zu schnell verging die Zeit, und es war Mittwochmorgen. Ich machte noch einen letzten Spaziergang am Strand entlang und frühstückte in dem kleinen, im Stil der fünfziger Jahre eingerichteten Restaurant am Ende der Mole. Danach checkte ich aus dem Hotel aus. Die Frau an der Rezeption gab mir eine Nachricht, die Lilah für mich hinterlassen hatte. Sie wollte noch ein paar Tage bei ihrem Bruder übernachten.

Etwa zwei Kilometer vor der Ambulanz steckte ich den Akku wieder in mein Handy, als ich an einer roten Ampel halten musste. Das Telefon begann zu zwitschern wie ein wütender Papagei. Ich sah, wie auf dem Display eine Vielzahl von Nachrichten aufblinkte, als SMS und Anrufinformationen von meiner Mailbox. Renée, Ben, Renée … und eine unbekannte Nummer, die wohl von Tom war. Sofort meldete sich mein schlechtes Gewissen. Ich warf das Telefon auf den Beifahrersitz und fuhr weiter.

Im Krankenhaus herrschte wie immer die hektische Betriebsamkeit der morgendlichen Visiten. Ich stahl mich in den Umkleideraum, um mich umzuziehen. Dann sah ich, wie mein Chef in der Anmeldung zur Notaufnahme saß und Anweisungen in die Patientenakten schrieb.

„Hallo, schöne Fremde, wie war Ihr Urlaub?", fragte Blaine und klopfte mit dem Stift auf seinen Bericht. „Kara hat mir erzählt, dass Sie Probleme mit Männern haben … Hat das etwas zu tun mit dem Typ, den wir neulich zusammengeflickt haben?"

„Ist euch hier denn gar nichts heilig?", fragte ich verlegen zurück.

„Nicht wirklich", entgegnete mein Chef spöttisch. „Wir können aber so tun als ob, wenn Sie sich dann besser fühlen."

Ich lächelte ihn an und goss mir etwas von dem schrecklich

schmeckenden Kaffee ein. Zunächst ließ ich die dickflüssige, tiefschwarze Flüssigkeit in meinem Becher kreisen, aber dann goss ich sie doch in die Spüle. Mein Magen rebellierte sowieso schon vor lauter Nervosität, weil ich wieder zurück war. Ich wollte die Symptome nicht noch verschlimmern.

„Wenn Sie Zeit haben, richten Sie Kara ganz liebe Grüße von mir aus. Das Hotel, in dem sie mir ein Zimmer gebucht hat, war so toll, dass ich fast nicht zurückgekommen wäre."

„Ja, so ist Kara eben." Er nickte zustimmend, während er schrieb.

„Wie geht es ihr denn?", wollte ich von Blaine wissen. Im letzten Jahr war Kara an Brustkrebs erkrankt. Wir alle hatten uns große Sorgen um sie gemacht. „Arbeitet sie schon wieder ganz normal?"

„Wenn man beinahe stirbt, kostet das mehr, als die Krankenversicherung bereit ist zu zahlen. Wir ersticken fast in den vielen Rechnungen, die uns ins Haus flattern." In seinem Gesicht zeigte sich ein Anflug von Traurigkeit.

Ich wusste nicht, was ich darauf erwidern sollte, und so schenkte ich ihm ein verständnisvolles Lächeln. Meine Schicht begann erst in einer Stunde. Deshalb setzte ich mich auf die Couch und schaltete mich durch die morgendlichen Fernseh-Talkshows. Blaine beendete seine Arbeit an den Berichten und setzte sich neben mich.

„Wenn wir schon von Männern sprechen: Polizeimeister Farrell kam zwei Abende hintereinander in die Notaufnahme und hat nach Ihnen gefragt", flüsterte er verschwörerisch. „Ist da was am Laufen?"

Ich erwiderte nichts. Wenn ich ehrlich sein wollte, war ich mir selbst nicht so sicher.

„Das habe ich mir schon gedacht", beantwortete Blaine seine Frage selbst und gab mir mit seiner Lesebrille einen Klaps auf das Knie. „Er ist ein lieber Mensch, Ruby. Die Krankenschwestern wissen ja immer alles, und sie mögen ihn sehr gern."

„Zufällig weiß ich, dass Sie zwei Töchter haben, die auf einem privaten College studieren. Die beiden sind bestimmt ganz wild darauf, Ihre Meinung zu hören über die Jungs, an denen *sie* Interesse haben“, konterte ich.

Blaine musste schmunzeln. „Ach, geben Sie ihm doch eine Chance.“

Ich reagierte mit einem unsicheren Lächeln. „Vielleicht.“

Blaine schnalzte missbilligend mit der Zunge. Er bekam jedoch von mir keine weiteren Informationen mehr. Deshalb ließ er mich allein. Ich sah im Fernsehen eine Talkshow, bei der man Reisen gewinnen konnte, wenn man an einem Glücksrad drehte.

Ich holte mein Telefon aus der Tasche und starrte darauf. Dann rief ich Lilah an und landete auf ihrer Mailbox. Ich teilte ihr mit, dass ich zurück sei. Danach wählte ich die unbekannte Nummer. Eine digitale Stimme bat mich, eine Nachricht zu hinterlassen. Aber das wollte ich doch nicht riskieren.

Schließlich rief ich Ben an. Er nahm nach dem ersten Klingeln ab.

„Hallo, Ruby.“ Er war überrascht. „Wie schön, von dir zu hören.“

Ich hatte ein schlechtes Gewissen, als ich hörte, wie erleichtert seine Stimme klang. Er hatte mich gebeten, ihn anzurufen, nachdem ich Lilah zu Brooklyn gefahren hatte. Das hatte ich total vergessen. Ich hätte ihm sagen sollen, dass ich wegfahren wollte.

„Hallo, Ben. Es tut mir leid, dass ich einfach so aus der Stadt verschwunden bin. Aber mir ist alles zu viel geworden, und ich musste einfach weg, damit ich wieder klar denken konnte.“

„Ach so, du hast die Stadt verlassen! Ich habe schon befürchtet, dass du mir aus dem Weg gegangen bist“, erwiderte er lachend.

„Nein, so etwas würde ich nicht machen. Ich wollte nicht, dass du dir Sorgen machst.“ Mir versagte die Stimme.

„Das ist doch völlig in Ordnung. Hauptsache, dir geht es gut.“ Seine Stimme klang trotzdem leicht besorgt.

Ich rieb mir die Augen und seufzte.

Warum bist du bloß so verständnisvoll, Ben?

Ich fühlte mich wie ein Volltrottel, weil ich ihn ohne ein Wort so einfach hängen gelassen hatte. Er war mit uns zusammen zum Tatort geeilt, war dort geblieben und hatte an unserer Stelle mit der Familie gesprochen. Er hatte sich sogar vergewissern wollen, ob es mir gut ging, als er mich angerufen hatte.

„Ich muss mich bei dir entschuldigen, Ben. Du bist uns in dieser schrecklichen Situation eine große Hilfe gewesen."

Ben schwieg einen Augenblick lang, bevor er etwas erwiderte. „Hat es dir geholfen, mal rauszukommen?"

„Ich habe viel nachgedacht", antwortete ich. „In letzter Zeit habe ich wohl ein paar falsche Entscheidungen getroffen. Ich musste einfach meinen Kopf wieder frei bekommen."

„Oh. Falsche Entscheidungen?", fragte Ben leise.

Das klang ganz so, als ob ich ihn abblitzen lassen wollte. Deshalb beeilte ich mich mit meiner Antwort. „Es ist nicht so, wie du denkst. Ich habe bloß überlegt, ob ich die Ambulanz in der Innenstadt weiterführen soll. Ob ich überhaupt noch in San Diego bleiben soll oder nicht … ich muss mir darüber klar werden, wie es weitergeht."

„Ich hoffe, dass du dich nicht entschließt, die Stadt zu verlassen, Ruby", entgegnete Ben.

„Na ja, du gehörst zu den Punkten, die gegen einen Umzug sprechen", gab ich zu.

„Wirklich?" Es klang so, als ob er sich darüber freue.

„Hör zu, Ben. Können wir uns vielleicht später treffen?"

„Klar doch. Soll ich dich anrufen?"

„Das wäre prima." Mein Magen zog sich zusammen.

„Wie schön." Ich konnte das Lächeln in seiner Stimme hören. „Ich rufe dich bald an."

„Gut." Ich beendete das Gespräch und starrte auf den Fernsehschirm, ohne etwas wahrzunehmen.

Ben war der Richtige für mich. Mit ihm konnte ich eine gemeinsame Zukunft aufbauen. Mir wurde es schwer ums Herz, weil ich mir trotz allem nicht sicher war. Ich seufzte laut. Warum versuchte ich verzweifelt, mich davon zu überzeugen, dass ich auf dem richtigen Weg war?

Ich machte meine Visiten und besuchte auch Carl Andrew, den Herzpatienten von vor ein paar Tagen. Die Krankenschwestern verdrehten die Augen, als ich nach ihm fragte. Das war ein sicheres Zeichen, dass er mit seiner „gewinnenden" Art nicht gut ankam. Ich versuchte zu vermitteln und bat ihn, doch ein bisschen freundlicher zu sein. Danach ging ich wieder in die Notaufnahme und demonstrierte ein paar Ärzten im Praktikum an einer Schweinekeule, wie man einen Matratzenstich anlegt.

In der Mittagspause aß ich einen Bagel mit Frischkäse von dem Teller, den die Krankenschwestern auf den Tresen der Anmeldung gestellt hatten. Dann half ich einem kleinen Jungen, der sich einige Trockenbohnen in die Nasenlöcher gesteckt hatte. Gegen sechzehn Uhr dachte ich einen Moment erschrocken, dass Ben an der Anmeldung auf mich wartete, aber es war ein anderer Polizist. Er hatte einen Mann im Schlepptau, der versucht hatte, über einen Zaun zu springen, während er vor dem Polizisten floh. Dabei hatte er übersehen, dass der Zaun oben mit Stacheldraht gesichert war. Ich reinigte und nähte seine verletzten Handflächen.

Die restliche Zeit meiner Schicht verbrachte ich damit, Anweisungen für die Patienten auszufüllen und Berichte zu schreiben. Gegen achtzehn Uhr war ich fix und fertig. Ich war froh, dass meine Schicht zu Ende war. Deshalb ging ich in die Cafeteria, um noch rasch etwas zu essen, bevor ich mich auf den Weg ins Frauenhaus machen wollte. Ich hoffte, dass ich meine Ambulanz schon bald wieder öffnen könnte, aber bis es so weit sein würde, hatte ich verlauten lassen, dass ich im Frauenhaus zu finden sei. Ich hatte versprochen, die Patienten aus der Ambulanz dort zu behandeln. An der Salatbar trank ich mit Sasha einen Kaffee. Sie berichtete mir von Toms Besuch am Abend meiner Abreise. Ich wusste zwar schon davon, aber ich dankte ihr trotzdem, dass sie mich vorgewarnt hatte.

Das Licht in der Ecke der Cafeteria war immer etwas gedämpfter als an anderen Stellen in diesem Raum. Ich wusste nicht, ob die Innenarchitekten es so vorgesehen hatten, damit man den an einer Wandhalterung befestigten Fernseher besser sehen konnte. Vielleicht lag es auch daran, dass man hier an den Leuchtstofflampen gespart hatte. Wie auch immer, ich saß nach meinen Schichten gerne dort. Oft legte ich die Beine auf den gegenüberliegenden Sitz, schloss die Augen und entspannte mich. Ich saß gerade in meiner Lieblingsecke, als ich merkte, wie jemand auf dem Sitz an der anderen Seite des Tisches Platz nahm. Ich machte ein Auge auf und erschrak. Dann setzte ich mich kerzengerade hin.

In dem gedämpften Licht sah ich, wie Antonio mich böse anstarrte. Ein höhnisches Lächeln verzerrte seine wulstigen Lippen. Mir wurde flau im Magen, als ich die Tätowierung an seinem Hals sah. Es war eine schwarze Schlange.

„Na, haben Sie sich rar gemacht, Frau Doktor?"

Ich rang verzweifelt nach Luft und hoffte, dass mir meine Angst nicht ins Gesicht geschrieben stand. Ich spürte, wie mir die Kehle eng wurde.

„Was machen Sie hier?", fauchte ich.

Antonio schnalzte missbilligend mit der Zunge und hob drohend seinen tätowierten Zeigefinger. „Haben Sie immer noch keine Manieren gelernt, Frau Doktor? Auch jetzt nicht, nachdem Ihr Auto ein Schrotthaufen ist?"

Ich lehnte mich auf meinem Sitz zurück und starrte ihn an. Dieser Typ war tatsächlich stolz auf sich selbst. Ich versuchte, das Zittern zu unterdrücken, aber die Angst stieg in mir auf wie ein Brechreiz.

„Das Auto war sowieso schon ein alter Schrotthaufen. Sie haben mir also einen Gefallen getan, *Tony*", zischte ich zurück. „Und Ihre kleinen Dummejungen-Streiche haben nichts bewirkt. Sie kommen meiner Ambulanz keinen Schritt näher." Ich wollte zwar knallhart wirken, aber meine Stimme klang eher wie ein geflüstertes Krächzen.

Antonio beugte sich über den Tisch. „Sie spielen mit dem Feuer, Frau Doktor", erwiderte er voller Wut. „Sie wollen doch nicht, dass mit Ihnen etwas passiert, oder? Wer soll sich denn dann um die lieben kleinen Kinderchen kümmern?"

„Sie sind ein Ungeheuer."

„Ja, daran sollten Sie immer schön denken. Vielleicht schieße ich Ihnen ja bei unserem nächsten Treffen eine kleine Kugel in den Kopf." Er schnellte vor und stach mir mit dem Finger zwischen die Augen. Das geschah so rasch, dass ich noch nicht einmal zurückkehren konnte. Ich gab einen schwachen Schreckenslaut von mir.

„Sie haben noch eine Chance, Frau Doktor. Ich mache Ihnen folgenden Vorschlag: Sie machen mich zum stillen Gesellschafter", sagte er und malte mit den Fingern Anführungszeichen in die Luft. „Oder Sie zahlen den Preis dafür, weil Sie mich hinhalten."

„Was läuft denn hier wirklich, Antonio? Was ist mit den Medikamentenlieferungen?" Vor meinem geistigen Auge sah ich die blutverschmierten Sitze von Lilahs Minivan. Unter dem Tisch ballte ich wütend die Fäuste.

Antonio zuckte zurück. Plötzlich war er unsicher. Seine Mundwinkel zuckten. „Was reden Sie da?"

„Halten Sie mich für so dumm? Meinen Sie etwa, dass ich das nicht herausfinden kann?" Ich bluffte, obwohl mein Magen vor Angst und Wut rebellierte. Mir kam der Gedanke, dass ich vielleicht besser geschwiegen hätte. Antonio würde mit seinen Drohungen nicht aufhören, bis ich nachgeben würde, aber dann würden seine Drogen und seine Komplizen die Ambulanz und meine Karriere zerstören. Alle Kinder, die sich auf die Behandlung in meiner Ambulanz verließen, würden darunter leiden.

„Passen Sie bloß auf", knurrte er drohend.

In meinen Augen brannten Tränen, aber ich blinzelte sie weg. Plötzlich erfasste mich eine wilde Wut. Mit beiden Händen schlug ich knallend auf den Tisch. Dann sprang ich auf.

„Verschwinden Sie!“, schrie ich, so laut ich konnte. „Verschwinden Sie aus meinem Krankenhaus! Sicherheitsdienst, schnell hierher!“

Erschrocken blickte Antonio sich im Raum um. Alle in der Cafeteria sahen in unsere Richtung. Manche Leute waren von ihren Tischen aufgesprungen.

Mike und ein weiterer Wachmann rannten auf uns zu. Sie hatten die Hände bereits an ihre Waffen gelegt.

„Dafür werden Sie büßen!“, brüllte Antonio. „Sie werden sich wünschen, niemals geboren zu sein!“

„Das werden wir ja sehen“, fauchte ich zurück.

Er drehte sich um und drängte sich an Mike und seinem Kollegen vorbei. Ein Ständer mit Chips fiel laut krachend um. Die Wachleute folgten ihm aus einiger Entfernung, um sich zu vergewissern, dass Antonio tatsächlich das Krankenhaus verließ.

Ich sah ihm nach. Eine düstere Vorahnung stieg in mir auf. Vielleicht behielt Antonio recht. Vielleicht würde ich für meinen Mut büßen müssen.

Kapitel 13

Es war schon nach dreiundzwanzig Uhr, als ich das Auto einen Häuserblock von der Ambulanz entfernt parkte, auf dem einzigen freien Platz an der Bordsteinkante des Bürgersteigs. Ich war noch immer aufgewühlt von meiner Begegnung mit Antonio in der Cafeteria. Deshalb war ich unkonzentriert, als ich meine Sachen vom Beifahrersitz des Geländewagens holen wollte. Ich bekam nur einen Henkel meiner Reisetasche zu fassen. Der Reißverschluss ging auf, und der Inhalt fiel auf den Rinnstein.

„Na, toll", brummte ich.

Ich bückte mich und fischte meine Sachen aus dem braunen Schlamm. Dann stopfte ich alles wieder in die Tasche und machte mich auf den Weg zur Ambulanz. Ich schloss die Tür auf. Eine Bewegung auf dem Bürgersteig ließ mich aufblicken. Tom schlüpfte aus einem Auto, das auf der anderen Straßenseite parkte. Er kam auf mich zu.

„Verschwinde!", rief ich laut.

Ich drückte mich durch die Tür und schloss sie hinter mir ab.

Seine Schritte hielten vor der Tür an. Er klopfte. „Ruby, lass mich rein. Ich muss mit dir reden."

„Tom, ich bin todmüde. Können wir das nicht verschieben?"

„Ich will dir erklären, was du neulich im Club beobachtet hast, aber ich will nicht hier draußen im Dunkeln rumschreien."

„Na, da bin ich mir aber sicher, dass du ein schönes Plätzchen zum Übernachten findest", schrie ich zurück. „Ich meine, dich mit einer *sehr guten* Freundin gesehen zu haben."

Ich fuhr mir mit den Händen durch das Haar und lehnte mich an die Tür. Dann schaltete ich das Licht an. Das Innere der Ambulanz war noch immer ziemlich intakt. Vielleicht konnte ich sie in ein paar Tagen wieder eröffnen.

„Ruby“, drängte Tom an der Tür. „Mach auf. Ich habe dich in den letzten vier Tagen gesucht.“

Mit einem Seufzer schloss ich die Tür wieder auf. Tom drückte dagegen und schlüpfte herein. Er warf mir einen verärgerten Blick zu.

„Was ist denn?“, fragte ich verwirrt.

„Was meinst du mit ‚was ist denn‘ … du bist einfach verschwunden.“

„Das ist ja toll. Ausgerechnet du musst das sagen.“

Tom fuhr sich mit beiden Händen über das Gesicht. „Du kannst nicht einfach so verschwinden, Ruby, nicht nach dem, was mit Dakota passiert ist. Ich habe in der Cafeteria auf dich gewartet. Ich bin fast verrückt geworden vor Angst um dich, als du nicht aufgetaucht bist.“

Ich ging mit steifen Schritten in die Küche.

Er folgte mir.

„Tut mir leid, wenn du dir meinetwegen Sorgen gemacht hast, aber wie du siehst, geht es mir gut.“ Ich öffnete die Kühlschranktür und knirschte verärgert mit den Zähnen, als ich sah, dass er leer war. „Und im Club hast du nicht allzu besorgt ausgesehen, Tom. Im Gegenteil, du hast einen sehr entspannten Eindruck gemacht.“

Tom sah mich über die Kühlschranktür hinweg an. Er hatte die Lippen fest zusammengepresst, aber er ging nicht auf meine gehässige Bemerkung ein. „Wir haben doch entschieden, dass es zu gefährlich ist, zur Ambulanz zurückzukommen.“

„*Du* hast das entschieden, nicht ich.“

Ich ließ die Kühlschranktür hin und her schwingen, ohne ihn anzusehen.

„Ich habe dich in der ganzen Stadt gesucht.“

Jetzt wurde ich richtig wütend. Ich trat näher zu ihm und stach ihm mit dem Zeigefinger auf die Brust. „Ich bin dir keine Rechenschaft schuldig, Tom. Du brauchst dich nicht mehr als mein Beschützer aufzuspielen.“

„Du kannst hier nicht bleiben, Ruby." Er sah mir in die Augen. In seinem Blick lag keine Verärgerung, sondern Sorge.

„Du hast mir gar nichts vorzuschreiben, schon gar nicht, was ich zu tun und zu lassen habe", erwiderte ich scheinbar gelassen. „Schließlich bist du hier nach zehn Jahren aufgetaucht. *Nach zehn Jahren*, Tom. Ich bewundere deinen Optimismus, wenn du meinst, dass du bei mir mit deinem Charme und deinem guten Aussehen noch viel erreichen kannst."

Er trat zurück und hob resigniert die Hände. „Hör zu. Vergiss die Ambulanz mal für eine Sekunde." Seine Augen blickten traurig und müde. „Ich … ich habe dich im Club gesehen. Mir war klar, dass du das, was du beobachtet hast, missverstehen könntest …"

„Ach, das hast du doch wohl nicht so gemeint?", unterbrach ich ihn. „Missverstehen? Hast du auf der Tanzfläche bei dieser Blondine vielleicht Erste Hilfe geleistet? Willst du mir das etwa weismachen?"

Tom hatte sich noch nie mit mir gestritten, auch nicht in den drei Jahren, in denen wir zusammen gewesen waren. Er erhob nie seine Stimme, und er versuchte nie, mich durch seine Körpergröße einzuschüchtern. Das war noch immer so.

„Ruby", sagte er mit ruhiger Stimme. „Diese Frau arbeitet mit mir und der Drogenfahndung zusammen. Ich musste gemeinsam mit ihr in diesem Club sein, um Drogen zu kaufen. Das gehört zu meiner Tarnung."

„Klar doch."

„Ihr Freund ist der Typ, der neulich auf mich geschossen hat, als er herausgefunden hat, dass sie mit mir zusammen ist."

„Danke für deine Erklärung, Tom. Ich fühle mich jetzt viel besser." Ich breitete meine Arme zu einer großen Geste aus.

„Du willst es einfach nicht begreifen. Sie hängt da auch mit drin. Sie hat ihren Bruder verpfiffen und einen Deal mit uns gemacht, damit sie Strafmilderung bekommt. Deshalb musste sie so tun, als ob sie mit mir ausgehen würde, um mir Tarnung zu geben. Die Tatsache, dass ihr Freund wegen ihr auf mich geschossen hat, ist ein Erfolg, weil ihr Bruder darauf reingefallen ist. Denn wer lässt sich wegen einer Frau anschießen, wenn er es nicht ernst meint, stimmt's?“

„Du bist beinahe gestorben!“

„Ich habe nicht damit gerechnet, dass er es tatsächlich tut. Sie sollte ihrem Freund nichts sagen, bis alle Formalitäten erledigt waren. Offenbar hat er sie auf die Palme gebracht, und so hat sie auf einer Party einfach angekündigt, dass sie ihn verlassen will, um zu mir zu ziehen. Er und ich haben draußen eine Schlägerei angefangen. Er zog seine Waffe. Den Rest der Geschichte kennst du.“

Ich dachte daran, wie ich Tom gefunden hatte – mit verdreckter Kleidung und einem blau geschlagenen Gesicht. Die Erinnerung jagte mir einen kalten Schauder über den Rücken. Natürlich kannte ich den Rest der Geschichte, aber ich hatte vergessen, wie leicht Tom Verletzungen oder Unfälle abschüttelte.

„Also hast du diese blonde Schönheit nur ertragen, damit du deine Arbeit machen konntest, stimmt's?“

„Ruby ...“ Tom stieß einen frustrierten Seufzer aus.

„Ich denke, du bist im Erholungsurlaub oder so ähnlich“, entgegnete ich. „Ist es denen denn vollkommen egal, dass du in Lebensgefahr warst?“

„Ruby, ich habe monatelang an diesem Fall gearbeitet. Ich habe extra darum gebeten, dass man mich wieder einsetzt.“

„Es gibt doch auch noch andere Ermittler bei der Drogenfahndung.“ Vor lauter Sorge und Hilflosigkeit wurde mir die Kehle eng. „Warum kannst du dich nicht dieses eine Mal zurückhalten, Tom?“

„Ich muss diesen Fall erfolgreich abschließen, um den Job hier zu bekommen.“ Seine Miene verdüsterte sich. „Sonst wird meine Versetzung nicht genehmigt.“

Ich war beunruhigt und hatte deshalb ein flaues Gefühl im Magen. Sein Aufenthalt war vielleicht nicht von Dauer. „Oh“, sagte ich leise. „Diese junge Frau – ist ihr Bruder der oberste Boss?"

„Der oberste Boss?" Tom musste schmunzeln. „Nein, aber wir glauben, dass er uns in die richtige Richtung führen kann."

Er lächelte mich an, und dabei zeigten sich die Grübchen in seinem Gesicht. Ich erinnerte mich an frühere Zeiten. Meine Unfähigkeit, ihm riskante Abenteuer auszureden, und mein Wunsch, mitzumachen, wenn er sich in Gefahr begab, kamen wieder in mir hoch. Mir wurde es schwer ums Herz. Ich wollte nicht, dass sich dieser Kreislauf der Gefühle wiederholte.

„Na ja, wie auch immer. Ich hoffe, du fängst den *obersten Boss*", sagte ich schließlich und hob meine Reisetasche auf. Ich ging durch den Flur und stellte sie auf das kleine Tischchen in der Kochnische.

„Wenn du mir schon privat nicht über den Weg traust, solltest du mir wenigstens beruflich vertrauen." Tom folgte mir.

Ich drehte mich zu ihm um. Verunsichert zog ich die Augenbrauen zusammen. „Was?"

„Ich habe keine Beweise, aber ich weiß, dass Antonio hinter Dakotas Verschwinden steckt. Mir ist zwar schleierhaft, warum er die Ambulanz angegriffen hat, aber ich kann dir eins garantieren: Es ist noch nicht vorbei."

„Woher willst du das alles so genau wissen?", konterte ich. „Dakota hat Drogen genommen. Vielleicht hat er sich bloß bei seinem Dealer unbeliebt gemacht."

„Nein, das ist kein Zufall, Ruby. Ich hab da so ein komisches Gefühl. Ich weiß bloß noch nicht, was er mit dem Angriff auf Dakota erreichen wollte. Wenn der Junge nicht für Antonio gearbeitet hat, dann muss er ihm gedroht oder Druck auf ihn ausgeübt haben. Ich glaube, das alles hat etwas mit der Ambulanz zu tun."

Ich zog eine Handvoll Kleidungsstücke aus der Reisetasche und trug sie ins Büro. Dann öffnete ich die Tür der Abstellkammer und warf die Wäsche in einen Wäschekorb, der dort in einer Ecke stand.

„Du hast keine Beweise, dass Dakota nicht doch in etwas verwickelt war, das nichts mit mir oder der Ambulanz zu tun hatte. Außerdem habe ich dir gesagt, dass wir bisher noch nichts von der Spedition gehört haben … vielleicht gibt es gar keine Unstimmigkeiten in den Frachtpapieren."

„Glaubst du das wirklich, Ruby?", fragte er mit leiser Stimme.

„Wir sind hier im schlimmsten Viertel der Stadt, Tom. Die Wahrscheinlichkeit, dass jemand ermordet wird, ohne eine Verbindung zu mir zu haben, ist ziemlich hoch. Außerdem ist das hier mein Zuhause und meine Arbeit, Tom. Und deshalb bleibe ich hier."

Tom nickte schweigend. Er wirkte nachdenklich. Dann ließ er sich auf das Klappbett fallen. „Gut, dann bleiben wir hier."

Ich stemmte die geballten Fäuste in die Hüften und schüttelte den Kopf. „Du bleibst auf keinen Fall hier."

„Wenn du bleibst, bleibe ich auch", entgegnete er und streckte sich aus.

„Nein, Tom. Ich meine es ernst. Du musst gehen, und zwar sofort."

„Vielleicht bist du ja stärker, als ich es in Erinnerung habe, und kannst mich hinaustragen. Ansonsten bleibe ich." Er sah mit einem spöttischen Grinsen zu mir hoch.

„Du nervst mich." Mir kam ein frustriertes Knurren über die Lippen. „Ich brauche keinen Schutz von dir, Tom. Wir sind hier nicht in *Dresden Heights*, und ich bin kein hilfloser Teenager mehr."

Mit einem Lächeln drehte er sich auf dem Bett um und verschränkte die Hände im Nacken. Seine Füße ragten über das Fußende hinaus. „Ach, Ruby, du bist doch nie hilflos gewesen", erwiderte er träge und gähnte. „Du hast das damals bloß nicht geglaubt."

„Und warum meinst du dann, dass du unbedingt hierbleiben musst?", fragte ich aggressiv zurück. Der Gedanke daran, dass Tom hier die Nacht verbringen wollte, machte mich unsicher und nervös, denn das war das genaue Gegenteil von dem, wie ich mich ihm gegenüber verhalten wollte.

„Weil du recht hast ... wir sind hier nicht in der Jugendstrafanstalt“, antwortete Tom. Plötzlich war sein Gesicht ernst. „Wir haben es nicht mit einem jugendlichen Straftäter zu tun, sondern mit einer echten Gefahr, sogar einer tödlichen Gefahr. Aber das willst du offenbar nicht wahrhaben.“

Mein Blick wanderte zu den zugenagelten Fenstern, und ich unterdrückte ein Schaudern. Lilahs blutverschmiertes Auto, mein schmerzender Hals. Langsam summierte sich der Schmerz. Ich merkte, dass Tom nicht daran dachte zu gehen, und in meinem tiefsten Inneren war ich erleichtert, über Nacht nicht allein sein zu müssen. „Ich habe aber bloß dieses eine Bett.“

„Das können wir uns teilen.“ Mit einem breiten Grinsen streckte Tom die Arme nach mir aus.

„Von wegen“, sagte ich und schob mit dem Fuß seine Beine vom Bett. Der Schwung ließ ihn mit einem dumpfen Aufprall auf dem Boden landen. „Wenn du hierbleiben willst, musst du auf dem Fußboden schlafen.“

Er sah zu mir hoch und grinste mich an.

Ich wandte mich ab, weil ich wütend war über die Wirkung, die sein Lächeln auf mich hatte.

Eine Stunde später lag ich schlaflos auf meinem Bett. Ich hörte Toms regelmäßiges Atmen. Dann drehte ich mich auf die Seite und sah ihn an, wie er da auf dem Fußboden lag, mit einem dünnen Bettlaken zugedeckt und mit ein paar zusammengerollten Handtüchern anstelle eines Kopfkissens. Im bläulichen Licht von dem auf dem Schreibtisch stehenden Wecker wirkten seine Gesichtszüge blass. Mein Blick fiel auf die Waffe, die er aus dem Knöchelhalfter genommen und neben sich auf den Boden gelegt hatte. Ich war einerseits verwirrt, andererseits sehnte ich mich nach ihm und fühlte mich zu ihm hingezogen.

„Ruby“, flüsterte er.

Ich erschrak. Wie lange hatte er schon bemerkt, dass ich ihn anstarrte?

Ich wischte mir rasch die Tränen aus den Augen, drehte mich auf den Rücken und sah zur Decke. „Ja, Tom?“

„Das ist irgendwie anders als damals, als wir noch Kinder waren …“

Ich schniefte leise, weil ich ihm nicht hätte antworten können, ohne loszuweinen. Seine Stimme klang traurig, als ob er auch einen dicken Kloß im Hals hätte.

„Ich glaube ganz fest daran, dass es diesmal nicht so enden wird wie damals“, murmelte er.

„Ich … ich kann das nicht …“

Seine Hand schnellte nach oben und packte meine Hand. „Das ist schon in Ordnung, Ruby. Du hast einmal für uns beide geglaubt. Jetzt bin ich an der Reihe.“

Ich presste meine freie Hand auf meinen Mund, weil ich auf gar keinen Fall anfangen wollte zu weinen.

Kapitel 14

Der Duft nach Kaffee und Donuts weckte mich. Tom saß am Fußende des Klappbettes. Er hatte sich meine Füße auf den Schoß gelegt und lächelte mit vollem Mund, als ich mich bewegte. Dann streckte er die Hände in Richtung Schreibtisch aus und reichte mir einen mit Kaffee gefüllten Pappbecher.

„Hallo, meine Schöne."

„Danke." Ich setzte mich auf und nahm ihm lächelnd den Becher aus der Hand.

„Ich weiß nicht, wie du ihn trinkst", sagte er und schien darüber traurig zu sein. „Aber ich habe Milch und Zucker hier."

Er reichte mir eine Papiertüte. Darin befanden sich Kaffeesahne, Zuckertütchen und alle möglichen Sorten Süßstoff. Es sah so aus, als hätte er alles mitgenommen, was Starbucks zu bieten hatte.

„Du warst ja ganz schön aktiv." Ich suchte in der Tüte herum und sammelte alle Zuckertütchen ein.

Er reagierte mit einem Kopfnicken, trank schweigend seinen Kaffee und hielt den Blick gesenkt.

„Alles in Ordnung mit dir?", fragte ich, während ich in einen Donut biss.

Tom hob den Kopf und sah mich mit ernstem Gesicht an. „Ruby, darf ich wenigstens die Frachtaufträge sehen, von denen Lilah gesprochen hat?"

„Klar. Ich wollte selbst einen Blick darauf werfen, aber ich bin noch nicht dazu gekommen." Ich stand auf. Mein Haar sah bestimmt unmöglich aus. Ich versuchte, es mit dem Unterarm glatt zu streichen, aber dabei fiel mir die Glasur vom Donut herunter. Kaffee und Donut stellte ich auf den Schreibtisch und sah in der obersten Schublade nach. Dort verstaute Lilah immer ihre Sachen. Ich zog die Schublade auf und warf einen Blick auf die Papiere. Sie hatte ein paar Zeilen mit Textmarker hervorgehoben, aber ich wusste nicht so recht warum. Ich reichte Tom den Ordner.

„Dann leg mal los. Meinst du wirklich, dass es da eine Verbindung gibt?"

„Ja, das meine ich." Tom blätterte die Seiten um. Mit zusammengezogenen Augenbrauen murmelte er vor sich hin. Er klappte den Ordner wieder zu und hob den Kopf. „Ich möchte das einem Kumpel von mir zeigen. Kann ich mir den Ordner für heute ausleihen?"

„Klar doch. Ich glaube sowieso nicht, dass die Spedition heute noch anruft."

„Arbeitest du heute?"

„Ja, im Frauenhaus." Ich streckte mich. Meine Antwort ging in ein Gähnen über.

Er nahm den Ordner noch einmal in die Hand und blätterte ihn durch. „Du bekommst ihn heute Abend zurück."

Ich biss ein weiteres Mal vom Donut ab und betrachtete Tom. Sein Gesicht wirkte kräftiger, als ich es in Erinnerung hatte, irgendwie kantiger. Mit seiner ausgeprägten Kinnpartie sah er aus wie ein Filmstar. Er war nicht mehr so hager wie als Teenager, weil er noch mehr Muskeln hatte, aber das passte zu ihm. Ich musste lächeln, als ich daran dachte, wie die anderen Mädchen in der Jugendstrafanstalt sehnsüchtige Blicke auf ihn geworfen hatten. Ich hielt es damals nicht für möglich, dass er noch besser aussehen könnte, aber da hatte ich mich getäuscht.

Tom hob den Kopf und erwischte mich dabei, wie ich ihn anstarrte. „Was denkst du gerade?"

„Ich … äh … plane das, was ich heute Morgen machen muss." Peinlich berührt schlürfte ich die letzten Schlucke meines Kaffees. „Danke, dass du über Nacht geblieben bist."

„Ich habe doch gewusst, dass du mir dafür noch dankbar sein wirst." Tom zwinkerte mir zu.

Das hatte er früher auch immer gesagt, wenn er mich zu einer seiner verrückten Ideen überredet hatte und wir mal wieder gerade so davongekommen waren.

„Es gefällt mir gar nicht, wenn du das sagst", entgegnete ich, aber ich musste trotzdem lächeln.

„Meinst du …" Er wurde von einem Klopfen an der Eingangstür unterbrochen.

Stirnrunzelnd sah ich auf die Wanduhr. Es war erst halb sieben, viel zu früh für den Besuch von Patienten.

Mit angespannter Miene stand Tom von dem Bett auf. Seine linke Hand griff nach dem Revolver, den er an der Hüfte trug. „Erwartest du Besuch?"

„Nein, und Lilah würde nicht anklopfen. Sie hat einen Schlüssel", flüsterte ich. „Soll ich antworten?"

Tom nickte und ging mir voraus. Ich schlich hinter ihm her. Das Herz klopfte mir bis zum Hals.

„Wir haben geschlossen", rief ich durch die Glastür.

„Ich habe dein Auto, äh, Renées Auto hier vorne gesehen", rief Ben von draußen zurück. „Vielleicht kannst du einen Kaffee gebrauchen."

Ich zuckte zusammen und warf Tom einen Blick zu. Mir war ganz flau im Magen.

„Willst du ihn reinlassen?", fragte er mit einem breiten Grinsen, während er den Revolver in das Halfter zurücksteckte.

Meine Wangen brannten vor Verlegenheit, aber gleichzeitig ärgerte ich mich darüber. Schließlich hatte ich nichts Verbotenes getan. „Gut, äh, warte einen Moment." Ich drehte mich zu Tom um und deutete auf die hinteren Räume der Ambulanz. „Geh."

„Wie, soll ich mich etwa verstecken?" Er lachte leise.

„Nein, du sollst nur nach hinten gehen und dich ruhig verhalten", zischte ich.

„Meinst du das ernst?", flüsterte Tom. Seine Augen blitzten spöttisch.

„Jetzt geh schon." Ich deutete mit Nachdruck auf den hinteren Teil der Ambulanz.

Ben klopfte erneut an die Tür. „Ruby? Ist alles in Ordnung bei dir?"

„Klar doch, Ben." Meine Stimme wollte mir nicht so recht gehorchen. Ich sah Tom nach, wie er nach hinten ging. Dann erst schloss ich den Riegel auf und öffnete die Tür.

Ben warf einen verstohlenen Blick ins Innere und lächelte. „Hallo." Er trug Zivilkleidung. In der Hand hielt er eine Tüte und Becher, ebenfalls von Starbucks.

Wieder wurde mir ganz flau um den Magen. „Hallihallo." Ich klang wie ein Teenager, den man mit einer Zigarette im Mädchen-Umkleideraum erwischt hat. „Oh, wie toll. Kaffee. Das ist wirklich nett von dir."

„Bist du die ganze Nacht hier gewesen?", fragte Ben mit gerunzelter Stirn.

„Äh, ja, ich muss wohl eingeschlafen sein." Ich wurde rot und strich mir mit der Hand über das Haar.

„Du solltest dir noch mal überlegen, ob du hier übernachten kannst, Ruby. Du bringst dich damit in Gefahr."

„Ja, ich weiß."

„Also, äh, möchtest du mich nicht reinlassen?" Ben hob die Kaffeebecher hoch.

„Oh … ja, natürlich." Ich trat zurück und zog die Tür weiter auf.

„Bringst du immer deinen Schlafanzug mit zur Arbeit, für den Fall, dass du einschläfst?" Ben kam herein und musterte mich mit einem Stirnrunzeln.

Ich sah an mir herunter. Eine ausgeleierte, graue Jogginghose und ein ärmelloses Oberteil konnte man wohl kaum als richtigen Schlafanzug bezeichnen. „Nein, äh, die Sachen sind bloß bequem."

„Entschuldige, Ruby. Einmal Polizist, immer Polizist – du weißt schon."

„Hast du heute frei?", fragte ich und versuchte, nicht in den hinteren Teil der Ambulanz zu starren. „Du hast keine Uniform an."

„Ja, ich habe die nächsten beiden Tage frei." Ben reichte mir einen Kaffeebecher. „Er ist so, wie du ihn magst. Viel Sahne und Zucker und wenig Kaffee, damit das Ganze ein bisschen Farbe bekommt. Ist das richtig so?"

„Ja, genau richtig. Woher weißt du das?"

„Als wir neulich verabredet waren, hast du ein paar Tassen getrunken", erwiderte Ben. Seine Miene verdüsterte sich. „Wie geht es Lilah?"

„Das weiß ich nicht so genau. Ich habe ihr ein paar Nachrichten hinterlassen, aber sie hat noch nicht zurückgerufen. Weißt du, ob sie sich bei dem Leiter der Ermittlung gemeldet hat?"

„Nein, das hat sie nicht. Kriminalassistent Riley ist mein Schwieger-Cousin. Äh, stimmt das überhaupt? Naja, er ist mit meiner Cousine verheiratet. Auf jeden Fall leitet er die Ermittlung, aber er hat weder von Lilah noch von Brooklyn etwas gehört."

„Sie sollte eigentlich heute zurückkommen, aber wie gesagt – sie hat mich noch nicht zurückgerufen."

Ben nippte an seinem Kaffee und lehnte sich an den Tresen der Anmeldung. „Ich würde mich gerne mal mit deinem Freund von der Drogenfahndung unterhalten. Vielleicht weiß er noch mehr über diese Sache. Die Jungs von der Drogenfahndung haben vielleicht ein paar Infos, die uns bei der Aufklärung des Mordes an Dakota helfen könnten."

„Ihr … ihr glaubt, dass Dakota ermordet wurde?"

„Ich habe erst gestern Abend mit Riley gesprochen. Wir treffen uns einmal in der Woche bei meiner Mutter zum Abendessen", erklärte er mir. „Er hat gesagt, dass sie die Leiche nicht finden können. Das ist merkwürdig. Normalerweise lassen Autodiebe Leichen zurück und klauen Autos, nicht umgekehrt."

„Also rechnest du jetzt schon mit einer Leiche?“ Vor Angst und Sorge krampfte sich mein Magen zusammen. Ich hatte es zwar geahnt, aber es laut auszusprechen …

„Die Jungs von der Spurensicherung meinen, dass man nicht überleben kann, wenn man so viel Blut verliert“, sagte Ben leise. „Es tut mir leid, Ruby, aber es sieht gar nicht gut aus.“

Nachdenklich biss ich mir auf die Unterlippe. „Tom ist hier, wenn du mit ihm reden willst.“

In Bens Gesicht las ich Verwirrung. Dann sah ich, wie er die Zähne zusammenbiss. „Aha.“

„Es ist nicht so, wie du denkst, Ben.“ Ich wollte Bens Gefühle nicht verletzen, aber es war im Grunde genommen nicht meine Schuld. Schließlich hatte ich Tom gebeten, zu gehen.

„Was ich denke, spielt überhaupt keine Rolle, Ruby“, erwiderte Ben scheinbar gelassen. Doch die Enttäuschung, die in seinen Augen stand, machte mir das Herz schwer.

Tom trat aus den Schatten an der Seite des Raums, mit beiden Händen in den Hosentaschen. „Für sie spielt es aber eine große Rolle, Ben. Können Sie nicht sehen, dass sich ihr Gesicht um mindestens zehn Schattierungen rot verfärbt hat?“

„Also, was läuft denn hier wirklich?“

„Ruby wohnt hier, Ben“, erklärte Tom. „Sie wollte gestern Abend nicht woanders übernachten, obwohl ich sie überreden wollte, sich ein Hotelzimmer zu nehmen. Deshalb habe ich hier auf dem Fußboden geschlafen.“

„Du *wohnst* hier?“, fragte mich Ben ungläubig und schockiert zugleich.

„Ja.“ Die Hitze stieg mir in die Wangen, die jetzt bestimmt glühend rot waren.

„Und sie hat mich gebeten zu gehen. Das habe ich jedoch nicht getan“, sagte Tom. „So ist es gelaufen. Also ziehen Sie bitte keine falschen Schlüsse.“

„Du hast doch gesagt, dass er bloß ein Kumpel von dir ist.“ Ben starrte zuerst Tom und dann mich an.

„Das ist er doch auch!“, erwiderte ich. Jetzt war ich wirklich verärgert. „Hast du nicht gehört, was er gerade gesagt hat?“

„Wenn er bloß ein Kumpel von dir ist, warum weiß er dann, dass du hier wohnst, und warum weiß ich das nicht?“

„Vielleicht liegt das daran, dass ich eine bessere Beobachtungsgabe habe“, meinte Tom lächelnd.

Am liebsten hätte ich Tom einen Schlag verpasst. „Ben …“

„Hör zu, Ruby“, unterbrach er mich. „Ich weiß nicht so genau, was hier eigentlich vor sich geht.“ Er machte eine Kopfbewegung in Toms Richtung. „Aber als wir uns neulich getroffen haben, hättest du es mir ruhig sagen können, wenn ihr beide …“

„Das sind wir aber nicht, Ben.“ Langsam stieg die Wut in mir auf. War ich Ben überhaupt eine Erklärung schuldig? Wir hatten uns schließlich bloß einmal zum Kaffeetrinken verabredet.

„Haben Sie mir eben nicht zugehört?“

Ben achtete nicht auf Tom. Er zeigte anklagend mit seinem Kaffeebecher auf mich und unterstrich damit seine wütenden Worte. Dabei spritzte die heiße Flüssigkeit aus der Öffnung am Deckel. Der Kaffee tropfte auf den Fußboden. „Ich habe dich gefragt, ob da etwas läuft, und du hast gesagt …“

„Nichts läuft da, Ben“, entgegnete ich mit erhobener Stimme. *Hält er mich etwa* für eine Lügnerin?

„Also, er scheint mir ziemlich viel bei dir rumzuhängen, wenn er bloß ein alter Kumpel von dir ist“, platzte Ben heraus.

„Äh, Ben, ich glaube nicht, dass Sie …“ Tom hob beschwichtigend die Hände.

Jetzt spürte ich, wie mir das Blut in den Kopf schoss und ich wütend wurde. „Weißt du was? Mir gefällt dieser Ton nicht.“

„Jetzt geht’s los“, murmelte Tom und trat einen Schritt zurück.

„*Mein* Ton?“ Ben sah mich fassungslos an. „Dir gefällt *mein* Ton nicht?“

Ich drehte mich abrupt zu Tom um. „Und deiner auch nicht!“

„He, ich sage doch schon gar nichts mehr!“ Er hob resigniert die Hände.

„Ich will, dass ihr beide jetzt verschwindet." Ich riss die Tür auf.

„Was?", riefen beide wie aus einem Mund.

„Danke für den Kaffee." Ich zeigte mit dem Daumen zum Hinterzimmer. „Danke auch", sagte ich zu Tom.

„Aber …", begann Ben.

Ich ließ ihn nicht zu Wort kommen. „Ich habe in meinem Leben genug Drama. Da brauche ich nicht noch dieses Theater von euch beiden!" In meinen Augen brannten Tränen. „Jemand greift mich und meine Arbeit an, der Sohn meiner besten Freundin ist wahrscheinlich tot, und ich habe schlicht und einfach genug davon, ständig in Angst zu leben." Meine Stimme wollte mir nicht mehr gehorchen. „Ich will, dass ihr jetzt geht – sofort."

„Aber der Ordner ist dort hinten", entgegnete Tom und machte sich auf den Weg.

„Halt!", schrie ich. „Ich lasse ihn dir später zukommen."

„Na, das haben Sie ja gut gemacht", murmelte Tom, als er sich an Ben vorbeidrängte. Er ging durch die Tür und trat auf den Bürgersteig.

„Hör zu, ich wollte nicht …" Bens Stimme wurde immer leiser.

Ich wischte mir über die tränennassen Wangen und deutete auf die Tür.

Ben warf mir einen letzten Blick zu, runzelte die Stirn wie ein Junge, der in die Jugendstrafanstalt geschickt wird, und ging wortlos hinaus.

Vor lauter Frust und Verlegenheit hätte ich am liebsten laut geheult. Obwohl ich fest entschlossen war, die Dinge in den Griff zu bekommen, wurde alles nur noch komplizierter.

Ich ging zurück zu meinem Klappbett, ließ mich einfach fallen, packte mein Kopfkissen und drückte es an die Brust. Ich schniefte laut. Dann entdeckte ich meinen angebissenen Donut. Ich steckte es in den Mund.

Es war unverschämt von Ben, so besitzergreifend und unhöflich zu sein. Natürlich war Tom mit seinen Sticheleien nicht viel besser.

„Vielleicht liegt das daran, dass ich eine bessere Beobachtungsgabe habe“, äffte ich Tom nach. Ich imitierte auch seine tiefe Stimme.

Sehr nett von ihm.

Der Ordner lag noch immer auf dem Bett. Ich nahm ihn in die Hand. Während ich die Formulare überflog, achtete ich besonders auf die hervorgehobenen Abschnitte. Wenn ich ehrlich sein sollte, wusste ich mit dem Zahlenwerk nicht allzu viel anzufangen. Lilah kümmerte sich immer darum. Sie hatte unten auf der ersten Seite eine Telefonnummer notiert, mit dem Namen *Ship-Systems* daneben. Auf den Lieferwagen, die unsere Medikamente brachten, stand ebenfalls dieser Name.

Weil ich nicht mehr an den Streit mit Ben denken wollte, stand ich auf, fand mein Telefon auf dem Tresen der Anmeldung und wählte die Nummer. Ich warf einen Blick auf die Uhr über der Pinnwand. Es war kurz vor sieben. Vielleicht war schon jemand im Büro. Nach dem vierten Klingeln nahm jemand ab.

„Ship-Systems, guten Tag. Mein Name ist Keely. Was können wir heute für Sie transportieren?“ Die Stimme der jungen Frau klang so, als hätte sie mehr als genug Kaffee getrunken.

„Äh, guten Tag“, antwortete ich. Ich wusste nicht so recht, wonach ich fragen sollte. „Ich überprüfe gerade eine Reklamation, die meine Assistentin vor ein paar Tagen an Ihre Firma geschickt hat. Vielleicht können Sie mir weiterhelfen.“

„Aber natürlich, gerne“, erwiderte sie aufgekratzt. „Nennen Sie mir bitte die Reklamationsnummer.“

Darauf war ich nicht vorbereitet. Ich überflog die Seite, konnte aber keine Nummer finden. „Ich glaube, sie hat die Nummer nicht notiert.“

„Hmm. Dann versuchen wir es mit Ihrer Kundennummer.“

„Wir sind die Second-Street-Ambulanz.“

„Oh, es sieht so aus, als hätten wir diese Reklamation bereits geklärt."

„Wir haben aber nichts von Ihnen gehört." Ich blätterte die Seiten durch. „Haben Sie uns einen Brief geschickt?"

„Nein. Äh, das ist seltsam." Ich konnte hören, wie sie auf einer Tastatur tippte. „Wir haben letzte Woche angerufen. Nur ein paar Tage, nachdem Sie die Reklamation abgeschickt haben."

„Entschuldigen Sie, aber mit wem haben Sie gesprochen?"

„Mit Ihnen, Dr. McKinney."

„Mit mir?" Ich war verwirrt und beunruhigt zugleich.

„Ja, mit Ihnen", antwortete sie. „Ich kann Ihnen den Bericht vorlesen, wenn Sie möchten."

„Ja, bitte."

„Offenbar haben Sie uns angerufen, weil Ihnen eingefallen ist, dass Sie die vorherigen Änderungen bei der Lieferart schon zu Beginn des Jahres veranlasst haben."

„Änderungen?" Ich kaute an meinem Daumennagel. „Welche Änderungen?"

„Einen Augenblick, bitte." Keely summte vor sich hin, während sie die Tastatur ihres Computers bearbeitete. „Aha, jetzt habe ich es."

„Was, bitte?"

„Ihre Pakete gehen zuerst zu Ihrer Hauptstelle. Dort werden sie umgepackt. Wir holen sie einen Tag später ab und bringen Sie zu Ihrer Ambulanz in der Second Street. Das erklärt auch die Abweichungen beim Gewicht."

Plötzlich war mir ganz flau im Magen. „Äh, wollen Sie damit sagen, dass meine Lieferungen nicht direkt zur Ambulanz geschickt werden?"

„Genau. Das geht aus den Frachtaufträgen hervor." Ich hörte, wie Keely auf ihrem Kaugummi herumkaute. „Kann ich Ihnen darüber hinaus noch helfen?"

„Ja, klar. Können Sie mir die Adresse der Hauptstelle nennen?"

„Ja, kennen Sie denn die Adresse nicht?" Jetzt klang ihre Stimme misstrauisch.

„Doch, aber ich möchte mich bloß vergewissern, ob unsere Daten übereinstimmen."

„Ach so. Die Adresse lautet 1400 Laurel Avenue, Logan Heights, Kalifornien."

Ich notierte mir die Daten auf der Seite mit der Telefonnummer. „Ach, und noch etwas, Keely."

„Ja?"

„Wer hat denn diese Änderungen bei der Lieferart vorgenommen?"

Sie zögerte einen Augenblick. „Sie, Dr. McKinney. Vor acht Monaten."

Kapitel 15

Nach meinem Telefongespräch mit der Mitarbeiterin der Spedition war mir klar, dass ich unbedingt mit Lilah reden musste. Ich wählte ihre Nummer, landete wieder auf ihrer Mailbox und bat sie, mich zurückzurufen. Obwohl ich ein schlechtes Gewissen hatte, weil ich sie ausgerechnet jetzt mit den Problemen der Ambulanz belästigte, musste ich diese seltsame Sache unbedingt klären.

Ich dachte an das, was Tom mir gesagt hatte. Seiner Meinung nach war Antonio an dieser merkwürdigen Geschichte beteiligt. Es schien mir jedoch zu weit hergeholt, dass sich ein Bandenmitglied von der Straße mit so komplizierten Dingen wie Frachtpapieren auskennen sollte. Das Herz schlug mir bis zum Hals, als ich an Antonio dachte. Ich wusste nicht, was ich tun sollte. In Gedanken versunken fuhr ich zum Frauenhaus.

Ich kam um neun Uhr dort an, kurz nach der Frühstücksstunde. Als ich auf den Parkplatz fuhr, starrte ich auf das graue Gebäude. Der löchrige Gipsputz und das abgenutzte Holz waren deutliche Zeichen des Alters. Das Haus stammte aus den siebziger Jahren und hatte zunächst als Berufsschule gedient. Nachdem die Stadt die Schule in einem Neubau untergebracht hatte, hatte eine gemeinnützige Einrichtung das Gebäude übernommen und daraus eine Unterkunft für Frauen und Kinder gemacht, die zu Opfern häuslicher Gewalt geworden waren. Ich ging hinein und hoffte, diesen Menschen mehr helfen zu können als mir selbst. Weil ich wegen der seltsamen Vorkommnisse in der Ambulanz erschöpft und beunruhigt war, konnte ich kaum die Kraft aufbringen, um diesen Leuten aus zerbrochenen Familien beizustehen.

Die Empfangshalle des Frauenhauses war gemütlich eingerichtet und ähnelte einem Wohnzimmer. Zwei große, bunt bedruckte Sofas, auf denen sich viele Kissen in Herzform stapelten, standen an den Wänden. Am Couchtisch und auf dem Boden des Empfangsbereichs saßen Kinder mit Malbüchern. Bunte Bilder, die die Bewohner gemalt hatten, hingen an den in warmen Farben gestrichenen Wänden. Die „Kunstwerke“ bewegten sich im Luftzug, wenn die Tür auf- und zuging. Weiter hinten in der Halle spielten drei Mädchen mit einem Puppenhaus. Der Duft nach Makkaroni und Käse drang aus einem der hinteren Räume.

„Ruby D.!“, rief ein kleiner Junge und schlang die Arme um meine Beine.

„Hallo, Taylor“, sagte ich mit einem breiten Lächeln. „Was macht dein Aua?“

Taylor zog die Stirn kraus und versteckte seinen Arm hinter dem Rücken. „Kein Aua.“

Seine Mutter kam auf uns zu. Noch immer hatte sie verblassende blaue Flecken um die Augen – von einem gebrochenen Nasenbein.

„Er hat nach Ihnen gefragt, Dr. McKinney.“

Ich erwiderte ihr Lächeln und legte eine Hand auf ihre Schulter. „Wie geht es euch beiden, Patsy?“

„Ich glaube, ihm geht es ganz gut“, erwiderte Patsy leise. „Er meint bloß, dass der Arm juckt.“

„Das klingt aber ganz gut“, sagte ich und musterte Gesicht und Arme der jungen Mutter. Ihr Anblick machte mich traurig. Sie war schon so lange auf so furchtbare Art misshandelt worden, dass sie sich nicht mehr die Mühe gab, ihre blauen Flecken und Verletzungen zu verstecken. Erst als ihr Mann ihrem Sohn den Arm gebrochen hatte, hatte sie ihren ganzen Mut zusammengenommen und die Flucht vor ihm ergriffen.

Teresa, die Leiterin des Frauenhauses, steckte den Kopf aus der Tür ihres Büros. Sie schien überrascht zu sein, mich hier zu sehen.

„Dr. McKinney", sagte sie atemlos mit ihrem starken spanischen Akzent. „Ich habe gehört, was mit der Ambulanz passiert ist. Deshalb habe ich heute nicht mit Ihnen gerechnet."

Ich legte den Kopf schief und tat so, als ob ich unwillig die Stirn runzelte. „Ein paar Punker mit ein paar Eimern Farbe können mir doch keine Angst einjagen", spöttelte ich.

„Ich freue mich trotzdem sehr, Sie zu sehen", entgegnete Teresa mit einem Lächeln.

Mit einer Kopfbewegung deutete sie auf ein Nebenzimmer. Ich holte einen Lutscher aus der Jackentasche, reichte ihn Taylor und verabschiedete mich von Patsy. Dann folgte ich Teresa. Als ich einen Blick in den Raum warf, war ich verblüfft. Jeder Stuhl und jedes Sitzkissen in dem behelfsmäßigen Wartezimmer war besetzt. Meine Patienten aus der Ambulanz hatten mich ausfindig gemacht.

Ich sah auf meine Armbanduhr und drehte mich zu Teresa um. „Also gut. Ich richte mich in dem anderen Zimmer ein, und dann können Sie die Leute zu mir schicken – die schweren Fälle zuerst."

Teresa streckte die Hand aus und drückte sanft meinen Arm.

„Das ist wirklich großartig, Ruby. Ich weiß nicht, woher Sie die Kraft dafür nehmen."

Ich zwang mich zu einem Lächeln. „Ach, wissen Sie … Wer soll es denn sonst machen?"

Sie musterte mich ein paar Sekunden lang. Auf ihrer Stirn zeigten sich Sorgenfalten. Dann tätschelte sie mir erneut den Arm und schenkte mir ein herzliches Lächeln. „Na, dann wollen wir mal loslegen."

Ich untersuchte alle Frauen und auch deren Kinder, wenn sie dabei waren. Zwei Mal stellte ich bei Kindern Läuse und Mangelernährung fest. Diese Fälle meldete ich Teresa. Sie hatte gute Beziehungen zu den Sozialarbeiterinnen, die den Frauen halfen, wieder auf die Beine zu kommen, damit sie ein Leben außerhalb des Frauenhauses führen konnten.

Meine Patienten lenkten mich ab. Das Telefongespräch von heute Morgen geriet in den Hintergrund. Jedes Kind, jede Frau hatte ein tragisches Schicksal. Diese Menschen kamen in der schlimmsten Zeit ihres Lebens zu mir. Sie verdienten es, dass ich mich voll und ganz auf sie konzentrierte.

Ich untersuchte Kale, einen Teenager. Der Junge hatte mit seinem Vater einen Streit angefangen – um die letzte Zigarette, die noch im Haus war. Sein Vater hatte gewonnen, und Kale hatte sich eine gebrochene Hand eingehandelt. Ich machte mir große Sorgen um den Jungen, weil ich befürchtete, dass er irgendwann in einer Straßenbande landen würde. Ein paar von seinen neuen Freunden lungerten draußen vor dem Frauenhaus herum. Sie rauchten und machten ordinäre Witze. Ich wollte Kale überreden, zum Mittagessen hierzubleiben, aber er meinte nur, er hätte „noch ein paar Sachen zu erledigen". Ich steckte ihm meine Visitenkarte in die Jackentasche. Ich konnte bloß hoffen, dass er mich anrufen würde, wenn er Hilfe brauchte.

Gegen dreizehn Uhr hatte ich alle meine Stamm-Patienten untersucht. Jetzt war Mittagszeit, und deshalb war der vordere Bereich des Frauenhauses wie leergefegt. Ich fing an zu gähnen, als ich meine Tasche packte. Teresa lugte durch die Tür des Untersuchungszimmers.

Sie wirkte unruhig. „Dr. McKinney, ich habe hier ein kleines Problem. Vielleicht können Sie mir helfen."

Sie führte mich in das kleine Zimmer, das vom Frauenhaus als Erste-Hilfe-Raum benutzt wurde. Darin befanden sich eine Dusche, Umkleidetische und ein schmales Feldbett.

„Das ist Downey", erklärte Teresa. „Sie ist vor einer halben Stunde hier aufgetaucht."

Ein junges Mädchen im Alter von etwa fünfzehn Jahren saß auf dem Feldbett. Ihr verfilztes braunes Haar und die Sommersprossen auf ihrem Gesicht ließen sie wie eine zerlumpte Puppe aussehen. Ich kniete mich vor ihr hin und lächelte sie an. Downeys verdreckte Kleider stanken, als ob sie sich ihr Essen aus Müllcontainern geholt hätte. Ihre dünnen Arme waren mit blauen Flecken und Kratzern übersät. Sie zuckte zusammen, als ich die Hand nach ihr ausstreckte. Das Mädchen sah verstört aus.

„Hallo, ich bin Dr. McKinney", sagte ich leise.

Ich beobachtete, wie sie reagierte. Das Mädchen wirkte lethargisch. Vielleicht stand sie unter dem Einfluss von Drogen. Ihre Augen irrten kurz umher, aber dann fanden sie meinen Blick. Sie blinzelte mich an, aber ihr Gesicht blieb ausdruckslos.

„Hallo", flüsterte sie schließlich.

Ich warf einen Blick auf Teresa, die traurig den Kopf schüttelte. Mir wollte jedes Mal fast das Herz brechen, wenn ich ein vom Leben so stark gebeuteltes Kind sah, vor allem junge Mädchen. Das Leben auf der Straße ließ sie vorzeitig altern, und nach nur wenigen Monaten waren sie körperliche und seelische Wracks. Downey sah aus, als ob sie die schlimmsten Erlebnisse gehabt hatte, die man sich vorstellen konnte. Ihre zarte Haut war von Dreck und Blutergüssen entstellt. Sie sah mich aus dunkelbraunen, blutunterlaufenen Augen an.

„Downey, darf ich dir ein paar Fragen stellen, damit ich dir besser helfen kann?"

Sie schwieg, aber ich sah, wie sie zögernd nickte.

„Wie lange lebst du schon auf der Straße? Bist du von zu Hause weggelaufen?"

„Ich … bin nach Weihnachten weggegangen."

Auf diese Antwort reagierte ich mit einem besorgten Stirnrunzeln. Das war vor zwei Monaten gewesen.

„Bist du von zu Hause weggelaufen? Meinst du, jemand hat dich als vermisst gemeldet?"

Downey spitzte die Lippen und sah auf ihre Hände herunter. Sie schüttelte langsam den Kopf. Tränen tropften auf ihre rissigen Fingernägel.

„Nein, mich will zu Hause niemand haben."

Das Gefühl der Trauer, das ich für das Mädchen empfand, ließ meine Kehle eng werden. Aber trotzdem lächelte ich sie an. Sie brauchte kein Mitleid, sondern einen Menschen, der respektvoll und vorsichtig mit ihr umging.

„Hm. Möchtest du mir sagen, warum du weggelaufen bist?“, fragte ich.

Downey warf mir einen Blick zu. Ihre Augen wirkten alt und wissend, als hätten sie bereits alles Leid dieser Welt gesehen.

„Ich bin weggelaufen, weil ich meinen Stiefvater nicht gemocht habe“, antwortete sie mit plötzlicher Wut. „Ich bin weggelaufen, weil *er* mich *zu* gern gemocht hat.“

Ich nickte und wippte auf den Fußballen hin und her. Mir wurde beinahe übel, als ich daran dachte, wie häufig so etwas vorkam. Am liebsten hätte ich in meiner hilflosen Wut laut geschrien, geweint und das Mädchen an mich gedrückt. Am liebsten hätte ich ihr gesagt, dass sie ein wunderbarer, wertvoller Mensch war und es nicht verdiente, so behandelt zu werden. Aber der misstrauische und gleichzeitig verletzte Ausdruck in ihrem Gesicht war mir eine Warnung. Downey wollte nicht angefasst werden, von niemand. Diesen gehetzten Blick kannte ich nur zu gut.

„Gut, Downey“, sagte ich und setzte mich mit gekreuzten Beinen vor ihr auf den Boden. „Ich kann verstehen, dass du dir bloß eine kleine Auszeit nehmen willst, und das ist auch in Ordnung so. Aber ich glaube, du bist noch nicht achtzehn. Das heißt, dass ich für dich eine feste Unterkunft suchen muss, wo du in Sicherheit bist. Ich muss dich auch noch untersuchen. Du siehst ziemlich mitgenommen aus. Ich will mich bloß vergewissern, dass du keine Knochenbrüche hast.“

„Aber *hier* ist es doch sicher“, entgegnete Downey leise. „Meine Freunde sagen, dass ich hier in Sicherheit bin und wenn mir jemand was tut … da soll ich nach Ruby D. suchen. Und das hab ich gemacht. Und außerdem bin ich schon achtzehn.“

Ich sah sie an und wechselte dann einen Blick mit Teresa. Dieses Mädchen war mit Sicherheit noch nicht achtzehn Jahre alt.

Aber ich konnte meine Vermutung nicht beweisen. Downey war wahrscheinlich auch nicht ihr richtiger Name, denn er klang eher wie der Spitzname eines Straßenkindes. Ich wog alle Risiken gegeneinander ab. Wenn ich das Mädchen unter Druck setzte, riskierte ich, dass sie weglaufen würde. Sie brauchte jedoch dringend Hilfe. Sie wirkte ausgehungert, und ihre rissigen Lippen waren ein sicheres Zeichen, dass sie schon lange nichts getrunken hatte.

„Ich finde, sie sieht aus wie achtzehn", meldete Teresa sich schließlich zu Wort. Sie zuckte mit den Schultern. „Wir können es ja nicht so genau wissen, oder?"

Zunächst seufzte ich, dann nickte ich zustimmend. Ich sah, wie Downey sich ein wenig entspannte. Ich schickte sie zuerst zum Duschen. Dann untersuchte ich sie. Der eine Fußknöchel war verstaucht, und sie hatte schlimme Blutergüsse am Rücken und an beiden Beinen. Während der Untersuchung schwieg Downey. Sie ließ sich hin und her drehen, reagierte aber teilnahmslos. Ihre Augen waren ausdruckslos, während sie die Rückwand des Untersuchungszimmers anstarrte. Downey wusste offensichtlich, wie sie sich in Gedanken lösen konnte von allem, was um sie herum geschah. Das war ein schlechtes Zeichen. Zum Schluss legte ich einen Verband um ein paar geprellte Finger. Außerdem musste noch eine Platzwunde an ihrer Schulter genäht werden.

Ich versuchte, das Mädchen in ein Gespräch zu verwickeln. Deshalb plauderte ich über Filme, die ich gesehen hatte, und über Reiseziele, von denen ich träumte. Downey schwieg beharrlich. Ihr Gesicht blieb starr, und sie wich meinem Blick aus.

Als ich mit der Untersuchung und der Behandlung ihrer Verletzungen fertig war, drehte ich ihren Kopf zu mir hin, damit ich ihr in die Augen sehen konnte. Ich lächelte sie an. „Deine Wunden werden heilen, Downey. Alle deine Wunden. Aber du darfst nicht mehr auf der Straße leben. Lass dir von Teresa helfen. Du verdienst es, an einem sicheren Ort zu sein."

Sie nickte. Wieder senkte sie den Kopf. „Kann ich jetzt gehen?"

„Klar doch. Geh einfach durch den Flur, dann bekommst du ein Mittagessen", antwortete Teresa mit einem einladenden Lächeln.

Das Mädchen griff nach ihren Sachen und schlich sich auf nackten Füßen aus dem Zimmer. Ich seufzte. Plötzlich spürte ich eine hilflose Wut in mir. Ich zerrte die Papierdecke von der Untersuchungsliege. Das Papier zerriss in der Mitte. Dann knüllte ich es zu einer Kugel zusammen und warf es in den Abfalleimer. Ich musste schlucken, weil ich schon wieder einen schmerzhaften Kloß im Hals und einen übermächtigen Drang spürte, Gott um Hilfe anzuflehen. Ich biss mir auf die Unterlippe.

So kann ich nicht mehr weitermachen. Ich halte es nicht mehr aus, so viel Elend zu sehen.

Heftig schüttelte ich den Kopf. Mit wem redete ich da eigentlich? Ich hatte schon vor langer Zeit aufgehört zu beten. Mir war jedoch so schwer ums Herz, dass ich am liebsten wieder damit angefangen hätte.

Teresa steckte den Kopf durch die Tür. „Als Downey hierhergekommen ist, wollte sie nicht reden, und sie wollte auch nicht, dass jemand sie anfasst. Sie hat mir bloß eine Visitenkarte von Ihrer Ambulanz gegeben. Dann hat sie sich nicht mehr von der Stelle gerührt."

Ich nickte. So etwas passierte sehr oft. Jugendliche kamen mit Knochenbrüchen oder einer Überdosis Drogen in die Notaufnahme. Wenn sie entlassen wurden, gaben ihnen die Krankenschwestern eine Visitenkarte mit der Adresse der Ambulanz. Wahrscheinlich sah ich weniger als zehn Prozent der Problemkinder, die auf der Straße lebten, aber wenigstens fanden ein paar von ihnen den Weg zu mir.

„Sie ist innerlich und äußerlich kaputt. Ich hoffe, sie bleibt eine Weile hier."

„Sie haben einen unglaublich guten Draht zu diesen Straßenkindern, Ruby. Die misstrauen doch sonst jedem Menschen. Sie haben da eine ganz besondere Gabe."

„Eine Gabe ...", wiederholte ich ungläubig. Ich spürte in mir eine seltsame Traurigkeit. War das wirklich eine Gabe? Jede Begegnung mit diesen Kindern und Jugendlichen kostete mich in letzter Zeit wahnsinnig viel Kraft. Ich gab diesen Menschen alles, was ich hatte, aber ich selbst fühlte mich dabei innerlich leer. Dieses Gefühl, ausgebrannt zu sein, und die Probleme in der Ambulanz machten mich unendlich müde.

Teresa hatte die Arme vor der Brust verschränkt und musterte mich prüfend. Sie war von Beruf Psychologin, und deshalb lenkte sie ihren wachsamen, kritischen Blick oft auf ihre Mitarbeiter. Im harten Arbeitsumfeld der Sozialberufe kommt es sehr häufig vor, dass Mitarbeiter unter Erschöpfung und Burnout leiden. Wenn ich ehrlich sein wollte, war ich selbst davon betroffen, denn ich wusste schon nicht mehr, was ich tat, geschweige denn, wie ich das alles durchhalten sollte.

„Ist alles in Ordnung mit Ihnen? Sie sehen aus, als ob Sie nicht gut geschlafen hätten. Das ist ja auch kein Wunder bei allem, was in Ihrer Ambulanz passiert. Das zieht Sie bestimmt ganz schön herunter."

Ich warf ihr einen missbilligenden Blick zu. „Ich bin doch hier nicht zu einer Gesprächstherapie angemeldet", erwiderte ich spöttisch.

Teresa fing meinen Blick auf. Sie ließ es nie zu, dass ich einer Konfrontation mit einer witzigen Bemerkung auswich.

„Darf ich wenigstens mit Ihnen beten?", fragte sie schließlich.

Ich sah ihr in die Augen, während meine Unterlippe zu zittern begann. „Ich ... ich mache so etwas nicht."

Sie reagierte mit einem aufmunternden Lächeln. „Sie brauchen auch nichts zu machen, meine Liebe. Lassen Sie mich nur ein bisschen reden."

Ich zögerte kurz, bevor ich zustimmend nickte. Es konnte schließlich nicht schaden.

Teresa machte die Tür zu, nahm meine Hände in die ihren und flüsterte ein Gebet. Ihre Worte kamen von Herzen, als sie Downey und die Ambulanz in die Hände Gottes legte. Sie bat für mich um Kraft und Bewahrung an diesem gefährlichen Ort.

Weil ich diesmal die Tränen nicht mehr unterdrücken konnte, redete ich mir ein, dass ich bloß übermüdet war. Aber tief in mir wusste ich, wie groß meine Probleme in Wirklichkeit waren. Ich merkte, wie ich allmählich jede Hoffnung verlor, aber das war schon längere Zeit der Fall.

Während ich zuhörte, wie diese wunderbare Frau Gott bat, mir bei all dem Leid, das ich täglich sah, den Mut zu schenken, ihm zu vertrauen, fragte ich mich, ob mir dieses Gebet überhaupt helfen würde. Schließlich kann man sich nur eine gewisse Zeit von Gott abwenden, bis es zu spät ist und es keine Chance zu einer Rückkehr gibt.

Ich begriff noch nicht, dass das Gebet, das Teresa sprach, für mich so etwas wie ein Schutz war, eine Vorbereitung auf das, was noch kommen sollte.

Kapitel 16

Als ich zum Auto ging, war ich noch immer durcheinander wegen der Ereignisse im Frauenhaus. In letzter Zeit schienen alle für mich beten zu wollen – zuerst Lilah und Renée und jetzt auch noch Teresa. Ich fragte mich, ob ich vielleicht so kläglich aussah wie ein regennasses Kätzchen. Bei diesem Gedanken musste ich lachen. Tom hatte mich früher einmal so genannt.

Plötzlich hörte ich den Zirpton meines Handys. Ich wühlte in meiner Handtasche, bis ich es schließlich fand. Die Nummer auf dem Display kannte ich nicht. Trotzdem klappte ich das Telefon auf, während ich in den Geländewagen stieg.

„Hallo?"

„Ruby?" Ich erkannte Lilahs Stimme. „Ruby, ist alles in Ordnung mit dir?"

Sie klang wirklich besorgt. Deshalb ließ ich den Zündschlüssel erst einmal dort, wo er war. „Hallo, meine Liebe, mir geht es gut. Aber ich habe mir Sorgen um dich gemacht. Wo hast du bloß gesteckt?"

„Ruby, hör mir gut zu", flüsterte Lilah atemlos. „Brooklyn und ich, wir haben uns versteckt."

Mir lief es kalt den Rücken herunter, und an den Armen bekam ich eine Gänsehaut. „Was soll das heißen, ihr habt euch versteckt?"

„Wir sind nach der schrecklichen Sache mit Dakota nach Hause gekommen, und da hing ein Zettel an meiner Wohnungstür. Darauf stand, dass wir wegbleiben sollen."

Jetzt machte sich Panik in mir breit. Nervös suchte ich den Parkplatz mit meinen Blicken ab. „Wegbleiben wovon?"

„Ich weiß es nicht genau, Ruby, aber ich glaube, es hat was mit der Ambulanz zu tun."

Ich wischte mir den Angstschweiß von der Stirn. „Na gut. Hast du das dem leitenden Ermittler erzählt?"

„Nein", zischte Lilah. „Brooklyn meint, das würde alles noch schlimmer machen."

Ich rümpfte die Nase. Brooklyn war ein Krimineller. Natürlich vertrat er diese Meinung. „Lilah, du musst der Polizei unbedingt mitteilen, dass dich jemand bedroht hat."

„Nein, Ruby. Ich bleibe, wo ich bin. Ich wollte dir nur Bescheid sagen, weil ich weiß, dass du ständig versucht hast, mich anzurufen. Du brauchst dir um mich keine Sorgen zu machen."

„Lilah, wo bist du denn? Vielleicht kann ich zu dir kommen und …"

„Nein, Ruby", unterbrach sie mich. „Das ist keine gute Idee."

Ihre Stimme klang misstrauisch und schroff. Das war nicht die Lilah, die ich kannte. Im Hintergrund hörte ich ein Rauschen wie von vorbeifahrenden Autos. Ich fragte mich, wo sie sich wohl aufhalten könnte.

„Willst du einfach wegbleiben?", fragte ich ungläubig. „Und was ist mit den Ermittlungen wegen Dakotas Verschwinden?"

„Kannst du für mich herausfinden, wie es läuft?" Ihre Stimme war nur noch ein Hauch.

„Klar doch. Soll ich dich anrufen, nachdem ich mit Riley, dem leitenden Ermittler, gesprochen habe?"

„Nein, Ruby, ich will, dass du aus allem aussteigst, was du gerade machst, und dich in Sicherheit bringst."

„Wie lange denn, Lilah?" Vor Wut und Angst wurde meine Stimme ganz schrill. „Ich kann nicht alle meine Patienten so einfach hängen lassen."

„Bitte, Ruby", hauchte Lilah. „Brooklyn hat auf der Straße so einige Sachen aufgeschnappt …"

Plötzlich schien jemand ihr Telefon mit der Hand zu bedecken. Ich hörte gedämpfte Stimmen, bevor sie sich wieder meldete.

„Was läuft denn da?", fragte ich mit angehaltenem Atem.

„Ich muss jetzt los", erwiderte sie. Sie hatte es plötzlich eilig. „Pass auf dich auf. Ich ruf dich wieder an."

„Lilah?", fragte ich, aber sie hatte bereits aufgelegt.

Ich starrte auf das Handy. Mein Magen zog sich vor Angst zusammen. Dann wählte ich Bens Nummer.

„Ruby?" Seine Stimme klang erleichtert, aber kratzig. „Ich hab nicht erwartet, dass du so bald wieder anrufst. Ich wollte dich anrufen und mich bei dir entschuldigen, aber ich habe gedacht, dass du ein bisschen Zeit brauchst, bis deine Wut über mich verraucht ist."

Ich brauchte einen Moment, bis ich den seltsamen Klang seiner Stimme richtig einschätzen konnte. „Ja, ja."

„Ich hab mich danebenbenommen, Ruby."

„Das ist schon in Ordnung, Ben. Du bist in eine komische Situation hineingeraten, und Tom hat die Sache mit seinen spöttischen Bemerkungen auch nicht gerade besser gemacht."

„Ja, das stimmt schon."

Weil ich nicht noch mehr Zeit verlieren wollte, kam ich direkt zum Punkt. „Hör mal, ich hatte gerade eben einen merkwürdigen Anruf von Lilah, und ich möchte mit dir darüber reden."

„Geht es ihr gut?"

Ich zögerte, weil ich mir plötzlich nicht sicher war, ob ich den von Brooklyn aufgeschnappten Gerüchten Glauben schenken sollte oder nicht. „Ich glaube nicht. Sie hat mir erzählt, dass sie einen Drohbrief bekommen hat. Sie und Brooklyn haben sich versteckt."

„Was? Wo sind sie?"

„Das weiß ich nicht. Sie hat mir bloß geraten, die Stadt zu verlassen, und mir gesagt, dass sie sich auch weiter verstecken wird."

„Hat sie die Drohung genauer beschrieben?" Bens Stimme klang jetzt wieder wie die eines Polizisten.

„Sie hat nur gesagt, dass in dem Brief steht, sie solle verschwinden. Sie weiß nicht, was das zu bedeuten hat."

„Weißt *du*, was das bedeutet?“

Ich dachte an den Anruf bei der Spedition und Antonios Drohung, mir eine Kugel in den Kopf zu schießen. Aber ich wollte lieber zuerst mit Tom darüber reden.

„Nicht so genau“, antwortete ich zögernd.

„Na gut. Wo bist du jetzt?“

„Ich bin am Frauenhaus, aber ich will gerade wegfahren. Ich muss noch mal ins Krankenhaus, weil ich nach ein paar Patienten sehen will, aber dann mache ich mich auf den Heimweg.“

„In die Ambulanz“, korrigierte mich Ben.

„Ja.“ Ich nickte, obwohl er mich nicht sehen konnte. Warum fühlte ich mich wie eine Versagerin? Warum kam ich mir so verloren und heimatlos vor wie meine Patienten?

„In Ordnung, Ruby“, erwiderte Ben. „Ich spreche mit Riley, und dann komme ich bei dir zu Hause … in der Ambulanz vorbei.“

„Danke, Ben.“

Ich beendete das Gespräch und sah durch die Windschutzscheibe hinüber zum Frauenhaus. Unentschlossen kaute ich auf der Innenseite meiner Wange herum, während ich überlegte, wo Tom wohl gerade sein könnte. Am liebsten hätte ich sofort mit ihm geredet. Vor meinem inneren Auge zog sein Tanz mit der Blondine im Club vorüber. War er zu ihr gegangen, als er heute Morgen die Ambulanz verlassen hatte? Ich fühlte mich plötzlich einsam und verwundbar. Mit dem Kopf beugte ich mich über das Lenkrad. Ich musste unbedingt wieder zur Ruhe kommen.

Tom, wo bist du?

Ich schrie auf, als es am Seitenfenster klopfte.

Mit einem besorgten Blick spähte Tom durch das getönte Glas.

„Warum schleichst du dich hier herum?“, brüllte ich durch das Fenster. Mein Herz klopfte so laut, dass es beinahe wehtat.

Tom deutete auf die abgeschlossene Tür. „Lässt du mich rein?“

Mit zitternden Fingern drückte ich auf den Türknopf. Er

rannte um die Vorderseite des Geländewagens herum und kletterte auf den Beifahrersitz. Er warf einen Blick auf mich. Dann beugte er sich zu mir herüber und nahm meine Hand. „Warum bist du denn so schreckhaft?"

„Was soll das jetzt – beschattest du mich?" Ich versuchte, Luft zu holen, und zwang mich zu einem nervösen Lachen.

„Ich … äh, ja, so was Ähnliches", gab er zu. „Heute Morgen hast du erwähnt, dass du heute hier arbeiten wolltest, und da habe ich mir gedacht, ich komme mal vorbei und vergewissere mich, ob dein Zorn verraucht ist."

„Oh ja. Mein … mein Zorn ist inzwischen verraucht." Ich wischte mir den Schweiß von der Stirn und holte tief Luft.

„Ruby, sieh mich an."

Ich gehorchte.

„Was ist passiert?" Tom musterte mich prüfend, mit gerunzelter Stirn.

Ich erzählte ihm von Lilahs Anruf. Sein Gesicht blieb ausdruckslos. Ich wusste nicht, ob ich mich deswegen besser oder schlechter fühlen sollte. Ich berichtete ihm auch von meinem Gespräch mit der Spedition und was ich herausgefunden hatte. Als ich schließlich schwieg, lehnte er sich im Beifahrersitz zurück und ließ die Luft langsam aus seinen Lungen entweichen.

Ich beobachtete ihn mit wachsender Ungeduld. „Was ist denn?"

Tom streckte den Arm aus, nahm meine Hand in die seine und küsste meine Handfläche. Das hatte er früher immer gemacht, wenn ich nervös war. Trotz der schlimmen Situation spürte ich von seinen Lippen auf meiner Haut einen wohligen Schauer.

„Lilah hat recht. Du solltest von hier verschwinden", sagte er schließlich.

Ich zog meine Hand weg und rieb mir die Augen. „Das kann ich nicht machen. Ich habe Patienten … Ich will die Sache mit der Sportmedizinischen Abteilung wieder aufnehmen … Ich kann meine Patienten nicht allein lassen."

„Ruby, du bist in Gefahr. Es kann jede Sekunde krachen. Ich weiß wirklich nicht, wie ich dich beschützen soll, wenn du hierbleibst."

„Für diese Kinder bin ich vielleicht die einzige Erwachsene, zu der sie Vertrauen haben. Ich lasse mich von diesem Verbrecher nicht vertreiben, Tom."

Seine hellen Augen wurden dunkel vor Sorge. „Meinst du, ein kleiner Drogenhändler wie Antonio kann diese Sache mit der Spedition allein durchziehen?"

„Er ist zumindest daran beteiligt. Ich habe gehört, dass sein Bruder, der im Gefängnis von San Quentin sitzt, ein hohes Tier in der Culebra-Bande ist."

„Na toll, das wird ja immer besser", erwiderte Tom ironisch. „Ich fahre dich jetzt zurück in die Ambulanz, und du packst sofort deine Sachen. Ich bringe dich weg von hier."

„Ich kann meine Patienten nicht allein lassen", wiederholte ich.

Tom schlug frustriert gegen die Autotür. „Ruby!"

„Nein, Tom." Ich hob abwehrend eine Hand. „Ich habe die Spedition angerufen. Man hat mir eine Adresse gegeben, an die die Medikamentenlieferungen umgeleitet werden."

„Welche Adresse?"

„Ich habe sie mir nicht gemerkt. Schließlich arbeite ich ja nicht für eine Spedition. Aber ich habe sie mir notiert und im Ordner abgeheftet. Heute Abend, wenn es dunkel ist, will ich die Anschrift überprüfen."

Tom klopfte mit den Fingern auf das Armaturenbrett, während er mich mit zusammengepressten Lippen musterte. „Kannst du warten, bis ich diese Adresse zuerst überprüfen kann? Lass mich einen Suchlauf auf der Datenbank der Drogenfahndung starten, damit ich sehe, ob es eine Übereinstimmung gibt."

„Gut, aber ich warte nicht länger als einen Tag."

„Das brauchst du nicht." Er warf einen Blick auf seine Armbanduhr. „Was musst du jetzt noch machen?", fragte er.

„Ich habe noch Patienten im Krankenhaus, und danach bin ich fertig.“

Tom zog sein Handy aus der Tasche und klappte es auf. Er drückte eine Kurzwahltaste und wartete ab. „Du kannst losfahren, Scott.“ Er drehte sich zu mir um und lächelte. „Dann mal los. Ich begleite dich zum Krankenhaus.“

„Wer ist Scott?“

„Ein Kollege.“ Toms Blick glitt zum Rückspiegel. Er beobachtete, was draußen vor sich ging.

„Warum fährst du nicht zur Ambulanz und holst den Ordner, während ich im Krankenhaus bin? Du brauchst nicht …“

„Weil ich dich nicht mehr aus den Augen lasse, Ruby“, unterbrach mich Tom. Der Ausdruck in seinen Augen erstickte jeden Widerspruch in mir.

Ich fühlte mich sogar ein bisschen erleichtert. Endlich konnte ich etwas tun.

Ich nickte und drehte den Zündschlüssel um.

„Und was machen wir dann?“, fragte ich.

Seine Gesichtszüge wurden weich. Tom streckte die Hand aus und steckte mir eine Haarsträhne hinter das Ohr. Dann strich er mir mit einem Finger über den Nasenrücken. Seine Lippen umspielte ein trauriges Lächeln.

„Dann bringe ich dich an einen sicheren Ort.“

Kapitel 17

Hektisch drehte ich meine Runden. Ich hatte ein schlechtes Gewissen, weil ich diesmal nicht verweilen und in Ruhe mit meinen Patienten reden konnte. Carl Andrew, meinen Herzpatienten, überwies ich auf die normale Station. Dann sah ich nach ein paar frisch operierten Patienten aus der Notaufnahme. Ich war nervös, als ich durch die Flure des Krankenhauses ging, aber jedes Mal, wenn mich die Furcht überwältigen wollte, sah ich, wie Tom mich begleitete.

Mal saß er in einem Besuchersessel, dann wieder stand er an einem Kaffeeautomaten oder fuhr mit mir zusammen im Aufzug. Die ganze Zeit blieb Tom in meiner Nähe. Er hatte mir eingeschärft, so zu tun, als ob ich ihn nicht kennen würde, denn dann würde er es leichter merken, wenn mich jemand beobachtete. Es fiel mir zwar schwer, aber ich fühlte mich besser, wenn ich wusste, dass er an meiner Seite war.

Ein paar Stunden später war ich auf dem Weg nach draußen, als eine der Krankenschwestern mir sagte, mein Chef sei auf der Suche nach mir. Doch ich hatte keine Zeit für ein Gespräch mit ihm. Ich warf einen Blick auf das Display meines Handys. Der Akku war wohl leer, denn es war ausgeschaltet. Ich bat die Schwester, Blaine auszurichten, dass er mich in der Ambulanz anrufen könne.

Während der Fahrt zur Ambulanz schwieg Tom, in Gedanken versunken.

„Wer war denn dieser Typ namens Scott?“, fragte ich schließlich. „Ich meine, wer ist er wirklich?“

Tom schreckte aus seiner Grübelei auf. Er drehte sich zu mir um. „Ach, äh … er ist in meiner Gruppe.“

„Deiner Gruppe?“ Ich sah in meiner Handtasche nach, ob darin noch ein paar Schokoriegel übrig waren, aber ich fand keine. „Ist das der Name, den die Drogenfahndung ihren Einsatzteams gibt?“

„Ja, wir sind Gruppe acht …“ Er unterbrach sich.

„Worüber denkst du nach?“

„Dass wir nicht zur Ambulanz zurückfahren sollten.“ Er runzelte die Stirn, bediente den Blinker und fuhr in die Second Street. „Wir sollten dich sofort von hier wegbringen.“

Ich wickelte ein rot-weiß gestreiftes Pfefferminzbonbon aus der durchsichtigen Plastikfolie und steckte es mir in den Mund. „Wir brauchen doch die Daten von der Spedition.“

Tom hielt vor der Ambulanz an. „Wir können jetzt nicht nach diesem Lagerhaus suchen, Ruby. Überlass diese Sache mir und meinem Team.“

„Laufen eure Ermittlungen schon?“

„Ich untersuche diese Angelegenheit. Es muss da eine Verbindung geben.“

„Wie kommst du darauf, dass es eine Verbindung gibt zwischen meiner Ambulanz und eurer … wie nennt ihr das … eurer verdeckten Ermittlung?“

„Weil statistisch gesehen zwei derart große Transaktionen im Bereich der Drogen- und Medikamentenkriminalität miteinander verknüpft sein müssen“, erwiderte er schließlich. „Das ist die einzige Möglichkeit, die ich mir vorstellen kann.“

„Du meinst, es werden hier verschreibungspflichtige Medikamente verschoben?“, fragte ich erschrocken. „Im großen Stil?“

Tom drückte die Tür auf der Fahrerseite auf. „Das ist durchaus möglich.“

Wir machten uns auf den Weg in die Ambulanz. Tom ging voraus – mit dem Revolver in der Hand. Rasch durchsuchte er das Innere des Gebäudes, bevor er mich hereinließ.

Vor lauter Nervosität rebellierte mein Magen. Ich ging in das hintere Zimmer und griff nach meiner Reisetasche. Die wenigen sauberen Kleidungsstücke, die ich noch hatte, stopfte ich hinein. Dabei versuchte ich, gegen die in mir aufsteigende Angst anzukämpfen.

Als ich Schritte hörte, drehte ich mich erschrocken um.

Tom lehnte sich lächelnd an den Türrahmen. „Du musst ruhiger werden, Ruby, sonst brennen bei dir alle Sicherungen durch."

Seine Äußerung erinnerte mich an die Zeit, als ich vor Zwischenprüfungen und schlechten Noten Angst gehabt hatte, aber nicht vor Mördern. Ich lehnte mich gegen den Schreibtisch. Die Wanduhr tickte laut. Es war kurz nach Mitternacht. Ich hatte einen langen Tag hinter mir und war erschöpft, sowohl körperlich als auch emotional.

„Ja, klar", erwiderte ich und atmete tief durch. Ich versuchte, meiner Stimme einen ruhigeren Klang zu geben. „Ich glaube, du hast recht. Ich bin fast fertig. Ich muss bloß noch das Ladegerät für mein Handy finden."

„Brauchst du Hilfe beim Packen?", fragte er. „Ich kann schon ein paar Sachen zum Geländewagen bringen."

„Ich habe bloß die eine Tasche. Du kannst aber den Ordner suchen. Er muss hier irgendwo sein. Ich hatte ihn in der Hand, bevor ich weggefahren bin."

„In Ordnung." Er umrundete den Schreibtisch.

Ich beobachtete ihn einen Augenblick lang. Seine Gegenwart brachte mich aus der Fassung. Sogar in dieser spannungsgeladenen Situation konnte ich nicht klar denken, wenn Tom mir nahe war. Mein Blick wanderte immer wieder zu seinen faszinierenden Augen oder zu seinen breiten Schultern, während er sich auf die Suche nach dem Ordner machte. Ich zuckte zusammen, als ich an den zaghaften Kuss dachte, den er mir vor ein paar Tagen gegeben hatte. Damals war ich erleichtert gewesen, als Lilah uns gestört hatte. Tief in mir schien etwas lang Vergessenes zu erwachen. Ich schüttelte den Kopf.

Hör endlich auf damit. Du bist in Lebensgefahr, und trotzdem hast du Tagträume wie ein kleines Schulmädchen.

„Ist alles in Ordnung mit dir?“, fragte Tom.

Ich schreckte aus meinen Gedanken auf und nickte hastig. „Äh, ja.“

Tom ging zu mir, legte die Arme um mich und drückte mich fest an sich. Ich legte meine Wange an seine Brust.

„Wie geht es dir wirklich?“ Er schaukelte mich sanft hin und her.

Angst und Sorge schienen durch meine Adern zu schießen. Ich hatte Kopfschmerzen. „Diese Sache mit dem Vandalismus, die Drohungen, die Lilah nach Dakotas Verschwinden bekommen hat …“ Meine Stimme wurde schwächer.

„Ist das alles?“, fragte Tom mit sanfter Stimme.

Mein Magen krampfte sich zusammen. Ich hob den Kopf. Tom blickte mich besorgt an. „Ich bin froh, dass du hier bist. Nachdem ich von Lilah gehört hatte, wollte ich mit dir reden, aber ich hatte keine Telefonnummer. Ich habe Ben angerufen, und dann …“

Ich hielt erschrocken inne. Nach all dem, was passiert war, hätte ich es beinahe vergessen. Ich trat zurück und schlug mir an die Stirn.

„Ich … ich muss Ben anrufen.“

Tom sah aus, als hätte ich seine Gefühle verletzt. Er versuchte, die Sache mit einer witzigen Bemerkung zu überspielen. „Das wollte ich eigentlich nicht von dir hören, Ruby.“

Ich wühlte mich durch das Chaos auf dem Beistelltisch. Wo war denn bloß das Ladegerät?

„Ich habe Ben von Lilahs Anruf erzählt, und er meinte, er wollte heute Abend zur Ambulanz kommen, nachdem er mit Riley gesprochen hat.“ Ich warf einen Blick auf Tom. „Ich muss ihm einen kurzen Brief oder so was Ähnliches hinterlassen.“

Tom hielt das Bürotelefon hoch. „Du kannst ihn von hier aus anrufen.“

Ich schüttelte den Kopf. „Nein, seine Nummer ist auf meinem Handy gespeichert, aber der Akku ist leer. Ich weiß sie nicht auswendig und habe sie auch nirgends aufgeschrieben. Oh Mann, ich habe auch noch vergessen, ihm von Antonios Besuch im Krankenhaus zu erzählen. Riley sollte davon wissen."

Toms Gesichtsausdruck veränderte sich. Seine grünen Augen blitzten vor Zorn. Er legte seine Hand auf meine, um mich zu unterbrechen. „Antonio ist zu dir ins Krankenhaus gekommen?"

Ich nickte. „Er hat gesagt, dass er mir noch eine weitere Chance auf eine Zusammenarbeit gibt, und dann hat er mir gedroht ... Tom! Er hat gesagt, dass er mir eine Kugel ..."

Tom packte mich an den Armen. Seine Gesichtszüge wurden hart. „Er hat dir das ins Gesicht gesagt, und du hast mir nichts davon erzählt?"

Die Hitze stieg mir ins Gesicht, und vor Verwirrung beschleunigte sich mein Herzschlag. „Ich war so verunsichert, als du hier aufgetaucht bist und bei mir übernachtet hast, und nach dem Streit mit Ben habe ich das total vergessen."

Ich erinnerte mich an Antonios Gesicht, als er sagte, dass er mir eine Kugel in den Kopf schießen würde. Meine Hand wanderte zu dem Punkt zwischen meinen Augen, und ich spürte, wie die panische Angst erneut mit eiskalten Fingern nach mir griff.

Tom versperrte mir den Weg. „Was *genau* hat er gesagt?"

„In etwa ... er hat gesagt, dass ich mir wünschen würde, niemals geboren zu sein. Na ja, eben die Standarddrohungen von bösen Jungs."

Tom sah mich an, öffnete den Mund, um etwas zu erwidern, aber dann richtete sich sein Blick auf eine Stelle hinter mir. Ich sah den Schrecken in seinem Gesicht. Als er wieder zu mir hinsah, bemerkte ich ein seltsames, orangefarbenes Licht in seinen Augen. Dann warf er uns beide zu Boden.

Eine Explosion über uns ließ Glasscherben und Flüssigkeit durch das Küchenfenster regnen. Ich schrie auf und versuchte aufzustehen, aber Tom ließ es nicht zu. Er lag auf mir und schützte mich mit seinem Körper. Wie eine Welle aus Feuer breiteten sich Flammen über den Küchenfußboden und die Arbeitsplatten aus. Wieder ertönte ein lautes Krachen. Eine Flasche landete neben mir. Aus dem Flaschenhals ragte ein brennendes Stück Stoff. Tom kickte den Molotowcocktail weg und zerrte mich zur Hintertür. Wir kamen auf die Füße, und er schob mich vor sich her, weg vom Feuer. Die Hitze der Flammen traf auf meine Haut. Sie spannte schmerzhaft. Die brennende Luft um uns herum ließ meine Augen tränen.

„Lauf, Ruby!", rief Tom hustend. „Die Hintertür!"

Ich stolperte keuchend durch den Flur und rang nach Luft. Über uns wand sich der schwarze Rauch an den Wänden und die Decke entlang. Ich drehte mich um, als ich in meinem Büro ein Aufblitzen bemerkte. Der Molotowcocktail fiel klirrend durch das Fenster und krachte an die gegenüberliegende Wand. Flüssigkeit ergoss sich über meinen Schreibtisch und die darauf liegenden Ordner. Mit einem lauten Rauschen gingen die Gardinen in Flammen auf. Ich rannte weiter. Mein Herz klopfte so laut, dass es fast schmerzte. Schließlich erreichte ich die Hintertür. Ich zog am Türgriff, aber die Tür bewegte sich keinen Millimeter.

Tom stieß mich zur Seite. Er streckte den Arm aus, um das Türschloss zu öffnen. Gemeinsam zerrten wir an der Tür. Schließlich gab sie nach und schlug nach innen auf. Der Druck der abrupten Bewegung warf uns zu Boden. Über uns schlug etwas in die Wand ein, an der Stelle, an der vorher mein Kopf gewesen war. Putz fiel aus der Wand, und plötzlich wurde mir klar, dass jemand das Feuer auf die Hintertür eröffnet hatte. Wenn wir nicht hingefallen wären, wären wir jetzt tot.

Tom zog mich an sich. Auf der einen Seite der Hintertür suchten wir Deckung. Wir waren nur wenige Zentimeter von der Freiheit entfernt, aber der Kugelhagel hielt uns in dem brennenden Gebäude gefangen.

„Wir müssen raus hier!", brüllte ich.

„Abwarten", sagte Tom mit zusammengebissenen Zähnen. „Wir müssen warten, bis sie weg sind. Wir haben Zeit."

Sein Blick fiel auf den vom Feuer umgebenen Raum hinter uns. Er drückte mich noch fester an sich.

Ich konnte den Mund nicht aufmachen, ohne laut zu schreien. Deshalb biss ich die Zähne zusammen, schloss die Augen und schlang meine Arme um Tom. Das Knistern und Zischen der Flammen und das laute Knacken der zusammenbrechenden Holzbalken kamen immer näher. Ich hörte meinen würgenden Husten. Im Türrahmen schlugen weitere Kugeln ein, aber plötzlich war es still.

Tom warf einen vorsichtigen Blick durch die Türöffnung.

„Sie sind weg", sagte er.

Er legte einen Arm um meine Taille. Dann rannten wir gebückt zum nassen Gras.

Ich stürzte auf die weiche Erde und sog gierig die frische Luft ein. Rechts von mir blinkten Lichter, als Feuerwehrautos und Krankenwagen mit quietschenden Bremsen vor dem brennenden Gebäude anhielten. Feuerwehrleute und Sanitäter rannten mit Wasserschläuchen zur Ambulanz.

Ich war so verängstigt, dass ich auf der Suche nach Tom um mich schlug.

Er zog mich in seine Arme und hielt mich fest. Ich spürte seinen schweren Atem in meinem Haar. Das war der einzige Ton, den er von sich gab. Er wollte mich einfach nicht loslassen.

„Wir müssen Ben warnen", brachte ich hustend heraus. „Er ist der Einzige, der von dieser Sache weiß. Vielleicht ist er als Nächster dran."

Zitternd und rußverschmiert stand Tom schließlich auf. Er nickte zustimmend, half mir hoch und wischte mir mit den Fingern das Gesicht ab.

„Ich bitte meinen Chef, dass er Lilahs Anruf zurückverfolgt und sie abholt."

Ich ging mit ihm über den Rasen zur Vorderseite des Gebäudes. Als die Sanitäter uns bemerkten, rannten sie auf uns zu, hüllten uns in Decken und legten uns Sauerstoffmasken um. Ich riss mir die Maske herunter und wollte sie bitten, Ben ausfindig zu machen, aber die Rettungskräfte zogen mir die Maske wieder über den Mund. Nachbarn drängten sich um uns. Plötzlich sah ich Ben. Er stemmte sich gegen die Feuerwehrmänner, die ihn daran hinderten, zum Eingang der Ambulanz zu gehen.

„Ben!“, schrie ich und bekam sofort einen Hustenanfall. „Ben, hier drüben!“

Der Klang meiner Stimme ließ ihn aufhorchen. Er machte sich von den Feuerwehrleuten los und rannte zu uns. Sein Blick fiel auf Tom und mich. Verwirrt schlug er sich mit der Hand an die Stirn.

„Ich dachte schon, du bist tot, Ruby“, flüsterte er. Auf seinem Gesicht konnte ich Erschrecken und Besorgnis lesen. „Ich hatte Angst, du bist nicht mehr.“

Tom zog sich die Maske vom Mund. Er begrüßte Ben mit einem strahlenden Lächeln. Seine Zähne wirkten in dem rußgeschwärzten Gesicht noch weißer als sonst. „Danke, mir geht es auch gut.“

Ben warf ihm einen Blick zu. Er wirkte plötzlich erleichtert, als er ein nervöses Lachen hören ließ. „Ja, toll“, erwiderte er. „Was ist denn passiert?“

* * *

Der Rettungswagen brachte Tom und mich ins Krankenhaus. Dort bemühte sich Schwester Renée aufgeregt um uns. Sie gab den jungen Ärzten im Praktikum knappe Anweisungen. Mein Chef Blaine untersuchte uns auf Brandwunden und Rauchvergiftung. Mit seinen weit aufgerissenen Augen wirkte er aufgewühlter, als ich mich fühlte.

„Sie sollten eine Nacht zur Beobachtung hierbleiben“, sagte er. „Es könnten sich noch Ödeme bilden.“

„Ich will nicht als Patientin hierbleiben, Blaine. Schließlich arbeite ich hier.“

Tom hob die Hände, als ob er sagen wollte: „Hab ich's nicht gesagt?" Dann warf er Blaine einen Blick zu. „Sie bleibt unter keinen Umständen hier."

„Ich habe mal gehört, dass Ärzte sowieso die schwierigsten Patienten sind. Versprechen Sie mir, dass Sie wiederkommen, wenn Sie Beschwerden haben. Ich meine das ernst, Ruby", entgegnete Blaine.

„Das verspreche ich."

Ich erhob mich von der Krankentrage der Notaufnahme, setzte mich und zog mir die Schuhe wieder an. Ich fühlte mich, als hätte ich alle Adrenalinvorräte in meinem Körper verbraucht, aber ich wollte keine Schwäche zeigen, weder vor meinem Chef noch vor meinem … Ich wusste nicht so genau, wie ich Tom nennen sollte.

„Bitte entschuldigt mich", flüsterte ich. „Ich muss dringend auf die Toilette."

Die beiden Männer nickten. Ich kam gerade noch rechtzeitig aus dem Zimmer, bevor ich in Tränen ausbrach. Bis zum Umkleideraum schaffte ich es noch. Dort fiel ich in mir zusammen wie ein Luftballon, aus dem die Luft entweicht. In mir spürte ich Ohnmacht und Wut zugleich. Ich knallte die Tür meines Schließfachs zu, während mir die Tränen über das Gesicht liefen. Alles, was ich besaß, alles, was ich mühsam aufgebaut hatte, war weg.

Als ich mir über das Gesicht wischte, sah ich, dass meine Hände schwarz und verschmiert waren. Ich ging zum Waschbecken und erschrak vor meinem Spiegelbild. Ich sah aus wie eine Comicfigur nach einer Explosion. In meinem Haar klebten Ruß und verkohlte Holzstückchen. Es stand nach allen Richtungen ab. Die vor Schmutz starrenden Lumpen, die ich am Körper trug, waren nicht mehr als Kleidungsstücke zu erkennen. Ich sah schrecklich aus.

Angewidert riss ich mir die verkohlten Fetzen vom Leib und stieg unter die Dusche. Es sah so aus, als ob das Wasser, das zu meinen Füßen ablief, erst nach langer Zeit heller wurde. Ich ließ den heißen Wasserstrahl auf meinen Rücken prasseln, sodass das laute Rauschen mein Schluchzen übertönte. Endlich fühlte ich mich wieder sauber. Ich stieg aus der Dusche und warf mir einen Krankenhauskittel über, den ich im Regal vorfand. Mit den Fingern fuhr ich mir durch die nassen Haare und band sie zu einem Pferdeschwanz zusammen. Ich starrte mein Spiegelbild an, bis ich die Stimme von Schwester Renée hörte.

„Ist alles in Ordnung mit dir?"

„Ja, klar. Ich habe bloß versucht, mich von dem ganzen Ruß zu befreien." Hoffentlich sahen meine vom Weinen geschwollenen Augen nicht zu schlimm aus.

Renée drückte die Tür zum Duschraum auf. „Du liebe Zeit, Ruby, du siehst ja furchtbar aus."

Ich versuchte, meine zittrigen Hände zu verstecken. „Das wird schon wieder, Renée."

„Wenn du etwas brauchst …"

„Ich weiß, du meinst es wirklich gut, aber ich bin schon in Ordnung", versicherte ich ihr.

Die Krankenschwester schnalzte missbilligend mit der Zunge. Dann machte sie eine Kopfbewegung zur Tür hin. „Da draußen läuft ein echt nervöser Typ auf und ab wie ein Löwe in einem Käfig."

Ich putzte mir die Nase mit ein paar Blättern Toilettenpapier. „Geht es ihm gut?"

„Er sieht aus, als ob er jeden Moment explodieren würde", antwortete Renée. „Was soll ich machen?"

Sie hatte recht mit ihrer Einschätzung, was Tom betraf. Ich musste mich endlich zusammenreißen. Ansonsten würde er Himmel und Erde in Bewegung setzen, um alles wiedergutzumachen. Es gab nur ein Problem: Das war nicht mehr möglich. Die Ambulanz, der Halt, den mir meine Arbeit im Stadtviertel gab, mein Zuhause – das alles war verloren. Für immer.

„Kannst du ihm sagen, dass ich gleich komme?"

Sie nickte und wollte schon hinausgehen, aber dann schien sie sich an etwas zu erinnern. Sie reichte mir ein Blatt Papier. „Ach, Polizeimeister Farrell hat mich gebeten, dir das zu geben. Er ist in der Notaufnahme vorbeigekommen, als du unter der Dusche warst, aber hat gesagt, dass er dringend wieder wegmuss."

Ich nahm die Notiz, und Renée verließ den Raum. Ich faltete das Papier auseinander und las die Worte, die quer über die Seite gekritzelt waren. Weil ich nicht mehr weinen konnte, schloss ich bloß die Augen und ließ das Papier zu Boden flattern.

Wir haben Dakotas Leiche gefunden.

Kapitel 18

Jugendstrafanstalt Dresden Heights
Vor elf Jahren

An meinem sechzehnten Geburtstag schmuggelte Tom mich aus der Jugendstrafanstalt heraus. Er stahl dem Hausmeister eine Drahtschere und schnitt auf der Rückseite des Schulgebäudes ein Loch in den Maschendraht. Ich rannte mit ihm über das Feld, atemlos und aufgeregt. Wir stiegen in einen Bus zum *Seaport Village*, dem großen Einkaufszentrum am Hafen. Dort verbrachten wir den ganzen Tag. Wir fuhren Karussell und aßen lauter ungesunde Leckereien. Dann bummelten wir Händchen haltend an den Läden entlang, die am Strand lagen.

Gegen Abend kamen wir am großen Parkplatz einer Kirche vorbei. Dort fand gerade ein riesiges Fest statt. Wir konnten einfach nicht widerstehen. Also gingen wir hinüber, um an den Buden zu spielen. Tom sah aus wie ein Kind, das sich in einem Süßwarenladen austoben kann. Seine jadegrünen Augen leuchteten auf, als er die Lichter des Riesenrads sah und die Musik hörte.

„Willst du Ballonschießen spielen?“, fragte Tom.

Ich nickte bloß, denn ich war überglücklich, mit ihm zusammen zu sein. „Klar doch.“

Auf dem Weg über das Gelände erregte etwas anderes Toms Aufmerksamkeit. Deshalb gingen wir zu einer Bude mit Zauberutensilien. Ein Mann mit dichtem weißem Haar und einer schwarzen Weste über einem roten Hemd begrüßte uns mit einem breiten Lächeln. Er zwinkerte uns zu und zeigte uns ein Blatt Papier in seiner Hand. Dann ließ er es in einem Funkenregen verschwinden. Ich schnappte nach Luft.

Tom schmunzelte, als sein Blick die mit den merkwürdigen Utensilien angefüllten Regale streifte. Er wandte sich an den Mann. „Wie haben Sie das gemacht?"

Der Mann deutete auf eines der Regale. „Das ist Blitzpapier. Willst du es mal versuchen?"

Er reichte Tom ein Stück Papier. Fasziniert nahm er das Blatt in die Hand.

„Lass los, sobald ich es mit dem Streichholz berühre. Alles klar?", warnte ihn der Mann.

Tom nickte, und der Mann zündete das Streichholz an. Das Papier verschwand mit einem leisen Zischen. Tims strahlendes Lächeln erhellte die Dämmerung.

„Zeigen Sie uns, was Sie sonst noch haben", bat Tom.

Eine halbe Stunde später standen Tom und ich in der Schlange vor dem Riesenrad. Tom fingerte an einem Satz Spielkarten herum. Der Mann am Zauberei-Stand hatte ihm die Karten geschenkt.

„Willst du jetzt den ganzen Abend lang Karten spielen?", fragte ich ihn lächelnd.

Diese Zaubertricks schienen ihn wirklich zu faszinieren. Mit konzentrierter Miene schob Tom mir die aufgefächerten Karten hin.

„Nimm dir eine Karte raus, irgendeine", sagte er mit einem Grinsen, das die Grübchen in seinen Wangen vertiefte.

Ich gab nach.

„Gut, lass sie mich nicht sehen und steck sie zurück in den Stapel." Er schloss die Augen. „Ich gucke auch nicht hin."

Ich nahm eine Karte, sah, dass es die Herz zwei war, und steckte sie zurück in den Stapel.

„Erledigt", verkündete ich.

Wir bewegten uns in der Schlange um einige Schritte weiter nach vorn. Tom mischte die Karten mehrmals. Dann zog er eine Karte heraus und zeigte sie mir. „Ist es die?"

Es war eine Kreuz sechs.

„Nein." Lächelnd schüttelte ich den Kopf.

Tom zog die Augenbrauen zusammen. „Wirklich nicht?"

Jetzt waren wir an der Reihe am Riesenrad. Der Helfer schloss die Sicherheitsbügel über unserem Sitz. Ich kuschelte mich an Tom, um mich vor dem kühlen Wind zu schützen, als sich das Riesenrad in Bewegung setzte. Tom war ein Jahr älter als ich und mindestens einen Meter neunzig groß. Seine langen Beine baumelten an der grellbunt angemalten Bank herunter. Ich sah ihn an. Die Bartstoppeln auf seinem Kinn kratzten mich an der Stirn. Er hatte einen seltsamen Ausdruck im Gesicht, als er auf das Lichtermeer unter uns sah.

„Was ist denn los?", fragte ich.

Er wechselte einen Blick mit mir. Dann zeigte er mir erneut die Karten. „War es diese da?"

Ich schüttelte den Kopf. Toms Augen saugten sich an meinem Blick fest. Ich erschrak fast ein wenig, weil er mich so anstarrte.

„Greif mal in deine Jackentasche", murmelte er.

Verwirrt steckte ich die Hand in die Tasche. Ich ertastete einen kleinen Gegenstand und holte ihn hervor. Es war ein Ring mit zwei kleinen Herzen in klarem Kunstharz. Ich stieß verwirrt die Luft aus. „Wie hast du das fertiggebracht?"

Tom schenkte mir ein schiefes Lächeln und tippte sich mit dem Finger an die Stirn. „Ein Zauberer enthüllt niemals seine Geheimnisse."

„Aber du … hast du das geplant …"

Tom legte den Finger auf meinen Mund und flüsterte: „Pst. Ich wollte dir einen besonderen Tag schenken."

Er beugte sich zu mir herüber. Seine Lippen berührten sanft meinen Mund. Dieser zarte Kuss wirkte auf mich wie ein Stromstoß. Noch immer wusste ich nicht so genau, warum er sich überhaupt mit mir abgab, aber ich liebte ihn mit jeder Faser meines Herzens. Er war meine Kraftquelle in der Jugendstrafanstalt, und seine bloße Nähe reichte aus, um mir den Atem zu rauben. Ich war mir damals so sicher, dass uns nichts voneinander trennen konnte.

Wie sehr ich mich doch täuschte!

* * *

Ich saß in dem Polizeiauto, das Tom irgendwoher organisiert hatte, und starrte mit leerem Blick aus dem Fenster auf der Beifahrerseite. Tom fuhr. Er schien Millionen Kilometer von mir entfernt zu sein. Ich lehnte mich mit der Stirn an das kühle Glas und schloss die Augen. Im Auto roch es nach ungewaschenen Füßen und abgestandenem Kaffee. Wir fuhren am Stadtzentrum vorbei. Die Lichter wirkten durch die Geschwindigkeit des Autos wie helle Streifen.

Tom tastete nach meiner Hand und verschränkte seine Finger mit den meinen. Dann hob er meine Hand an die Lippen und küsste die Innenseite.

„Geht es dir einigermaßen?“, fragte er.

Ich nickte. „Und dir?“

So genau wusste ich nicht, warum ich ihm diese Frage stellte. Ich hatte bloß in der letzten halben Stunde beobachtet, wie sich seine Kiefermuskeln heftig bewegten. Das tat Tom nur dann, wenn er sehr aufgebracht war.

„Ich bringe dich erst mal an einen sicheren Ort. Dann kannst du mir Fragen stellen.“

„Wohin fahren wir, Tom?“ Ich setzte mich aufrecht hin.

„Ich nehme dich mit zu mir“, erwiderte er leise. „In meine Wohnung.“

„Du hast eine Wohnung hier?“ Das konnte ich mir kaum vorstellen. „Seit wann denn?“

„Seitdem ich nicht mehr siebzehn bin“, brummte er.

Ich musste lächeln. Noch immer sah ich ihn so, wie ich ihn damals gekannt hatte. Ich streckte die Hand aus und strich mit dem Finger über die steile Falte zwischen seinen Augenbrauen.

„Hör doch auf zu grübeln", sagte ich. „Es tut mir wirklich leid."

Seine Mundwinkel hoben sich zu einem halbherzigen Lächeln.

„Ich habe mich um einhundertachtzig Grad verändert, Ruby", flüsterte er. „Ansonsten wäre ich nicht in dein Leben zurückgekehrt."

Ich musterte ihn von der Seite, aber ich wurde aus seinem Gesichtsausdruck nicht so recht schlau.

Wir fuhren auf den Parkplatz einer großen Wohnanlage. Elegant gestaltete Treppenhäuser führten zu einem großen Innenhof mit einem plätschernden Springbrunnen. In *Las Brisas* zeigte sich spanische Architektur von ihrer besten Seite. Fliesen aus Terrakotta und Mosaike in Blau- und Grüntönen erhellten die Wände sogar im Dunkeln.

„Du wohnst hier?"

„Ich habe die Wohnung letzten Monat gekauft." Tom hielt die Wohnungsschlüssel triumphierend hoch.

„Gekauft? Du liebe Zeit, da … da hast du dich ja zu etwas verpflichtet."

Er nahm meine Hand, und wir gingen die Treppe hoch, bis wir vor seiner Wohnungstür standen. Dann drehte Tom sich zu mir um und drückte beruhigend meine Hand. „Von dieser Wohnung weiß niemand etwas. Unter meiner Identität als verdeckter Ermittler habe ich eine andere Adresse."

„Ah, das ist gut", entgegnete ich.

Wir gingen hinein. Toms Zuhause war ein Spiegelbild seiner Persönlichkeit. Bequeme Ledersessel teilten sich den Platz mit großen Bücherstapeln. Auf seinem Schreibtisch herrschte das gleiche Chaos wie damals in seinem Schließfach. Die Oberfläche war mit Papieren und Ordnern übersät.

Tom drängte sich an mir vorbei und eilte hektisch durch den Raum. Hastig sammelte er Socken und herumliegende Kleidungsstücke ein.

„Ich … äh … ich habe keinen Besuch erwartet", murmelte er.

„Die Wohnung ist schön, so wie sie ist, Tom“, erwiderte ich. Diese Worte waren ehrlich gemeint.

Er schob die zusammengeknüllten Kleidungsstücke in den Schrank und schloss die Tür. Dann drehte er sich zu mir um. Ein verlegenes Lächeln umspielte seine Lippen. „Ich bin noch gar nicht richtig eingezogen.“

„Nun ja. Du hattest ja schließlich genug zu tun.“ Ich strich mit der Hand über sein staubbedecktes Haar und zeigte ihm meine rußgeschwärzten Finger.

Tom rieb sich über sein ebenfalls schmutziges Gesicht. „Ich gehe erst mal unter die Dusche. Du kannst dich ein bisschen umsehen, wenn du willst.“

Er ging nach oben. Wahrscheinlich gab es noch ein weiteres Bad neben seinem Schlafzimmer. Ich schlenderte ein paar Minuten lang durch das Wohnzimmer, bis mir auffiel, dass Tom keinen Fernseher hatte. Ich drehte mich um die eigene Achse. Er hatte auch kein Radio.

„Na so was“, murmelte ich.

Ich warf einen Blick auf die Titel der Bücher, die in hüfthohen Stapeln rund um die Ledersessel aufgebaut waren. Die meisten von ihnen waren Werke über Geschichte. Ich hatte nicht gewusst, dass Tom so großes Interesse an historischen Ereignissen hatte. Dann schlenderte ich hinüber in das nächste Zimmer. Die Rückwand bestand hauptsächlich aus einem offenen Kamin. An den anderen beiden Wänden stapelten sich weitere Bücherstapel und Umzugskartons. Ich ging zum Kaminsims, auf dem gerahmte Fotos standen. Sie zeigten Tom mit ein paar jungen Männern auf einem Fischerboot. Auf einem anderen Bild war er zu sehen, wie er die Arme um die Schultern von zwei Personen legte. Alle drei standen am Ufer eines Sees. Der Mann und die Frau sahen sich ähnlich. Ich vermutete, dass die beiden Geschwister waren. Ein Schnappschuss fiel mir besonders auf. Tom trug eine verkehrt herum aufgesetzte Baseball-Kappe und sah mit einem breiten Lächeln in die Kamera. In der Hand hielt er einen Baseball, den er offenbar gerade aufgefangen hatte. Hinter ihm konnte ich die Tribüne eines Baseball-Stadions erkennen.

Langsam ging ich die Treppe hoch. Im Flur befand sich das Bad, denn hinter der Tür hörte ich das Rauschen der Dusche. Eines der Zimmer sah aus wie ein Schlafzimmer, obwohl sich auch hier hauptsächlich Umzugskisten stapelten und es nur wenige Möbelstücke gab. Unter einem riesigen Panoramafenster stand das Bett, das aus massivem, dunkel lasiertem Kiefernholz bestand. Ich sah keine Vorhänge und keine Bilder oder andere Dekoration an den Wänden. Dieses Zimmer trug eindeutig männliche Züge.

Zurück im Flur warf ich einen verstohlenen Blick in das nächste Zimmer. Hier sollte wohl ein Büro entstehen. Die Wände waren gesäumt von langen Regalen, auf denen sich schwarze Plastikkästen in allen möglichen Größen türmten. Neugierig betrat ich den Raum. Ich nahm einen der Kästen herunter. Als ich hineinsah, musste ich lächeln. Kartenspiele und Blitzpapier lagen vermischt mit noch anderen Utensilien eines Zauberkünstlers. In einem anderen Kasten befanden sich Münzen, ausgehöhlte, falsche Zigaretten und kleine bunte Ringe. Das war der Tom, den ich von früher her kannte. Nach unserem Besuch auf dem Jahrmarkt hatte er jede freie Minute mit dem Erlernen von Zaubertricks verbracht.

Tom betrat hinter mir den Raum. Ich konnte den Duft von Seife riechen, als er sich vorbeugte und mir die Arme um die Taille legte.

„Wie ich sehe, hast du meine Spielsachen gefunden“, murmelte er in mein Haar.

„Erinnerst du dich noch an den Jahrmarkt?“, fragte ich ihn lächelnd.

Er nickte, und ich drehte mich zu ihm um, während er mich in den Armen hielt. Eine verkehrt herum aufgesetzte Baseball-Kappe hielt sein welliges, dunkles Haar zurück. Sein meergrünes T-Shirt passte farblich zu seinen Augen.

„Klar doch“, brummte er. Er lehnte sich sanft an mich. Sein Atem streifte mein Gesicht. „Du hast mich sogar damals schon für einen hervorragenden Zauberer gehalten.“

Mir raste das Herz, während ich zustimmend nickte. Tom sah aus wie vor vielen Jahren, so stark und selbstsicher, mit einem humorvollen Blitzen in seinen wunderschönen Augen. Eine dünne weiße Linie zog sich durch seine dunklen Bartstoppeln am Kinn entlang. Die Narbe von der Verletzung, die ihm sein Vater zugefügt hatte, war fast nicht mehr zu sehen.

„Ich habe bloß so getan, als wäre ich beeindruckt, weil ich unbedingt wollte, dass du mich magst“, erwiderte ich spöttisch.

„Du hast mich in deinen Bann gezogen, als ich dich zum ersten Mal gesehen habe, Ruby“, flüsterte er.

Toms Blick tauchte tief in meine Augen. Seine Hände wanderten über meinen Rücken und hielten mich fest. Ich spürte ein tiefes Glücksgefühl, das mich sprachlos machte. Als er sich zu mir herunterbeugte, drückte ich mich an ihn und schloss die Augen. Zunächst küsste er mich sanft und zärtlich. Meine Lippen öffneten sich leicht, und ich schnappte nach Luft. Er hatte mir so sehr gefehlt. Ich sehnte mich mit jeder Faser meines Körpers nach ihm. Tom drückte mich gegen die Wand. Sein Atem wurde schwer, seine Küsse leidenschaftlicher. Mit einem leisen Stöhnen klammerte ich mich an ihn. Meine Gedanken drehten sich nur noch um ihn.

„Warte“, hauchte er und entzog sich meiner Umarmung. „Warte, Ruby.“

Meine Augen füllten sich mit Tränen. Ich zog ihn wieder an mich, weil ich ihm noch näher sein wollte, aber er ergriff meine Hände und drückte mich sanft weg.

Verwirrt sah ich ihn an. „Was … was ist denn los?“

Er trat einen Schritt zurück und fuhr sich mit beiden Händen durch sein dunkles Haar. Ich konnte das Verlangen in seinen Augen sehen, aber er entfernte sich noch weiter von mir. „Wir … das können wir nicht machen.“

„Aber …“ Ich spürte, wie ich vor Scham rot wurde. Ich wischte mir mit dem Handrücken über die Lippen, aber ich fühlte mich wie betäubt. Ich wich seinem Blick aus. „Na gut.“

„Ruby, warte … ich kann es dir erklären.“ Toms Stimme klang angespannt.

Ich drehte mich von ihm weg. „Das brauchst du nicht, Tom.“ Meine Stimme klang belegt, weil ich einen dicken Kloß im Hals spürte. Ich hatte mich nicht mehr im Griff gehabt und mich von meiner Leidenschaft mitreißen lassen. Das hätte ich nicht tun sollen.

Er streckte die Hand aus und packte mich am Ärmel. „Ruby, hör mir zu …“

Ich wirbelte herum, voller Wut über meine verletzten Gefühle und die Ablehnung, die ich gerade von ihm erfahren hatte. „Nein, jetzt hörst du mir mal zu, Tom. Du hast mich geküsst. Du hast damit angefangen … ich hätte mich wehren müssen, aber das hab ich nicht getan, und dann …“ Ich konnte die Tränen nicht mehr zurückhalten, aber diesmal weinte ich vor Zorn über meine eigene Schwäche. „Ich hätte es besser wissen sollen.“

Er stand in der Ecke des Zimmers, mit den Händen in den Hosentaschen. In seinen Augen las ich Traurigkeit. Dieser gut aussehende Mann konnte mir noch immer gefährlich werden. Trotz allem sehnte ich mich mit jeder Faser meines Herzens nach ihm. Das machte mir Angst.

„Es tut mir leid, dass ich dich geküsst habe, Ruby. Das hätte ich nicht machen sollen.“

„Nein, das hättest du nicht machen sollen“. Mir versagte die Stimme. Immer wenn ich mit Tom zusammen war, brach er mir das Herz. Jetzt war er zurück, und meine Gefühle waren wieder im Aufruhr, obwohl ich versuchte, auf Distanz zu bleiben. Ich konnte nicht einmal richtig Luft holen, und ich spürte noch immer dieses Zittern in meinem Körper.

„Du hast mir so sehr gefehlt, Ruby. Das ist alles.“ Er sah mir tief in die Augen. „Ich habe nicht deshalb aufgehört, weil ich dich nicht will. Ich habe aufgehört, weil ich mich nach dir verzehre. Aber wir müssen … ich muss das alles richtig anfangen."

Frustriert schüttelte ich den Kopf. „Wovon redest du überhaupt? Was meinst du mit ‚richtig'? Bisher fühle ich mich bei dir wie auf einer außer Kontrolle geratenen Achterbahn, Tom. Hoch und runter, hier und weg. Ich weiß nicht, woran ich bei dir bin."

„Wenn du mir bloß vertrauen könntest, Ruby", erwiderte Tom leise.

Ich hob beide Hände. „Dir vertrauen? Ich sollte besser vor dir die Flucht ergreifen." Ich holte zitternd Luft und trat noch einen Schritt zurück. „Das … du … das alles tut einfach zu weh."

„Ruby …" Jetzt sah ich den Schmerz in seinen hellen Augen.

„Ich kann nicht hier bei dir bleiben", flüsterte ich.

Er erschrak. „Was?"

„Ich will weg von hier", entgegnete ich und verschränkte die Arme vor der Brust. „Ich bleibe nicht hier in deinem Zimmer voller Erinnerungen und Bilder."

„Bilder?" Jetzt zeigte sich Verwirrung auf seinen Gesichtszügen.

„Zehn Jahre Erinnerungen, Reisen und Freunde. Ich bin auf keinem dieser Fotos, weil du weggegangen bist. Ich vergeude mein Leben nicht mehr an dich. Ich … ich kann mich nicht mehr darauf verlassen, dass du da bist, wenn ich dich brauche."

Er schüttelte ungläubig den Kopf, kam mit schnellen Schritten auf mich zu, aber er war mir schon wieder viel zu nahe. Seine verletzten Gefühle spiegelten sich in seinem Gesicht, und seine Kiefermuskeln bewegten sich heftig.

„Ich wäre nicht zu dir zurückgekehrt, wenn ich nicht geplant hätte zu bleiben, Ruby. Warte noch ein paar Tage, bis du eine Entscheidung triffst. Ich will dich nur in Sicherheit bringen, und dann können wir uns Gedanken über die nächsten Schritte machen."

Mit einem energischen Kopfschütteln drückte ich mit der

Hand gegen seine Brust, um ihn auf Distanz zu halten. „Aber genau das will ich doch sagen. Du gibst mir keine Sicherheit, Tom. Ich habe es kaum überlebt, als du damals einfach so verschwunden bist.“ Meine Unterlippe bebte, als ich in sein atemberaubend gut aussehendes Gesicht sah. Mir brach es fast das Herz.

„Wie konntest du mich verlassen? Du warst alles, was ich hatte“, flüsterte ich.

Mit gequälter Miene streckte Tom die Arme aus, aber ich trat zitternd noch einen Schritt zurück.

„Ruby …“

„Du hast mich an diesem schrecklichen Ort zurückgelassen! Nach allem, was wir getan haben, nachdem Griffin gestorben ist … Hast du überhaupt eine Ahnung, wie das für mich war?“, schrie ich ihn an. Die Wut war jetzt größer als meine verletzten Gefühle. „Die Bemerkungen, das Geflüster, ständig musste ich mir das anhören. Ich musste bis zum Ende des Schuljahrs allein in der Bibliothek sitzen und lernen, weil niemand mit mir zusammenarbeiten wollte.“

Tom machte ein betroffenes Gesicht. Er schluckte schwer. „Das habe ich nicht gewusst, Ruby. Ich … ich hätte doch nicht …“

„Du bist einfach auf und davon“, entgegnete ich. Ich war überrascht über den Schmerz, den ich in meiner Brust spürte. „Ich war ganz allein! Du hast mich verlassen, obwohl du mir versprochen hast, immer bei mir zu bleiben. Du bist einfach gegangen und hast dich noch nicht einmal verabschiedet.“ Die Erinnerung an meine Trauer über diesen Verlust nahm mir fast den Atem. Dann begann ich zu zittern und zu weinen. Ich schrie meine hilflose Wut heraus. „Weißt du was – mach dir nichts draus. Ich will gar nicht wissen, warum du dich aus dem Staub gemacht hast. Ich will nicht mehr darüber reden. Ich habe versucht, mir ein Leben ohne dich aufzubauen, Tom … und jetzt will ein anderer Mann, ein wirklich feiner Mensch, eine Beziehung mit mir anfangen. Und ich tue ihm weh, weil ich nicht damit umgehen kann, dass du so plötzlich aufgetaucht bist."

Tom sank in den Sessel, der an der Wand stand. Er schlug die Hände vors Gesicht. Ich konnte nichts sehen, weil ihm die Haare ins Gesicht fielen, aber ich hörte einen tiefen, verzweifelten Seufzer.

Schweigend betrachtete ich ihn. Meine Wut war verraucht. Ich stand schniefend neben ihm und fühlte mich verloren.

„Willst du damit sagen, dass du für Ben etwas empfindest und ich dir im Weg bin?", fragte er mit leiser Stimme.

„Ich habe gesagt, dass ich nicht weiß, woran ich bin und dass du mir nicht hilfst, wenn du mit meinen Gefühlen spielst."

Tom hob den Kopf. In seinem Blick lag so viel Schmerz, dass ich beinahe wieder angefangen hätte zu weinen.

„Ich wollte nicht mit deinen Gefühlen spielen, Ruby", murmelte er. „Ich wollte mich bloß anständig verhalten. Du hast gerade Schreckliches durchgemacht, und ich will das nicht ausnutzen. Ich habe zehn Jahre gewartet, bis ich dich wieder in meinen Armen halten kann. Ich kann auch noch ein bisschen länger warten. Ich möchte … ich weiß, dass du an mir zweifelst, dass du beunruhigt bist und dir Fragen stellst. Deshalb habe ich aufgehört."

Ich lehnte mich an die kühle Wand und schloss die Augen. Vielleicht würde ich mich immer wieder fragen, ob er nicht wieder aus meinem Leben verschwinden würde. Mein Blick fiel auf sein Gesicht. Er sah aus, als ob er denselben Schmerz empfinden würde wie ich.

„Entschuldige, dass ich dich angeschrien habe", flüsterte ich. „Aber der Fairness halber muss ich dir auch sagen, dass du mich gebeten hast zu erzählen, was ich empfinde."

Tom wirkte traurig, als er aufstand und die Hände in die Taschen seiner Jeans schob. Ich musste lächeln, als ich das sah. Früher hatte ich ihn dazu gebracht, das zu tun. Allerdings hatte *ich* damals dafür gesorgt, dass unsere Zärtlichkeiten nicht zu weit gingen.

„Wenn ich dich wieder küsse, Ruby …“ Er sah mich unverwandt an. „Und ich meine damit, dass ich dich *richtig* küssen werde. Aber dann will ich erst wissen, ob du dir über uns beide genauso sicher bist, wie ich es bin.“

Ich senkte den Blick. Ich wusste nicht, was ich darauf erwidern sollte.

„Ich sollte mit Scott reden. Wir müssen Lilah so bald wie möglich finden. Sie befindet sich in größerer Gefahr, als sie meint“, sagte er schließlich leise.

„Wie willst du sie finden?“

„Wir können die Telefonnummer orten, von der aus sie angerufen hat.“

Ich streckte hilflos die Hände aus. „Ich habe beim Brand alles verloren, auch mein Handy.“

„Die Nummer wird auf den Verbindungsnachweisen stehen.“ Er machte eine Kopfbewegung zur Tür hin. „Mein Vorgesetzter hat angerufen. Ich muss wieder an den Einsatzort.“

„Du willst gehen?“, fragte ich überrascht. „Die wollen dich wieder verdeckt ermitteln lassen, auch nach dem Brand?“

„Ich habe ihnen nichts davon erzählt.“

„Warum nicht?“

„Weil ich meinen Einsatzort verlassen habe, um bei dir zu sein. Ich sollte gestern Abend eigentlich am anderen Ende der Stadt sein.“

„Aber Ben und die Sanitäter wissen doch, dass du dort warst.“

„Ich habe einen falschen Namen angegeben, und Ben hat im Krankenhaus niemandem etwas gesagt.“

„Oh.“ Ich war mir nicht sicher, ob das genügte, um ihn nicht auffliegen zu lassen.

„Der Typ, gegen den ich ermittle, verschiebt Medikamente, nicht Drogen, die es auf der Straße gibt. Aber soweit ich weiß, hat er keine Verbindung zur Ambulanz. Gestern Abend haben wir ihn beschattet. Er ist nicht verantwortlich für den Bombenanschlag auf deine Ambulanz."

„Nein, ich bin mir ziemlich sicher, dass Antonio dahintersteckt."

„Das schon, aber warum?"

„Weil er mich hasst! Warum denn sonst?"

„Dieser Anschlag ist aber nicht gut für sein Geschäft. Wenn er die Ambulanz für seine Machenschaften benutzen wollte, ergibt das keinen Sinn. Was hat ihn dazu bewegt, zuerst die Ambulanz in seinen Besitz bringen und sie dann zerstören zu wollen? Dieser Bombenanschlag … irgendetwas stimmt da nicht."

„Also willst du erst mal sehen, was du herausfinden kannst?"

„Genau."

Ich konnte ihm ansehen, wie er sich innerlich von mir entfernte. Tom kehrte zu seiner falschen Identität zurück, zu einem Leben unter Kriminellen. Er warf mir einen Blick zu, als hätte er meine Gedanken erraten.

„Ich hoffe inständig, dass du hierbleibst, Ruby. Geh heute nicht ins Krankenhaus. Melde dich krank."

„Blaine rechnet bestimmt damit."

„Ich kann alles besorgen, was du brauchst. Du musst nicht aus dem Haus gehen." Tom schien außer sich zu sein vor Sorge. „Ich kann dich in ein paar Stunden anrufen."

Ich holte tief Luft. „Sei vorsichtig."

Tom nickte. Er hatte die Hände immer noch in den Taschen seiner Jeans, als er sich vorbeugte und mir einen Kuss auf die Stirn gab. „Ruh dich ein bisschen aus, Ruby. Du siehst aus, als ob du gleich umkippen würdest."

Tom ging, und ich schloss die Wohnungstür hinter ihm ab. Ich warf einen Blick auf das Sofa, aber dann entschied ich mich dagegen. Die Ordner, die stapelweise darauf lagen, waren vielleicht sortiert. Deshalb traute ich mich nicht, sie woanders hinzulegen. Ich ging zu seinem Schlafzimmer und stand unentschlossen in der Tür. Es war seltsam, in einem fremden Bett zu schlafen.

Aber ich war einfach zu erschöpft, um darüber nachzudenken. Schließlich betrat ich das Zimmer. Auf Toms Nachttisch lag eine abgenutzte Bibel. Die Seiten des Buches waren wellig und zerknittert. Es war zu erkennen, dass diese Bibel oft gelesen wurde. Verwundert betrachtete ich das Buch. Während unserer Zeit in der Jugendstrafanstalt hatte ich mit Tom über meinen Glauben gesprochen, aber er schien mir nie richtig zuzuhören. Ich nahm die Bibel in die Hand. Eine kleine Inschrift aus Blattgold glänzte unter dem abgegriffenen Buchdeckel hervor. Ich schlug die Bibel auf und las:

Für Thomas John Masters. Bleibe in Seiner Hand.

Ich sah das Datum der Widmung. Diese Worte waren auf den Tag genau ein Jahr nach seinem plötzlichen Verschwinden geschrieben worden. In der kraftvollen, markanten Handschrift eines Mannes standen darunter Folgendes:

Lieber Tom, heute fühlst du dich vielleicht noch verloren und bist voller Wut, aber eines ist gewiss: Du wirst eine Veränderung erfahren. Dein Weg in ein neues Leben beginnt heute. Gib niemals auf. Es gibt Hoffnung, und sie ist auch dir verheißen. Vertraue unserem himmlischen Vater, der dir niemals wehtun will.

„Aber zu dir sage ich, der Herr: Ich will dich wieder gesund machen und deine Wunden heilen." Jeremia 30,17

Vor meinem geistigen Auge erschienen Bilder aus jenen letzten Wochen, bevor Tom aus der Jugendstrafanstalt verschwunden war. Es waren Bilder von Schmerz und Leid, von Angst und Tod … Ich war damals so niedergeschlagen gewesen, dass ich mein Herz verschlossen hatte. Ich saß auf dem Bett mit der Bibel in der Hand, und ich fühlte mich wie betäubt.

Was war mit Tom geschehen?

Kapitel 19

Jugendstrafanstalt Dresden Heights
Vor elf Jahren

Ich saß auf den Kieselsteinen des Cafeteria-Dachs und faltete meine Rechenaufgaben zu einer Origami-Lilie. Ich schluckte meine Tränen herunter, aber als ich hörte, wie jemand die Leiter heraufkam, erstarrte ich. Toms Kopf erschien in der Öffnung. Er sah verärgert aus. „Du hast es sabotiert."

Mein Magen rebellierte. „Die waren wirklich komisch."

Tom stieg aus der Dachöffnung und kroch zum Liegestuhl herüber. Dann setzte er sich neben mich. „Und die Familie vor dieser war zu nett, oder?"

„Du hast auch gesagt, dass sie dir unheimlich waren."

Tom lehnte sich an den Dunstabzug und schloss die Augen. „Warum willst du unbedingt hierbleiben?"

Ich konnte meinen Herzschlag förmlich hören. „Wie kannst du nur so eine Frage stellen?"

Mit einem tiefen Seufzer drehte er den Kopf von einer Seite auf die andere, ohne die Augen aufzumachen.

Ich sah, wie sich seine Kiefermuskeln bewegten.

Er war drei Jahre älter als damals bei unserer ersten Begegnung, und er sah inzwischen nicht mehr aus wie der Junge, den ich damals kennengelernt hatte. Er wirkte bereits wie ein Mann. Mit seinen fein geschnittenen Gesichtszügen erregte er die Aufmerksamkeit der anderen Mädchen. Ich fragte mich, warum er überhaupt mit mir zusammen war.

„Du gehörst nicht hierher", flüsterte Tom. „Du bist zu gut für diesen Ort."

Plötzlich spürte ich einen Anflug von Angst und Unsicherheit. „Du willst, dass ich weggehe?"

„Natürlich nicht." Er warf mir einen frustrierten Blick zu. „Das … das würde ich nicht überleben."

„Falle ich dir vielleicht zur Last?" Ich fuhr mir mit den Fingern über die Narbe, weil ich immer mutloser wurde.

„Was?" Tom sah mich erschrocken an.

Meine Unterlippe begann zu zittern. Ich biss darauf, um die Tränen zu unterdrücken. „Du brauchst dich nicht um mich zu kümmern. Ich komme auch ohne deine Hilfe klar."

„Ich hab nie das Gegenteil behauptet." Tom musterte mich prüfend. Er wirkte beunruhigt. „Worauf willst du eigentlich hinaus?"

„Ich sehe, wie Vanessa und die anderen Mädchen dir Blicke zuwerfen. Sie mögen dich, Tom."

Er zog die Augenbrauen hoch. „Na und?"

„Na ja…" Ich konnte nicht weitersprechen.

Tom setzte sich auf, streckte die Hand aus und strich mir eine Haarsträhne hinter das Ohr. „Niemand hier kann sich mit dir messen, Ruby. Ich bin hin und weg, wenn ich dich anschaue."

„Und warum bist du dann so wütend?" Meine Augen füllten sich mit Tränen. Ich versuchte, sie wegzublinzeln.

Tom wich meinem Blick aus. „Ich bin nicht wütend."

„Das kommt mir aber so vor."

Tom presste die Lippen zusammen, aber er blieb ruhig. Er fuhr mir mit dem Finger über den Nasenrücken. „Ich … mach mir bloß Sorgen, Ruby."

„Das brauchst du nicht." Mit einem zaghaften Lächeln zog ich seinen Arm um meine Schultern und kuschelte mich an ihn. „Mir geht es gut, solange ich bei dir bin."

Ein tiefer Seufzer entschlüpfte seinen Lippen. Er strich mir zärtlich über das Haar. „Da bin ich mir nicht so sicher", murmelte er.

* * *

Ich wachte auf und erschrak. Weil ich zunächst nicht wusste, wo ich war, brauchte ich eine Weile, bis ich merkte, dass ich in Toms Bett lag. Das Sonnenlicht, das ungehindert durch das Fenster strömte, blendete mich. Als ich wieder klar sehen konnte, entdeckte ich den Wecker auf den Nachtschränkchen. Mit einem ungläubigen Stirnrunzeln sah ich, dass es bereits vierzehn Uhr war. Ich hatte die ganze Nacht und den ganzen Vormittag geschlafen.

„Tom?", rief ich laut.

Keine Antwort. Er war bestimmt nicht zu Hause. Hatte er kurz hereingeschaut oder war er die ganze Nacht unterwegs gewesen?

Weil ich das dringende Bedürfnis hatte, mich unter die Dusche zu stellen, tappte ich zum Bad am anderen Ende des Flurs. Ich musste lächeln. Im Badezimmer duftete es nach Tom, nach grün-weißer Seife. Dieser Duft weckte in mir die Erinnerung an Nächte im hellen Mondlicht, wenn ich mein Gesicht an seine Brust gedrückt und er mich in einer festen Umarmung gehalten hatte. Ich legte beide Arme um meinen Körper und zuckte zusammen. Eine rote Linie zog sich bis über meine Unterarme. Als ich in den Spiegel sah, erschrak ich. An meinem Kinn und meinem Hals war die Haut dunkelrosa verfärbt. Die leichten Verbrennungen, die einem starken Sonnenbrand ähnelten, erinnerten mich an die Schrecken der letzten Nacht. Das Feuer. Bei dem Gedanken daran wurde mir beinahe übel.

Mir lief es kalt den Rücken herunter, und plötzlich war mein Mund ganz trocken. Was sollte ich bloß tun?

Nachdem ich unter der Dusche gewesen war, schlüpfte ich wieder in den Krankenhauskittel, in dem ich geschlafen hatte. Ein rauchender Fleck aus Asche in der Second Street war alles, was ich auf dieser Welt besaß. Mir gehörten noch nicht einmal die Kleider, die ich auf dem Leib trug, denn die hatte ich aus dem Krankenhaus. Ich unterdrückte das Bedürfnis, vor lauter Verzweiflung in schallendes Gelächter auszubrechen. Alles, was ich mir aufgebaut hatte, war mir entglitten, und ich wusste nicht, wie ich den Trümmerhaufen meines Lebens wieder zusammensetzen sollte. Plötzlich überwältigte mich ein starkes Gefühl der Trauer, und ich holte zitternd Luft. Als Ärztin wusste ich, dass diese Stimmungsschwankungen nach einem traumatischen Erlebnis normal waren, aber ich fühlte mich trotzdem, als sei ich vollkommen durchgedreht.

Als ich wieder unten war, warf ich einen Blick in den Kühlschrank. Dort herrschte gähnende Leere. Mir knurrte der Magen. Ich stöberte in Toms Küchenschränken und fand schließlich ein paar kleine Schachteln mit Getreideflocken. Zurück am Kühlschrank sah ich, dass keine Milch da war. Ich beäugte kritisch den Wasserhahn, aber dann verwarf ich diese Idee wieder. Getreideflocken ohne Milch schmeckten bestimmt wie Sägespäne. Deshalb warf ich die Schachteln wieder zurück in den Schrank.

Ich seufzte tief, während ich mich an die Anrichte lehnte. Wenn ich durch Toms Wohnung wanderte, fühlte ich mich wie ein Eindringling.

Ich hatte ein paar hundert Dollar Bargeld als Reserve, damit ich im Notfall Instrumente für die Ambulanz und Lebensmittel kaufen konnte. Am Abend des Brandanschlags hatte ich das Geld aus meinem Schließfach im Krankenhaus geholt, weil ich jetzt keine Lebensmittel mehr brauchte. Schließlich war mein Kühlschrank auch in Flammen aufgegangen. Ich strich den Arztkittel glatt. Ich brauchte dringend ein paar Sachen. Meine Zahnbürste, meine Haarbürste und meine wenigen Kleidungsstücke waren zu Asche geworden. Mein Blick fiel auf das Telefon am anderen Ende der Anrichte. Mir wurde schlagartig klar, dass ich nicht wusste, wie ich mit Tom Kontakt aufnehmen sollte. Wieder knurrte mir der Magen.

„So, damit ist die Sache entschieden. Wenn ich hierbleibe, verhungere ich."

Ich nahm Toms Wohnungsschlüssel von der Anrichte und machte mich auf die Suche nach seinem Auto. Aus eigener Erfahrung wusste ich, dass die Nummerierung der Parkplätze normalerweise mit den Nummern der Wohnungen übereinstimmt. Als ich die Treppenstufen zum überdachten Parkplatz heruntersprang und das Auto sah, musste ich lächeln. Auf dem Parkplatz stand ein schwarz glänzender Ford Mustang, Baujahr 1965. Das sah Tom wirklich ähnlich!

Am Rückspiegel hing ein winziger Globus aus rund gefaltetem, angemaltem Papier. Ich erschrak, als ich ihn sah. Vor vielen Jahren hatte ich diesen Globus für Tom gemacht. Ich berührte das kleine Gebilde mit den Fingerspitzen. Der Globus drehte sich nach rechts. Die winzigen Kontinente und Ozeane waren im Laufe der Zeit verblasst, aber noch immer deutlich zu erkennen. Ich drehte den Globus um und warf einen Blick durch das kleine Loch am Boden. Damals hatte ich mit akribischer Sorgfalt ein paar Worte in das Innere geschrieben.

In ewiger Liebe, Ruby.

Ich konnte nicht fassen, dass er dieses Geschenk behalten hatte. Etwas so Zerbrechliches und Kleines musste man sorgsam behandeln. Ich tippte den Globus an, und er drehte sich wieder um die eigene Achse. Wenn er mich tatsächlich nicht vergessen hatte, warum hatte er dann so lange gebraucht, um mich zu finden? Was hatte ihn dazu bewegt, in mein Leben zurückzukehren? Ich dachte an das, was Tom zu mir gesagt hatte. War es möglich, dass ein Mensch sich so grundlegend verändern konnte? Meine Pflegemutter Sheila hatte ganz fest daran geglaubt.

Seufzend massierte ich mir die Stirn. Hinter meinem rechten Auge pulsierte der Schmerz. Vom grellen Sonnenlicht bekam ich immer Kopfweh. Das war eine Begleiterscheinung meiner Kopfverletzung aus der Kindheit. Tom hatte immer Witze über meine Sonnenempfindlichkeit gemacht. Er hatte behauptet, ich sei ein Vampir aus dem wirklichen Leben. Wieder musste ich lächeln.

Ich sah mich suchend um, aber ich entdeckte im Inneren des Autos keine Sonnenbrille. Erst jetzt wurde mir bewusst, dass ich weder eine Handtasche noch ein Telefon hatte. Alles war bei dem Brand in der Ambulanz in Flammen aufgegangen. Hoffentlich geriet ich nicht in eine Polizeikontrolle, denn auch mein Führerschein war weg.

Ich fuhr zum Einkaufszentrum und machte einen kleinen Bummel. Dabei kaufte ich eine Handtasche und ein Handy mit einer Prepaid-Karte. Nachdem ich mir mehrere Hosen und Blusen besorgt hatte, ging ich in die Drogerie auf der anderen Straßenseite. Ich kaufte Shampoo, eine Zahnbürste, Zahnpasta und einen Kamm. Dann blieb ich am Zeitschriftenstand stehen und blätterte in Heften über Frisuren und Kosmetik. Ich entschloss mich, ein bisschen Geld zu verprassen. Deshalb suchte ich mir verschiedene Kosmetika aus. Ich kaufte Lidschatten in sanften Creme- und Blautönen, die meine blauen Augen betonen sollten, und einen Lippenstift in einem leichten Beerenrot. Dann besorgte ich mir sogar noch ein Paar Ohrstecker, die mit kleinen Strasssteinen besetzt waren. Als ich mich in der Damentoilette der Drogerie umzog, war ich überrascht, wie gut es mir tat, mich zurechtzumachen.

Ich schlenderte zurück zu Toms Auto und fuhr zum Polizeirevier, weil ich unbedingt herausfinden wollte, was genau mit Dakota passiert war. Schließlich sollte Lilah etwas mehr erfahren, wenn sie wieder anrief. Vielleicht wusste sie noch immer nicht, dass man die Leiche ihres Sohnes gefunden hatte. Bei diesem Gedanken musste ich die Tränen herunterschlucken. Dakotas *Leiche*.

Ich war noch nie im Polizeirevier gewesen. Das war irgendwie seltsam, denn in meiner Arbeit hatte ich täglich mit Menschen zu tun, die hier regelmäßig zu Gast waren. Das Gebäude war überraschend modern und sauber. Mit seiner Fassade aus weiß verputzten Klinkern sah es eher aus wie ein Büro als ein Ort, an dem bewaffnete Männer zur Arbeit erschienen.

Ich stellte das Auto auf dem Besucherparkplatz ab und ging mit schnellen Schritten die Treppe hoch. Dann musste ich an einem Metalldetektor vorbei, bevor ich in das mit Teppichboden ausgelegte Innere des Reviers kam. In der Anmeldung saß ein korpulenter Polizist mit zurückgekämmtem silbergrauem Haar. Er achtete nicht auf das laute Zischen, als sich die Glastür automatisch hinter mir schloss, sondern war noch immer in sein Kreuzworträtsel vertieft.

Ich stand abwartend an dem Glasfenster. Schließlich räusperte ich mich, um auf mich aufmerksam zu machen. Der Polizist hob den Kopf, aber er blickte gelangweilt drein. „Kann ich Ihnen helfen?"

„Ich bin Dr. McKinney", antwortete ich betont ruhig. „Ich möchte mit dem zuständigen Ermittler über den Fall Dakota Brooks sprechen."

Mich traf ein skeptischer Blick. Der silbergraue Schnurrbart unter der Adlernase des Polizisten zuckte. Auf dem Namensschild an der Brusttasche seines Uniformhemds stand der Name *H. Kale*. „Mit wem haben Sie einen Termin?"

Ich biss mir auf die Unterlippe, weil mir der Name von Bens Cousin entfallen war. „Äh … ich glaube, sein Name ist Roaney. Oder Rainey? Er ist ein Cousin von Polizeimeister Farrell."

„Und ich soll jetzt genau wissen, wen Sie meinen?" Mit seinen fleischigen Händen zog er die Tastatur seines Computers zu sich heran. Dann warf er den Kopf zurück, starrte auf den Monitor und tippte. Ich hörte das leise Klicken der Tasten.

„Ich glaube, es ist ein irischer Name … Roaney oder so ähnlich." Plötzlich fiel mir der Name wieder ein. „Der Ermittler heißt Riley. Ist er im Büro?"

Kale hörte auf zu tippen. „Stimmt, Riley hat den Fall." Seine Augen verengten sich, als er mich prüfend musterte. „Gehören Sie zur Familie?"

„Nein, ich bin die Chefin von Dakotas Mutter." Sogar in meinen Ohren klang diese Antwort ziemlich dumm. „Ich … ich möchte bloß ein paar Fragen klären. Vielleicht kann ich bei den Ermittlungen weiterhelfen."

Wieder zuckte der Schnurrbart des Polizisten. Ich befürchtete schon, dass er mich wegschicken würde, aber dann drückte er mit dem Daumen gegen die Unterseite des Empfangstresens. Ein Summer ertönte, und die Tür zu meiner Rechten sprang plötzlich auf.

„Er sitzt rechts am dritten Schreibtisch", rief Kale mir nach, aber sein Blick wanderte bereits wieder zu seinem Kreuzworträtsel.

Ich trat durch die schwere Sicherheitstür. Paarweise angeordnete Schreibtische standen akkurat wie ein Karomuster auf dem Boden des Büros. Rileys Schreibtisch war nicht besetzt. Neben einem alten Computerbildschirm stand ein welker Efeu. Ich entschloss mich, eine kurze Nachricht zu hinterlassen. Als ich mich nach einem Notizblock umsah, entdeckte ich Ben an einem Schreibtisch am anderen Ende des Büros. Er trug Zivilkleidung. Ich fragte mich, was er wohl an seinem freien Tag auf dem Polizeirevier zu tun hatte.

„Ben!"

Er sprang erschrocken von seinem Stuhl auf und schlug eine Aktenmappe zu.

Nanu? Wie seltsam!

Sein Lächeln wirkte unsicher. Dann winkte er mir zu und stand auf, um mich kurz zu umarmen.

„Hallo, Ruby." Ben musste sich räuspern. „Im Krankenhaus haben sie mir gesagt, dass man dich und Tom nach dem Brand entlassen hat. Geht es dir gut? Bist du verletzt?"

„Nein, mir geht es gut. Ich habe bloß ein paar versengte Haare an meinen Armen und ein bisschen Husten."

Mit einem kurzen Kopfnicken lehnte er sich an den Schreibtisch. Er versuchte, locker und entspannt zu wirken, aber es wollte ihm nicht so recht gelingen. „Na, das ist ja eine gute Nachricht. Dass es euch beiden gut geht, meine ich."

„Ich hatte noch gar keine Gelegenheit, dir zu danken, dass du zur Ambulanz gekommen bist." Sein Blick wanderte zu dem Schnellhefter auf dem Schreibtisch.

Er lehnte sich weiter nach vorn und nahm mir die Sicht auf die Unterlagen. Dann leckte er sich nervös die Lippen.

„Ich war sowieso in der Gegend", erwiderte er. „Bist du hier, um dich mit dem Ermittler für Brandstiftungen zu treffen?"

„Nein."

„Die Spurensicherung untersucht den Brand in deiner Ambulanz. Hat man dich nicht angerufen?"

„Mein Handy ist verbrannt."

„Ach so. Na ja, die werden mit dir reden wollen", sagte er schließlich und trat von einem Fuß auf den anderen.

Noch mehr Polizisten. Ich entschloss mich, das Thema Ambulanz erst einmal fallen zu lassen.

„Ach, und noch etwas, Ben. Danke, dass du mich über Dakota informiert hast. Schwester Renée hat mir erzählt, dass du im Krankenhaus warst, aber zu einem Einsatz gerufen wurdest."

„Ja. Tut mir leid, dass ich nicht bleiben und nach dir sehen konnte." Er musterte mein Haar und mein Gesicht. „Ach, übrigens: Du siehst großartig aus. Mir gefällt die …" Er deutete auf meinen Kopf. „Deine Frisur ist toll."

Ich wurde rot, weil ich daran denken musste, mit welcher Sorgfalt ich mich im Drogeriemarkt zurechtgemacht hatte. „Oh, danke, Ben." Ich steckte eine widerspenstige Haarsträhne hinter das Ohr. Dann sprach ich hastig weiter. „Ich habe gehört, dass ihr ihn unter einer Brücke gefunden habt?"

„Ja, äh … einer von deinen Stammpatienten hat mich auf der Straße angehalten. Ein Typ namens Munch."

„Ach ja, Munch. Die Gegend um die Sullivan Street ist sein Revier."

„Dort ist auch die Brücke." Seine Stirn legte sich in Falten, als ob er sich unwohl fühlte. „Hör zu, Ruby, der Anruf ist gekommen, als ich im Krankenhaus nach dir sehen wollte."

Wieder trat er von einem Fuß auf den anderen. „Ich hätte dableiben sollen, um sicherzugehen, dass mit dir alles in Ordnung ist."

„Na ja, du hattest schließlich dringendere Sachen zu erledigen", beruhigte ich ihn. Ich fühlte mich unwohl bei dem Gedanken, was wohl geschehen wäre, wenn Ben und Tom sich im Warteraum des Krankenhauses begegnet wären. „Kannst du mir etwas Genaueres über Dakota sagen?"

Ben starrte mich an. Wieder wirkte er unsicher. „Ruby, willst du das alles wirklich hören?"

„Ich muss es einfach wissen, Ben. Weißt du, ob dein Kollege Riley schon etwas von Lilah gehört hat?"

„Nein, hat er nicht."

Das hatte ich bereits vermutet. „Vielleicht kann ich ihr das Neueste sagen, wenn sie sich bei mir meldet."

Ich ging auf den Besucherstuhl zu, der neben dem Schreibtisch stand.

„Ach, entschuldige. Bitte nimm doch Platz."

Wir setzten uns. Ben beugte sich nach vorn und legte beide Arme auf den Schnellhefter.

„Habt ihr schon erste Ergebnisse aus der Gerichtsmedizin? Ich weiß, ihr habt Dakota erst vorgestern Abend dorthin gebracht, aber …" Ich zögerte, bevor ich weiter sprach. „Hat man in seinen Organen Spuren von Drogen gefunden?"

Wenn das der Fall wäre, könnte ich mir vielleicht einreden, dass Dakotas Tod nichts mit mir zu tun hätte. Vielleicht hatte er ja sterben müssen, weil er die falschen Entscheidungen getroffen hatte. Vielleicht trug ich doch keine Verantwortung für sein Schicksal. Die Schuldgefühle, die ich spürte, ließen meine Kehle eng werden.

„Es kann ein paar Wochen dauern, bis wir die Ergebnisse haben. In der Gerichtsmedizin häufen sich die Fälle, und dann gibt es auch noch ein Problem mit dem Bericht der Spurensicherung. Ich habe gerade versucht, die Mordkommission auf den Fall anzusetzen. Aber ehrlich gesagt sind die Kollegen nicht gerade hochmotiviert."

„Warum denn?"

„Wir wissen aus sicheren Quellen, dass Dakota in Drogengeschichten verwickelt war. Als Riley Lilah am Tatort verhört hat, während wir ihr Auto untersucht haben, hat sie gesagt, dass sie Angst hatte, er könnte wieder drogenabhängig werden. Sie hat erwähnt, dass er in letzter Zeit unberechenbar gewesen sei und manchmal tagelang verschwunden war. Bevor man ihn gefunden hat, hat sie damit gerechnet, dass er wieder eine Entziehungskur machen müsste." Ben klopfte mit den Fingern auf die Schreibtischplatte.

„Er hat Drogen genommen, das ist klar. Als er Lilah abgeholt hat, habe ich Marihuana an ihm gerochen." Ich konnte zunächst nicht weitersprechen, weil ich einen dicken Kloß im Hals spürte. Ich schluckte. Lilah hatte nie erwähnt, dass Dakota tagelang verschwunden gewesen war. Ich fragte mich, was sie mir sonst noch verschwiegen hatte. „Meinst du, es war ein Drogendeal, der aus dem Ruder gelaufen ist?"

„So etwas passiert ständig, Ruby. Leute wollen Drogen kaufen und werden dabei ausgeraubt."

„Aber du hast doch gesagt, dass die Ermittler nicht an einen Raubüberfall glauben. Du hast gesagt, dass Autodiebe Autos stehlen und die Leichen zurücklassen … nicht anders herum. Warum sollten sie also das Auto zurücklassen, Dakota mitnehmen und ihn unter einer Brücke ablegen?"

„Ich habe gesagt, dass sich die Ermittler von der Idee mit dem Autodiebstahl wegbewegen, aber den Ansatz eines Raubüberfalls während eines Drogendeals weiterverfolgen."

„Und für dich gibt es keine Verbindung zwischen dem Bombenanschlag auf meine Ambulanz und Dakotas Tod?"

„Hältst du das denn für möglich?"

„Nun ja. Dakotas Mutter hat in meiner Ambulanz gearbeitet."

„Ich meine, gibt es noch andere Gründe?"

„Genügt das etwa nicht?"

„Ich bin Streifenpolizist, Ruby. Über diese Sache musst du mit Riley reden."

„Das habe ich ja versucht. Deshalb bin ich hier." Ich überlegte, ob ich Ben von den Unstimmigkeiten in den Frachtpapieren erzählen sollte und von der Möglichkeit, dass Antonio in diese Sache verwickelt sein könnte. Aber ich hatte keine Beweise. Für die Mordkommission war eine bloße Theorie zu wenig, aber Ben könnte darauf reagieren. Dieses Risiko war mir zu hoch. Ich musste zunächst einmal mit Tom reden.

Aber Ben verhielt sich seltsam. Er hatte etwas zu verbergen. Nachdenklich biss ich mir auf die Unterlippe und legte meine Hand neben den Schnellhefter. Ben rückte ihn weiter weg von mir. Ich war frustriert, denn mir kam das Ganze wie ein dummes Spiel vor. Bens Verhalten machte mich argwöhnisch. Ich würde ihm nicht erzählen, was ich wusste.

„Dakota war kein richtiger Krimineller, Ben. Er war ein Teenager, noch ein Kind. Er war zwar nicht besonders clever, aber er war trotzdem ein Kind. Er verdient eine gründliche Ermittlung."

„Kann ich dir eine Tasse Kaffee holen, Ruby?", fragte Ben. Sein Blick wanderte suchend durch das Büro. Er zeigte nach rechts, auf einen Nebenraum.

Ich nickte.

Bevor er vom Schreibtisch aufstand, schob er den Schnellhefter in einen Aktenschrank.

Als wir in der Kaffeeküche standen, schloss Ben die Tür und lehnte sich an die Anrichte. Er wirkte plötzlich verärgert. „Ich weiß, dass du ein Herz für diese Jugendlichen hast, aber Dakota war drogenabhängig. Seine Familie sagt, dass er schon mehrere Entziehungskuren hinter sich hatte. Es sieht ganz so aus, als ob er während eines Drogendeals ausgeraubt wurde. Du brauchst nicht herumzuerzählen, dass die Polizei zu faul ist, ihre Arbeit richtig zu machen."

„Das habe ich doch gar nicht getan." Ich war schockiert.

„Vielleicht willst du ja damit anfangen."

Ich ballte meine Hände zu Fäusten, aber es fiel mir schwer, mich zu beherrschen. „Jetzt hör mir mal zu. Ich habe bloß gesagt, dass Dakota für die Polizei offenbar nichts anderes war als einer von diesen Junkies und dass er vielleicht bekommen hat, was er verdient hat. Er hat aber keine Überdosis genommen, Ben. Er wurde ermordet."

„Ganz unter uns: Dakota hatte sich vielleicht bei einem Drogenhändler verschuldet. Oder er war zur falschen Zeit am falschen Ort."

„Die Ermittler sind wohl gar nicht so sehr daran interessiert, diesen Fall aufzuklären, oder?" Ich biss die Zähne zusammen.

„Ich habe ihn doch nicht umgebracht, Ruby", sagte Ben leise. „Ich sage dir bloß, wie dieser Fall für uns aussieht. Ich verurteile diesen Jungen doch nicht."

„Der Tod dieses Jungen ist so sinnlos." Ich starrte auf den Fußboden, weil ich versuchte, meine Gefühle wieder in den Griff zu bekommen.

Ben legte mir eine Hand auf die Schulter. „Er wird sein Recht bekommen wie andere Menschen auch. So schnell geben wir nicht auf."

Ich brachte bloß ein kurzes Kopfnicken zustande. Dann sah ich durch die Scheibe in der Tür der Kaffeeküche und beobachtete die Polizisten, die an ihren Schreibtischen saßen und arbeiteten. Ich holte tief Luft und versuchte, gleichmäßiger zu atmen. Ben war bloß der Übermittler einer schlechten Nachricht. Er konnte nichts dafür, und er kannte auch nicht alle Fakten. Ich erzählte ihm jedoch nichts von der Sache mit den Frachtpapieren, weil ich ja nicht so genau wusste, ob ich Tom bei seinen Ermittlungen schaden würde, wenn ich darüber redete.

„Also wisst ihr nicht, wer Dakota umgebracht hat?", fragte ich schließlich. „Habt ihr keine Beweise?"

Ben lehnte sich an die Arbeitsplatte und musterte mich prüfend.

„Noch nicht“, erwiderte er schließlich. „Warum fragst du? Hast du eine Theorie?“

Unschlüssig biss ich mir auf die Unterlippe. „Die Polizisten haben uns nicht gesagt, wie Dakota gestorben ist, deshalb bin ich hierhergekommen. Ich möchte wissen, was genau passiert ist“, antwortete ich ausweichend.

„Tut mir leid, Ruby. Er hatte eine Schusswunde an der Seite. Der Gerichtsmediziner sagt, dass die Leber getroffen wurde. Er ist nach wenigen Minuten verblutet.“

„Das ist ja schrecklich.“ Mir war plötzlich elend.

„Aber in einem Punkt hast du recht …“

„Was meinst du?“

„Wenn Dakota tatsächlich von einem Drogendealer ausgeraubt wurde, warum taucht seine Leiche dann mehrere Kilometer vom Tatort entfernt unter einer Brücke auf? Er hätte es nicht mehr bis dorthin geschafft.“

„Wirst du dieser Sache nachgehen?“, fragte ich ihn beunruhigt.

„Ich bin dafür nicht zuständig. Ich gebe meinen Bericht an die Mordkommission weiter, aber die Ermittler fragen Streifenpolizisten nicht nach ihrer Meinung, auch dann nicht, wenn man mit ihnen verwandt ist.“

„Du bist doch vorsichtig, Ben?“, platzte ich heraus. „Ich meine, wenn du im Dienst bist?“

„Ich verspreche dir, dass ich vorsichtig bin, Ruby.“ Er lächelte mich an. „Bist du wirklich in Ordnung? Du wirkst so gequält.“

Ich musste an Antonios Drohungen denken, auch gegen die Menschen, die mir am nächsten standen. Toms Worte am Tatort klangen wie ein Echo in meinem Kopf. *Antonio gibt sich nicht mit leeren Drohungen zufrieden. Das Blut auf dem Rasen ist ein Beweis dafür.*

Ben sah mich erwartungsvoll an. Ich merkte, dass ich ihm

nicht zugehört hatte. „Entschuldige, aber was hast du gesagt?", fragte ich.

„Ich habe dich gefragt, wo du die letzte Nacht verbracht hast. Du hast doch in der Ambulanz gewohnt, oder?" Ben sah mich besorgt an. „Ich kann dir helfen, eine neue Wohnung zu finden, wenn du möchtest."

Mein Magen zog sich zusammen. Das war zu viel des Guten. „Tom hat mir für diese eine Nacht seine Wohnung überlassen."

„Oh, das war aber … nett von ihm", entgegnete Ben. Die innere Anspannung war in seiner Stimme deutlich hörbar. Er versuchte, distanziert zu klingen, aber das misslang ihm gründlich. „Wie geht es ihm? Hat er Brandverletzungen?"

„Ich weiß es nicht, Ben. Er hat die Nacht nicht in seiner Wohnung verbracht. Weil ich nicht weiß, wie ich mit ihm Kontakt aufnehmen kann, muss ich warten, bis er wieder auftaucht. Dann kann ich dir mehr über meinen Gesundheitszustand sagten."

„Oh." Bens Gesicht rötete sich. „Tut mir leid, jetzt bin ich wohl wieder ins Fettnäpfchen getreten."

„Tom und ich – wir sind nicht … zusammen. Letzte Nacht waren wir es nicht, und wir sind es schon lange nicht mehr. Ich habe einen Platz zum Schlafen gebraucht, und er hat mir einen angeboten. Nicht mehr und nicht weniger." Plötzlich musste ich daran denken, wie abrupt er sich unserer Umarmung entzogen hatte. Noch immer tat mir diese Zurückweisung weh.

Bens Blick fiel auf meine Hand, und dann musterte er mein Gesicht.

„Was ist denn?", fragte ich.

„Ich mache mir Sorgen um dich, Ruby. Es ist so viel passiert. Vielleicht solltest du lieber nicht zurück ins Krankenhaus gehen. Die kommen dort auch mal ein paar Tage ohne dich aus."

„Was soll denn jetzt noch groß passieren, Ben? Mein Auto ist weg, die Ambulanz ist verbrannt. Ich habe nicht mehr viel zu verlieren."

„Du kannst dein Leben verlieren."

„Ich weiß. Ich werde auf mich aufpassen." Ich kritzelte meine neue Handynummer auf ein Stück Papier und gab es Ben. „Ruf mich an, wenn du etwas über Dakota hörst."

Wir plauderten noch ein paar Minuten über belanglose Dinge, bevor ich mich auf den Weg machte. Mein Ausflug ins Polizeirevier war nicht sehr ergiebig gewesen. Ich hatte nicht viel Neues über Dakota herausgefunden. Es würde mehrere Wochen dauern, bis die Berichte der ballistischen und toxikologischen Untersuchungen vorliegen würden. Ich konnte weder Antonio das Handwerk legen noch beweisen, dass er Dakota ermordet hatte.

Meine Schicht im Krankenhaus sollte in einer halben Stunde beginnen. Dort angekommen, zog ich einen neuen Arztkittel an. Ich hatte keine Gelegenheit, mich nach dem Brand in der Ambulanz um Renées Geländewagen zu kümmern, und ich hatte Angst vor einer Begegnung mit ihr. Zwei Tage lang war ich mit Renées Auto gefahren, bevor ich es neben einem Gebäude abstellte, das in die Luft geflogen war.

Ich war spät dran. Deshalb verließ ich eilig den Umkleideraum. Ich entwirrte gerade mein Stethoskop und achtete nicht auf den Weg. Plötzlich stieß ich mit jemandem zusammen. Er fing mich auf, bevor ich hinfiel, und dann half er mir wieder auf die Beine.

„Tom", sagte ich, völlig außer Atem. „Dich habe ich hier nicht erwartet."

Er hatte sich die Baseball-Kappe tief in die Stirn gezogen. Die zwei Tage alten Bartstoppeln und die Sonnenbrille machten ihn beinahe unkenntlich. Er sah aus, als hätte er in seinen alten Jeans und dem zerknitterten T-Shirt geschlafen. Ich fragte mich, wohin er gegangen war, als er gestern Abend die Wohnung verlassen hatte. War er etwa wieder bei dieser Blondine gewesen? Bei diesem Gedanken krampfte sich mein Magen zusammen.

„Ruby", flüsterte Tom, während er mich wieder Richtung Umkleideraum drehte. „Wir müssen reden."

Erschrocken folgte ich ihm. Er legte warnend den Finger auf den Mund und ging an den Schließfächern vorbei, um zu sehen, ob noch jemand im Raum war. Dann überprüfte er die Duschen und Toiletten.

„Was soll das denn?“

Tom kam zurück und setzte sich auf die Bank an der Wand des Duschraums. „Jemand hat sich meine Akte geholt.“

„Wie bitte?“

Er nahm die Sonnenbrille ab und starrte mich an. Seine Augen waren stark gerötet. „Farrell hat meine Akte mit den gelöschten Daten angefordert.“

„Aber diese Daten sind doch gelöscht. Deshalb bist du doch überhaupt zur Drogenfahndung gekommen, stimmt's?“

„Ich weiß nicht, welche Beziehungen dieser Farrell hat, aber er hat eine versiegelte Akte angefordert. Woher weiß er überhaupt, wie ich mit Nachnamen heiße?“

„Nicht von mir.“ Ich zuckte mit den Schultern. Das alles war sehr mysteriös. „Aber ich habe gedacht, dass diese Akte vernichtet ist. Das hat der Richter doch gesagt.“

„Sie wurde aber nicht aus der Welt geschafft“, erwiderte Tom frustriert.

„Aber was steht da drin? *Alles*?“

Tom rieb sich die Augen. „Du hast Farrell heute früh aufgesucht. Hat er etwas gesagt?“

Entsetzt sah ich ihn an. „Woher weißt du das, Tom? Noch nicht mal ich habe gewusst, dass Ben dort war, sondern ich habe ihn zufällig im Polizeirevier getroffen. Ich wollte eigentlich den Chefermittler wegen dem Mord an Dakota sprechen.“

Tom beobachtete mich genau, während ich sprach. Sein Blick wanderte von meinen Augen zu meinem Mund und wieder zurück. Wollte er herausfinden, ob ich ihn anlog?

„Er hat dich nicht über deine Vergangenheit ausgefragt?“, wollte er schließlich wissen.

„Nein, er hat mich gewarnt, dass ich in Gefahr sein könnte.“

„Wie toll. Und er ist noch nicht befördert worden?“

„Jetzt sei doch nicht so fies. Er ist ein feiner Mensch.“

Tom fingerte an seiner Sonnenbrille herum. Nachdenklich kaute er auf der Unterlippe.

„Du fummelst immer dann an Gegenständen herum, wenn du eine schlechte Nachricht hast, Tom.“

„Die Typen aus meiner Gruppe bei der Drogenfahndung suchen nach dir.“

„Was will denn die Drogenfahndung von mir?“

„Sie wollen dir Fragen stellen.“

„Wie bei einem Interview?“

„Nein, Ruby“, erwiderte Tom leise. „Wie bei einem Verhör.“

Kapitel 20

Ich zog mich wieder um und folgte Tom über die Hintertreppe, die zur Parkgarage führte. Ich hatte noch nicht einmal Zeit, Blaine Bescheid zu sagen, damit er für meine Schicht eine Vertretung finden konnte. Wir stiegen in eine beigefarbene Limousine, und dann fuhr Tom los. Sein Blick wanderte immer wieder zum Rückspiegel und zu den Seitenspiegeln. Er war sichtlich nervös.

„Bist du wütend auf mich, weil ich die Wohnung verlassen habe?“, fragte ich, weil mich sein Schweigen unsicher machte. „Du hattest dort nichts zu essen.“

„Nein. Es ist sogar gut, dass du weg bist.“ Toms Stimme klang gepresst. „Sie werden vielleicht dort nach dir suchen.“

„Ich dachte, niemand hat gewusst, dass ich dort war.“

„*Ich* würde dort nachsehen, wenn ich dich suchen würde.“

„Tom, was wird denn hier gespielt?“ Mir versagte die Stimme.

Tom nahm meine Hand und küsste die Handfläche. „Also gut … Mein Chef heißt Philipp Lopez. Er ist der Leiter der Drogenfahndungs-Gruppe. Ich arbeite jetzt mit seinen Jungs zusammen.“

„Ist das die Sondereinheit, der du dich anschließen willst?“

„Ja.“

„Hat er dich gebeten, mich zum Verhör zu bringen?“

Tom schüttelte den Kopf, während er einen langsam fahrenden Lastwagen überholte. „Nein, er meint, dass ich nichts davon weiß. Ich soll ja als verdeckter Ermittler arbeiten und deshalb nicht in diese Sache eingeweiht sein. Ich habe gehört, dass er die Agenten Aaron und Sagebrush beauftragt hat, nach dir zu suchen.“

Ich stellte die Frage, die mich schon die ganze Zeit beschäftigt hatte. „Tom, woher hast du gewusst, dass ich zum Polizeirevier gefahren bin?“

„Einer meiner Jungs beschattet dich, nur für den Fall, dass Antonio wieder hinter dir her ist.“

„Aber die Ambulanz ist abgebrannt. Er hat gewonnen.“

„Ich habe jemand auf Antonio angesetzt, seitdem er dein Auto zerstört und das Chaos in der Ambulanz angerichtet hat. Er ist nicht verantwortlich für den Brandanschlag.“

„Das verstehe ich nicht.“

„Er hat den Mord an dir in Auftrag gegeben, Ruby. Diesen Typen ist es nicht um die Ambulanz gegangen. Sie haben versucht, dich bei lebendigem Leib zu verbrennen. Sie haben auf die Tür gefeuert, damit du im Gebäude bleibst. Das waren bezahlte Killer.“

„Wie … woher weißt du das?“

„Nachdem ich dich in meine Wohnung gebracht hatte, habe ich mich mit ein paar Typen getroffen, die auf der Straße zu Hause sind. Ein paar von ihnen sind bezahlte Informanten. Sie haben erzählt, dass Antonio sich am Abend des Brandes auffällig verhalten hat. Er war in einer Bar, hat Drinks spendiert und die Aufmerksamkeit auf sich gelenkt. Aber sein wichtigster Auftragsmörder war nicht dabei. Dieser Typ ist unter dem Spitznamen *El Payaso*, der Clown, bekannt. An seinen Tatorten hinterlässt er immer einen Joker aus einem Satz Spielkarten.“

Ich starrte Tom entsetzt an. „Das ist das Dümmste, aber auch das Schlimmste, was ich jemals gehört habe.“

„Vielleicht hat er sich das aus einem Kinofilm abgeschaut. Sein richtiger Name lautet Jacobo Ruiz. Meine Jungs auf der Straße sagten, dass er sich am Abend des Brandanschlags auf die Ambulanz nach dir erkundigt hat. Er hat in der Gegend um die Ambulanz herum eine Menge Geld springen lassen, weil er deine Adresse erfahren wollte.“

„Die Leute haben nicht gewusst, dass ich in der Ambulanz wohne.“

„Nein, das haben sie nicht. Payasos Spezialität ist es, nachts in Häuser oder Wohnungen einzudringen. Er fesselt seine Opfer und zwingt deren Familie oder Ehepartner, ihm dabei zuzusehen, wie er seine Opfer quält und tötet. Einbruch ist sein Markenzeichen."

„Gehören Anschläge mit Brandbomben nicht dazu?"

„Ich glaube, er musste improvisieren, als es ihm nicht gelang, deine Privatadresse herauszufinden. Also ist er auf die Idee mit den Molotowcocktails gekommen. Übrigens keine sehr wirksame Methode."

„Wir sind beinahe gestorben." Wieder starrte ich ihn an, aber diesmal war ich fassungslos.

„Wir hatten eine Menge Zeit für unsere Flucht nach draußen. Weißt du noch, dass die meisten vorderen Fenster mit Sperrholz verkleidet waren? Die Täter mussten deshalb die Brandsätze durch die Fenster von Büro und Küche werfen. Das waren aber Nebenräume", konterte Tom.

Offenbar hatte ich andere Erinnerungen an jenen schrecklichen Abend. Ich dachte bloß an das Feuer und die Panik, die mir beinahe den Verstand geraubt hatte. Plötzlich sah ich Tom mit anderen Augen. Wie gefährlich war es in seiner Welt, wenn die Tat jener Nacht für ihn nicht besonders gefährlich gewesen war?

„Also du hast herausgefunden, dass Antonio einen Auftragsmörder auf mich angesetzt hat, und hast mich deshalb beschatten lassen?"

„Ja", murmelte Tom.

„Soll ich mich jetzt dafür bedanken?"

„Das ist doch lieb von mir, oder? Fast so gut wie ein Blumenstrauß." Er wurde immer ironisch, wenn er sich Sorgen machte.

„Was weißt du sonst noch, Tom?"

„Am Tatort von Dakotas Ermordung sah ich, wie Agent Aaron, ein Kollege von der Drogenfahndung, mit dem Leiter der Ermittlung sprach."

„Mit Chefermittler Riley?" Ich war überrascht. „Wie schnell warst du am Tatort, Tom? Und weil du diese Sache erwähnst: Wie hast du überhaupt davon erfahren?"

Er winkte ab. „Das ist nicht wichtig. Die beiden haben dich ständig mit ihren Blicken fixiert."

„Bist du dir sicher? Ich stand neben Lilah. Sie ist schließlich die Mutter des Opfers."

„Ich war mir nicht sicher. Deshalb habe ich Aarons Notizen mitgehen lassen, als er mit seinem Auto beschäftigt war."

„Was war denn mit seinem Auto?"

Tom warf mir einen Funkschlüssel zu. „Sein Autoalarm ließ sich nicht abstellen."

„Du hast seinen Schlüssel gestohlen?" Ich hielt ihn hoch. „Den Autoschlüssel eines Kollegen?"

„Natürlich habe ich ihn nicht gestohlen. Das hier ist ein nachgemachter Schlüssel."

„Na ja – so weit, so gut. Warum gehst du ein solches Risiko ein?"

„Aaron und Riley haben dich angesehen, das steht fest. In seinen Notizen geht es einzig und allein um dich, Ruby."

„Was?" Vor Schreck blieb mir die Spucke weg. Mir wurde bewusst, dass ich gerade eben meine Schicht versäumt hatte, ohne mich abzumelden. Auch dieses Verhalten musste sicherlich verdächtig wirken. Ein Auto hupte. Ich sah aus dem Fenster, wusste aber nicht, wo wir gerade waren. „Warum will man mich verhören?"

Tom bog in eine Straße ab, in der Buchläden und Bars das Bild beherrschten. Die tief stehende Nachmittagssonne warf orange leuchtende Strahlen auf die Schaufenster. Das grelle Licht tat mir in den Augen weh. Ich fühlte mich wie betäubt.

Tom hielt an, stellte den Motor ab und rieb sich mit beiden Händen über das Gesicht. „Ich fürchte, ich bin schuld daran."

„Du?"

„Erinnerst du dich noch? Ich habe doch gesagt, dass ich mir

die Unstimmigkeiten in den Frachtpapieren der Ambulanz genauer ansehen wollte."

„Ja, ich erinnere mich."

„Es sieht so aus, als ob du hinter den umgeleiteten Lieferungen stecken würdest. Kein anderer Name erscheint in den Konten. Nicht der von Lilah und keiner sonst."

„Na ja, ich leite doch die Ambulanz."

„Ruby, woher kommt das Geld für die Medikamente, die du für die Ambulanz brauchst?"

„Ein Teil des Geldes kommt von den täglichen Einnahmen, wenn die Patienten für ihre Behandlung bezahlen, aber das ist so gut wie nichts. Dann gibt es noch einen Zuschuss vom Krankenhaus und eine Summe aus staatlichen Fördermitteln."

„Deshalb ist die Drogenfahndung jetzt an der Aufklärung des Falles beteiligt. Wegen der Gelder aus der Bundeskasse."

„Das verstehe ich nicht."

„Ich habe Scott gedrängt, eine Vollmacht zu besorgen, damit wir bei der Spedition Einsicht in die Frachtaufträge deiner Ambulanz nehmen können, weil ich wissen wollte, was mit diesen umgeleiteten Lieferungen ist."

„Das ist so in Ordnung."

Tom schüttelte den Kopf. „Nein, das ist *nicht* in Ordnung, Ruby. Auf allen Frachtaufträgen steht dein Name. Alle Aufträge, die Lieferungen umzuleiten, alle Anrufe zur Klärung der Abweichungen in den Frachtpapieren – alles deutet auf dich hin."

„Das habe ich schon gemerkt, als ich mit der Spedition gesprochen habe. Da ist ein Fehler passiert. Ich habe diese Sachen nie genehmigt."

„Aber es sieht so aus, als ob du dahintersteckst." Tom fuhr sich mit der Hand durch das Haar. Dann sah er mich an. „Deine Ambulanz bekommt staatliche Fördergelder."

„Das hast du schon erwähnt. Na und?"

„Ruby, wenn du Gelder aus der Bundeskasse verwendest, um Drogen aus anderen Bundesstaaten zu kaufen und dann aus unbekannten Gründen die Lieferungen umleitest, läuten bei der Drogenfahndungsbehörde sämtliche Alarmglocken. Sobald die Vollmacht genehmigt war und mein Chef deinen Namen in allen Papieren gesehen hat, hat er eine Ermittlung gegen dich begonnen. Das stand in den Notizen von meinem Kollegen Aaron."

„Was?" Mein Herz schien einen Schlag auszusetzen. „Er hält mich für eine Drogenhändlerin?"

„Nach den von uns angeforderten Frachtpapieren gehen die umgeleiteten Lieferungen der Ambulanz an ein Lager in der Innenstadt. Wir haben das Gebäude observiert, aber es ist verlassen. Irgendwie haben die mitbekommen, dass wir hinter ihnen her sind, und jetzt ist die Spur kalt. Das Lager ist mit einer Postfachadresse ohne Namen registriert … Das Ganze sieht aus wie ein Scheingeschäft, an dem du beteiligt bist, Ruby."

„Aber was ist mit Antonio und seinen Angriffen auf mich? Was ist mit Dakotas Tod?"

„Ich kann Antonio keine Verbindung zum Brandanschlag auf die Ambulanz nachweisen. Er hat für diese Nacht ein Alibi. Denk dran: Er hat in der Bar Runden spendiert und dafür gesorgt, dass man ihn sieht."

„Ja, das schon, aber …"

„Und bei Dakotas Tod sieht es aus, als ob du dafür verantwortlich bist."

Entsetzt schnappte ich nach Luft. „*Ich* soll für seinen Tod verantwortlich sein?"

„Lilah erzählt dir von Abweichungen in den Frachtpapieren, und dann verschwindet ihr Sohn? Das lässt dich verdächtig aussehen. Jemand mit deinen Kontakten, den Straßenkindern und Kriminellen, die du behandelst … du hättest die Gelegenheit, dir eine Schusswaffe zu besorgen." Tom rieb sich die Augen und seufzte. „Wenn ich die Notizen von meinem Kollegen Aaron richtig deute, dann verdächtigt man dich."

„Aber Ben hat gesagt, sie wissen nicht, wer Dakota ermordet hat", protestierte ich.

„Ben weiß nicht, dass sein Chefermittler Riley mit der Drogenfahndungsbehörde zusammenarbeitet. Und dort ist man der Meinung, dass du ganz tief in diese Sache verstrickt bist."

„Wie … wem verkaufe ich denn angeblich alle diese Drogen? Meinen Patienten?" Plötzlich hatte ich große Angst. Ich fühlte mich elend.

„Diesem Typen, gegen den ich ermittle … er ist Clubbesitzer. Ihm gehört der Club *Flow*."

Ich reagierte mit einem Stirnrunzeln, weil ich daran denken musste, wie Tom diese Blondine in den Armen gehalten hatte. Ich biss die Zähne zusammen. „Was hat der denn mit mir zu tun? Ich war bloß ein einziges Mal in seinem Club."

„Er verschiebt Medikamente über seinen Club, Beruhigungsmittel wie Oxycodon, Valium und so weiter, und sogar andere Sachen wie Ritalin. Wir wissen nicht, woher er das Zeug bekommt. Er … er heißt Jason, aber er hat eine saubere Weste … keine Verbindungen zu irgendwelchen Banden, rein gar nichts. Und wir sind beinahe verrückt geworden bei der Suche nach seinem Lieferanten … Ich hatte so eine Ahnung, dass das Krankenhaus an der Sache beteiligt ist, weil diese Arbeitsweise große Ähnlichkeit hat mit einem Fall, in dem ich vorher ermittelt habe. Aber ich hatte keinerlei Hinweise."

„Ist das der Grund, warum du verdeckt ermittelst?"

„Ich hatte von Arizona her noch eine zweite Identität, die ich hier wirklich gut verwenden konnte. Verbindungen ins Drogenmilieu haben wir mit bezahlten Informanten hergestellt, und so kam ich mit Jason ins Geschäft. Angeblich will ich für meine eigenen Clubs Drogen von ihm kaufen. Mia, die junge Frau aus dem Club, ist Jasons Schwester. Sie hat mich bei ihm als potentiellen Käufer vorgestellt. Jason will die Drogenverkäufe über seinen Club hinaus weiter ausdehnen. Er will zu einer einflussreichen Figur im Drogenmilieu werden … Diese Gier nach Macht und Einfluss war für mich der perfekte Einstieg."

„Wie hast du die Frau dazu gebracht, gegen ihren eigenen Bruder zu arbeiten?"

„Ich habe sie festgenommen, weil sie im Besitz von Drogen war, die sie verkaufen wollte. Die Aussicht auf zehn Jahre Gefängnis ist für sie offenbar schlimmer als der Verrat an ihrem Bruder."

„Also meinst du, dass Jason seine Drogen vom Krankenhaus bezieht? Wir haben strenge Kontrollen, Tom. Dieses Zeug wird unter Verschluss gehalten."

„Umso denkbarer ist es, den Stoff über eine kleinere, weniger streng überwachte Einrichtung zu vertreiben." Er sah mich besorgt an. „Eine Ambulanz wäre der ideale Ort für so etwas."

„Und die glauben wirklich, dass ich dahinterstecke?"

Tom nahm meine Hand und drückte sie sanft. „Weißt du noch, was ich damals gesagt habe? Wie unwahrscheinlich es ist, wenn zwei bedeutende Drogengeschäfte in derselben Stadt gleichzeitig ablaufen und keine Verbindung zwischen ihnen besteht?"

Mir klopfte das Herz bis zum Hals. „Ja, klar."

„Ich bin nicht der Einzige, der diese Meinung vertritt."

„Die Drogenfahndung ist also jetzt hinter *mir* her?" Mein Magen zog sich zusammen. Ich legte die Arme um meinen Körper, damit das Zittern aufhörte. „Aber ich bin beinahe gestorben wegen dieser Ambulanz."

„Na ja, aus ihrer Sicht hättest du das Feuer in der Ambulanz selbst legen können, um Beweismaterial verschwinden zu lassen."

„Aber du warst doch dabei."

„Das habe ich ihnen nie erzählt – erinnerst du dich nicht?", erwiderte Tom. „Und jetzt werden sie mir nicht glauben, wenn ich es ihnen sage."

„Warum denn nicht?"

„Als Ben meine Daten anforderte, hat man meinen Chef informiert. Er hat nachgeforscht, wonach Ben gesucht hat, und dabei hat er herausgefunden, woher ich dich kenne."

„Er weiß von uns?"

„Sogar die Fotos von dir als Teenager sind bemerkenswert, Ruby. Dich vergisst man nicht." Tom legte eine Hand auf meine Wange und schenkte mir ein trauriges Lächeln.

„Was soll ich jetzt machen? Soll ich mir einen Anwalt nehmen?"

„Wofür brauchst du einen Anwalt?"

„Ich kann nicht allein zu so einem Verhör gehen, nicht bei der Beweislast, die sie gegen mich angehäuft haben."

„Ruby", erwiderte Tom entschieden. „Du gehst da nicht hin."

„Wie bitte?"

„Ich verstecke dich, bis wir die Wahrheit herausfinden."

„Ich will nicht vor der Polizei davonlaufen, Tom. Ich bin unschuldig!"

„Wir beide wissen doch genau, dass du alles ausbaden musst, auch wenn du unschuldig bist." Er ließ den Motor wieder anspringen. „Ich glaube nicht, dass man uns gefolgt ist, aber wir sollten woanders hinfahren, damit wir reden können. In dieser Gegend gibt es zu viele Streifenwagen."

„Sucht die Polizei nach mir?" Nervös sah ich durch die Heckscheibe. „Ich … ich glaube, ich kann diese Flüchtlingsnummer nicht durchziehen, Tom. Ich bin schon jetzt ein Nervenbündel."

Er sah mich an, und seine jadegrünen Augen verdunkelten sich. „Ich weiß. Wir lösen das Problem gemeinsam, Ruby."

„Aber dein Chef bekommt bestimmt heraus, dass du mir bei der Flucht vor der Polizei hilfst. Du ruinierst deine Karriere. Dann kannst du deinen Job bei der Sondereinheit vergessen." Der Gedanke daran, dass Tom nicht hier in dieser Stadt bleiben könnte, ließ mein Herz schmerzhaft schnell schlagen. Ich wollte ihn nicht wieder verlieren.

„Ich will den Job hier bloß, weil ich bei dir bleiben will. Das alles spielt keine Rolle mehr, wenn du im Gefängnis landest oder ein noch schlimmeres Schicksal erleidest …"

„Wir können das Problem lösen, oder?“ Ich schluckte die in mir aufsteigende Panik hinunter.

Tom nickte. Seine Gesichtszüge verhärteten sich. „Ich habe mich nicht bis hierher durchgekämpft, um dich wieder zu verlieren.“

Kapitel 21

Die Hundezone im Park und der schattige Laufweg, der sich an dem künstlich angelegten See entlangschlängelte, hätten eine beruhigende Wirkung haben können, wenn ich nicht gerade erfahren hätte, dass die Drogenbehörde Jagd auf mich machte. Ich dachte an Antonio und seine Verbindung zu dem unbekannten Drogenlieferanten. Ich hatte panische Angst vor diesem Mann. Lieber wollte ich mich vor der Polizei verstecken.

Der Park war viel zu weiträumig und offen. Ich spürte, wie die Panik von früher, diese alten Gefühle der Verletzlichkeit, wieder in mir aufstiegen, aber ich kämpfte sie nieder. Das war ich doch nicht mehr. Ich war nicht mehr das Mädchen von damals.

Tom ging gereizt am Ufer des Sees auf und ab. In seinen Augen stand Verzweiflung. „Wir haben nur eine einzige Möglichkeit, deine Unschuld zu beweisen. Wir müssen herausfinden, wer wirklich dahintersteckt."

„Und dafür musst du deine falsche Identität aufrechterhalten."

Tom ging zu mir und setzte sich auf die Bank. Er nahm meine Hände in die seinen. „Wenn mein Chef immer noch meint, ich wüsste nicht, dass sie gegen dich ermitteln, gewinne ich Zeit, um Jason zu bearbeiten. Ich kann herausfinden, wer ihn beliefert. Ich weiß, dass ich das kann."

„Und was soll ich inzwischen machen? Ich habe keine Wohnung mehr. Wenn die Drogenfahndung über uns Bescheid weiß, dann werden die Ermittler bestimmt in deiner Wohnung nach mir suchen, oder?"

„Klar würde deine Anwesenheit dort mich verraten. Du kannst nicht dorthin zurück."

„Ich verkrieche mich nicht in ein Loch, Tom. Ich kann mich

nicht für immer verstecken. Irgendjemand wird mich finden – entweder Antonio oder die Drogenbehörde."

„Was willst du dann tun?"

Ich hatte mir schon auf dem Weg hierher Gedanken darüber gemacht, nachdem Tom mir erzählt hatte, dass er das Krankenhaus im Verdacht hatte. „Ich gehe zum Frauenhaus. Zwischen der Ambulanz und dem Frauenhaus gibt es Querverbindungen, auch von den Dokumenten her. Ich habe den Patientinnen dort Medikamente verschrieben. Ich könnte wetten, dass ich in den Unterlagen des Frauenhauses Hinweise auf die Hintermänner dieses Drogengeschäfts finde."

„Wie kommst du denn darauf?", fragte Tom. Er war skeptisch.

„Ich habe dort Aufzeichnungen, die nicht mit der Ambulanz in Flammen aufgegangen sind. Wenn jemand meine Medikamentenlieferungen manipuliert hat, könnte ich diese Leute anhand der Aufzeichnungen aus dem Frauenhaus ausfindig machen."

Tom kaute nachdenklich auf der Innenseite seiner Wange herum. „Ich fahre hin und hole die Papiere."

„Wie willst du das anstellen? Willst du einfach dort reinmarschieren und verschlossene Aktenschränke durchwühlen?" Ich schüttelte den Kopf. „Ich habe einen guten Grund, dort zu sein, wenn mich jemand entdeckt."

„Nein, das ist zu gefährlich."

„Tom, ich habe dich nicht nach deiner Meinung gefragt. Ich sage dir bloß, was ich vorhabe."

„Ruby, nein …"

„Ich muss das tun."

Tom stieß einen frustrierten Seufzer aus und stand auf. Er ging wieder zum Seeufer, fuhr sich mit beiden Händen durch die Haare und kam zurück. „Ich will nicht, dass du dorthin gehst. Ich bitte dich, das nicht zu machen."

„Ich werde nicht ruhig dasitzen und zusehen, wie diese Leute mein Leben weiter zerstören!"

„Das ist Selbstmord, Ruby. Die Gefahr ist … ist …“

„Nichts im Vergleich zu dem, was du machst?“, konterte ich.

Tom stieß geräuschvoll die Luft aus seinen Lungen. „Das ist nicht fair, Ruby.“

„Tom, ich habe mein Auto verloren, mein Zuhause, meine Arbeit und vielleicht auch meinen guten Ruf.“ Ich benutzte meine Finger, um diese Punkte aufzuzählen. „Ich bin nicht mehr bereit, mich vor diesen Leuten zu ducken.“

„Diese Typen wollen dich umbringen“, lautete sein Einwand. „Bitte mach das nicht.“

Ich reagierte mit erzwungener Ruhe. „Ich werde nicht zulassen, dass sie mich töten.“

Toms Stimme klang, als ob er mich anschreien wollte. Das war etwas Neues. „Ruby, nenne mir doch den wahren Grund, warum du das machen willst!“

Jetzt verlor ich die Beherrschung. „Jetzt hör aber auf, Tom. Bring nicht wieder etwas anderes an die Oberfläche! Ich mache das, weil ich meinen guten Ruf wiederherstellen will.“ Ich sprang auf und ballte meine Hände zu Fäusten. Dabei schluckte ich die Wut herunter, die in mir hochstieg. „Ich mache das, weil ich mir geschworen habe, mich nie wieder herumschubsen zu lassen! Und ich will diese Kinder nicht im Stich lassen, Tom.“

„Und wen kümmert es, was mit dir passiert – ist es das?“

Ich machte einen Schritt auf ihn zu und tippte ihm mit dem Finger auf die Brust. Überrascht sah er zu mir herab.

„Ich habe meine Karriere nicht auf solche Sachen aufgebaut, wenn du dich richtig erinnerst. Außerdem steht mein Entschluss fest.“

„Ach, wirklich?“

„Wirklich“, wiederholte ich.

„Willst du mir wenigstens zuhören, bevor du kopflos davonstürzt?“

Ich warf ihm einen skeptischen Blick zu, aber dann nickte ich.

Er deutete auf die Bank. Ich folgte ihm und setzte mich. Tom lümmelte sich in die Ecke und dachte nach.

Während ich abwartete, beobachtete ich die Enten, die zum Seeufer watschelten und dann im Wasser herumpaddelten. Die Sonne schien, und ihr helles Licht malte einschläfernde Bilder auf den Wasserspiegel des Sees. Dieser Ort würde sich gut für ein Picknick eignen, aber ich war leider momentan damit beschäftigt, einem gefährlichen Drogenhändler-Ring das Handwerk zu legen. Jetzt bewegte sich Tom, und ich drehte mich zu ihm um. Er wirkte müde. Sein Gesicht sah im grellen Sonnenlicht noch hagerer aus, als es gut für ihn war. Er begann zu sprechen und wählte seine Worte sorgfältig.

„Die Drogenfahndung bezahlt ihre Informanten, damit sie uns Hinweise liefern. Ich arbeite auch mit einigen von diesen Leuten zusammen. Wenn du zum Frauenhaus gehst, muss ich befürchten, dass dich einer von diesen Typen sieht und dich anzeigt."

„Das bezweifle ich."

„Wie kannst du dir da so sicher sein?"

„Ich weiß, wie die Menschen in diesem Stadtviertel ticken, Tom. Arme Leute haben kein Vertrauen zu den Behörden. Ich weiß das, weil ich eine von ihnen war … bin. Klar würden manche von ihnen ihre eigene Mutter für eine Flasche Limonade verkaufen, aber ich habe die Chance zu verhindern, dass dieses Gift auf die Kinder in den Straßen überspringt. Ich kann das retten, was ich aufgebaut habe. Diese Chance lasse ich mir nicht nehmen. Niemand sonst kümmert sich um diese Kinder. Wenn ich nicht zurückbekommen kann, was ich verloren habe, dann …"

Plötzlich fühlte ich mich ausgelaugt. Erschöpft ließ ich die Arme hängen.

Tom legte mir den Arm um die Schultern und zog mich an sich. Seine Stimme klang sanft. „Dann wäre alles, was du verloren hast, alles, was du durchgemacht hast, sinnlos."

Ich schluckte die Tränen herunter. „Ja, so ungefähr."

Tom rückte ein Stück weg von mir. Er suchte meinen Blick. „Was ist bloß mit dir passiert, Ruby?"

„Ich verstehe dich nicht."

„Du wirkst irgendwie … verloren. Du scheinst auf alles einzuschlagen, was sich dir in den Weg stellt, und du fragst nicht, ob das gerechtfertigt ist oder nicht."

„Was soll denn das heißen?"

„Du scheinst jede Hoffnung verloren zu haben."

War das wirklich so deutlich zu erkennen? Hatte ich mich so weit von meinem Glauben entfernt, dass man es mir bereits ansah? Hinterlässt Hoffnungslosigkeit etwa eine Spur? Ich fühlte mich verloren, hatte Angst und empfand Wut darüber, dass alles, was ich geliebt hatte, zu Staub zerfiel.

Anstatt darüber zu sprechen, zuckte ich betont gleichgültig mit den Schultern. „Ich habe bloß ein paar schwere Tage hinter mir, Tom."

Er schüttelte den Kopf und sah mir forschend in die Augen. „Ich habe das schon am ersten Abend in der Ambulanz bemerkt, bevor diese schrecklichen Dinge geschehen sind. Da hast du verloren gewirkt. Jetzt merkt man dir deine schreckliche Angst und Wut an."

Ich hielt seinem Blick stand und spitzte die Lippen, damit sie nicht zu zittern begannen. Er kannte mich manchmal so gut, dass es mir so vorkam, als ob er meine Gedanken lesen könnte. Ich versuchte, meiner Stimme einen ruhigen Klang zu geben. „Du bist gerade erst zurückgekommen, Tom. Deshalb ist es ganz natürlich, dass ich dir verändert vorkomme, egal, wie die Umstände sind."

Tom wandte den Blick von mir ab. „Ja, klar."

„Tom, ich will dir nicht wehtun. Ich will damit nur sagen, dass du mich in einem ungünstigen Moment wiedergetroffen hast, nämlich gerade zu dem Zeitpunkt, als mein Leben aus den Fugen geraten ist. Natürlich bin ich nicht wie sonst."

Tom nahm meine Hand und verflocht seine Finger mit meinen. „Du hast die seltsame Gewohnheit, dich Hals über Kopf in Situationen zu stürzen, denen die meisten Leute lieber ausweichen."

Ich sah ihn ungläubig an. „Na, das musst gerade du sagen. Da passen wir ja zusammen wie der Deckel auf den Topf."

„Für mich ist das nichts Neues, aber für dich. Es sieht so aus, als ob du versuchst, das alles aus deiner eigenen Kraft heraus zu schaffen, aber deine Akkus sind leer."

Während ich das Spiel der Wellen auf dem See beobachtete, dachte ich daran, was ich in den letzten Tagen alles verloren hatte. Tom hatte in einem Punkt recht: Ich hatte schreckliche Angst. Ich hob mein Gesicht dem Himmel entgegen und schloss die Augen. Warum hatte ich angesichts dieser schrecklichen Ereignisse nicht den Mut, mich nach Gott auszustrecken? Es hatte einmal eine Zeit in meinem Leben gegeben, da war ich voller Vertrauen gewesen, auch wenn die Umstände schlimm gewesen waren.

Ich schlug die Augen auf und wandte mich Tom zu. „Ich habe eine ganze Menge verloren an dem Tag, als du verschwunden bist."

Sein Gesicht verzog sich vor Schmerz, und er nickte traurig. „Das tut mir leid, Ruby."

„Ich weiß einfach nicht mehr, wie ich zurückfinden soll, Tom. Ich kann nicht mehr so glauben wie damals als Teenager."

Tom hielt mich fest umschlungen. Er strich mir zärtlich über das Haar und lehnte sich mit der Stirn an meine Schläfe. Ich spürte seinen Atem auf meiner Wange.

„Ein weiser Mensch hat mir einmal gesagt, dass man manchmal an die Verheißungen Gottes glauben muss, auch wenn die Umstände gerade nicht so rosig sind", murmelte er.

Jetzt konnte ich die Tränen nicht mehr zurückhalten. Meine Sehnsucht war so stark, dass sie mich überwältigte. Mir fehlte das, was ich damals gehabt hatte – Hoffnung und Vertrauen, die nicht aus mir selbst heraus kamen, sondern aus meiner Beziehung zu einem allmächtigen Gott. Ich sehnte mich nach diesem inneren Frieden … Ich würde alles tun, um ihn wiederzufinden.

„Wir sind nicht allein, Ruby. Das hast du mir damals gesagt."

Ich wusste, dass er diese Worte ernst meinte. Mir wurde flau im Magen, als ich an die Bibel in seinem Schlafzimmer dachte. Ob ich mit Tom darüber sprechen könnte, was ich empfand? Wusste er vom Glauben … oder vom Verlust des Glaubens? Es fiel mir schwer, die richtigen Worte zu finden.

„Ich fühle mich so verloren, Tom", sagte ich leise. Ich rang um meine Fassung, weil ich nicht losweinen wollte. „Ich bin schon so lange in die falsche Richtung unterwegs. Ich glaube nicht, dass ich den Weg zurück finde."

„Ich weiß, Ruby." Tom hielt mich fest an sich gedrückt. Ich spürte seinen Herzschlag an meiner Hand. „Das tut mir so leid. Aber wir werden gemeinsam einen Weg finden."

Ich fragte mich, ob Sheila tatsächlich recht gehabt hatte. Konnten sich Menschen wirklich von Grund auf verändern? Hatte Tom einen Glauben gefunden, der stark genug war, ihn davon abzuhalten, sich selbst zu zerstören? Ich war hin- und hergerissen zwischen Hoffnung und Zweifel. Schließlich schloss ich die Augen, weil ich nicht mehr weiterwusste.

Hilf mir, den Weg zurück zu finden. Zeige mir, was ich tun muss.

Kapitel 22

Die Trauerweiden wiegten sich sanft im Wind. Von ihren Zweigen fielen gelbe Blätter auf die Wellen des Sees. Das leise Rascheln des Lufthauchs in den Bäumen klang für mich wie eine geflüsterte Warnung. Meine Nerven waren bis zum Zerreißen gespannt.

Tom warf mit düsterer Miene einen Stein ins Wasser. „Willst du wenigstens abwarten, bis ich dich zum Frauenhaus begleiten kann?“

„Wann wird das sein?“ Ich saß neben ihm und hielt seine Hand. „Du machst dich dort rar, wo du sein solltest, und irgendwann fällt das jemand auf – entweder dem Bösewicht oder deinem Chef.“

„Dem Bösewicht …“

„Ich meine das ernst, Tom. Du hast selbst gesagt, dass du meine Unschuld nur dann beweisen kannst, wenn du weiter verdeckt ermittelst. Ich will nicht, dass du auffliegst, nur damit du dir ein paar Ordner schnappen kannst.“

Tom hob meine Hand an die Lippen und küsste die Handfläche. „Die Sache gefällt mir nicht, Ruby.“

Die sanfte Berührung löste in mir wohlige Schauer aus. Sosehr ich auch dagegen ankämpfte, ich spürte, dass ich mich wieder in diesen Mann verlieben würde.

Er setzte sich abrupt auf. „Ich habe eine Idee.“

„Was für eine Idee?“

„Ich habe eine Pistole, die ich im Dienst nicht benutze. Ich möchte, dass du die Waffe mitnimmst, wenn du ins Frauenhaus gehst. Nur für alle Fälle.“

Abwehrend hob ich beide Hände. „Ich habe in der Notaufnahme genug Unfälle mit Schusswaffen gesehen, Tom. Ich will so ein Ding nicht.“

„Du sollst damit ja nicht herumballern oder auf deinen Kopf zielen."

„Nein, kommt nicht infrage."

„Ruby, ich habe große Angst um dich. Bitte tu es für mich."

Die Furcht in seinen Augen ließ mich einlenken. „Also gut."

„Komm mit." Tom stand auf, packte meine Hand und ging mit mir zu seinem Auto. Er fuhr die Straße entlang.

„Wo ist denn dieses Ding?"

„Bei meinem Schlafplatz in der Nähe des Krankenhauses."

„Dein Schlafplatz?"

„Unter meiner Zweitidentität habe ich eine heruntergekommene Wohnung. Die anderen meinen, dass ich dort wohne. Wie ich schon gesagt habe, ist meine Wohnung, in der du übernachtet hast, nur meinen Chefs bei der Drogenfahndung bekannt und … na ja, jetzt weißt du auch davon."

„Ich weiß, was ein Schlafplatz ist, Tom. Ich habe bloß nicht erwartet, dass du mir diese Wohnung zeigst."

Ich griff in meine Handtasche, schrieb meine neue Handynummer auf ein Blatt Papier und reichte es Tom. „Das ist meine neue Telefonnummer."

„Willst du nicht doch lieber auf mich warten? Diese Ordner sind doch auch morgen noch im Frauenhaus."

„Das können wir nicht wissen. Außerdem musst du von diesem Jason so viel wie möglich herausfinden. Je eher wir beweisen können, dass ich keine Drogenhändlerin bin, desto besser."

„Also gut, aber bitte ruf mich an, sobald du dort fertig bist. Ich will nicht, dass du …" Er unterbrach sich abrupt und zog die Augenbrauen zusammen. „Ich lasse dich hier raus", sagte er nervös. „Geh zurück zu der Parkbank, dorthin, wo wir gerade waren."

„Was? Warum denn?"

„Sie sucht sich wirklich den ungünstigsten Zeitpunkt aus, um hier aufzutauchen!"

„Tom, was ist denn los?"

Ich folgte seinem Blick. Plötzlich schlug mein Herz bis zum Hals. Genau vor uns lehnte eine Frau am Geländer vor einem Wohngebäude. Es war die Blondine aus dem Club. Neben ihr stand ein Mann, wahrscheinlich ihr Bruder. Die beiden hatten uns noch nicht bemerkt.

„Es tut mir wirklich leid, Ruby, aber wenn ich nicht auffliegen will, dürfen die beiden dich nicht sehen. Bitte entschuldige."

„Das ist schon in Ordnung, Tom. Ich gehe zurück in den Park."

Tom fuhr langsamer. Dann hielt er neben einer ungepflegten Hecke an. Davor standen Müllcontainer. Ich schlüpfte rasch aus dem Auto und machte die Tür leise hinter mir zu. Tom fuhr weiter. Ich kauerte mich hinter die schmutzigen, stinkenden Container und wischte mir den Schweiß von der Stirn.

Ich wartete, bis Tom und die Blondine in dem Wohnblock verschwunden waren. Erst dann schlich ich mich weg.

Etwa eine halbe Stunde später war ich zurück im Park. Müde und wütend zugleich saß ich auf der Bank am Seeufer. Die Sonne stand schon ziemlich hoch am Himmel, sodass mich ihre grellen Strahlen blendeten. Ich hatte meine Schicht in der Notaufnahme verpasst, nur um zu erfahren, dass mir sowohl die Drogenfahndung als auch die Drogenhändler auf den Fersen waren. Außerdem wurde ich wegen einer anderen Frau wie ein Stück Abfall neben Müllcontainern deponiert. Viel schlimmer konnte der Tag für mich nicht mehr werden.

In meiner Handtasche summte mein Handy. Eine SMS von Tom. Ich las den Text auf dem Display.

Bleib auf der Bank sitzen und tu so, als ob du mich nicht kennst.

Diese Rolle konnte ich mindestens genauso gut spielen wie irgendein Statist. Trotzdem fiel es mir schwer, geradeaus zu sehen, ohne mich umzudrehen. Ich hörte seine Stimme und kurz darauf ein hohes, schrilles Lachen. Ich heftete meinen Blick auf das Wasser. Er hatte die Blondine mitgebracht. Als ich hörte, wie die beiden näher kamen, holte ich ein Buch aus meiner Handtasche und tat, als ob ich lesen würde.

Jetzt hörte ich die Stimme der Blondine. „Das kann doch nicht dein Ernst sein? Das ist ja so witzig. Wann hast du eigentlich gemerkt, was da lief?"

„Etwa fünf Sekunden, nachdem der Typ auf uns zugekommen ist", erwiderte Tom mit einem höhnischen Grinsen. Er klang wie ein völlig anderer Mensch, und er bewegte sich auch anders, wie ein arroganter Playboy.

„Das muss ich unbedingt meinem Bruder erzählen", hauchte die Blondine. Bewundernd sah sie zu Tom hoch. Ich fühlte mich plötzlich unwohl. Verstohlen blickte ich mich um, aber ich konnte den anderen Mann nicht entdecken. Vielleicht beobachtete er Tom und seine Schwester.

Ein paar Meter rechts von mir schlenderten Tom und die Frau zum Seeufer. Er hatte den Arm um sie gelegt, und sie schmiegte sich lächelnd an ihn.

„Das ist wirklich ein romantisches Fleckchen Erde." Ihre Stimme klang wie das Schnurren eines Kätzchens. Sie sah ihn unverwandt an, ihre Lippen zu einem auffordernden Lächeln verzogen.

Tom lächelte ebenfalls und legte die Arme um sie. Ich blätterte so schnell um, dass die Buchseite riss. Ich starrte in das Buch, doch ich bemerkte sehr wohl, wie sie zärtlich mit ihren Händen über Toms Oberarme strich.

Ich wollte schon aufstehen und weggehen, aber plötzlich erinnerte ich mich an Toms Nachricht auf meinem Handy. Deshalb setzte ich mich wieder und räusperte mich verärgert. Ich bemerkte, wie sich der Tonfall ihrer Stimme veränderte.

„Das tut mir wirklich leid, Tom." Die Blondine war nervös. „Er ist aufgetaucht, als ich gerade an deine Tür geklopft habe. Ich glaube, er ist mir gefolgt."

Tom strich ihr beruhigend über den Rücken. „Er will bloß sicher sein, dass wir zusammen sind, Mia. Wir ziehen vor ihm eine Show ab, und dann wird er dir nicht mehr nachspionieren."

Ich versuchte, nur auf die Enten zu sehen, die das auf dem

Rasen verstreute Popcorn aufpickten. Dann hörte ich, wie Tom etwas murmelte und Mia sich angespannt aufrichtete. Ich folgte mit den Augen ihrem Blick, und da stand ihr Bruder. Er war etwa fünfzig Meter entfernt und unterhielt sich mit einem Mann, der Springerstiefel und Jeans trug. Auf seinem T-Shirt sah ich ein riesiges Smiley, auf dessen Kopf ein Einschussloch gezeichnet war. Mir lief es eiskalt den Rücken herunter. Dieser Mann war alles andere als ein ehrlicher Bürger.

„Was machen wir jetzt?", fragte Mia.

„Gar nichts. Wir sind ja angeblich ineinander vertieft und bemerken deshalb nichts von unserer Umgebung", flüsterte Tom.

Er sah hinter sich, und sein Blick fiel direkt auf mich, aber er tat so, als hätte er mich nicht gesehen.

„Ich kann das nicht." Mias Stimme klang flehend.

„Entspann dich", erwiderte Tom, und plötzlich war eine seltsame Leere in seinem Blick. Er beugte sich vor und küsste sie, als ob sie eine Rolle in einem Film spielen würden.

Ich spürte, wie sich meine Fingernägel in meine Handflächen gruben.

„Noch so ein Kuss, und du überzeugst mich davon, dass wir wirklich zusammen sind", hauchte Mia.

Ich sprang von der Bank auf und näherte mich dem Seeufer. Plötzlich hörte ich, wie jemand heftig hustete. Mia klopfte Tom mit besorgter Miene auf den Rücken. Dann gingen sie Hand in Hand auf ihren Bruder zu. Tom ließ etwas aus seiner Gesäßtasche auf den Rasen fallen. Ich stand wie erstarrt da und heftete meinen Blick auf diesen Gegenstand.

Ich wäre beinahe in die entgegengesetzte Richtung gegangen, aber dann war meine Neugier doch stärker. Ich sah mich verstohlen um, tat so, als würde ich mein Buch fallen lassen, und bückte mich. Eine kleine Pistole lag im Gras. Ich hob sie zusammen mit meinem Buch auf. Weil ich nicht so recht wusste, was ich mit der Waffe anfangen sollte, ging ich zurück zur Bank und setzte mich wieder.

Mir wollten wieder die Tränen kommen, aber ich hielt sie zurück. Ich hatte schon jetzt genug von diesem kleinen Einblick in Toms Beruf.

Als ich die winzige Kleinkaliberpistole in meiner Handtasche verschwinden ließ, dachte ich an den Würgegriff von Antonios Händen um meinen Hals. Eine düstere Vorahnung stieg in mir auf. Vielleicht war es doch nicht so verkehrt, eine Waffe zu haben. Ich erinnerte mich an den Hass in Antonios Augen. Wie lange würde es wohl dauern, bis er wieder versuchen würde, mich umzubringen?

Kapitel 23

Ich entschloss mich, vom Park aus zu Fuß zum Frauenhaus zu gehen, denn dann saß ich nicht hier fest, während Tom zusammen mit Mia seine Show abzog. Und schließlich konnte mir ein bisschen Bewegung nicht schaden, redete ich mir ein.

Ich merkte, dass ich mich selbst belog.

Mein Telefon meldete sich zwitschernd, und ich blieb stehen, um es aus der Tasche zu holen. Es war Ben.

„Hallo Ben, was gibt's?"

„Hallo Ruby, hast du gerade zu tun?"

Seine Stimme klang atemlos und nervös.

„Äh, nein." Ich warf einen Blick auf meine Füße, die in Turnschuhen steckten. „Ich gehe gerade spazieren."

„Ach so. Äh … können wir uns treffen? Ich habe … können wir reden? So bald wie möglich?"

„Worum geht es denn, Ben? Ist alles in Ordnung?"

„Ich möchte lieber direkt mit dir sprechen, Ruby."

Ich sah mich in der Straße um, aber ich konnte keine Restaurants oder Cafés entdecken. „Na gut. Kannst du mich abholen?"

„Klar doch. Wo bist du?"

Ich nannte ihm die Namen der Seitenstraßen und beendete das Gespräch. Einen Straßenblock weiter entdeckte ich eine leere Sitzbank an einer Bushaltestelle unter einem Metalldach. Ich entschloss mich, dort zu warten. Mein Telefon klingelte wieder. Weil ich dachte, es sei Ben, nahm ich den Anruf an.

„Ich bin an der Bushaltestelle", sagte ich anstelle einer Begrüßung.

„Was für eine Bushaltestelle?" Toms Stimme erschreckte mich.

Ich biss die Zähne zusammen, als ich daran dachte, wie er Mia am Seeufer geküsst hatte. Natürlich machte er nur seine Arbeit, aber dieser Gedanke half mir nicht. „Was willst du, Tom?"

„Du bist mir doch nicht böse, oder?" Er klang überrascht.

„Nein, Tom. Ich sehe nur gerne, wie du deine Kusstechnik an anderen Frauen demonstrierst!"

„Sie ist eine Kriminelle, Ruby. Ihr Bruder ist ihr gefolgt, als sie zu meiner Wohnung kam. Er wird langsam misstrauisch, deshalb mussten wir diese Farce veranstalten."

„Das habe ich gesehen."

„Wo bist du, Ruby? Ich kann dich abholen."

Ich schüttelte den Kopf, obwohl Tom mich nicht sehen konnte. „Spar dir die Mühe. Ich werde bereits abgeholt."

„Ruby, das mit heute Nachmittag tut mir leid. Entschuldige, dass ich dich aus dem Auto werfen musste …"

„Ich musste mich zwischen Müllcontainern verstecken, Tom", erwiderte ich mit ruhiger, beherrschter Stimme. „Ich habe mich hinter Büschen geduckt, und dann musste ich zusehen, wie du ganz in meiner Nähe Mias Rachenmandeln untersucht hast."

„Wo bist du?" Toms Stimme klang vorsichtig und ebenfalls beherrscht. Offenbar machte ihm die ganze Sache nichts aus, zumindest nicht so viel wie mir. Diese Tatsache machte mich nur noch wütender.

„Ich habe dir doch gesagt, dass du dir die Mühe sparen kannst. Ich werde bereits abgeholt", brachte ich mühsam heraus.

„Rufst du mich nach deinem Treffen mit Ben an?"

Wie konnte Tom mich nur so leicht durchschauen?

„Ich habe nicht gesagt, dass Ben mich abholt."

„Es ist Ben", erwiderte er ruhig. „Wer sonst?"

„Das spielt doch keine Rolle." Ich sah Bens Transporter an der Ampel und stand auf, um ihm zuzuwinken.

„Ruby, du bist die einzige Frau, mit der ich zusammen sein will. Bitte vergiss das nicht."

Ich konnte nicht antworten, weil ich plötzlich einen Kloß im Hals spürte. Ich beendete das Gespräch.

Ben fuhr vor und beugte sich nach rechts, um die Beifahrertür aufzuschließen. „Hast du Lust auf eine Tasse Kaffee?“

„Ich will erst mal weg von hier“, erwiderte ich gereizt.

Ich stieg ein, und wir fuhren zu dem Café, in dem wir uns getroffen hatten, als Dakota verschwunden war. Das fand ich zwar ziemlich gedankenlos, aber ich ließ ihn gewähren. Ben war nicht sehr sensibel, aber er war ein guter Mensch. Wir setzten uns in eine Nische im hinteren Teil des Cafés.

„Und was hast du seit heute früh so gemacht?“

Ben sah aus dem Fenster. „Ich habe recherchiert.“

„Davon habe ich schon gehört, Ben.“ Ich legte beide Hände flach auf den Tisch. „Hast du Tom überprüft?“

„Hat er dir das erzählt?“

„Hat er“, sagte ich ruhig.

Er zog unter seiner Jacke einen Aktenordner hervor und legte ihn auf den Tisch.

Mir wurde ganz flau im Magen. Ich brauchte den Ordner nicht aufzuschlagen, weil ich den Inhalt bereits kannte. Ich tippte mit dem Finger auf die braune Pappe und beugte mich vor. Ich senkte meine Stimme zu einem Flüstern.

„Du hattest kein Recht, diese Akte anzufordern, Ben. Die darin enthaltenen Daten sollen unter Verschluss gehalten werden, weil sie aus seinem Lebenslauf gelöscht wurden.“

Ben sah mich entsetzt an. „Du weißt davon?“

Ich war sprachlos. Obwohl sie unter meinen Ponyhaaren versteckt war, fuhr ich mit dem Finger über die Schläfe und tastete nach der Narbe, die sich dort befand. Dann riss ich mich zusammen und ballte beide Hände im Schoß zu Fäusten. „Natürlich weiß ich davon. Und die Tatsache, dass du diese Akte angefordert hast, erschwert Toms Ermittlungen.“

„Ich kann es nicht fassen, dass du davon weißt.“ Er lehnte sich zurück und fuhr sich mit beiden Händen über das Gesicht. „Damals ist ein Jugendlicher gestorben, Ruby.“

Ich wollte nicht darüber reden. Ich hatte nicht die Kraft, jene entsetzliche Nacht in Gedanken noch einmal zu erleben. Deshalb zwang ich mich, meine Stimme ruhig klingen zu lassen. „Das weiß ich. Ich weiß auch, dass es ein Unfall war."

Ben schlug den Ordner auf. „Ich lese hier, dass der Staatsanwalt unbedingt eine Klage wegen Totschlags einreichen wollte. Es gab jedoch nicht genug Beweise. Die Zeugin ..."

Er blätterte die erste Seite um, weil er weiterlesen wollte. Ich sah ein auf dem Kopf stehendes Foto von Tom als Teenager. Beim Blick auf sein geschwollenes, verletztes Gesicht und sein blutbeflecktes Hemd wurde mir schwer ums Herz.

Zitternd streckte ich den Arm aus und griff nach Bens Hand. Mein Flüstern war durch die Geräuschkulisse des Cafés kaum hörbar. „Die Zeugin verweigerte die Zusammenarbeit. Sie stand unter Schock und befand sich in ärztlicher Behandlung."

Ich spürte, wie Bens Hand sich anspannte. Sein Blick bewegte sich vom Ordner weg zu meinen Augen. „Woher weißt du das, Ruby?"

„Ich war dabei, Ben. Die Zeugin war ich."

„Aber das war doch in einer Jugendstrafanstalt ..." Er starrte mich an. Sein zunächst besorgter Blick wurde argwöhnisch. „Du ... du warst dort?"

Ich nickte.

„Was ... warum denn?"

„Frag lieber nicht, Ben. Das alles ist so lange her."

Ben legte seine Hand auf meinen Arm und beugte sich vor. „Ruby, dieser Typ hat nur Schaden angerichtet, seitdem er hier ist. Was soll ich denn machen? Soll ich zusehen, wie alles auseinanderfällt?"

Verärgert zog ich meinen Arm weg. „Das ist nicht fair. Tom hat keinen Schaden angerichtet. Antonio Llave hat einen seiner Schlägertypen damit beauftragt. Es war die Culebra-Bande."

„Du hast die ganze Zeit gewusst, wer hinter dem Vandalismus steckt, und sie haben auch Dakota auf dem Gewissen." Das war eine Feststellung, keine Frage. Wütend schlug er den Ordner zu.

„Ben …“

„Weiß Tom Bescheid?“

Ich nickte.

Bens Gesichtszüge verdüsterten sich.

„Ich hatte Angst, dass du dich an Antonios Fersen heften würdest, Ben. Dieser Typ ist gefährlich. Antonio gehört zur Culebra-Bande.“

Ben sah mich an, als sei ich ihm fremd. Als er sprach, klang seine Stimme bitter. „Ich hab gedacht, dass ich dir einen Gefallen tue, Ruby, wenn ich dich wissen lasse, worauf du dich einlässt. Aber offenbar weißt du bereits, was für ein Mensch dieser Tom ist, und es ist dir egal.“

„Er ist nicht so, wie du meinst“, erwiderte ich hitzig und schob den Ordner von mir weg. „Er … du kennst nicht die ganze Geschichte.“

„Dann klär mich auf, Ruby. Erklär mir, wie sich dieser Typ, dieser Mörder, in deinen Märchenprinzen verwandelt hat.“

„Er ist nicht mein Märchenprinz, Ben.“

„Dann sag mir, dass du nicht in ihn verliebt bist.“

Ich zögerte, und dann sah ich aus dem Fenster. „Ich … das kann ich nicht.“

Ben nahm den Ordner in die Hand und wedelte damit herum. „Ich weiß nicht, wie du seine Tat rechtfertigen kannst, Ruby. Ich weiß nicht, warum du mit so jemandem zusammen sein willst.“

„Bloß weil meine alten Gefühle für ihn wieder hochkommen, heißt das noch lange nicht, dass ich mich ihm wieder an den Hals werfe“, fauchte ich. Ich fühlte mich schuldig, weil ich Ben etwas vorgemacht hatte und Toms Anziehungskraft erlegen war.

„Du liebst ihn, willst aber nicht mit ihm zusammen sein.“ Ben musterte mich misstrauisch. „Das musst du mir erklären.“

„Es ist offensichtlich, dass Tom und ich eine komplizierte Vergangenheit haben“, erwiderte ich leise. Ich rang um meine Fassung.

Bens goldgefleckte Augen verdunkelten sich. Wieder zeigte er mit dem Ordner auf mich. „Erklär mir, warum du vor diesem Typen nicht die Flucht ergreifst, obwohl du das alles weißt."

„Du verstehst nicht, wie das damals war, Ben." Ich konnte nicht weitersprechen.

Ben beugte sich vor und packte meine Hände. „Dann erzähl es mir, Ruby. Was ist in jener Nacht geschehen?"

Ich brachte kein Wort heraus. Ich konnte nicht darüber sprechen, nicht hier und auch nicht an einem anderen Ort. Ben würde es nicht verstehen.

„Also gut." Ben stand auf, griff sich den Ordner und marschierte zur Tür hinaus, ohne einen Blick zurückzuwerfen. Er fuhr einfach davon, weg von mir und dem Trümmerhaufen, der von meinem Leben übrig geblieben war.

Kapitel 24

Tom

Tom kippte den Bürostuhl nach hinten und legte die Füße auf die Holzplatte des Schreibtischs. Er grübelte über Ruby nach und kaute nachdenklich an der Innenseite seiner Wange. Er musste unbedingt mit ihr reden. Der Ausdruck in ihren Augen, als er Mia geküsst hatte, ging ihm einfach nicht aus dem Kopf. Das hatte sie verletzt, aber es war ja verständlich, dass die ganze Situation für sie nur schwer zu ertragen war. Tom rieb sich mit den Fingern die Schläfen, weil er plötzlich einen pochenden Schmerz spürte. Er hatte sie endlich gefunden. Es war wie ein Wunder, dass sie ihn wieder in ihr Leben lassen wollte, aber dieser Einsatz könnte ihre Chancen auf eine neue Liebe zunichtemachen. Tom wollte nicht zulassen, dass die äußeren Umstände sie noch einmal trennen würden, nicht dieses Mal. Diesmal würde er für sie beide kämpfen.

Der Klang einer zornigen Stimme riss Tom aus seiner Grübelei. Jason Peterson marschierte auf und ab. Er schrie seine Schwester Mia an. Tom, ihr angeblicher neuer Freund, schwieg. Man mischt sich nicht ein, wenn es Probleme in der Familie gibt. Das hatte er in seinem Beruf als verdeckter Ermittler schon frühzeitig gelernt.

Jason machte weiter mit seiner Schimpfkanonade. „Du lässt besser die Finger von dieser Sache, Mia. Wenn du ein Problem hast, wenn du Geld brauchst, um deine Spielschulden zu bezahlen, dann komm zu mir. Aber verkauf bloß keine Drogen von *meinem* Club aus, hinter meinem Rücken."

Sie warf Tom einen besorgten Blick zu, aber er lächelte bloß aufmunternd und zwinkerte ihr zu. Er konnte sie nicht spüren lassen, wie beunruhigt er war. Jason war wahnsinnig. Tom hatte einmal beobachtet, wie er einen seiner Mitarbeiter wegen ein paar zerbrochener Whiskyflaschen zusammengeschlagen hatte. Dazu hatte er die Scherben der Flaschen benutzt.

„Ich … ich weiß gar nicht, wovon du redest." Mias Stimme klang weinerlich. „Tom, sag doch was. Wir haben genug zu tun mit den neuen Clubs in Arizona. Ich hab doch gar keinen Grund, von deinem Club aus Drogen zu verkaufen. Das macht doch gar keinen Sinn."

Tom nickte zustimmend. „Genau, Jason. Warum sollten wir uns mit Kleckerkram aus deinem Club befassen, wenn wir in meinen Clubs in Arizona richtig Kohle machen können? Das ist doch kontraproduktiv, Mann." Tom grinste Jason an. „Ach, und wenn wir grade dabei sind …"

Jason nickte. Seine Augen verengten sich. „Ich arbeite dran."

„Ich mein' ja bloß", konterte Tom. „Jetzt machen wir schon alles startklar für die Saison der Junggesellen-Partys, und da muss ich mit der Konkurrenz mithalten können. Das heißt für mich, dass ich das Gesamtpaket anbieten muss. Du weißt schon: Mädels, Sprit *und* kleine Party-Geschenke, und von allem nicht zu wenig. Deshalb musst du bald liefern, Jason."

Jason winkte scheinbar lässig ab und starrte Mia zerstreut an. „Du kriegst schon deine ‚Party-Geschenke', Tom."

Tom warf einen Blick auf die lange Reihe von Überwachungskameras hinter Jason. In dem Flur, der zu den Toiletten führte, waren keine Kameras installiert. Dort machten die meisten Drogenhändler ihre Geschäfte. Mit gespielter Neugier sah er Jason an. „Wie hast du überhaupt mitbekommen, dass die Drogen aus deinem Club raus verkauft worden sind? Ich mein', ich muss ja selber aufpassen, dass so was bei mir nicht passiert."

Jason machte eine hilflose Bewegung mit beiden Armen. „Ich hab ein paar von diesen leeren Plastiktütchen im Treppenhaus gefunden. Sieht so aus, als ob sie irgendeinem Idioten aus der Tasche gefallen sind."

Tom unterdrückte ein Schmunzeln. Er hatte selbst die Tüten dort platziert, um den Druck auf Jason zu verstärken. Je mehr Probleme Jason durch Tom bekommen würde, desto wahrscheinlicher war es, dass schon bald ein großer Drogenverkauf über die Bühne gehen könnte.

„Das klingt ganz nach einem kleinen Straßenhändler“, sagte Tom zu Jason. „Meinst du, die Bullen sind an der Sache dran?“

„Wenn die Bullen davon Wind kriegen, haben wir ein Riesenproblem“, erwiderte Jason und nickte zustimmend. „Ich hab noch nichts gehört, aber die kommen sofort in die Gänge, wenn die Infos stimmen.“

„Kannst du dir vorstellen, wer dahintersteckt?“, fragte Mia ihren Bruder. „Wer ist denn so bescheuert und verkauft Drogen aus deinem Club raus?“

Jason beendete seinen nervösen Gang durch das Zimmer. Er vergrub beide Hände in den Taschen seiner eleganten Hose. Offenbar war er verunsichert. Der aus einer wohlhabenden Familie stammende Mann besaß mehrere exklusive Clubs, die über die ganze Stadt verstreut waren. Tom wusste, dass der Club *Flow* dazugehörte. Wie viele weitere Clubs Jason unter dem Namen von Scheinfirmen führte, war eine der Fragen, die Tom und seine Kollegen bei der Drogenfahndung klären wollten. Und dann ging es ihnen natürlich auch um die Identität des Drogenlieferanten.

Jason zeigte mit dem Daumen auf die Tür. „Ich weiß bloß, dass ich echten Stoff habe, und zwar kiloweise. Da steht einiges auf dem Spiel, wenn so ein Versager von der Straße das schnelle Geld machen will. Die Bullen vom Rauschgiftdezernat beobachten uns vielleicht schon.“

Soweit Tom informiert war, gab es im Club keine heimlichen Drogenverkäufe. Er wollte Jason bloß in dem Glauben lassen, dass jemand durch die Hintertür Drogen verkaufte. Jasons Verfolgungswahn grenzte fast schon an Panik. Tom machte sich diese krankhafte Angst zunutze, um den Termin für die große

Drogentransaktion vorzuverlegen. Wenn Jason nervös wurde, würde er bestimmt Fehler machen.

Tom stellte die Füße wieder auf den Boden und stand auf. Er streckte sich genüsslich, warf einen leeren Kaffeebecher in den Papierkorb und zuckte betont lässig mit den Schultern. „Und außer Mia verdächtigst du niemanden sonst?"

Jasons Augen verengten sich. Dann griff er in die oberste Schublade seines Schreibtischs und zog ein Blatt Papier heraus. Er hielt es Tom hin. „Klar habe ich einen Verdacht."

Tom warf einen Blick auf das Blatt, machte aber keine Anstalten, es in die Hand zu nehmen. „Kannst du's mir nicht einfach sagen?"

Jetzt blickte Jason verärgert drein. „Nein, ich kann's dir nicht einfach sagen, Tom. Das hier ist ein Foto."

Toms falsche Identität als Geschäftsmann aus wohlhabender Familie gehörte zu dem Deal zwischen Mia und dem Staatsanwalt. In seiner Rolle als reicher Erbe durfte Tom sich nicht stur stellen, wenn man ihm einen Befehl erteilte. Also schlenderte er zu Jason herüber und blickte gelangweilt drein, als er das Foto in die Hand nahm. Um Strafmilderung zu bekommen, verbürgte sich Mia bei ihrem Bruder für Tom und lieferte dem verdeckten Ermittler Informationen über Jasons Drogengeschäfte. Weil sie seine kleine Schwester war, wusste sie jedoch nicht allzu viel. Jason brauchte Mia bloß als gehorsames Werkzeug und als attraktiven Blickfang.

Tom warf einen Blick auf das Foto. Es handelte sich um ein Bild aus der Überwachungskamera am Haupteingang des Clubs. Der hoch gewachsene Türsteher stand an der Samtkordel und kontrollierte die Gäste, dic hereinkommen wollten. Auf dem Bild sah man, wie er einen kleinen Gegenstand in die Handtasche einer Frau fallen ließ. Das hatte Tom selbst schon bei dem Türsteher beobachtet, als er im Club gewesen war. Er hatte auch erkannt, um was es sich bei dem Gegenstand handelte: um eine Eintrittskarte zu einem konkurrierenden Club, kein Tütchen mit Drogen. Trotzdem kam Tom mit Jasons falschem Verdacht seinem Ziel näher. Deshalb schüttelte er mit gespielter Abscheu den Kopf.

„Vielleicht lässt der sich auch bestechen, damit Leute in den Club können."

Jason zog die Augenbrauen hoch. „Auf die Idee bin ich noch gar nicht gekommen. Heute Abend soll Mia sich in der Nähe der Tür aufhalten und sehen, wen er reinlässt."

Tom nickte zustimmend und hielt das Blatt Papier über Jasons Schreibtisch. Als das Foto herunterfiel, ließ Tom eine schnell lösliche Pille aus seinem Handgelenk in die bereitstehende Kaffeetasse fallen. Ein kurzer Blick auf Mia zeigte ihm, dass sie nichts bemerkt hatte. Die winzige, mit einem Gummiband an Toms Hemdärmel befestigte Pillendose schnallte zurück, als er sie losließ. Das war ein alter Zaubertrick. Tom musste lächeln, als er daran dachte, wie er damals zusammen mit Ruby auf dem Jahrmarkt gewesen war.

„Willst du das wirklich trinken?", fragte Tom skeptisch und nahm Jasons Kaffeetasse in die Hand, um das leise Zischen der sich auflösenden Pille zu überdecken.

Jason fiel auf diesen alten Trick herein. Er nahm Tom die Tasse ab. „Klar will ich das trinken." Er trank den Kaffee in einem Zug aus, damit Tom ihm nicht die Tasse abnehmen konnte.

Tom quittierte das mit einem scheinbar lässigen Achselzucken. Das Aufputschmittel würde Jason so unruhig machen, dass er kaum noch in der Lage wäre, einen klaren Gedanken zu fassen. Wenn Jason sich nicht mehr richtig im Griff hätte, könnte Tom ihn eher dazu bringen, das große Drogengeschäft so bald wie möglich abzuschließen. Diese Methode war zwar regelwidrig, aber trotzdem wirkungsvoll. Tom musste wieder an Ruby denken. Es gefiel ihm gar nicht, dass sie dieses Risiko auf sich nahm, um an die Dokumente zu kommen. Wenn sie nicht so wütend auf ihn gewesen wäre, weil er Mia geküsst hatte, hätte er sie vielleicht überreden können, noch eine Weile zu warten.

Tom biss die Zähne zusammen. Der Einfluss, den Ruby auf ihn ausübte, überdauerte die Zeit, widersprach aber jeder Logik. Er sehnte sich mit jeder Faser seines Herzens nach ihr und ertrug es kaum, von ihr getrennt zu sein. Vor seinem inneren Auge erschien Rubys außergewöhnlich schönes Gesicht wie eine Erinnerung an eine längst vergessene Vergangenheit. Mit einem Kopfschütteln versuchte er, die in ihm aufsteigende Angst zu verdrängen. Er hatte sie schon einmal fast verloren, und das sollte diesmal nicht passieren.

Er schrak auf, als er Jasons Stimme hörte.

„Also, eins muss ich dir sagen", schnaufte Mias Bruder, während er seine Krawatte lockerte. Sein Gesicht war gerötet. „Ich hab Angst, dass wir Probleme kriegen. Mein Lieferant regt sich auf, weil da eine Ermittlung läuft. Er sagt, dass die Typen von der Drogenfahndung hier die Straßen unsicher machen."

„Ach, ist er denn von hier?", fragte Tom. Nachdenklich verschränkte er die Arme vor der Brust. Jetzt war seine Aufmerksamkeit geweckt.

„Klar doch, aber er lässt mich hängen", erwiderte Jason. Er wischte sich mit dem Ärmel seines Jacketts den Schweiß von der Stirn. „Dabei hab ich hier zig Sachen gleichzeitig laufen. Und jetzt kommt auch noch dieser Straßendealer und verkauft den Stoff aus meinem Club ... Ich kann dir sagen, wenn ich diesen Kerl erwische ..."

„Wenn sich dein Verdacht bestätigt und der Türsteher die Drogen aus deinem Club verkauft, wird die Polizei eine Razzia durchführen", unterbrach ihn Tom. „So was kannst du dir nicht leisten."

Jason nickte zustimmend und warf Mia einen Blick zu. Er setzte sich auf seinen Bürostuhl und murmelte etwas vor sich hin, während er die obersten Knöpfe seines Hemdes öffnete. „Wir müssen rausfinden, wer so was macht."

Tom ging zum Fenster des im zweiten Stock gelegenen Büros. Er sah einen Mann, der auf der anderen Straßenseite neben einem Wegweiser stand. Es war einer der Informanten, die Tom für ihre Dienste bezahlte. Der Mann lief vor dem Schild auf und ab, als ob er dringend auf die Toilette müsste. Es würde nicht mehr lange dauern, bis man ihn bemerken würde. Toms Kiefermuskeln spannten sich an, während er nachgrübelte, unter welchem Vorwand er das Büro verlassen könnte.

Jasons Stimme hinter ihm klang wütend, beinahe wie die eines Wahnsinnigen. „Wenn dieser Typ uns die Bullen auf den Hals hetzt, bring ich ihn eigenhändig um."

Toms Magen zog sich krampfhaft zusammen. Sein Informant sah jetzt sogar nach oben zum Bürofenster. Tom wunderte sich, dass sich noch keiner von Jasons Leuten um den Mann kümmerte. Er musste so schnell wie möglich nach unten gehen. Tom zuckte scheinbar gelangweilt die Achseln und drehte sich zu Jason um.

„Soll ich mich darum kümmern, Jason?", fragte er und setzte eine desinteressierte Miene auf. „Ich mein' ja bloß. Ich kann mich mal umhören. Wenn wir diesem Türsteher das Handwerk legen, kann dein Lieferant vielleicht ein bisschen schneller machen mit meinem Stoff."

Das Aufputschmittel wirkte bereits. Jasons Stirn war schweißnass, als er überrascht die Augenbrauen hochzog. „Ja, kannst du das denn für mich erledigen?"

Tom nickte kurz. Dann sah er demonstrativ auf seine Armbanduhr.

„Ich muss jetzt los", sagte er. „Soll ich dich später abholen?", fügte er hinzu und sah Mia an.

Sie wollte gerade etwas erwidern, aber da hob Jason abwehrend die Hand. Wieder war sein Gesicht vor Wut verzerrt. „Nein, heute Abend überwacht Mia die Tür, so wie du es vorgeschlagen hast."

„Alles klar. Und ich nehme diesen Türsteher unter die Lupe", erwiderte Tom. Er musste schmunzeln, denn der Vorschlag, Mia solle den Eingang des Clubs überwachen, stammte in Wirklichkeit gar nicht von ihm.

„Wenn du dieses Problem für mich löst, wette ich jeden Betrag, dass ich für dich dieses Treffen arrangieren kann", verkündete Jason plötzlich.

Tom war erleichtert. Er hatte schließlich seit Monaten versucht, sich mit Jasons Drogenlieferant zu treffen. „Betrachte das Problem als gelöst."

„Aber beeil dich", schrie Jason, der immer wütender wurde. „Ich hab noch mehr Geschäfte mit diesem Typen als deine Bestellung. Hier laufen viel größere Sachen, kapierst du das?"

Jason hatte seine Launen sonst immer im Griff, aber seit letzter Woche war er unberechenbar. Das lag nicht nur an den Drogen, die Tom ihm heimlich zuführte. Jason war dem Druck durch die sich ausweitenden Drogengeschäfte nicht gewachsen. Teure Kleidung und viel Geld konnten nicht über Jasons Zustand hinwegtäuschen. Schon bald würde die schöne Fassade Risse bekommen. Tom beobachtete, wie sich auf Jasons Gesichtszügen Ärger, Wut und kaum unterdrückter Hass abwechselten. Für Tom war es offensichtlich, dass dieser Mann bald zusammenbrechen würde.

„Kein Problem, Jason. Ich kümmere mich darum", erwiderte Tom und lächelte.

Jason erwiderte dieses Lächeln, aber bei ihm wirkte es fast wie das verzerrte Grinsen eines Wahnsinnigen. „Gut."

Tom warf Mia einen beschwichtigenden Blick zu. Die junge Frau reagierte mit einem fast unmerklichen Nicken.

„Ich bin gleich zurück", sagte Tom.

Er verließ das Büro, ging die Hintertreppe hinunter und umrundete das Gebäude bis zur Vorderseite des Clubs. Der Informant, der auf der anderen Straßenseite bereits vor Nervosität herumtänzelte, sah Tom und blieb abrupt stehen. Tom deutete nach vorne und ging mit gesenktem Kopf auf dem Bürgersteig weiter. Er überquerte mehrere Querstraßen, bis er in der kleinen Seitenstraße angekommen war. Der Informant, ein Obdachloser namens Chuy, schlurfte ein paar Minuten später heran.

Tom drehte sich frustriert zu ihm um. „Chuy, was machst du denn, Mann? Du hättest auch gleich ein Schild hochhalten können mit der Aufschrift *Tom ist ein Bulle*!"

Bei diesen Worten zuckte Chuy zusammen.

Tom fühlte sich wie ein Trottel. Deshalb hob er beide Hände, als wolle er sich ergeben. Dann zuckte er mit den Achseln. „Was gibt's, Chuy? Hast du was für mich?"

„Eine Menge wert", murmelte Chuy. „Die Info ist eine Menge wert."

Tom nickte und griff in seine Hosentasche. „Erzähl mir zuerst, was du weißt, und dann sehen wir weiter."

Chuy schlug nach imaginären Fliegen und schimpfte mit den angeblich vorhandenen Insekten. Er äußerte ein paar Wörter in einer Sprache, von der Tom wusste, dass sie nicht existierte, und dann fiel sein Blick wieder auf Tom. Er erschrak, als ob er sein Gegenüber zum ersten Mal sehen würde.

„Was willst du?", schrie er Tom an.

Tom seufzte. Der andere Mann tat ihm wirklich leid. Die Tätowierung an seinem Unterarm wies ihn als ehemaliges Mitglied einer Elitetruppe aus.

„Du hast gesagt, dass du Informationen für mich hast", erinnerte Tom den Obdachlosen. „Du hast gesagt, dass die Info eine Menge wert ist."

Chuy schnippte mit den Fingern und lachte gackernd. „Oh ja", erwiderte er aufgeregt. „Du kennst doch das Haus, den sicheren Ort?"

Tom schüttelte den Kopf. „Welches Haus?"

„Das Haus, das sicher ist für die Mädchen und die Mütter mit Kindern."

Tom überlegte kurz, und plötzlich verstand er. „Du meinst das Frauenhaus? Ist es das, wovon du redest?"

Chuy schnippte wieder mit den Fingern und deutete mit einem Kopfnicken auf Tom. „Das ist's. Das Frauenhaus."

Tom spürte plötzlich seinen Herzschlag in der Brust. „Was

läuft dort ab, Chuy?“ Sein Herz schlug schneller, als er zwei Zwanzigdollar-Scheine aus einem Bündel mit Geldscheinen herauszog.

Chuy heftete seinen Blick auf das Geld. Er fuhr sich mit der Zunge über die Lippen, bevor er antwortete. „Rote Hunde“, flüsterte er und deutete auf seinen Hals. „Eine Meute rote Hunde rennt dort rein.“

Tom starrte Chuy ungläubig an. Die Tätowierung mit dem Bild eines roten Hundes am Hals war das Symbol der South Side Boys, einer Bande außerhalb von Los Angeles. Was auch immer da lief, es lief im Frauenhaus. Tom schüttelte den Kopf. Er versuchte, klar zu denken, weil er nicht so recht wusste, was er mit dieser Information anfangen sollte. Plötzlich setzte sein Herzschlag aus. Ruby!

Tom gab Chuy die Geldscheine, holte sein Prepaid-Handy heraus und wählte die Nummer seiner Kollegin Dorris. Sie meldete sich nach dem ersten Klingelton. Tom hörte im Hintergrund Sirenengeheul und laute Männerstimmen.

„Agentin Sagebrush“, keuchte sie. „Bist du das, Tom? Wo bist du?“

Dorris Sagebrush, eine alte Bekannte von der Polizeiakademie, arbeitete bei der Drogenfahndung in seiner Gruppe. Sie hielt ihn auf dem Laufenden, obwohl ihr Chef Lopez allen Mitarbeitern Stillschweigen auferlegt hatte.

„Es ist dieser Bandentyp, den ich beschatten sollte, dieser Antonio. Ich habe ihn vor einer Stunde hier in der Gegend gesehen. Ein Streifenwagen hat ihn gemeldet, und Lopez hat seine Festnahme angeordnet.“ Dorris atmete schwer. „Wir hatten ihn, Tom. Wir hatten ihn, aber er ist uns durch die Lappen gegangen. Ich weiß nicht, wo er ist. Wir wissen nicht, wo er hinwill.“

Tom lief durch die Seitenstraße. Dann rannte er zu seinem Auto, das er weiter unten in der Straße geparkt hatte. Er schrie jetzt fast ins Telefon.

„Ich glaube, er ist auf dem Weg ins Frauenhaus“, rief Tom. „Er ist hinter Ruby her.“

Er machte einen Hechtsprung in sein Auto und wählte die Nummer des Kollegen, der Ruby beschattete. Ihm zitterten die Hände, während das Telefon klingelte. Scott nahm beim fünften Klingelton ab.

Tom konnte sich kaum noch beherrschen. „Wo ist Ruby?“

Kapitel 25

Teresa begrüßte mich mit einem herzlichen Lächeln, als ich das Frauenhaus betrat. Sie stand am Empfangstresen und ordnete Blumen in eine Vase. Rosa und lila Nelken harmonierten perfekt miteinander, während sie jede einzelne Blüte sorgfältig an ihren Platz steckte. Sie liebte diese ruhige Zeit des Tages, wenn die meisten Bewohnerinnen beim Mittagessen waren.

Ich tat wenigstens etwas, damit meine Welt nicht vollständig auseinanderfiel, indem ich diese Ordner suchte. Und was konnte mir schon am helllichten Tag und in der Gegenwart von Augenzeugen geschehen?

„Hallo Ruby, weißt du schon das Neueste?"

„Was denn?"

„Downey hat hier übernachtet. Sie hat ein üppiges Abendessen zu sich genommen und gefragt, ob sie hierbleiben kann. Ich habe ihr ein Bett in der Kinderabteilung gegeben."

Ich war wirklich überrascht und schenkte ihr ein anerkennendes Lächeln. „War sie heute Morgen immer noch hier?"

„Ja, stell dir vor."

„Das ist eine tolle Neuigkeit, Teresa."

„Na ja, das verdanken wir dir, Ruby. Diese Mädchen vertrauen sonst niemand da draußen. Sie hat gesagt, dass sie sogar einem anderen Mädchen eine Visitenkarte von deiner Ambulanz gegeben hat."

Die Ambulanz gab es nicht mehr, und ich wusste noch nicht, ob ich sie jemals wieder aufbauen könnte.

„Wir haben ihr natürlich gesagt, dass sie erst mal hierherkommen kann", fügte Teresa rasch hinzu, weil sie meinen Gesichtsausdruck falsch gedeutet hatte.

„Oh, dann ist es ja gut."

Ich stellte meine Arzttasche ab und spazierte in die kleine Küche, um mir etwas Kaffee zu holen. Die Aktenschränke in Teresas Büro standen direkt gegenüber. Ich biss mir auf die Unterlippe. Vielleicht sollte ich ihr einfach erklären, was ich suchte, anstatt mir die Ordner hinter ihrem Rücken zu holen.

Wenn jedoch herauskäme, dass sie mir geholfen hatte, könnte sie in Schwierigkeiten geraten und sogar das Frauenhaus verlieren. Nein, das wäre fatal. Ich würde die Ordner einfach schnappen, sie in meine Arzttasche werfen und sie in einem Café in Ruhe lesen, beschloss ich. Plötzlich riss mich ein lautes Geräusch aus meinen Grübeleien.

Draußen hielt ein Auto mit quietschenden Bremsen. Ich bekam eine Gänsehaut, als ich das hörte. Ich warf einen verstohlenen Blick aus dem Fenster und erstarrte vor Schreck. Drei junge Kerle sprangen aus einem aufgemotzten Auto und rannten auf das Frauenhaus zu.

Ich drehte mich abrupt um und schrie nach Teresa, während ich zum Empfangstresen rannte. „Teresa, schließ den Eingang ab!"

Mein Adrenalinspiegel stieg blitzartig an, als sich meine Finger um den Türriegel legten. Ich war eine Sekunde zu spät. Die Tür wurde krachend aufgestoßen, und ich flog nach hinten.

Teresa schrie auf.

Ich landete in dem behelfsmäßigen Wohnzimmer neben dem Couchtisch. Als ich mich auf den Rücken drehte, sah ich zwei junge Männer über mir. Ihre Tätowierungen und T-Shirts zeigten mir, dass sie keine Polizisten waren. Einer von ihnen, der Kleinere, richtete seinen Revolver auf mich.

„Sind Sie Dr. McKinney?", knurrte er.

Ich nickte stumm.

Der Typ mit dem Revolver drehte sich zu seinem Partner um, einem fast zwei Meter großen Mann mit dem muskulösen Körper eines Bodybuilders.

„Schnapp sie dir, Little", forderte er ihn mit einer Kopfbewegung auf.

Little streckte die Arme aus und warf mich über die Schulter, als ob ich eine Stoffpuppe wäre.

Teresa schrie die beiden Männer an, sie sollten aufhören, aber sie richteten schweigend ihre Waffen auf sie. Entsetzt schlug Teresa die Hand vor den Mund. Sie zitterte vor Angst.

Meine Pistole lag in meiner Arzttasche. Warum hatte ich sie nicht herausgeholt?

„Bitte lassen Sie mich in Ruhe", flehte ich die beiden Männer atemlos an.

„Halt's Maul, Frau Doktor", brummte Little.

Ich wehrte mich gegen den Griff seiner starken Arme, aber Littles Schulter bohrte sich in meinen Magen. Dadurch konnte ich kaum richtig Luft holen. Ich streckte den Hals, um Littles Komplizen zu beobachten, aber er war in einem anderen Zimmer verschwunden.

Ich sah in Teresas angsterfüllte Augen. Die Tränen liefen ihr die Wangen herunter.

„Bring sie schnell zum Auto", rief der Komplize von irgendwoher.

Panische Angst stieg in mir hoch. Im hinteren Teil des Frauenhauses waren die Mütter mit ihren Kindern. Was würde er ihnen antun? Little hob mich ein Stück höher auf seine Schulter. Jetzt fiel mir das Atmen noch schwerer als vorher. Dann hüpfte er die vordere Treppe hinunter. Die abrupte Bewegung ließ hinter meinen Augen helle Blitze aufleuchten. Der dritte Mann stand am Auto, neben dem offenen Kofferraum. Vor lauter Panik klopfte mir das Herz bis zum Hals, und mein Mund wurde trocken wie Papier.

„Nein, bitte nicht!", schrie ich laut, aber die Augen des Mannes blieben ausdruckslos.

Little stieß mich grob in den Kofferraum. Ich schlug um mich und schrie um Hilfe, als die Männer die Kofferraumhaube zuschlugen. Mit dem Kopf stieß ich an das Metall, und ich fing an zu weinen. Das Auto raste los. Durch den abrupten Start wurde ich hin und her geworfen. Ich atmete tief durch, um mich etwas zu beruhigen, und schloss verzweifelt die Augen.

Bitte lass mich nicht hier allein, Herr. Ich will nicht sterben.

Ein einziger Satz schoss mir durch den Kopf, und ich hielt voller Verzweiflung daran fest.

Vertraue mir.

Kapitel 26

Tom

Tom bremste schlitternd vor dem Frauenhaus. Ihm wurde ganz flau im Magen, als er die Einsatzfahrzeuge der Polizei und die Krankenwagen sah. Er kletterte aus dem Auto und rannte zum Eingang des Gebäudes. Lopez entdeckte ihn und stellte sich ihm in den Weg. Tom versuchte, sich an seinem Vorgesetzten vorbeizudrängen, aber die Kollegen standen bereit. Lopez und Dorris packten ihn an den Armen und zogen ihn gewaltsam weg.

„Was ist denn passiert?“, wollte Tom wissen. Er wehrte sich gegen den festen Griff seines Chefs und seiner Kollegin. „Was haben sie mit ihr gemacht?“

„Das wissen wir noch nicht, Tom!“, rief Lopez, um sich Gehör zu verschaffen.

Dorris konnte ihren Kollegen nicht mehr festhalten. Tom riss sich auch von Lopez los und rannte auf das Haus zu.

„Tom, warte!“, schrie Dorris. „Tom, sie ist nicht da drinnen!“

Tom blieb abrupt stehen. Er sah den Krankenwagen. War mehr als einer im Einsatz? Plötzlich spürte er einen bitteren Geschmack im Mund. Dann drehte er sich um. „Ist sie verletzt?“

„Das wissen wir nicht, Tom. Sie ist verschwunden.“

Tom schüttelte ungläubig den Kopf. In seinen Gedanken spulte er ein Horrorszenario nach dem anderen ab. Dann wirbelte er zu seinem Chef herum. Seine Stimme klang wütend und verzweifelt zugleich. „Wer hat sie mitgenommen? War es Antonio? Ich habe Ihnen doch gesagt, dass er seine Finger im Spiel hat, Lopez. Ich habe Ihnen gesagt, dass sie unschuldig ist!“

„Ich weiß, Tom“, erwiderte Lopez. „Ich weiß nicht, was hier läuft. Die Leiterin des Frauenhauses sagt, dass die Typen, die sie mitgenommen haben, zur Bande der South Side Boys gehören."

Tom erinnerte sich an die Worte seines Informanten. Er hatte von Tätowierungen mit dem Motiv eines roten Hundes gesprochen. Die South Side Boys und die Culebra-Bande waren erbitterte Feinde. Was spielte sich hier ab?

„Die South Side Boys sind eine schwarze Bande. Sie machen keine Geschäfte mit der Culebra-Bande, und wir haben nie eine Verbindung zwischen dem Club von Jason und irgendwelchen Banden festgestellt", sagte Dorris leise. „Wir wissen nicht, was sie hier zu suchen haben."

Tom versuchte, die in ihm aufsteigende Panik zurückzudrängen. „Was … was tun wir, um sie zu finden?"

Lopez machte eine Kopfbewegung in Richtung Frauenhaus. „Wir riegeln das Gelände ab, und es läuft bereits eine Fahndung nach dem Auto und den drei Männern, die uns die Leiterin des Frauenhauses beschrieben hat. Wir finden sie, Tom. Wir holen sie zurück."

Tom konnte die Angst nicht länger unterdrücken. Wenn Antonio sie entführt hatte, war sie bereits tot. Tom ließ seinen Chef und seine Kollegin stehen und ging zum Auto. Er setzte sich auf den Fahrersitz und ließ den Kopf sinken. Es war ihm schwer ums Herz.

Bitte, Herr. Bitte nimm sie mir nicht weg.

Kapitel 27

Das Auto hielt an. Ich hob die Arme über den Kopf und machte mich bereit, zu schreien und um mich zu treten. Dann hörte ich, wie sich ein Schlüssel im Schloss des Kofferraums drehte. Die Haube flog hoch, und in der Öffnung erschien das besorgte Gesicht einer alten Frau. Sie starrte mich an, und ich wiederum erstarrte vor Schreck. Als sich meine Augen an das Tageslicht gewöhnt hatten, entdeckte ich Blutspritzer auf ihrer dunklen Haut und in ihrem Haar. Tränen liefen ihr über die Wangen, und sie streckte die Arme nach mir aus.

„Bitte", flüsterte sie. „Bitte helfen Sie meinem Baby!"

Little trat neben sie, griff in den Kofferraum und zog mich heraus. Wir waren in einer Wohngegend nicht weit weg von der Ambulanz. Ich erkannte die Häuser und die kleinen Geschäfte. Little wollte mich wieder über die Schulter werfen, aber ich streckte abwehrend die Hände aus.

„Ich … ich kann laufen."

Er musterte mich skeptisch. „Rennen Sie auch nicht weg?"

„Nein, ich laufe nicht weg. Ich verspreche es."

Er ließ mich los. Ich folgte ihm und der alten Frau in das kleine Häuschen. Ich hatte sie schon öfter gesehen. Ihre drogensüchtige Tochter hatte sie mit zwei Enkelkindern alleingelassen. Die Jungen waren dreizehn und sechzehn, und sie kamen im Winter in die Ambulanz, um sich gegen Grippe impfen zu lassen. Die Frau führte mich in ein kleines Wohnzimmer, in dem sich meine Entführer zusammendrängten. Sie saßen auf den Sofas und auf dem Fußboden. Alle wirkten besorgt. Der Typ, der den riesigen Little herumkommandiert hatte, hatte noch immer seinen Revolver auf dem Schoß.

Die alte Frau zerrte mich durch einen Flur. Wir betraten ein kleines Zimmer, und ich stieß vor Schreck einen leisen Schrei aus. Auf dem alten Holzbett, zugedeckt mit blutigen Decken, lag einer der beiden Enkel, der jüngere. Er zuckte zusammen, als wir hereinkamen, und seine rechte Hand schnellte nach oben. Zitternd richtete er einen Revolver auf uns.

Ich hob beide Hände. Dann drehte ich mich zur Großmutter um. „Sie heißen Maddie, stimmt's?"

Die alte Frau nickte. Ihre Unterlippe zitterte.

„Wir müssen einen Krankenwagen rufen", drängte ich.

Sie schüttelte den Kopf.

„Darnell lässt mich nicht", schluchzte sie und machte eine Kopfbewegung zu dem Verletzten. „Er sagt, sie bringen ihn ins Gefängnis, und er sagt, er schießt auf jeden Polizisten, der hier durch die Tür kommt, wenn ich den Krankenwagen rufe."

„Das mach ich auch", keuchte Darnell. „Die glauben mir sowieso nicht."

Ich starrte auf den Revolver in seiner zitternden Hand. Er würde mich vielleicht treffen, wenn ich versuchen würde zu fliehen.

„Ich heb das vorerst mal für Sie auf, Frau Doktor", sagte Little und hielt die kleine Pistole hoch, während er mir meine Arzttasche reichte.

Ich hatte keine andere Wahl. Ich musste diesen Jungen zusammenflicken und dann von hier verschwinden.

„Dann wollen wir mal sehen, was dir fehlt", sagte ich.

Mit einer Bewegung seines Revolvers forderte mich Darnell auf, näher zu kommen. „Machen Sie bloß keinen Blödsinn."

Ich kniete mich neben ihm auf den Boden. Eine Kugel aus einer Handfeuerwaffe hatte ihn mitten im rechten Oberarm getroffen, knapp unter der Schulter. Das Geschoss hatte den Oberarmknochen gestreift und vielleicht gebrochen. Ich holte Verbandsmull und Latexhandschuhe aus meiner Arzttasche. Er folgte jeder meiner Bewegungen mit den Augen.

Ich zog die Handschuhe an und benutzte meine autoritäre

Arztstimme. „Darnell, ich muss nachsehen, ob es eine Austrittswunde gibt. Ist das in Ordnung für dich?“

Er nickte und biss die Zähne zusammen, während er sich nach vorn beugte. Schweißtropfen bildeten sich auf seinem Gesicht, als ich mit der Hand hinter seinen Arm griff und die Austrittswunde fand. Sein Arm verformte sich nicht durch die Bewegung. Vielleicht war der Knochen nicht vollständig gebrochen, sondern nur der Länge nach eingerissen. Das wäre besser als ein Trümmerbruch, denn dann bestand die Gefahr, dass die zackigen Knochenränder einige Armvenen durchtrennen könnten.

„Du hast eine Menge Blut verloren, und du hast große Schmerzen.“

Darnell musterte mich aus glasigen Augen. „Ohne Witz, Frau Doktor, aber das hätte ich Ihnen auch sagen können.“

„Ich befürchte, dass du einen Schock erleiden und sterben könntest, wenn ich dich nicht in ein Krankenhaus bringen kann.“

Seine Hand schoss nach oben, und die Mündung des Revolvers drückte von unten an mein Kinn, bevor ich reagieren konnte. Seine Großmutter schrie auf. Little und sein Komplize kamen angerannt und zeigten sich im Türrahmen.

„Darnell“, schrie Littles Komplize aufgebracht. „Was machst du denn da?“

„Halt dich da raus, Paul“, schrie Darnell zurück. „Das ist deine Schuld.“

Ich beobachtete diese Szene, und plötzlich erkannte ich, dass Paul der ältere Bruder war. Jetzt verstand ich auch den Ausdruck der Verzweiflung in seinem Gesicht. Sein kleiner Bruder Darnell war in Schwierigkeiten.

„Hör zu, wir können das später klären“, sagte Paul und hob die Hände. „Jetzt musst du dir erst mal von der Frau Doktor helfen lassen.“

„Sie will die Polizei holen!“, schrie Darnell. „Ich kann so doch nicht ins Gefängnis. Da überlebe ich den ersten Tag nicht.“

„Ich will nicht die Polizei holen, ich will für dich Hilfe holen!", schrie ich jetzt ebenfalls.

Alle starrten mich erschrocken an. Wütend drehte ich mich von dem Revolver weg und schlug ihn aus Darnells zittriger Hand. Die Waffe schlitterte über den zerrissenen Teppich und blieb schließlich in der offenen Tür des Kleiderschranks liegen. Ich zeigte mit dem blutbefleckten Handschuh auf Paul. Meine Wut steigerte sich bis zur Weißglut.

„Dein Bruder wird sterben. Nicht in ein paar Tagen, nicht in ein paar Stunden, sondern in ein paar Minuten. Die Kugel hat wohl ein paar große Gefäße verletzt." Ich hob ein blutiges Laken hoch und schüttelte es. „Ihm bleibt nicht mehr viel Zeit."

Paul richtete seine eigene Waffe auf mich. „Es ist besser für Sie, wenn er am Leben bleibt, Ruby D."

„Das ist keine Zaubertasche, Paul", schrie ich ihn an und trat gegen meine Arzttasche. „Ich muss die Wunde reinigen. Ich muss ihn röntgen, besonders dann, wenn ich den Arm schienen muss."

„Dann bringen wir ihn eben in Ihre Ambulanz" schrie Paul zurück.

Schockiert starrte ich ihn ein paar Sekunden lang schweigend an. Dann ließ ich meine Hand fallen, warf den Kopf zurück und lachte. Paul sah mich ängstlich an. Seine Großmutter stand neben ihm und rang hilflos ihre kleinen, faltigen Hände.

Little trat vor und drückte Pauls Revolver nach unten. „Ihre Ambulanz ist doch abgefackelt worden, Mann. Sie hat noch nicht mal ein Bett."

Sorge, Verzweiflung und Wut wechselten sich in Pauls Gesichtszügen ab. Er schüttelte den Kopf. „Dann müssen wir uns was anderes einfallen lassen. Er hat einen schlimmen Schlamassel angerichtet, und dafür werden sie ihn kriegen."

„Wen meinst du damit?", fragte ich.

Paul richtete seine Waffe wieder auf mich, und ich zuckte erschrocken zusammen.

„Machen Sie sich darüber keine Gedanken", brummte Paul. „Sie brauchen bloß zu wissen, dass Sie meinen Bruder wieder zusammenflicken sollen, oder ich schieße auf Sie!"

Ich sah zuerst Paul an und dann Darnell. Der Junge zitterte bereits. Er würde sterben, wenn ich mir nicht schnell etwas anderes einfallen ließ. Mein Blick wanderte zum Fußboden. Blutspritzer waren auf dem alten Holz zu sehen.

Rote Spritzer auf dem Boden. Wie Farbe.

Ich biss mir nachdenklich auf die Unterlippe. Schließlich sah ich Paul wieder an.

„Wir können ihn heimlich durch die Hintertür ins Krankenhaus bugsieren."

In seinem Blick las ich Verwirrung. „Was?"

Ich nickte und zog mir die Handschuhe aus. Dann holte ich eine Ampulle und eine Spritze aus meiner Arzttasche. Ich füllte die Spritze mit Schmerzmittel in einer Dosis, die Darnell vertragen würde, ohne das Bewusstsein zu verlieren. Er musste unbedingt weiteratmen. Ich legte einen Druckverband um seine Schusswunde, damit sie aufhörte zu bluten. Dann versuchte ich, seinen Arm an seiner Brust festzubinden. Er stöhnte auf, aber er ließ mich gewähren. Ich sprach schnell. In meinem Kopf entstand ein Plan, während ich mich bewegte. „Habt ihr einen Schlitten oder so was Ähnliches?"

„Klar doch, Ruby D. Wir nehmen ihn jeden Winter mit in unser Ferienhaus in den Bergen", erwiderte Paul schnippisch.

„Willst du mit mir zusammenarbeiten oder nicht, Paul? Ich brauche etwas, um Darnell zu transportieren, so etwas wie eine Krankentrage."

Little hob die Hand, als ob er in der Schule wäre. Ich starrte ihn an. „Ja, Little?"

Er deutete auf den Kleiderschrank. „Äh, wie wär's mit einem Bügelbrett?"

„Das ist perfekt. Kannst du mir helfen, ihn da draufzulegen?"

Paul, Little und Maddie halfen mir, Darnell auf das Bügelbrett zu schieben. Mit breitem Klebeband sicherte ich ihn. Darnells Gesicht war schmerzverzerrt. Wieder befürchtete ich, dass er einen Schock erleiden könnte.

Paul packte das Bügelbrett an dem einen, Little an dem anderen Ende. Durch die Anstrengung sah Paul plötzlich aus wie das Kind, das er im Grunde genommen noch war. „Wie kriegen wir das hin?"

Ich machte eine Kopfbewegung zum Wohnzimmer hin. „Jemand muss die Leute im Krankenhaus ablenken. Bringen eure Freunde so was fertig?"

Little fing an zu lachen. Aus seiner muskelbepackten Brust kam ein tiefer, glucksender Ton. „Ob wir es fertigbringen, Leute abzulenken ... das ist wirklich klasse."

* * *

Paul fuhr langsam hinter das Krankenhaus und parkte in der Nähe des Ausgangs, der für die hinteren Treppenaufgänge benutzt wurde. Zum Glück befand ich mich diesmal nicht im Kofferraum, sondern konnte ihm den Weg zeigen. Dieser zusätzliche Parkplatz wurde nur selten benutzt. Ich wusste aus der Zeit, als Schwester Renée noch geraucht hatte, dass die Krankenschwestern die Tür mit einem Mauerstein offen hielten. Die Kamera über diesem Eingang funktionierte nicht. Der Sicherheitsmann Mike beschwerte sich häufig darüber, dass die Krankenschwestern die Sicherheitsmaßnahmen regelmäßig sabotierten. Das war mir jedoch recht, weil ich ungehindert zu den Aufzügen kommen wollte.

Paul stellte den Motor ab und drehte sich zu mir um. Ich saß auf dem Rücksitz. Das Bügelbrett, auf dem Darnell festgeschnallt war, lag auf meinen Knien. Little saß vorne auf dem Beifahrersitz. Er sah mich erwartungsvoll an. „Was jetzt?"

Ich deutete auf die Kamera über der Tür, die einen Spalt weit offenstand. „Diese Kamera ist nicht mit dem Büro der Sicherheitsleute verbunden, aber die im Flur sehr wohl. Wir müssen an dieser Kamera vorbei und in den Aufzug kommen, ohne dass uns jemand bemerkt."

„Sind Sie verrückt geworden, Frau Doktor? Wir können nicht einfach so da reingehen, mit einem Jungen, der an einem Bügelbrett festgeklebt ist. Das muss doch jemand bemerken!" Pauls Stimme wurde schrill.

Little nickte zustimmend.

„Hört ihr mir vielleicht mal zu? Der hintere Flur wird zwar überwacht, aber nicht benutzt. Er gehört zur Baustelle, ihr wisst schon, von der neuen Abteilung für Sportmedizin."

„Ja, klar." Paul nickte.

„Wenn wir Darnell dort hochbringen können, kann ich seinen Arm schienen und seine Wunde reinigen."

„Das ist ganz schön schlau, Frau Doktor", meldete sich Little zu Wort.

„Wir werden sehen, ob das funktioniert. Sind eure Freunde bereit?"

Paul klappte sein Handy auf, wählte und rief: „Los geht's, Jungs!"

Wir saßen atemlos im Auto, voller Spannung. Dann hörte ich den ersten Autoalarm, gefolgt vom zweiten und nach wenigen Sekunden vom dritten. Wir kletterten aus dem Auto und rannten auf die Tür zu. Inzwischen ertönte der Alarm von weiteren Autos, lautes Hupen und Stimmengewirr von der Vorderseite des Krankenhauses. Pauls Handy klingelte. Er klappte es auf und hielt es an sein Ohr.

„Gut, beschäftigt sie noch eine Weile", sagte er und drehte sich zu mir um. „Der Sicherheitstyp rennt da vorne rum."

Ich rannte zur Hintertür und zog sie auf. „Los, kommt schon!"

Sie schleppten Darnell herein. Dann folgten sie mir den Flur entlang. Ich spurtete zu den Aufzügen und drückte den Knopf. Dann sah ich, wie die Stockwerksnummer aufleuchtete, als der

Aufzug nach unten fuhr. Die Tür glitt mit einem leisen Klingeln auf. Ich drehte mich zu den Jungs um. „Beeilt euch."

Wir fuhren im Aufzug nach oben. Jedes Mal, wenn es so aussah, als ob der Lift in einem Stockwerk anhalten wollte, hielten wir die Luft an. Zum Glück fuhr er durch, und wir landeten im Stockwerk, in dem sich die Baustelle befand. Ich streckte vorsichtig meinen Kopf aus der Tür und suchte mit meinen Blicken nach Sicherheitsleuten. Die Luft war rein. Ich forderte Paul und Little mit einer Handbewegung auf, mir zu folgen.

Halbfertige Wände deuteten eine Reihe von Nischen an. Baumaterial türmte sich auf dem Boden und auf den Arbeitstischen. Staubpartikel fingen sich in den Lichtstrahlen, die durch schmutzige Fensterscheiben drangen.

„Dort drüben, auf diesen Tisch", forderte ich die Jungen auf.

Sie legten Darnell auf die Tischplatte, und ich überprüfte seine Werte. Ich konnte den Gedanken kaum ertragen, dass wir uns so nah an echter medizinischer Versorgung befanden und der Junge nicht das bekommen konnte, was er wirklich brauchte. Besorgt dachte ich an Nervenschäden und Infektionen.

„Ist er in Ordnung?", fragte Paul. Auf seinem jungen Gesicht sah ich Sorgenfalten.

„Darnell", sagte ich leise und strich ihm über die Stirn.

Darnells Augen öffneten sich zögernd. Er murmelte etwas von einem Fahrrad, und dann schlossen sich seine Augen wieder. Ich musste mich beeilen. „Alles klar, Jungs. Ihr bleibt hier. Ich bin gleich wieder zurück."

Paul packte mich am Arm. Blitzartig zog er seinen Revolver und richtete ihn auf meine Brust. „Glauben Sie, ich bin blöd? Ich lass Sie nicht einfach weggehen. Sie kommen doch nicht zurück."

Wütend riss ich mich von ihm los. „Ich hätte weglaufen können, während ihr deinen Bruder getragen habt, Paul. Ich habe keine Kochsalzlösung und auch nichts, womit ich den Arm schienen oder die Schusswunde nähen kann. Ich brauche diese Sachen, um deinem Bruder zu helfen."

„Sie kommen nicht zurück."

Hilflos hob ich beide Arme. Ich wusste nicht, wie ich ihn vom Gegenteil überzeugen sollte. „Paul, du musst mir vertrauen. Ich habe gesagt, dass ich deinem Bruder helfen will, und ich halte mein Wort, *immer.*"

Little trat zwischen uns und drängte mich zur Tür. „Die Frau Doktor kommt zurück, Paul. Downey hat gesagt, dass auf sie Verlass ist."

Die Jungs kannten Downey, die Ausreißerin, der ich in dieser Woche geholfen hatte? Es sah immer weniger danach aus, dass sie in einen Bandenkrieg verwickelt waren. Ich ging langsam rückwärts zum Aufzug und sah Paul unverwandt an.

„Wenn ich sage, ich komme zurück, dann komme ich auch" versprach ich mit leiser Stimme.

Paul ließ die Waffe sinken. Er nickte mir zu, während er mich flehend ansah. „Bitte lügen Sie uns nicht an, Frau Doktor."

Ich betrat den Aufzug. Meine Hand zitterte, als ich sie über die Knöpfe hielt. Die Türen schlossen sich. Paul, Darnell und Little erwarteten von mir, dass ich mit Medikamenten und Geräten zurückkommen würde. Was machte ich da eigentlich? Ich sollte aus dem Aufzug fliehen und um Hilfe schreien. Ich schloss die Augen und kämpfte gegen die Tränen an. Das war Wahnsinn. Jede Faser meines Körpers schrie nach Flucht. *Vergiss doch diese Jungs und lauf los!*

Ich will dir vertrauen, Herr. Aber ich brauche ein bisschen Hilfe von dir, denn im Moment weiß ich nicht, ob ich es allein schaffe.

Ich betrachtete die Zahlen an den Knöpfen. Eine Zahl stand für Freiheit, die andere für die medizinische Hilfe.

Ich zögerte, schloss die Augen und drückte auf einen Knopf.

Kapitel 28

Ich schlich mich am Stationszimmer vorbei zum Vorratsraum für medizinische Geräte auf der Rückseite der Kinderstation, weil ich dort die richtigen Schienen für Darnells Arm finden konnte. Ich packte noch ein tragbares Röntgengerät und stellte es auf einen Rollwagen aus Plastik. Wie ein Kaufsüchtiger im Supermarkt füllte ich den Wagen mit Kochsalzlösung in Beuteln und Verbandszeug. Normalerweise diente dieser Wagen zum Verteilen von Büchern aus der Bibliothek. Die ungewohnte Last ließ die Plastikräder laut quietschen, als ich den Wagen vor mir her schob.

Ich war in Gedanken versunken, und plötzlich stieß ich mit jemandem zusammen. Rasch murmelte ich eine Entschuldigung, ohne aufzublicken. Dann rannte ich zurück zum Aufzug. Ich starrte in den Wagen, als sich die Türen schlossen. Jetzt erst merkte ich, dass ich noch ein paar Sachen brauchte.

Ich stieg aus, eilte den Flur hinunter, bis ich am Warteraum für Familienmitglieder ankam. Dann verwendete ich meine Codekarte, um in die hinteren Untersuchungszimmer zu kommen. Ich griff nach einem Notfallset zum Vernähen von Wunden und einer kleinen Sauerstoffflasche. Zurück im Aufzug mit den „geliehenen" Geräten und Medikamenten, drückte ich den Knopf für das Stockwerk, auf dem sich die Baustelle befand. Ich stieß einen erleichterten Seufzer aus, als sich die Türen schlossen. Jetzt bedauerte ich, dass ich keine Zeit mehr gehabt hatte, meine Handtasche aus der brennenden Ambulanz mitzunehmen. Natürlich wäre es gefährlich gewesen, noch einmal in das Gebäude zurückzukehren, aber ich hätte jetzt wenigstens mein Handy benutzen können.

Die Aufzugtüren glitten mit einem leisen Klingelton auf. Ich betrat das Stockwerk. Paul und Little streckten vorsichtig die Köpfe aus der Nische. Auf ihren Gesichtern zeigte sich große Erleichterung.

„Frau Doktor", hauchte Paul. „Sie … Sie sind zurückgekommen."

„Bisher hat mir noch niemand vorgeworfen, dass ich der klügste Mensch auf Erden bin." Ich klopfte ihm beruhigend auf den Arm und ging zu Darnell, der dalag wie bewusstlos. Doch beim Klang meiner Stimme bewegte er sich, und ich seufzte erleichtert.

„Hallo", flüsterte ich und legte die Hand auf seine Stirn. „Bist du bereit?"

Er sah mich mit seinen dunklen, glasigen Augen an und nickte.

Ich drehte mich zu Paul und Little um. „Ich brauche eure Hilfe."

Ich maß die Werte von Darnell. Er konnte eine höhere Dosis Schmerzmittel vertragen. Ich legte ihm eine Infusion mit Kochsalzlösung und setzte ihm eine Sauerstoffmaske auf. Dann versorgte ich seinen Arm. Ich vernähte Gefäße, aus denen noch immer Blut sickerte. Dann reinigte ich die Schusswunde. Das tragbare Röntgengerät war digital, und so erschien das Bild direkt auf dem Monitor. Der Knochen war nicht in zwei Hälften gebrochen. Deshalb musste ich den Arm bloß mit einer Fiberglas-Manschette ruhigstellen. Ich half Darnell beim Anlegen der Armschlinge. Eine halbe Stunde später setzte ich mich neben den Jungs auf einen Klappstuhl aus Metall. Ich seufzte schwer. Ich hatte unter den gegebenen Umständen mein Bestes für Darnell getan. Er würde zwar schwach sein, aber er würde durchkommen.

Paul kam zu mir herüber, entfaltete einen weiteren Metallstuhl und setzte sich. Er wirkte unsicher. „Wird er …?"

„In ein paar Tagen muss die Wunde nachgesehen werden. Du kannst ihn in eine kostenfreie Ambulanz bringen. Die Nähte verdecken die Form der Schusswunde. Das bedeutet, dass ein Arzt die Verletzung nicht melden muss. Er wird auch große Schmerzen haben. Deshalb gehört er in die Hände eines Arztes."

„Er ist doch in *Ihren* Händen, Frau Doktor."

„Ich habe keine Ambulanz mehr, Paul. Alles, was ich besessen habe, ist vor ein paar Nächten niedergebrannt."

Er warf einen Blick über meine Schulter und erschrak. Dann stieß er mich zur Seite und zog den Revolver. „Vorsicht, Frau Doktor!"

Drei laute Explosionen ertönten. Von der Gipskartonplatte rieselten Splitter und Staub auf uns herab. Paul erwiderte das Feuer, während er auf der anderen Seite Deckung suchte. Ich spürte die Druckwellen der Schüsse bis in den Bauch, als ich auf dem Boden entlangkroch. Mehrere Kugeln trafen einen Sack mit Gipsputz. Weißer Staub verteilte sich im ganzen Raum.

„Aufhören!", schrie ich panisch. „Hört auf zu schießen!"

Paul kam mühsam auf die Beine und rannte mit der Waffe in der Hand auf den anderen Schützen zu.

Angsterfüllt rief ich nach ihm. Mir klopfte das Herz bis zum Hals, als ich verzweifelt nach dem Bettlaken griff, auf dem Darnell lag. Ich erwischte eine Ecke des Stoffs und zog. Er war noch immer bewusstlos, als er mir in die Arme fiel. Little kam hinter einer Kiste hoch und feuerte auf den Unbekannten, der sich umdrehte und schnell die Flucht ergriff. Paul verfolgte ihn bis zum Aufzug.

Durch die gardinenlosen Fenster und die weiße Staubschicht zuckten rote und blaue Lichter.

„Hör auf, Paul", schrie ich. „Die Polizei kommt."

Er blieb stehen.

Ich versuchte, Darnell wieder auf das Bügelbrett zu heben. Little rannte herbei und half mir. Ich stellte die Sauerstoffflasche und den Beutel mit der Kochsalzlösung zwischen Darnells Beine.

„Wer war das?", keuchte Little.

„Ich hab den noch nie gesehen“, sagte Paul.

Ich zog ein Stück Klebeband von der Rolle und riss es mit den Zähnen ab. Dann schnallte ich Darnell wieder am Bügelbrett fest.

„Ihr müsst weg, und zwar sofort!“, warnte ich Paul.

Paul steckte seinen Revolver in die Hosentasche. Dann sah er mich an wie ein Kind, das in Schwierigkeiten steckte. „Was wollen Sie den Bullen sagen?“

„Vertrau mir.“

Er zögerte. Dann packten beide Jungen je eine Seite des Bügelbretts.

„Geht durch das hintere Treppenhaus. Das ist zwar riskant, aber die Polizei konzentriert sich bei einer Razzia meistens auf die Aufzüge“, erklärte ich ihnen.

Paul fuhr sich mit der Zunge über die trockenen Lippen. Er nickte. Dann machte er sich zusammen mit Little und Darnell auf den Weg.

Ich stand am Fenster und war beunruhigt, bis ich sah, wie sie zur Tür hinaus auf den Parkplatz rannten. Erst als sie wegfuhren, holte ich tief Luft. Erschöpft ging ich zu dem umgefallenen Metallstuhl, hob ihn auf und ließ mich darauf fallen.

Ich atmete schwer. Meine Hände hörten nicht auf zu zittern. Antonio war ins Krankenhaus gekommen, um mich zu töten. Ich war nur deshalb am Leben, weil meine Entführer gegen ihn angekämpft hatten. Ich vergrub mein Gesicht in den Händen und fing an zu weinen.

Ein paar Minuten später stürmten Polizisten mit gezogenen Waffen den Raum.

Ich hob beide Hände, als ob ich mich ergeben wollte.

Tom drängte sich durch die Uniformierten. Seine Augen waren vor Entsetzen ganz groß. Er legte die Arme um mich, stellte mich auf die Füße und konnte vor Aufregung kaum meinen Namen flüstern.

„Woher hast du gewusst, dass ich hier bin?“, fragte ich.

„Mike, der Sicherheitsmann, hat den Polizeinotruf angerufen. Er hat gesehen, dass Antonio sich hier herumgedrückt hat, und er war beunruhigt, dass die Sache mit den Autos ein Ablenkungsmanöver war, um dich zu kriegen. Als ich das über den Polizeifunk gehört habe, bin ich hierher gerast. Dann hat die Schießerei angefangen."

„Das war wirklich ein Ablenkungsmanöver", murmelte ich. „Die Autos, meine ich."

Tom musterte mich skeptisch. „Was?"

Ich begann wieder zu weinen. „Antonio war hier oben. Er wollte mich umbringen. Aber sie haben mich gerettet …" Ich konnte den Satz nicht zu Ende sprechen.

„Ruby, wer hat dich gerettet?"

Ich schluchzte auf und sah Tom durch einen Tränenschleier an.

„Teenager", keuchte ich. „Kriminelle Teenager haben mir das Leben gerettet."

Kapitel 29

Jugendstrafanstalt Dresden Heights
Vor zehn Jahren

Jeder in der Strafanstalt musste mindestens einmal im Monat eine Schicht im Speisesaal absolvieren. Ich mochte es gar nicht, wenn ich mit Plastikschürze und Haarnetz arbeiten musste, besonders dann, wenn ich für das Geschirrspülen ausgelost wurde und schweißtriefend einhundert Tabletts mit schmutzigem Geschirr bearbeiten musste. Diesmal hatte ich Glück. Nach dem Abendessen ging ich durch die Cafeteria, um zurückgelassene Tabletts und Essensreste, die auf den Boden gefallen waren, einzusammeln. Ich war in Gedanken versunken und bemerkte den Jungen am hinteren Tisch deshalb zu spät. Mein Körper spannte sich an, und ich blieb wie erstarrt stehen. Griffin Jones lehnte sich an die Wand. Seine Beine hatte er auf der Bank ausgestreckt. Mir wurde flau im Magen, während ich versuchte, mich zurück in die Küche zu schleichen, bevor er mich sah. Ich hatte es fast geschafft, als ich seine leise Stimme hörte.

„He, Ruby, komm mal her."

Ich hielt inne und atmete tief durch. Griffin mochte mich. Nicht so, wie man eine gute Freundin mag, sondern wie einen Gegenstand, den man besitzen will. Es schien ihm nichts auszumachen, dass ich mit Tom zusammen war. Stattdessen nutzte er jede Gelegenheit, um mich allein anzutreffen und mich anzubaggern.

„Griffin, ich muss mich wirklich beeilen. Ich hab eine Menge Arbeit."

Er stand von der Kunststoffbank auf und schlenderte zu mir herüber. Mit einer Hand fuhr er sich durch das lange blonde

Haar. Er blieb nicht stehen, als er mir gegenübertrat. Stattdessen bewegte er sich weiter nach vorn und drängte mich gegen die geschlossene Tür der Cafeteria. Verzweifelt sah ich mich um, ob mir jemand helfen könnte, aber alle Jugendlichen waren bereits in den Schlafsälen. Norma machte draußen ihre Zigarettenpause. Wir waren allein.

Griffin beugte sich vor und fletschte die Zähne, bevor er zu sprechen begann. Er wirkte auf mich immer aggressiv und beinahe gewalttätig. Ich hielt das Tablett wie ein Schutzschild vor mich, aber trotzdem zitterte ich vor Angst.

„Wie hältst du es bloß mit diesem Versager aus?"

„Griffin, bitte lass mich in Ruhe. Ich … ich will hier bloß meine Arbeit fertig machen."

„Komm her", sagte er grob.

Er packte mein Kinn mit rauen Händen und drückte mein Gesicht nach oben. Ich wehrte mich verzweifelt, aber er drückte sich an mich und drängte mich an die Wand. Panische Angst nahm mir den Atem. Seine eisblauen Augen wirkten tot, wie die Glasaugen einer Puppe.

„Bitte hör auf", flüsterte ich. Tränen liefen mir die Wangen herunter.

Als er das sah, verzogen sich seine Lippen zu einem gehässigen Lächeln. „Glaub mir, du gehst nicht mehr zu diesem Weichei zurück, wenn du erst mal mit mir zusammen gewesen bist."

Wut trat an die Stelle der panischen Angst. Ich drückte mit aller Kraft, um von ihm wegzukommen, aber er wehrte meine Schläge ab wie eine lästige Fliege und grinste höhnisch. Vor lauter Verzweiflung schrie ich laut. Meine Stimme wirkte in der leeren Cafeteria wie ein hohles Echo, wie der weit entfernte Schrei eines einsamen Vogels.

Er drückte eine Hand über meinen Mund. Seine Nase befand sich nur wenige Zentimeter vor meiner.

„Halt's Maul!", zischte er.

Ich nickte verzweifelt, und er nahm seine Hand weg.

„Ich … ich kann nicht atmen“, flehte ich ihn an. „Bitte lass mich los.“

Er musterte mich misstrauisch. Dann trat er einen Schritt zurück. Als er das tat, schwang ich das Tablett so rasch nach oben, dass er von diesem Schlag überrascht wurde. Mit geballter Kraft rammte ich gegen seine Nase. Erschrocken stolperte er rückwärts. Tränen traten ihm in die Augen, und er fiel über die Bank, die hinter ihm stand. Mit einem dumpfen Aufprall knallte er zu Boden.

Griffin schrie laut, aber der Schrei klang wie ein Röcheln, weil ihm das Blut aus der Nase strömte.

Verängstigt wich ich ihm aus, drehte mich um und rannte los.

Er schrie mir hinterher. „Das wirst du mir büßen, Ruby. Du bist ein Dreckstück, und du wirst dafür büßen!“

Ich hatte panische Angst, und so schwänzte ich am nächsten Tag den Unterricht. Ich versteckte mich in der Bibliothek und versuchte verzweifelt, mir einen Plan zurechtzulegen. Wenn Tom herausfinden würde, was geschehen war, würde er Griffin unerbittlich verfolgen. Aber Griffin hatte Freunde, eine Herde von finster dreinblickenden, mordlustigen, künftigen Schlägertypen. Tom hatte niemand außer mir. Die anderen würden Hackfleisch aus ihm machen.

Ich entdeckte Griffins Blut auf meinen Turnschuhen und schwankte zum nächsten Tisch, auf dem eine Schachtel mit Papiertaschentüchern stand. Ich unterdrückte den Brechreiz und setzte mich an den kleinen Schreibtisch. Dann wischte ich die klebrige Masse ab und warf die blutbefleckten Taschentücher unter das Bücherregal. Ich vergrub den Kopf zwischen meinen Armen und fing an zu weinen.

Ich hatte keine Ahnung, welche Folgen das alles haben sollte.

* * *

Ich schreckte auf, als eine strenge Stimme mich mit Fragen bombardierte. „Entschuldigung, was haben Sie gesagt?“

Detective Benrey sollte die Schießerei aufklären. Er schrieb etwas in sein Notizbuch und kaute auf der Plastikkappe des Bleistifts herum. „Sie haben ausgesagt, dass Sie keine Ahnung haben, wer Ihre Entführer waren?“ Seine Augen wurden schmal, und dann zog er eine Augenbraue hoch. „Sie haben die Kerle die ganze Zeit über nicht nach ihren Namen gefragt?“

„Also, ich bin nicht dazu gekommen, sie in meine Tanzkarte einzutragen, wenn es das ist, was Sie meinen.“

„Sie haben Sie hierhergebracht, damit Sie ihren Freund zusammenflicken, und das haben Sie dann auch getan?“

„Die Blutung am Arm des Jungen ließ sich nicht stillen, und sie hatten Waffen in der Hand. Da war ich natürlich bereit, medizinische Hilfe zu leisten.“ Ich starrte den Detective verärgert an.

Tom lehnte sich scheinbar unbeteiligt an die Wand.

„Und Sie haben keine Ahnung, wer diese Typen waren? Die haben Sie einfach entführt und haben dann einen *anderen* Typen abgewehrt, der Ihnen *ebenfalls* mit einer Handfeuerwaffe gefolgt ist?“ Benreys Tonfall ging mir auf die Nerven.

„Ich weiß nicht, was ich dazu sagen soll … Ich kann dazu nichts sagen.“

„Haben Sie an den Typen auffällige Tätowierungen bemerkt? Können Sie Ihre Entführer beschreiben?“ Benreys Stimme klang eindringlich.

„Ich habe nichts mehr zu sagen.“

Tom stieß sich von der Wand ab. Er presste seine Lippen zu einer schmalen Linie zusammen.

Benrey wedelte mit der zerkauten Bleistiftkappe vor meinen Augen herum. „Das hier ist kein Spaß, sondern bitterer Ernst, Dr. McKinney. Sie sind in einen abgesperrten Bereich eingebrochen und haben hier einen Patienten behandelt.“

Tom trat vor. Seine Augen blickten streng. „Hören Sie auf, Benrey.“

Der Detective starrte Tom böse an, aber dann klappte er sein Notizbuch energisch zu. „Man kann nicht einfach irgendwo einbrechen und dann noch erwarten, dass …"

„Es reicht jetzt", erwiderte Tom wütend. Er legte mir die Hand auf die Schulter. „Dr. McKinney ist nirgendwo eingebrochen. Ihre Entführer haben sie hierher gefahren und haben von ihr lebensrettende Maßnahmen verlangt. *Sie* ist hier das Opfer, und ich empfehle Ihnen, dass Sie in einem anderen Ton mit ihr sprechen."

Ich saß wie versteinert da. Die anderen Polizisten, die in einer Ecke standen und miteinander redeten, unterbrachen ihr Gespräch. Lopez, der nur wenige Minuten nach dem Tumult hier erschienen war, ging auf uns zu.

„Detective Benrey", sagte Lopez. „Kann ich Sie mal kurz sprechen?"

Als die beiden Männer weggingen, drehte ich mich zu Tom um. „Ich glaube, ich sitze ganz schön im Schlamassel."

„Ruby, hör auf, so trotzig zu reagieren. Wir können diese Sache aufklären, aber du musst mit uns zusammenarbeiten."

„Bitte entschuldige", flüsterte ich. Plötzlich meldete sich ein pochender Kopfschmerz. Ich berührte mein Ohr.

„Geht es dir gut? Nimmst du …" Er zuckte mit den Schultern. „Nimmst du immer noch Medikamente für die Anfälle?"

„Nein, schon seit Jahren nicht mehr, Tom", antwortete ich. „Ich bin bloß müde. Ich habe Kopfschmerzen, das ist alles."

Er stand auf. „Komm, ich bringe dich weg von hier."

„Wohin?"

Bevor er etwas erwidern konnte, kam Lopez zu uns. „Sie gehen wieder in den Club", sagte er zu Tom.

Tom biss die Zähne zusammen, aber er nickte zustimmend.

Mir klopfte das Herz bis zum Hals. „Machen Sie Witze?" Meine Stimme war ein bisschen zu laut. „Antonio hat gerade versucht, mich umzubringen, am helllichten Tag. Er ist unberechenbar. Er … er hat den Verstand verloren. Wenn er an dieser

Sache beteiligt ist, können Sie Tom nicht unter seiner falschen Identität dorthin zurückschicken."

Lopez sah mich an, als ob ich ein dummes kleines Kind wäre.

Tom legte mir beschwichtigend die Hand auf die Schulter. „Die wissen nichts von einer Verbindung zwischen dir und mir, Ruby."

„Es ist doch nur noch eine Frage der Zeit, Tom", flüsterte ich ungläubig. „Wie oft hast du denn deine andere Identität aufs Spiel gesetzt, um mich zu sehen?"

„Sie haben was?", fragte Lopez. Seine Stimme klang verdächtig ruhig.

Ich ignorierte ihn, weil ich seinen Plan, Tom in den Club zurückzuschicken, sabotieren wollte. „Was ist denn, wenn Antonio dich hier im Krankenhaus gesehen hat? Du bist doch zusammen mit den Leuten von der Spezialeinheit reingerannt."

„Antonio ist schon weg gewesen, bevor Tom hier angekommen ist", entgegnete Lopez, während er Tom böse anstarrte. „Ich rede später noch mit Ihnen, aber momentan ist Weitermachen unsere einzige Chance, diesem Drogenhändler das Handwerk zu legen." Er wandte sich zu mir um. „Wir reden hier über Drogen im Wert von Millionen, die in Ihren Straßen landen, Ruby, bei den Kindern und Jugendlichen, die *Sie* behandeln."

„Ich weiß, was das bedeutet, Lopez", gab ich bissig zurück. „Heißt das, dass Sie mich nicht mehr für den verantwortlichen Drogendealer halten?"

„Sie waren die ideale Verdächtige. Die Hinweise waren eindeutig, auch die Einträge in den Papieren."

„Warum haben Sie dann Ihre Meinung geändert?", wollte ich wissen. „Haben Sie herausgefunden, wer es wirklich ist?"

„Nein. Wir sind der Papierspur der Ambulanz bis zu den Aufzeichnungen im Krankenhaus gefolgt, aber zu diesen Papieren könnte jeder Zugang haben. Es handelt sich nicht um Patientendaten, und deshalb werden sie nicht in verschlossenen Schränken aufbewahrt. Deshalb hätte sich jeder als Dr. McKinney ausgeben und die Einträge ändern können."

„Aber was war es dann?“, fragte ich Lopez. „Warum verdächtigen Sie mich plötzlich nicht mehr?“

„Ich hatte einen Anruf von einem Streifenpolizisten, der beim Brand in der Ambulanz vor Ort war. Er hat eine eidesstattliche Erklärung unterschrieben, in der steht, dass Tom zusammen mit Ihnen dort war.“

„Ben?“, fragte ich erschüttert. Toms Gesichtsausdruck zeigte mir, dass er zum ersten Mal davon hörte.

Lopez nickte. „Als wir uns mit den Brandermittlern unterhalten haben, haben sie uns gesagt, dass sie an der Hintertür Einschusslöcher gefunden hätten. Jemand wollte Sie offenbar umbringen. Dann kommt noch etwas dazu: Wenn Sie so arm sind, wie es aussieht, dann verdienen Sie offenbar nicht viel Geld … sei es mit Drogen oder mit etwas anderem.“

Ich verdrehte die Augen. „Ach, wirklich?“

Lopez ignorierte diese Bemerkung und wandte sich Tom zu. „Wir müssen den Drogenkauf so bald wie möglich abwickeln, Tom. Sie müssen Jason unter Druck setzen, damit das endlich passiert.“

„Ich werde ihm sagen, dass er den Stoff liefern muss“, sagte Tom. „Ansonsten werde ich mir einen anderen Verkäufer suchen. Er wird sich ein so großes Geschäft nicht entgehen lassen.“

„Ja, machen Sie das. Wir müssen uns beeilen … Hier bricht langsam alles auseinander.“ Lopez klang zwar bestimmt, aber ich sah ein kurzes Aufflackern von Besorgnis in seinen Augen.

„Ja, klar doch.“ Tom nickte zustimmend. Dann machte er eine Kopfbewegung in meine Richtung. „Sie müssen Ruby unter Polizeischutz stellen. Die Hintermänner werden nicht aufgeben. Sie ist eine mögliche Zeugin.“

„Wir bringen sie in dasselbe Versteck wie Lilah und Brooklyn.“

Entgeistert sah ich Toms Chef an. „Sie … Sie wissen, wo die beiden sind?“

„Ja. Wir haben sie gestern Abend an der Bushaltestelle aufgelesen", antwortete Lopez.

Ein Kriminaltechniker meldete sich aus dem hinteren Flur. „Hier sind Blutflecken. Sie sehen aus wie eine Blutspur." Er hielt einen Tupfer hoch.

„Antonio ist während der Schießerei wohl getroffen worden. Wir haben ein Auge auf die Krankenhäuser. Vielleicht taucht er ja auf. Aber so oder so, Dr. McKinney wird in Sicherheit sein."

„Ich will, dass man sie aus der Stadt wegbringt", sagte Tom.

Ich schüttelte den Kopf. „Nein."

Tom sah aus, als ob er mich gleich anschreien würde, aber Lopez hob beschwichtigend die Hand. „In der gesicherten Wohnung ist sie sicher."

„Sorgen Sie dafür, dass das auch so ist", erwiderte Tom wütend.

Ich sah ihn erschrocken an. Tom erhob so gut wie nie seine Stimme. Seine Augen waren dunkel vor Wut und Sorge.

Lopez sprach weiter. „Und Sie sorgen dafür, dass auf Ihrer Seite endlich was geschieht."

Tom warf mir einen Blick zu. Dann ging er zögernd ein paar Schritte weiter.

Lopez wandte sich mir zu. „Wissen Sie, Sie sind wirklich so dickköpfig, wie man mir erzählt hat."

„Man hat Ihnen erzählt, dass ich dickköpfig bin?" Ich war entsetzt. „Von wem haben Sie das gehört?"

„Von fast jedem Informanten, den wir auf der Straße haben. Ruby D., Sie sind furchtloser, als die Polizei erlaubt", antwortete Lopez mit einem schiefen Grinsen.

Ich beobachtete Tom, wie er an den Fenstern stand und versuchte, sich zu beruhigen. Dann drehte ich mich zu Lopez um. „Ich bin nicht furchtlos, wenn es um ihn geht", flüsterte ich. „Hat *er* denn Leute, die ihn beschützen?"

Lopez wurde ernst. „So läuft das nicht."

„Gibt es denn keine andere Methode? *Muss* Tom wieder dorthin zurück?“ Mir versagte die Stimme.

Lopez nickte. „Er ist der Schlüssel, Ruby. Tom muss diesen Fall allein aufklären.“

Kapitel 30

Jugendstrafanstalt Dresden Heights
Vor zehn Jahren

Ich hatte und habe noch nie eine solche Angst gehabt, nicht vor jenem Tag und auch nicht danach. Ich wünschte, ich hätte die Anzeichen bemerkt. Ich wünschte, ich wäre in der Lage gewesen, das Schreckliche aufzuhalten. Aber so wie es war, hätte ich es kaum überleben können. Am Tag nach meiner Auseinandersetzung mit Griffin im Speisesaal brach einer seiner Kumpel während des Unterrichts mit Tom einen Streit vom Zaun. Die beiden verbrachten die Stunden nach der Schule in einer Arrestzelle.

Weil ich Angst vor einer weiteren Konfrontation mit Griffin hatte, eilte ich nach dem Unterricht sofort in meinen Schlafraum und machte meine Hausaufgaben. Die Abendglocke, die um zehn Uhr abends die Kontrolle der Schlafräume und „Licht aus" ankündigte, riss mich aus meiner Lektüre. Ich stand auf und streckte meinen verspannten Rücken.

Ich sah die orangefarbenen Lichtquadrate der Fenster von den Schlafräumen der Jungen auf der anderen Seite des Innenhofs. Tom war jetzt nicht mehr in der Arrestzelle. Ich stieß leise die Tür auf und ging ins Bad. Die letzte Toilette hatte ein Fenster. Das Schloss war schon vor meiner Ankunft defekt gewesen, und so ging das Fenster ganz leicht auf. Ich schlüpfte hinaus in die Dunkelheit.

Ich musste Tom unbedingt von Griffins erneutem Annäherungsversuch erzählen, bevor er es selbst herausfand. Also ging ich einen Fußweg entlang, der zur Rückseite der Cafeteria führte. Wenn ich die weiße Socke sehen würde, die an der Kante des

Dachs herunterbaumelte, dann wüsste ich, dass Tom dort oben sein würde. Dieses Signal kannten nur wir beide.

Das feuchte Gras fühlte sich unter meinen Füßen glitschig an, als ich um die Ecke bog. Die Sportsocke leuchtete hell im Mondlicht. Ich tastete nach der Tür, schlüpfte in das Gebäude und schlich mich in den Vorratsraum. Erst dann berührte ich den Lichtschalter.

Plötzlich spürte ich einen dumpfen Schmerz hinter den Augen. Stöhnend fiel ich zu Boden. Ich rieb mir den Hinterkopf und blinzelte verwirrt nach oben. Vor mir standen zwei schwarze Gestalten. Ihre Gesichter konnte ich nicht erkennen. Sie hatten Strickmützen auf den Köpfen, und die untere Gesichtshälfte war mit einem Tuch bedeckt. Mühsam erhob ich mich, aber die eine Gestalt versetzte mir einen kräftigen Fußtritt. Ächzend fiel ich wieder hin.

„Unten bleiben!“, zischte der Typ.

Die Tennisschuhe in meinem Gesichtsfeld kamen mir irgendwie bekannt vor. Jetzt quietschten sie leise, als die beiden Vermummten mich umringten. Der eine streckte die Hand nach mir aus und drückte mir etwas auf den Mund. Ich tastete ängstlich herum, aber das Material ziepte auf meiner Haut. Es war Paketband.

„Greift sie euch!“

Ich kämpfte gegen den Schwindel, der plötzlich in mir aufstieg. Die beiden zerrten mich aus dem Vorratsraum. Wir kamen an den metallenen Spülbecken vorbei. Ich trat um mich und versuchte, das Klebeband von meinem Mund abzuziehen. Dann hörte ich, wie sich die Tür zum Kühlraum öffnete. Die Vermummten stießen mich hinein und schlugen die Tür zu. Das rote Licht blinkte. In seinem Schein wirkten die beiden Gestalten wie Dämonen, die direkt aus der Hölle aufgestiegen waren.

„Fessle ihre Hände“, befahl der eine.

Der andere, Kleinere, schlang mir Paketband um die Handgelenke. Ich hörte sein schweres Atmen.

„Beeil dich“, flüsterte der Kleinere.

Der Größere baute sich über mir auf und zog einen Gegenstand aus dem Ärmel, mit dem er vor meinem Gesicht herumwedelte. Vor lauter Angst zog sich mein Magen zusammen. Ich erkannte Griffin an seinem kehligen Lachen. Die Kälte im Kühlraum ließ mich frösteln, aber ich begann erst richtig zu zittern, als ich den Klang seiner Stimme hörte.

„Weißt du, was das ist?“

Entsetzt starrte ich auf die Schere.

„Wir wollen doch mal sehen, wer dich nach dieser Behandlung noch haben will.“ Griffin spie die Worte förmlich aus.

Er packte eine dicke Strähne meines Haars und schnitt sie ab. Während er weitermachte, zerrte er ruckartig an meinen Haaren. Ich schnappte verzweifelt nach Luft, wehrte mich gegen den festen Griff des anderen Jungen und trat wütend um mich.

Griffin ließ sich fallen und hockte sich auf meine Beine.

„Halt sie fest“, befahl er dem anderen.

Ich schrie laut, während ich verzweifelt versuchte, ihn wegzustoßen. Aber sein Gewicht hielt mich am Boden. Er fuhr mir weiter mit der Schere durch die Haare und warf mir die abgeschnittenen Haarbüschel ins Gesicht.

Niemand konnte uns hören. Das Paketband auf meinem Mund dämpfte meine Schreie, und die Tür des Kühlhauses schluckte jedes Geräusch. Die ganze Zeit lachte Griffin und schrie mir Schimpfworte ins Gesicht.

Ein scharfer Schmerz fuhr wie ein Blitz durch meinen Kopf und blendete meine Angst aus. Ich kniff die Augen zu, weil mir plötzlich schwindlig wurde. Dann wurde mir übel, und an der Stelle, an der sie mir den Schlag verpasst hatten, pochte der Schmerz im Gleichklang mit meinem Herzschlag. Ein vertrauter Geruch stieg mir in die Nase. Dieser Geruch kündigte einen Anfall an. Mein Blick flog von einer Gestalt zur anderen, und ich schrie gegen das Klebeband um Hilfe. Über mir pulsierte das rote Licht des Kühlraums. Der ganze Raum schien sich plötzlich ruckweise auf eine Seite zu bewegen und sich wie verrückt zu drehen.

Ich wurde ohnmächtig.

Meine nächste, vage Erinnerung war, dass sich die Tür des Kühlraums öffnete und die Gestalten verschwanden. Etwas später hörte ich Toms Stimme in meinem Ohr.

„Oh, Ruby", krächzte er, während er mir das Paketband vom Mund abzog. „Wer war das?"

Weil ich so lange in der Kälte gewesen war, kam ich nur langsam wieder zu mir. Ich ließ meinen Kopf auf die Seite fallen und sah Tom in die schönen grünen Augen, die vor Entsetzen weit aufgerissen waren. Er schien fast wahnsinnig vor Angst und Sorge.

„Die dürfen mich nicht wegschicken", hauchte ich. „Erzähl es niemandem, sonst muss ich hier weg."

Tom trug mich auf den Rasen hinter der Cafeteria und legte mich auf das weiche Gras. Ich hörte nicht auf zu zittern.

„Du brauchst …" Er brach mitten im Satz ab.

Ich folgte seinem Blick. Erschrocken sah er auf seine Hand. Die Kälte im Kühlraum hatte mich gefühllos gemacht, sodass ich nicht bemerkt hatte, wir mir das Blut am Hals herunterlief. Ich hob die Hand und spürte einen Riss am Hinterkopf. Die Typen hatten mich wohl mit einem harten Gegenstand geschlagen.

Entsetzt schlug sich Tom mit der Hand an die Stirn und trat einen Schritt zurück. Seine Worte klangen wie ein ersticktes Flüstern. „Wer hat dir das angetan?"

Ich sah die Wut in seinem Gesicht. Deshalb streckte ich die Hand aus. „Tom, mach das nicht!"

„Wer war das?", schrie er.

Langsam und entschlossen schüttelte ich den Kopf. „Nein, Tom."

Toms Augen fanden meinen Blick. Der Schmerz, den ich darin sah, machte mir das Herz schwer. „Ich sorge dafür, dass sie dafür bezahlen, Ruby."

Am Ende zahlten wir alle einen hohen Preis.

* * *

In den nächsten Stunden beantwortete ich die Fragen der örtlichen Polizei und der Ermittler von der Drogenfahndung. Detective Benrey nahm meine Aussage weiter auf, obwohl er mir nicht glaubte. Er tat mir leid.

Lopez trank Krankenhaus-Kaffee und plauderte mit den Mitarbeitern von der Spurensicherung, während sie Patronenhülsen und Blutproben aufsammelten.

Ich ging zu Tom hinüber. Er stand am Fenster und sah hinaus. Mit den Fingern bewegte er eine Münze hin und her.

Als ich den Kopf auf seine Schulter legte, musste er seufzen. „Du kannst mir das nicht ausreden, Ruby."

„Wirklich nicht?"

Tom schüttelte den Kopf und reichte mir die Münze. Wie immer war sie aus Schokolade. Er verflocht seine Finger mit den meinen.

„Du machst dir so große Sorgen um mich, aber was ist mit dir, Tom?", fragte ich. Meine Unterlippe begann zu zittern. „Antonio ist da draußen. Was ist, wenn er dich gesehen hat?"

Er hob meine Hand und küsste die Innenseite. Diese Berührung brachte meine Haut zum Glühen. Ich starrte in seine hellen Augen, und das Herz schlug mir bis zum Hals.

„Ruby, sag jetzt nichts."

„Mach das nicht." Vor Verzweiflung klang meine Stimme wie ein Zischen. „Bitte."

Ich merkte, wie ich ihn wieder verlor, an Verbrechen und Gewalt und weil er die falschen Entscheidungen traf. Ich konnte die Tränen nicht mehr zurückhalten.

Tom wischte sie mit dem Daumen weg. „Ich will dich zuerst hier rausbringen, Ruby. Dann können wir darüber reden."

Wir gingen an Lopez vorbei.

„Sie dürfen sich nicht zusammen sehen lassen", mahnte er.

„Ich bringe sie zur gesicherten Wohnung", erwiderte Tom ruhig, aber seine Kiefermuskeln mahlten. „Ich habe Sie nicht um Erlaubnis gebeten."

„Das ist ein unnötiges Risiko, Tom."

Tom wirbelte herum. „Ich habe Sie nicht um Erlaubnis gebeten!"

Die Gespräche brachen abrupt ab, und die Leute im Raum starrten uns an. Lopez trat einen Schritt zurück und hob beide Hände.

Tom führte uns aus dem Gebäude heraus, durch die Hinterausgänge und die Garagen. Dann stiegen wir in ein wartendes Auto. Schweigend fuhren wir davon. Unbekannte Gebäude und Geschäfte zogen am Fenster vorbei. Ich starrte wortlos hinaus.

Mein Magen rebellierte, aber ich nahm mich zusammen. Diese unbesonnene Entscheidung, weiter verdeckt zu ermitteln, zerstörte meine Hoffnung auf ein normales Leben mit Tom. Angenommen, wir hätten tatsächlich eine gemeinsame Zukunft – könnte ich dann diese ständige Sorge aushalten, die durchwachten Nächte, in denen ich mich fragen müsste, ob Tom es schaffen würde, unverletzt nach Hause zu kommen? Ich musste an das alte Ehepaar im Japanischen Garten denken. Bei dieser Erinnerung wollte mir das Herz brechen. Ein solches Leben an Toms Seite würde ich nicht ertragen.

Tom hielt an, stieg aus, ging auf die Beifahrerseite und öffnete die Tür. Er nahm meine Hand und zog mich zur Haustür. Ich hörte Lilahs Stimme im Inneren des Hauses, aber ich blieb stehen. Ich konnte nicht hineingehen. Nicht so.

„Ruby …"

Mit einem Kopfschütteln machte ich einen Schritt zurück. „Ich kann das nicht, Tom."

Seufzend warf er einen vorsichtigen Blick um die Ecke. Dann führte er mich zur Seitentür der Garage. Ich spähte in den modrig riechenden Raum und bemerkte die Umrisse eines ramponierten Sofas und einer Tischtennisplatte. Eine nackte Glühbirne hing von der Decke herunter. Im Luftzug der offenen Tür bewegte sie sich langsam hin und her. Die Tür, die ins Haus führte, war verschlossen.

Ich ging hinein und lehnte mich an das Sofa. Ein alter Fernsehsessel stand hinten, mit der Sitzfläche zur Wand. Die hohe Lehne war im Halbdunkel kaum zu erkennen.

„Ich kann das nicht“, flüsterte ich wieder. „Ich kann nicht … ich kann es nicht ertragen, dich wieder zu verlieren, Tom.“ Wieder zitterte meine Unterlippe, und ich biss darauf, damit ich nicht anfangen musste zu weinen. „Die Risiken, die du auf dich nimmst …“

„Ruby.“ Tom seufzte. „Das ist mein Job.“

„Dann hasse ich deinen Job!“, schrie ich ihn an. „Ich hasse es, wenn ich zusehen muss, wie du andere Frauen küsst. Ich kann den Gedanken nicht ertragen, dass du zu ihr gehst, wenn du wegfährst. Und ich kann es nicht ertragen, dass diese Typen dich, ohne mit der Wimper zu zucken, umbringen werden, wenn sie herausfinden, wer du wirklich bist.“

Tom sah mich an, als hätte ich ihm einen Schlag versetzt. Er ließ sich auf die durchgesessenen Kissen des Sofas fallen und beugte sich vor. Den Kopf stützte er mit beiden Händen ab. „Ich weiß, dass dir das wehtut, Ruby. Ich wünschte, wir hätten uns erst nach diesem Einsatz getroffen.“

„Und was dann?“

„Wie bitte?“

„Was geschieht beim nächsten Einsatz oder dem übernächsten? In diesem Job verschwindest du manchmal wochenlang von der Bildfläche, Tom. Ich weiß nicht, ob ich damit leben kann, mit der Angst, dass man vielleicht wieder auf dich schießen wird.“

„Daran habe ich nicht gedacht. Ich …“

„Woran hast du denn gedacht? Hast du daran gedacht, was du mir antust?“ Ich musste weinen. Mit einer ungeduldigen Handbewegung wischte ich mir die Tränen weg. „Wie konntest du hier einfach so auftauchen und zulassen, dass … dass ich mich wieder in dich verliebe? Weißt du nicht, wie sich das anfühlt, wenn ich zusehen muss, wie du weggehst und ich mich frage, ob du lebend zurückkommst? Ich kann diese Angst, dich zu verlieren, nicht ertragen, und das jedes Mal, wenn du zur Tür hinausgehst. Ich kann so nicht leben!“ Ich konnte nicht aufhören zu zittern. „Ich war am Boden zerstört, dem Zusammenbruch nahe, als ich dich das letzte Mal verloren habe, Tom. Ich habe meine ganze Hoffnung verloren.“

Tom zuckte zusammen, als hätte ich ihm ins Gesicht geschlagen. „Ich werde dich nie mehr verlassen, Ruby. Ich weiß nicht, wie oft ich es dir noch sagen …“

Angst und Wut stiegen in mir hoch wie bittere Galle. „Nicht freiwillig, nein. Aber denk doch mal nach, welchen Beruf du gewählt hast, Tom. Du wirst belohnt, wenn du viel riskierst, wenn du lügst und dich nicht an Gesetze hältst. Du hast dich nicht geändert. Du hast bloß einen Weg gefunden, für dein schlechtes Benehmen auch noch bezahlt zu werden.“

„Das ist nicht wahr.“ Er sprang auf und kam auf mich zu. Dabei sah er mich unverwandt an. „Ich habe mich wirklich geändert. Ich bin nicht mehr das Kind, das vor vielen Jahren so viel Chaos angerichtet hat. Warum kannst du mir das bloß nicht glauben?“

„Siehst du denn nicht, was du tust, Tom? Du bist immer noch dieses Kind. Du kämpfst immer noch gegen die Drogenhändler, die deine Mutter auf dem Gewissen haben“, rief ich, ohne über meine Worte nachzudenken.

Tom zuckte zurück. In seinem Gesicht arbeitete es. „Was?“

„Es gibt für uns keine gemeinsame Zukunft, wenn du immer noch der Vergangenheit nachjagst. Du kannst sie nicht retten. Egal, wie viele von ihnen du verhaftest oder umbringst – du kannst sie nicht retten!“ Jetzt war es heraus. Entsetzt schlug ich die Hände vor den Mund, aber es war zu spät.

Tom trat zurück. Er wirkte wie betäubt. „Denkst du wirklich so über mich? Hältst du mich für so kaputt, dass ich die Augen vor der Wirklichkeit verschließe? Ich stecke nicht in der Vergangenheit fest, Ruby, *ich* nicht."

„Das sehe ich aber anders."

Tom sah mich an, und in seinen Augen stand tiefe Trauer. „Du ...du kannst dir also keine gemeinsame Zukunft mit mir vorstellen?"

Ich reagierte mit einem hilflosen Achselzucken, weil ich meinen eigenen Schmerz nicht mehr verbergen konnte. „Es wäre nicht die Zukunft, die ich mir wünsche, Tom. Nicht eine Zukunft mit einer Familie."

„Ich *wünsche* mir aber eine Familie, Ruby. Wie kommst du denn darauf, dass ich das nicht will?"

Plötzlich dachte ich an die Mutter, die ich zusammen mit ihren Kindern am Strand gesehen hatte. Ein leises Stöhnen kam mir über die Lippen. „Ich will nicht als Witwe leben, Tom. Ich will für meine Kinder einen Vater, der nach Hause kommt."

Sein Blick war voller Schmerz. Er drehte sich um und marschierte zur Tür. „Diese Zukunft, die du dir wünschst ... Meinst du, dass Ben sie dir bieten kann?"

Ich fühlte mich plötzlich unwohl, als ich auf seinen Rücken starrte. „Ich ... ich glaube schon."

Wortlos stürmte Tom aus der Garage. Die Tür knallte hinter ihm zu.

Die Angst, ohne ihn leben zu müssen, nahm mir den Atem. Ich sank auf das Sofa. Lautes Schluchzen schüttelte mich, während ich das Gesicht in meinen Händen vergrub.

Die Tür, die ins Haus führte, ging quietschend auf. Lilah sah mich besorgt an. „Bist du in Ordnung?"

Vor Verlegenheit hätte ich im Boden versinken können. „Bitte sag mir jetzt, dass du unseren Streit nicht gehört hast."

„Ich glaube, die ganze Nachbarschaft hat mitgehört."

Ächzend und schwerfällig erhob ich mich von dem Sofa. „Wer hängt da mit drin?"

Lilah verzog das Gesicht zu einer Grimasse. „Du solltest dich lieber fragen, wer nicht mit drinhängt, denn an der ganzen Sache ist etwas faul", flüsterte sie.

Der Fernsehsessel, dessen Lehne ich die ganze Zeit angestarrt hatte, drehte sich langsam. Jetzt sah ich, dass jemand darauf saß. Ich blickte in Bens aschfahles Gesicht.

Kapitel 31

„Mensch, Mädchen", sagte Lilah und schnalzte missbilligend mit der Zunge. „Wenn Ben immer noch an dir interessiert ist, dann weißt du eins: Er ist vorgewarnt, dass du spinnst."

Sie saß mir am kleinen Küchentisch gegenüber und schob mir einen Teller mit Butterkeksen hin.

Ich prustete vor Lachen und versuchte gleichzeitig, meinen Tee nicht auszuspucken. „Klar doch."

Ben war gegangen, sobald es ihm möglich war. Er hatte irgendetwas gemurmelt, dass seine Schicht in einer Stunde beginnen würde. Ich nahm es ihm nicht übel.

„Was hat er überhaupt hier gemacht?", fragte ich Lilah.

„Der arme Kerl hat Überstunden angesammelt, als er draußen Wache stand." Lilah schüttelte den Kopf. „Er hatte keine Ahnung, dass du hierher kommen würdest oder dass du in seiner Anwesenheit mit deinem – was auch immer Tom für dich war – Schluss machen würdest. Er ist bloß in die Garage gegangen, um ein Nickerchen zu machen."

„Ich bin ein schrecklicher Mensch, Lilah. Ich glaube, ich habe ihnen beiden heute das Herz gebrochen."

„Hör auf zu grübeln", sagte Lilah und gab noch etwas mehr Honig in meine Tasse. „Du bist nicht schrecklich. Ein wilder Wirbel aus Gefühlen und Widersprüchen, aber nicht schrecklich." Sie tätschelte meine Hand.

„Wie geht es dir denn, Lilah?", fragte ich leise. „Das mit Dakota tut mir so leid."

Sie versuchte zu lächeln, brachte aber nur eine traurige Grimasse zustande. „Es wird schon. Wir … wir werden es überleben. Es geht mir gut, solange ich nicht darüber nachdenke. Also denke ich nicht darüber nach. Noch nicht."

„Ja, klar“, murmelte ich und warf einen Blick auf die drei Ermittler der Drogenfahndung, die im Nebenzimmer saßen. „Wo ist Brooklyn?“

„Keine Ahnung. Er ist abgehauen, als wir hier angekommen sind. Einfach aus dem Fenster geklettert.“

„Das meinst du doch nicht ernst.“ Schockiert schüttelte ich den Kopf. „Hast du gewusst, dass er das vorhatte?“

„Er hat nichts gesagt, aber ich kenne ihn. Er hat Platzangst. Auf keinen Fall wollte er mit einem Haufen Bullen auf engstem Raum eingesperrt sein.“ Lilah zupfte an der abblätternden Resopal-Schicht des Küchentischs herum und machte eine Kopfbewegung Richtung Garage. „Willst du mir nicht erzählen, was da drin passiert ist?“

„Ich weiß nicht, wo ich anfangen soll, Lilah.“

„Fang doch damit an, woher du ihn kennst und warum du im Krankenhaus versucht hast, mir das zu verschweigen“, erwiderte sie und starrte mich eindringlich an.

Natürlich wusste sie Bescheid. Sie war ja nicht dumm. Sie hatte es mir jedoch überlassen, von Tom zu erzählen oder nicht.

Ich lehnte mich zurück. „Ich habe ihn in der Jugendstrafanstalt *Dresden Heights* kennengelernt, als ich fünfzehn war.“

Lilah nickte. Sie wusste von meinem Aufenthalt in der Jugendstrafanstalt. Ich hatte ihr schließlich davon erzählt, aber ich hatte ihr verschwiegen, warum ich damals von dort weggegangen war.

„Er … er war so … na ja, du hast ihn ja gesehen. Stell dir vor, du bist an einem schrecklichen Ort, hast Angst und fühlst dich verloren, und dann kommt jemand wie Tom und beschützt dich nicht nur, sondern liebt dich auch noch, obwohl du nicht viel von dir selbst hältst.“

„Ich kann verstehen, dass man nach so einem Mann süchtig werden kann.“ Sie reichte mir ein Papiertaschentuch aus der Schachtel, die auf der Anrichte stand. „Aber warum willst du ihn überhaupt loswerden?“

„Etwas … etwas ist passiert in der Jugendstrafanstalt. Ein Junge ist gestorben, und man hat Tom und mir die Schuld daran gegeben.“ Ich rührte den Honig auf dem Boden meiner Tasse um, ohne aufzublicken. „Danach ist alles kaputtgegangen, und Tom ist verschwunden. Er war alles für mich, aber von einem Tag auf den anderen war er fort.“

„Und du hast Angst, ihn wieder zu verlieren?“

„Ich habe entsetzliche Angst. Ich kann dir nicht erklären, welche Gefühle er in mir weckt, Lilah.“ Ich hatte Tränen in den Augen, als ich sie ansah. „Ich … ich kann kaum atmen, wenn ich in seiner Nähe bin. Er zieht mich an wie die Schwerkraft. Das hat er schon immer getan.“

„Und das willst du so einfach aufgeben?“ Lilah zog die Augenbrauen hoch.

„Ich will mich nicht wieder so fühlen wie damals, als er verschwunden ist. Ich will nie wieder in dieses tiefe Loch fallen. Es ist mir so schwer gefallen, da wieder rauszukommen.“ Mir wurde es schwer ums Herz, und ich musste langsam ein- und ausatmen, damit ich nicht wieder anfing zu weinen. „Ich weiß nicht, ob ich die Liebe zu Tom überlebe.“

Während sie ihren Tee vom Löffel schlürfte, musterte Lilah mich mit einem Stirnrunzeln. „Es ist klar, dass Ben ein toller Typ ist, aber er bedeutet dir nicht so viel wie Tom.“

„Ben ist der Richtige für mich. Mit ihm kann ich eine gemeinsame Zukunft aufbauen. Wir können zusammen alt werden, stimmt’s?“

„Ruby“, erwiderte Lilah und griff nach meiner Hand. „Du weißt, dass ich dich sehr gernhabe.“

„Wenn man so anfängt, kann nichts Gutes folgen, Lilah“, sagte ich seufzend.

„Hörst du mir trotzdem zu?“

Ich nickte, hatte aber Angst, ihr in die Augen zu sehen. „Klar doch.“

„Schätzchen, du bist eine wunderbare Frau, eine tolle Partnerin für jeden Mann. Aber Ben ist doch kein Trostpreis für dich. Er verdient mehr als das, meinst du nicht auch?"

„Er ist kein …" Ich beendete den Satz nicht, weil es stimmte, was Lilah sagte.

„Du kannst bei Tom nicht das haben, was du dir wünschst, und so gibst du dich mit Ben zufrieden. Das hat nichts mit wahrem Glück zu tun, Ruby. Du versuchst bloß, die Dinge selbst in die Hand zu nehmen."

„Ich wollte Ben nicht so etwas antun."

„Das weiß ich doch, Schätzchen. Aber ich glaube, du hast so große Angst davor, Gott wieder zu vertrauen, dass du verzweifelt versuchst, alles selbst in die Hand zu nehmen. Aber sei doch mal ehrlich … Ich glaube, du stehst dir selbst im Weg."

„Wobei stehe ich mir denn selbst im Weg?"

„Hast du schon mal dran gedacht, dass Tom aus einem ganz bestimmten Grund wieder in dein Leben getreten ist? Dass der Schmerz aus der Vergangenheit und die Angst vor deiner Zukunft mit den Problemen zu tun haben, die du mit ihm hast? Jetzt könntest du die Chance haben, alles in Ordnung zu bringen, auch die Ursache für dein Versteckspiel."

„Ich verstecke mich doch nicht."

„Du versteckst dich schon so lange, dass du es gar nicht mehr merkst, aber es ist die Wahrheit." Lilah schnalzte mit der Zunge. „Schau mich nicht so an, Ruby. Keine einzige Verabredung mit einem Mann, keine andere Freundin außer mir, und ich arbeite für dich. Keine einzige private Beziehung in all den Jahren, seitdem ich dich kenne … und du behauptest, dich nicht zu verstecken? Also wirklich!"

„Ich habe viel zu tun", gab ich zu bedenken, aber ihr Gesichtsausdruck zeigte mir, dass sie mir das ebenso wenig abkaufte, wie ich selbst daran glaubte. „Ich habe eine Menge Patienten."

„Du versteckst dich. Die dunklen Schatten und Seitenstraßen sind dein Zuhause, genauso wie bei den Kindern, denen du hilfst", sagte Lilah leise. „Ich sehe zu, wie du dir überhaupt nichts gönnst, wie du dich aufopferst, und ich kann dir nicht helfen. Aber ich glaube, dass du das alles machst, weil du dir eine Buße auferlegt hast."

Mir wurde ganz flau im Magen. Wie konnte sie das alles bloß so deutlich sehen? Hatte ich nicht immer das Richtige getan? Hatte ich nicht ein abgeschlossenes Studium und einen Beruf, in dem ich nur für andere Menschen da war? Genügten meine großen Leistungen etwa nicht, um meine Schuld zu tilgen?

„Lilah, ich …" Ich wusste nicht, was ich sagen sollte, denn ich befürchtete, dass ich anfangen würde zu weinen.

„Ruby, du hast mal gesagt, dass du dich so weit von deinem Glauben entfernt hast und den Weg nicht zurückfinden kannst, stimmt's?"

„Ja, das stimmt, Lilah. Ich kann nicht mehr so glauben wie damals, als ich noch ein Kind war. Ich weiß einfach nicht mehr …" Hilflos zuckte ich mit den Schultern. Dann wischte ich mir schniefend mit dem Papiertaschentuch über das Gesicht. Die Sehnsucht nach diesem verlorenen Frieden, dieser Zuversicht, drohte mich zu überwältigen. „Ich weiß nicht mehr, wie ich zu diesem Glauben zurückfinden kann … oder ob Gott mich überhaupt noch haben will, nachdem ich mich so lange von ihm abgewendet habe."

„Ach, Ruby …" Lilahs Stimme klang sanft. „Gott ist doch unser Vater. Er sehnt sich immer danach, dass seine Kinder zu ihm zurückkehren, egal, was passiert ist."

Ich stand auf, weil ich nur noch wegwollte. „Ich … ich muss jetzt gehen." Ich war durcheinander und traurig zugleich. Deshalb stürmte ich aus der Küche. Ich wollte nicht, dass Lilah mein Gefühlschaos miterlebte.

Als ich an den Ermittlern der Drogenfahndung vorbeikam, mieden die drei bewusst meinen Blick. Ihr Schweigen und ihre angespannten Gesichtszüge sprachen jedoch Bände. Sie hatten jedes Wort mitgehört.

Mir klopfte das Herz bis zum Hals. Ich schloss mich in eines der Schlafzimmer ein und lehnte mich an die kühle Wand. Mein Körper wurde von stummen Schluchzern geschüttelt, und ich rang nach Luft. Dann sank ich zu Boden und schlang die Arme um die Knie. Ich wiegte mich hin und her.

Vielleicht fühlt man sich so, wenn Gott einen Menschen vergisst.

Kapitel 32

Die Szenen in meinem Traum flogen in rascher Folge an mir vorüber, wie bei einem Film im Zeitraffer. Ich sah mich, wie ich vor meinem zerstörten Auto stand. Dann marschierte ich durch die zertrümmerte Ambulanz. Ich nagelte die Fenster im vorderen Teil des Gebäudes mit Sperrholzbrettern zu. Dann war ich auf dem Parkplatz und sprach mit Mike, dem Sicherheitsmann. Überall war Farbe, die im Mondlicht rot leuchtete. Ich war seltsam ruhig, als ich die Blitze aufflammen sah.

Ich drehte mich um, und plötzlich war ich zusammen mit Tom in der Ambulanz. Wie in Zeitlupe beobachtete ich sein entsetztes Gesicht, als der Feuerball auf uns zuflog. Ich spürte, wie sich der Raum um uns zusammenzog. Auf einmal war ich draußen vor der Ambulanz. Ich sah, wie brennende Flaschen an die Sperrholzbretter vor den Fenstern knallten, ohne Schaden anzurichten. Dann rannten Tom und ich durch den Flur. Die Flammen züngelten an den Wänden hoch, aber sie berührten uns nicht, und sie kamen auch nicht näher.

Ein starker Wind erfasste mich. Wie ein Tornado drehte er mich im Kreis herum. Ich stand abrupt still, als der Wind sich plötzlich legte. Dann sah ich, wie zwei junge Männer Dakotas Auto durchsuchten. Nach meiner Adresse. Als sie nichts fanden, wurden sie wütend und holten ihre Revolver heraus. Aus den Mündungen der Waffen flog Feuer. Ich war geblendet und legte die Hände über meine Augen.

Wieder zog etwas an mir, tief in meinem Inneren, und ich raste durch wogende Wellen aus Hitze. Ich schlug die Augen auf. Plötzlich stand ich im Frauenhaus. Um mich herum bewegten sich Mütter und Kinder so langsam wie in Zeitlupe. Sie lachten, aber ich hörte ihr Lachen nicht. Dann machten sie sich auf den

Weg in den hinteren Teil des Gebäudes. Der Haupteingang öffnete sich quälend langsam. Keuchend starrte ich auf eine dunkle Wolke, die sich mir näherte. Angst stieg in mir hoch, und ich wollte laut aufschreien. Aber plötzlich spürte ich, wie sich eine Hand um meine Taille legte. Little zerrte mich von der Wolke weg und brachte mich zu einer anderen Tür, aus der ein helles Licht drang. Hinter uns zog sich die Wolke zurück. Sie waberte weg von uns, fiel in sich zusammen und driftete vom Eingang des Frauenhauses weg.

Little blieb an meiner Seite. Plötzlich begann sich der Raum zu drehen wie ein Karussell. Schneller, immer schneller wirbelten wir herum. Mir wurde schwindlig. Dann hielten wir an. Wir standen in der Abteilung für Sportmedizin. Ich sah mich, wie ich Darnells Arm verband. Hinter mir tauchte die dunkle Wolke auf. Sie kroch über die Wände, als ob sie Jagd auf mich machen wollte. Mein Herz schlug schneller, als ich mich selbst beobachtete, wie ich weitermachte, ohne die Bedrohung wahrzunehmen. Die Wolke verwandelte sich in die Gestalt eines Mannes, der wegrannte, während er aus seiner Waffe Schüsse auf mich abfeuerte. Wie Schnappschüsse in einem Daumenkino lief die Szene ruckartig weiter ab. Die Kugeln aus der Waffe des Mannes zischten durch den Raum und suchten sich ihren Weg zu mir. Sie verfehlten ihr Ziel, als Paul mich zu Boden riss. Ich sah mit schreckgeweiteten Augen zu, wie die Kugeln um Haaresbreite an meiner Schläfe vorbeiflogen. Die dunkle Wolke zog sich mit wütenden Wirbeln wieder zurück, diesmal gejagt von Paul.

Ich sah mit wild klopfendem Herzen zu, wie sich der Raum erneut drehte. Der Wind peitschte und zog mich mit in den Kreis, bis Wände aus dem Boden aufstiegen. Ich blieb abrupt stehen. Plötzlich war alles wieder still. Ich hörte sogar meine eigenen, unregelmäßigen Atemzüge. Als ich mich umsah, bemerkte ich, wie Sheila in meinem alten Zuhause an ihrem Schreibtisch saß. Ihr Körper strahlte, als ob er von innen erleuchtet wäre. Neben ihr stand ein durchsichtiges Gefäß mit hellgrünem Meerglas, in dem sich das Licht spiegelte. Voller Sehnsucht ging ich auf sie zu. Sie sah von ihrer Arbeit auf und lächelte mich an. Ein überwältigendes Glücksgefühl durchströmte mich, und ich streckte die Hand nach ihr aus.

Ihre Stimme klang wie ein sanftes Echo in meinem Kopf. „Jetzt ist der Moment der Entscheidung gekommen, Ruby."

* * *

Ich wachte keuchend auf. Ich holte tief Luft, weil ich im Hals einen dicken Kloß spürte. Dann umklammerte ich das Kopfkissen und starrte mit verschwommenem Blick an die Zimmerdecke. Allmählich begann ich zu verstehen. Jede Katastrophe in den vergangenen Wochen, jede einzelne, hatte mich vor einem schlimmeren Schicksal bewahrt. Als ich meine Wohnung verlor, konnte ich darin nicht überfallen werden. Die eingeschlagenen, mit Sperrholz vernagelten Fenster hatten verhindert, dass die Feuerbomben ihre ganze Zerstörungskraft entfalten konnten, und Tom und mich vor dem Feuertod gerettet. Die Entführung hatte mich vor Antonios Überfall im Frauenhaus und danach im Krankenhaus bewahrt.

Ich begann zu zittern. Dann schüttelte ich den Kopf. Ich erkannte, dass ich mich gründlich geirrt hatte. Die ganze Zeit, als ich in meinem Herzen aufschrie, weil ich mich so verloren fühlte, war ich in den Händen Gottes geborgen gewesen. Ein Psalmtext aus meiner Kindheit fiel mir ein. An diesen Worten hatte ich mich auch in der Jugendstrafanstalt immer festgehalten.

Nähme ich Flügel der Morgenröte und bliebe am äußersten Meer, so würde auch dort deine Hand mich führen und deine Rechte mich halten.

Früher hatte ich diesen Worten vertraut. Vor Jahren, als ich in tiefster Finsternis gelebt hatte, als mich das Leid und die Angst zu überwältigen drohten, hatte ich Gott vertraut. Nach all den

Jahren wusste ich, wie ich diese schreckliche Zeit überlebt hatte. Trotzdem fühlte ich mich unsicher. Wie in einem neuen Traum sah ich eine Kreuzung auf mich zukommen. Könnte ich Gott wieder so vertrauen wie früher, auch wenn alles noch schlimmer würde – oder würde ich in meiner hilflosen Wut und meinem Leid endgültig aus den Armen meines himmlischen Vaters gerissen werden?

Ich tappte durch das dunkle Zimmer. Der abgenutzte Teppichboden kratzte an meinen nackten Fußsohlen. Ich legte die Hand auf den Türgriff und drückte ihn langsam nach unten. Das Herz klopfte mir bis zum Hals, und ich spürte das Rauschen meines Blutes im Kopf. Trotzdem versuchte ich, die Geräusche in der Wohnung zuzuordnen. Aus dem schwach beleuchteten Wohnzimmer hörte ich den leisen Ton des Fernsehers. An den Ermittlern würde ich nicht vorbeikommen. Einer von ihnen war immer wach.

Ein leises Klopfen am Fenster ließ mich erschrocken herumfahren. Der Wind drückte die knorrigen Zweige eines Baumes gegen die Fensterscheibe. Ich musste daran denken, wie Brooklyn die Flucht ergriffen hatte. Nachdenklich biss ich mir auf die Unterlippe. Ich wog das Für und Wider ab.

„Jetzt geh schon, Ruby“, flüsterte ich. „Mach es jetzt.“

Ich ging zum Bett und ordnete die Kissen so an, dass sie die Form einer menschlichen Gestalt unter der Bettdecke hatten. Dann zog ich mich rasch an. Das Fenster ließ sich leicht und geräuschlos öffnen. Vorsichtig zog ich das Fliegengitter in den Raum und lehnte mich hinaus. Ich könnte einen Sprung aus dem Fenster wagen. Es war nicht allzu hoch. Ich griff in die Hosentasche, um sicherzugehen, dass ich das Handy und ein bisschen Geld eingesteckt hatte. Dann hielt ich die Luft an und ließ mich aus dem Fenster fallen.

Ich rannte durch den Garten, kletterte über den Lattenzaun und hoffte, dass die Nachbarn keinen Hund hatten. Keuchend huschte ich im Dunkeln über den Rasen. Ich stolperte über einen

Gegenstand und fiel auf die Knie, wobei ich einen stechenden Schmerz verspürte. Ich achtete nicht darauf, sondern kletterte mit zusammengebissenen Zähnen über den gegenüberliegenden Zaun. Mit einem dumpfen Aufprall landete ich auf der anderen Seite. Ich warf einen Blick zurück und spitzte die Ohren.

Alles war still.

Ich humpelte zum Bürgersteig und auf die Bushaltestelle zu, während ich in meiner Hosentasche nach dem Handy suchte. Bei der Auskunft ließ ich mich mit einem Taxidienst verbinden, dem ich den Namen der Querstraße nannte. Dann setzte ich mich auf die Bank an der Bushaltestelle. Vom Adrenalinschub in meinem Körper hatte ich einen bitteren Geschmack auf der Zunge. Hoffentlich konnte ich mich erinnern, wo genau Toms Wohnung war.

Endlich hielt der Taxifahrer vor der richtigen Einfahrt. Schweigend zahlte ich den Fahrpreis. Ich ging an den Müllcontainern vorbei und erreichte die Treppe aus Betonsteinen. Beinahe hätte ich die Nerven verloren und wäre umgekehrt. Mit beiden Händen packte ich das Treppengeländer. Schließlich hatte ich es bis hierher geschafft.

Ich holte tief Luft, ging nach oben. Hoffentlich war es die richtige Wohnungstür. Ich hob die Hand und klopfte. Dann hörte ich drinnen Schritte. Ich sah einen Lichtschein, und dann bewegte sich etwas am Türspion. Ich nahm meinen Mut zusammen und lächelte. Die Sicherheitskette klirrte gegen das Holz, als sich die Tür öffnete.

Toms grüne Augen sahen mich an. Vor Schreck fiel ihm die Kinnlade herunter. „Ruby, was machst du hier?“

Kapitel 33

Als ich Tom sah, brach ich in Tränen aus. Er trat vor, zog mich an sich und vergrub sein Gesicht in meinem Haar.

„Ruby", hauchte er.

„Es … es tut mir so leid, Tom."

„Das ist schon in Ordnung", murmelte er und zog mich in die Wohnung. „Alles ist gut."

Ich krallte meine Finger in den Stoff seines T-Shirts und weinte mich an seiner Brust aus.

„Ruby, das ist viel zu gefährlich. Wie bist du denn von der gesicherten Wohnung weggekommen?" Er trat zurück. Auf seiner Stirn zeigten sich Sorgenfalten. „Bist du allein gekommen?"

„Ich musste dich unbedingt sehen. Ich konnte das nicht so einfach zwischen uns stehen lassen." Ich schüttelte den Kopf und zerrte an seinem T-Shirt, weil ich verzweifelt nach den richtigen Worten suchte.

„Tom, ich …"

Tom legte den Finger auf meine Lippen. „Ich hätte nicht so einfach davonrennen dürfen."

„Das war dein gutes Recht, Tom. Ich habe furchtbare Dinge gesagt. Es tut mir so leid."

„Nein, Ruby, ich habe nachgedacht. Und du hast recht. Ich kann sie nicht retten."

„Das hätte ich nicht sagen dürfen", flüsterte ich. Warum konnte ich bloß nie den Mund halten?

„Komm her." Er führte mich zum Sofa. Als ich mich setzte, nahm er meine Hand. „Ich verstehe, warum du das gesagt hast. Ich habe genau das getan. Ich habe den Schatten meiner Vergangenheit nachgejagt, weil ich versuchen wollte, alles wieder in Ordnung zu bringen." Die Stimme versagte ihm. „Aber meine Entscheidung, diesen Einsatz zu Ende zu führen, hat damit nichts zu tun."

„Womit dann?"

Der Schmerz in seinen schönen Gesichtszügen machte mir das Herz schwer. „Ruby, erinnerst du dich noch an unsere Gespräche auf dem Dach? Wie du mir von deinem Glauben erzählt hast? Erinnerst du dich noch, wie du mir immer erzählt hast, dass ich mich entscheiden sollte, Gottes Zusagen zu vertrauen, auch wenn die Situation im Moment alles andere als vielversprechend war? Und wie du immer gesagt hast, dass wir uns gerade in einem solchen Moment befinden, wenn die Lage wirklich schlimm war?"

Mein Magen zog sich krampfhaft zusammen. Ich musterte ihn prüfend. „Ja."

Sheilas Worte aus meinem Traum fielen mir plötzlich wieder ein.

Jetzt ist der Moment der Entscheidung gekommen.

Mir wurde es schwer ums Herz.

Tom streckte die Hand aus und schob mir eine lose Haarsträhne hinter das Ohr. Seine Augen blickten traurig. „Ich bin nach San Diego gekommen, um dich zu finden, weil ich der Vergangenheit nicht mehr nachjagen will. Ich will eine gemeinsame Zukunft mit dir, Ruby."

„Dann führe diesen Einsatz nicht zu Ende. Hör einfach auf", flehte ich ihn an.

Tom entzog mir seine Hände. Er fuhr sich damit in die Haare und schloss die Augen. Als er anfing zu sprechen, klang seine Stimme ruhig. „Ruby, Antonio hat versucht dich umzubringen, in einem Krankenhaus, in dem es von Zeugen nur so wimmelt, *am helllichten Tag.* Meinst du wirklich, er gibt einfach so auf?"

Ich machte den Mund auf, um etwas zu erwidern, aber er hob abwehrend die Hand. „Wir wissen noch nicht einmal, mit wem er zusammenarbeitet. Jemand hat deinen Namen missbraucht und die Frachtpapiere gefälscht. Antonio hätte das nicht zustande gebracht. Alles an diesem Fall deutet auf einen Komplizen hin."

„Hat die Drogenfahndung nicht noch andere Leute mit Erfahrung als verdeckte Ermittler?" Ich wischte mir wütend die Tränen ab.

„Dafür fehlt die Zeit, Ruby. Wir müssen die Sache jetzt durchziehen, bevor uns alles um die Ohren fliegt."

„Aber warum musst *du* das machen? Warum musst *du* dein Leben riskieren, um denen das Handwerk zu legen?"

„Weil ich dich liebe, Ruby", sagte Tom ruhig. „Du bist die Einzige, die ich immer geliebt habe, und jetzt stehst du vor mir. Ich will dich nicht wieder gehen lassen. Das kann ich nicht."

Diese Worte machten mich atemlos. Das Herz schlug mir bis zum Hals. „Tom …"

Er sah mir tief in die Augen. „Ich habe Jahre gebraucht, bis ich mir gestattet habe zu glauben, dass ich gut genug für dich bin. Es hat so lange gedauert, Ruby … Wir haben so lange gebraucht, bis wir wieder zusammengefunden haben."

Mein Atem wollte wieder aussetzen. Ich sah zu ihm hoch. „Ich weiß, Tom."

Er zog mich neben sich, und wir lehnten uns eng aneinander.

„Ich muss diesen Einsatz zu Ende bringen. Ich will nicht, dass wir den Rest unseres Lebens damit verbringen, ängstliche Blicke über die Schulter zu werfen. Ich will nicht, dass wir in Angst leben", sagte Tom schließlich.

Ich konnte nicht sprechen. Ich konnte ihn einfach nicht loslassen. Ich wollte ihn hier festhalten, denn hier konnte ich seine Wärme spüren. Hier war er bei mir.

Bitte, Herr. Ich überlebe es nicht, wenn ich ihn noch einmal verliere.

„Ruby?", flüsterte Tom. „Ich muss wissen, ob du auf meiner Seite bist."

„Wenn du das unbedingt tun musst, dann tun wir es gemeinsam", murmelte ich. „Ich bin immer auf deiner Seite, Tom. Egal, was passiert."

Langsam und ganz sanft legte Tom seine Arme um mich. Er lehnte seine Stirn an meine und flüsterte ein Gebet. Als ich seine Worte hörte, spürte ich, wie mein Herz vor Glück schneller schlug. Er betete dafür, dass wir diese schreckliche Situation überleben würden. Er bat Gott um Führung. Aber als er Gott für mich um den Mut bat, damit ich unserem himmlischen Vater uneingeschränkt vertrauen könnte, konnte ich die Tränen nicht mehr zurückhalten.

Ich zitterte vor Freude, und ich kostete diesen bittersüßen Moment des Glücks aus. Nach so vielen Jahren, in denen ich mich verloren gefühlt hatte, umgab mich die Liebe meines Lebens mit geflüsterten Gebeten.

Tom beugte sich vor und berührte mit seinen Lippen sanft meinen Mund in einem zaghaften Kuss, bei dem mir das Herz brechen wollte. Ich klammerte mich fest an ihn, aus Angst, ihn gehen zu lassen. Ich küsste ihn mit der ganzen Sehnsucht der Jahre, die wir verloren hatten. Ich küsste ihn und hoffte verzweifelt, dass dies nicht unser letzter Kuss sein würde.

* * *

Tom rief seinen Kollegen Scott an und bat ihn um eine zusätzliche Wachmannschaft. Zehn Minuten später erschienen zwei Ermittler an der Wohnungstür. Wie Tom trugen sie Designer-Jeans und elegante Hemden, und auch sie sahen aus wie Gangster der Luxusklasse. In den Augen von Beobachtern wirkten sie wie gute Bekannte von Tom. Sobald sie in der Wohnung waren, setzten wir uns an den kleinen Küchentisch und tranken Kaffee. Es herrschte betretenes Schweigen zwischen uns.

Ich seufzte. Diese Nacht würde lang werden.

Kapitel 34

Lopez rief früh am nächsten Morgen an. Ich wachte auf, verhedderte mich in der Bettdecke und griff nach dem Telefon auf dem Nachttisch. Tom und seine Kollegen hatten im Wohnzimmer geschlafen. Mit dem Sofakissen in der Hand kam er hereingestürzt. Er schlidderte neben das Bett und nahm mir das Telefon aus der Hand.

„Ja“, meldete er sich.

Ich sah zu, wie er das Telefon von seinem Ohr weghielt. Die gedämpfte Stimme von Lopez klang wie das zornige Summen einer Biene. Tom warf mir einen verärgerten Blick zu. Ich legte beide Hände über meinen Mund, um ein Lächeln zu unterdrücken. Sie hatten herausgefunden, dass ich nicht mehr in der gesicherten Wohnung war.

„Ja, sie ist hier“, sagte Tom mit ruhiger Stimme. „Nein, ich habe Sie nicht angerufen, weil das nicht nötig war. Scott und Bellows haben hier übernachtet. Wir haben uns abgelöst.“

Wieder hörte ich ein zorniges Brummen. Tom rieb sich die Augen mit Daumen und Zeigefinger.

Ich setzte mich auf, zog die Knie an und wartete.

Toms Gesichtszüge spannten sich an. Er setzte sich auf den Sessel neben dem Bett. Seine Hand lag auf dem Knie, und ich verflocht meine Finger mit den seinen.

„Heute, ja. Ich soll ihn in ein paar Stunden im Club *Flow* treffen.“ Er drückte sanft meine Hand, als er sagte: „Ich will, dass sie bei Ihnen bleibt.“

Dann hörte er zu. Seine Augenbrauen zogen sich zusammen. Ihm gefiel nicht, was Lopez sagte.

Ich kaute auf dem Daumennagel herum, weil ich mich fühlte, als hätte man mich beim Stehlen erwischt.

„Weil die Jungs in der gesicherten Wohnung es offenbar nicht schaffen, sie zu schützen", antwortete er in einem schärferen Tonfall.

Mir wurde flau im Magen. Ich fühlte mich schuldig.

„Okay, zwanzig Minuten." Tom sah auf seine Armbanduhr. „Ein Kollege in einem normalen Auto, nicht in so einem abgewrackten Überwachungsfahrzeug."

Er beendete das Telefonat, holte Luft und drehte sich zu mir um. Seine Kiefermuskeln waren angespannt, aber in seinem Blick lag Wärme. „Lopez schickt ein Auto für dich, Ruby. Du kannst bei ihm bleiben, während wir den Drogenkauf abwickeln und die Typen verhaften."

Ich streckte die Hand aus und berührte seine Schulter. „Es tut mir leid, dass ich euch solche Probleme bereite."

„Du bist kein Problem, Ruby", erwiderte Tom und griff nach meiner Hand. Er drückte einen Kuss auf meine Fingerknöchel. „Ich will bloß wissen, dass du in Sicherheit bist. Sonst kann ich diesen Einsatz nicht abschließen."

„Drogenkauf und Verhaftungen?", fragte ich.

„Ich brauche bloß den Kauf abzuwickeln. Dann kommt das Team zum Einsatz, um die Verhaftungen durchzuführen. Wir legen Jason Handschellen an und kriegen hoffentlich Antonio und den Hintermann, der die Medikamente liefert."

„Wenn du das sagst, klingt das alles so einfach." Ich war so nervös, dass ich mich räuspern musste. „Hast du denn Verstärkung?"

„Lopez und ein paar andere Ermittler werden den Club von einem Standort in der Straße aus beobachten. Sie sind bereit, das Gebäude zu stürmen, wenn ich sie brauche."

Ich spürte einen dicken Kloß im Hals und versuchte Luft zu holen. „Das ist ja kinderleicht."

Tom strich mir mit dem Finger über den Nasenrücken. „Wenn wir diese Typen haben, brauchst du nie mehr ängstliche Blicke über die Schulter zu werfen. Du kannst deine Ambulanz wieder aufbauen … Es fehlt nur noch diese eine Sache, damit du wieder ein normales Leben führen kannst.“ Beim Klang seiner Stimme fühlte ich mich besser.

„Gut, in Ordnung“, sagte ich.

Tom nickte mir aufmunternd zu. „Gut. Dann sollten wir uns fertig machen.“ Er ging hinaus und machte die Tür hinter sich zu.

Ich brauchte bloß eine knappe Viertelstunde. Tom wartete vor der Schlafzimmertür. Ich konnte hören, wie er auf und ab ging.

„Wir müssen los, Ruby.“

Ich raste zur Tür, aber Tom fing mich mit den Armen auf. „Noch nicht“, murmelte er.

Mit seinen starken Händen zog er mich an sich. Mir blieb die Luft weg. Als er seine Lippen auf meinen Mund presste, spürte ich ein Kribbeln wie von einem leichten Stromstoß. Meine Welt wurde plötzlich so groß wie ein Stecknadelkopf. Es gab nur uns beide, nur diesen einen Moment. Mit einem leisen Seufzen fuhr ich ihm mit den Fingern durchs Haar.

Er trat zurück. Ein strahlendes Lächeln umspielte seine Lippen. „*Jetzt* kannst du gehen.“

Ich musste mein inneres Gleichgewicht wiederfinden, und deshalb legte ich eine Hand auf mein Gesicht. „Bis bald.“

Ich fuhr mit Scott und Bellows zu einem leer stehenden Geschäftshaus, in dem früher ein Kosmetikstudio gewesen war. Scott erklärte mir, dass der Eigentümer den Ermittlern der Drogenfahndung erlaubt habe, das Haus zu Überwachungszwecken zu benutzen, zumal es nur einen Straßenzug vom Club entfernt lag. Ich folgte ihnen in das Innere des Gebäudes und sah, wie Lopez vorne am Schreibtisch der Rezeption saß. Er wirkte nicht gerade glücklich.

„Der Einsatz geht gleich los. Deshalb sollten Sie uns möglichst nicht bei der Arbeit behindern.“

Ich erkannte einen Mann wieder, der nach der Schießerei in der Abteilung für Sportmedizin am Tatort gewesen war. Er saß an einem der Maniküretische und blickte sehr gelangweilt um sich.

„Tom trifft sie weiter unten in der Straße, stimmt's?“, fragte ich nervös.

Lopez nickte und hob einen Finger. „Einen Moment.“ Er winkte jemanden heran, der an der Hintertür stand.

Eine zierliche junge Frau kam zu uns herüber. Ihr Blazer spannte sich an der Stelle, an der sie eine Waffe trug. Sie war auffallend schön.

„Dr. McKinney“, sagte sie mit einem freundlichen Lächeln. „Ich kann Sie ein bisschen auf dem Laufenden halten. Mein Name ist Dorris Sagebrush. Ich arbeite mit Tom zusammen.“

Lopez ging in die Ecke und sprach in sein Funkgerät.

„Was passiert da gerade, Miss Sagebrush?“, fragte ich Toms Kollegin. Mein Blick fiel auf Lopez. Mit der einen Hand hielt er das Funkgerät an sein Ohr, die andere hatte er zur Faust geballt.

„Nennen Sie mich Dorris, bitte.“ Sie setzte sich eine Brille auf und lächelte.

Jetzt wusste ich, wo ich die Frau schon einmal gesehen hatte. Auf dem Foto, das in Toms Wohnung auf dem Kaminsims stand. Es zeigte die beiden vor einem See, und Tom hatte den Arm um ihre Schultern gelegt.

„Also gut, Dorris“, erwiderte ich. „Ich habe nicht erwartet, dass so schnell etwas passiert.“

„Tom hat gestern Abend angerufen. Er meinte, dass Jason, der Besitzer des Clubs *Flow*, ihn mit Anrufen bombardiert hätte. Er wollte herausfinden, ob Tom bereit sei, den Kauf sofort abzuwickeln.“

„Wirklich?“

Dorris nickte. „Tom sagte, dass Jason die Bestellung so bald wie möglich auf den Weg bringen wollte.“ Ihr Gesicht wirkte angespannt und ihr Lächeln künstlich.

„Das ging aber schnell. Tom hat doch erst damit begonnen, Druck auf Jason auszuüben, oder nicht?“

„Als Jasons Lieferant die Ambulanz nicht mehr benutzen konnte, um die Drogenlieferungen zu verschleiern, ist er wohl mit dem Preis hochgegangen. Jason ahnt bestimmt, dass hier alles auseinanderbricht. Wenn er im Drogengeschäft bleiben will, muss er den Stoff schnell verkaufen, damit er wieder genug Bargeld zur Verfügung hat. Er muss genügend Medikamente kaufen, damit seine Geschäfte weiterlaufen, bis er einen neuen Lieferanten gefunden hat."

„Okay", erwiderte ich. Jetzt war ich beunruhigt. „Was ist mit Antonio?"

„Wir haben ihn ausfindig gemacht. Er versteckt sich im Haus seines Cousins und erholt sich von der Schussverletzung, die von der Schießerei in der Abteilung für Sportmedizin herrührt. Eines unserer Teams beschattet das Haus. Wir kriegen ihn, sobald wir Jason verhaften. Er wird keine Probleme machen."

Diese Nachricht beruhigte mich etwas. Ich versuchte, die verspannten Muskeln in meinem Nacken zu lockern. „Ist das … äh … ist das normal?" Ich suchte nach der richtigen Formulierung. „Ich meine, laufen Einsätze immer in Sekundenschnelle an?"

„Das ist wie eine Fahrt mit der Achterbahn, aber das gehört zu unserem Job."

„Wo ist Tom jetzt?"

„Er hält sich bereit, um sich mit Jason zu treffen. In ein paar Minuten wird er im Club ankommen."

Ich hatte vor Aufregung schweißnasse Hände. Ich wischte sie mir an den Hosenbeinen ab. „Haben Sie mit ihm gesprochen? Ist alles in Ordnung mit ihm?"

„Sie kennen doch Tom. Er kann jedem alles Mögliche verkaufen. Ihm geht es gut." Ihr Lachen machte alles nur noch schlimmer.

„Hören Sie, ich bin so aufgeregt. Ich brauche ein paar Informationen, sonst raste ich aus."

Dorris führte mich ins Hinterzimmer und deutete aus dem

Fenster. „Sehen Sie diesen Blumentransporter dort? Da drin versteckt sich eine Einsatzzentrale. Die Jungs haben die Kameras vor dem Club angezapft und auch die im Gebäude gegenüber. Sie haben einen tollen Ausblick. Zwei Ermittler sitzen in der Eingangshalle des Gebäudes, und im ganzen Straßenzug haben wir Autos positioniert. Tom ist abgesichert."

„Aber die Tatsache, dass *Sie* nervös wirken, macht mir Angst, Dorris."

Die Ermittlerin seufzte und nickte kurz, bevor sie etwas erwiderte. „Wenn Jason meint, dass alles auseinanderbricht, könnte er verzweifelt versuchen, seine Spuren zu verwischen. Die Angst kann Menschen unberechenbar machen. Aber wenn wir ihn verhaften können, weil er Tom Drogen verkauft hat, dann können wir ihn gegen seinen Lieferanten ausspielen. In Wirklichkeit geht es uns um diesen Hintermann."

„Ich weiß, aber Tom …"

„Wir haben auch vor dem Club unsere Leute. Tom soll dorthin kommen und den Drogenkauf mit Jason abwickeln. Das ist alles. Wenn sie aus irgendeinem Grund den Club verlassen, dann haben wir immer noch unseren Hubschrauber, von dem aus Toms Geländewagen geortet werden kann. Ich weiß, dass das für Sie jetzt ziemlich hektisch klingt, Ruby, aber für uns ist das Routine. Es wird alles klappen."

Von der Ecke des Raums aus rief Lopez uns etwas zu. „Der Einsatz läuft, Dorris. Tom ist am Treffpunkt. Ich gehe jetzt zum Einsatzwagen." Er warf mir einen Blick zu. „Sie bleiben hier drin, ist das klar?"

„Ja."

Das Funkgerät meldete sich mit einem metallischen Rauschen. Plötzlich hörten wir eine Schimpftirade. Lopez starrte das Gerät mit schreckgeweiteten Augen an. „Bitte kommen, Morris. Was haben Sie gesagt?"

Die blechern klingende Stimme schrillte uns entgegen. „Ich hab gesagt, wir haben ein Problem. Tom hat vor dem Club angehalten. Zwei Typen sind in den Geländewagen gestiegen und haben ihn rausgezerrt."

Ich spürte das Pochen meines Herzens wie einen Schmerz in meiner Brust. Dann rannte ich zu Lopez, um näher an dem Funkgerät zu sein, das er sich wieder ans Ohr hielt.

„Was passiert da gerade?", keuchte ich.

Er wich vor mir zurück und hielt sich das andere Ohr mit dem Zeigefinger zu. „Stürmt den Club! Bewegt euch, und zwar alle!"

Die Stimme von Morris verstummte.

Im Hintergrund hörte ich laute Rufe.

„Los! Los! Los!"

Lopez rannte zum Ausgang, dicht gefolgt von Dorris. Er raste durch die Hintertür und lief auf den Einsatzwagen zu.

Die Angst nahm mir den Atem.

Tom war in Schwierigkeiten!

Ich rannte den Polizisten hinterher. Schließlich kam ich bei Lopez an. Noch immer im Laufschritt schrie er in das Funkgerät: „Wie ist der Status? Seht ihr ihn?"

Ich rannte neben ihm her und versuchte, trotz meines laut pochenden Herzens etwas zu hören.

Das Rauschen des Funkgeräts unterbrach die Antwort von Morris. „Negativ. Tom ist nicht hier. Ich wiederhole: Zielperson ist nicht hier."

In mir stieg Panik auf. Mein Puls raste. „Wo ist er?"

Lopez achtete nicht auf mich, sondern zog die hintere Tür des Transporters auf. Er kletterte hinein und bombardierte die Ermittler an den Monitoren mit Fragen. „Wissen wir, wer ihn entführt hat? War es Jason?"

Scott, der eine weiße Uniform des Blumenladens trug, saß vor einem der Monitore, die im Inneren des Lieferwagens angebracht waren. „Wir konnten sie nicht erkennen, weil sie Masken trugen. Sie stiegen auf beiden Seiten ein und rissen Tom aus dem Auto, zur Seitenstraße hinter dem Club. Wir wissen nicht, ob sie hineingegangen sind."

„Was ist mit unseren Jungs auf der Rückseite des Gebäudes?“ Lopez rieb sich mit der Handfläche über die Stirn.

„Sie sind angegriffen worden. Ein Krankenwagen ist schon unterwegs.“ Er sah Lopez an. Schweißtropfen bildeten sich auf seiner Nase und Oberlippe. „Als das Straßenteam reingegangen ist, haben die Jungs bloß Jason und Mia verhaftet, aber Tom haben sie nicht gesehen. Wir wissen nicht, was passiert ist.“

Ich drängte mich an Dorris vorbei. Mit aller Gewalt bahnte ich mir einen Weg ins Innere des Lieferwagens. Ich zwängte mich in die Lücke hinter dem Fahrersitz und starrte Lopez an. Ich sah die Angst in seinem Gesicht.

„Was soll das heißen: Wir wissen nicht, was passiert ist? Wo ist der Hubschrauber? Die Jungs dort oben müssen doch was für uns haben.“ Lopez nahm Scott das Headset ab und setzte es sich auf. Er schrie ins Mundstück. „Polizeihubschrauber, bitte melden. Wie ist Ihre Position? Haben Sie das Gebäude im Blickfeld?“

Atemlos wartete ich auf die Antwort. Ich beobachtete Lopez und versuchte, in seinem Gesicht zu lesen, während er intensiv zuhörte.

Er war entsetzt. Dann deutete er auf mich. „Bringen Sie sie raus.“

Scott zog mich vom Sitz und schob mich zu den offenen Türen.

„Was?“ Als ich an ihm vorbeiging, packte ich Lopez am Hemdkragen. „Was haben sie gesagt?“

„Und wer hat Tom?“, schrie Lopez.

„Bitte sagen Sie mir, was los ist. Sehen sie Tom?“, flehte ich ihn an.

Er befreite sich vom Griff meiner Hände und stieß mich unsanft auf Dorris zu. „Sie haben gesagt, dass drei identische weiße Geländewagen die Garage des Clubs verlassen haben, bevor unser Team das Gebäude gestürmt hat. Der Hubschrauber ist einem von den drei Autos gefolgt.“

Dorris schlang ihre Arme um mich und zog mich auf die Tür des Lieferwagens zu. Der Gesichtsausdruck von Lopez nahm mir den Atem.

„Lopez, was ist passiert?“ Ich flehte ihn nicht mehr an, ich bettelte förmlich.

Er beugte sich nach vorn. Sein Gesicht war von Sorgenfalten durchzogen. „Sie haben den falschen Geländewagen verfolgt. Tom war nicht drin, als sie ihn zum Anhalten zwangen.“

Dorris warf mich fast Richtung Bürgersteig. Ihr Gesicht war angstverzerrt. Sie kletterte wieder in den Lieferwagen. Dann schlugen sie die Türen zu und fuhren davon. Mit tränenblinden Augen und zitternd stand ich allein mitten auf der Straße.

Wie betäubt wanderte ich auf wackligen Beinen zurück zum ehemaligen Kosmetikstudio. Ich schlurfte in das Untersuchungszimmer und stand regungslos an dem kleinen Schreibtisch im hinteren Teil des Raums. Ich starrte an die Wanduhr, die über der Informationstafel hing. Der rote Sekundenzeiger wirbelte über das Zifferblatt. Die Zeit verging und zog ihre stillen Kreise.

Hinter mir hörte ich ein leises Hüsteln. Ich drehte mich um. Ein Schrei löste sich von meinen Lippen, als ich in das grinsende Gesicht von Antonio blickte.

„Hallo, Frau Doktor.“ Er hob die Hand und richtete einen Elektroschocker auf meine Brust. „Wir müssen reden.“

Ich wollte wegrennen, aber ein stechender Schmerz warf mich zu Boden. Mein Körper zuckte krampfhaft, und in meine Nase stieg ein vertrauter Duft. Antonios Gesicht verschwamm vor meinen Augen.

Dann war alles schwarz.

Kapitel 35

Jugendstrafanstalt Dresden Heights
Vor zehn Jahren

Die alte Mrs Hardwick, unsere Biologielehrerin, brach mitten im Satz ab, als sich alle Köpfe ruckartig nach links zu den offenen Fenstern des Klassenraums wandten.

„Griffin!“ Toms wütender Schrei gellte durch die Luft.

Ich sprang von meinem Pult auf und rannte zum Fenster, um nach draußen zu sehen. Diese Bewegung war ein Ansporn für die anderen in der Klasse. Jetzt eilten alle an die Fenster. Sie drängelten und rempelten sich an, während ich mir den Blick nach unten auf den Rasen des Spielfelds erkämpfte. Dabei verlor ich das lilafarbene Halstuch, unter dem ich mein ruiniertes Haar versteckte.

Panik stieg in mir auf, als ich beobachtete, wie Tom mit geballter Faust auf Griffin zustürmte. Ich schlug mit der flachen Hand gegen das Fenster. „Tom, nicht!“

Es war zu spät. Griffin wirbelte herum und attackierte Tom. Die beiden fielen ins Gras. Sie schlugen aufeinander ein. Bald sah man nur noch ein sich wild windendes Knäuel aus Armen und Beinen.

Meine Mitschüler schrien und brüllten wie aus einem Mund: „Angriff! Angriff! Angriff!“

Ich rannte zur Tür des Klassenzimmers, aber Mrs Hardwick stellte sich mir in den Weg. Sie schüttelte den Kopf. Ihr Gesicht war vor Aufregung hochrot.

„Bleib hier, Ruby“, sagte sie und kreischte laut, als ich ihr auswich und losrannte.

Ich spurtete durch den Flur. Die Angst um Tom schien mir

Flügel zu verleihen. Griffin war einen Kopf größer und zehn Kilo schwerer, und er würde nicht aufhören, auf Tom einzuschlagen, bis ihn jemand wegziehen würde. Ich hatte letzten Monat gesehen, wie er einen Jungen verprügelt hatte, weil der ihm einen Keks weggegessen hatte. Der Junge war mit schweren Verletzungen ins Krankenhaus gebracht worden. Ich hörte weitere Schreie von draußen, als ich durch die Schwingtüren rannte. Jungen und Mädchen standen dicht gedrängt um Tom und Griffin herum. Immer wieder skandierten sie Toms Namen.

Voller Angst drängte ich mich zwischen zwei schreiende Mädchen.

Tom umrundete die Innenseite des Kreises, mit erhobenen Fäusten wie ein Boxer. Er zog Griffin mit sich, als ob die beiden Magneten in sich tragen würden. Griffin holte zu einem Schlag aus und verfehlte Tom, der auswich und einen Aufwärtshaken auf dem Kinn seines Gegners platzierte. Dann ging er wieder in Deckung. Griffin verzog seinen Mund zu einer blutigen Grimasse. Wieder holte er zum Schlag aus. Wieder verfehlte er seinen Gegner.

Toms Blick fiel auf meinen unbedeckten Kopf. Verlegen hob ich die Hände. Diese kurze Ablenkung genügte. Er konnte Griffin nicht mehr rechtzeitig ausweichen. Ein schmerzhafter Schlag warf Tom auf das Gras. Er kam sofort wieder auf die Füße, aber diesmal mit wutverzerrtem Gesicht. Seine Faust wirbelte durch die Luft, bereit zum Schlag. Plötzlich war aus dem Spiel bitterer Ernst geworden. Aus einer Wunde neben seinem Auge tropfte Blut. Mir wurde übel.

„Hört auf!", schrie ich. „Hört endlich auf damit!"

Griffin keuchte und schwitzte. Er packte Tom am T-Shirt. Tom wand sich aus seinem Griff und stieß Griffin einen Ellbogen ins Gesicht, als er sich drehte. Griffin fiel auf die Knie. Die herumstehenden Jugendlichen schrien lauter. Sie feuerten Tom an, seinem Gegner Tritte zu verpassen.

Tom blickte auf Griffin herab, wischte sich das Blut aus den

Augen und betrachtete seine Hand. Er schien überrascht, dass er blutete.

Beau, einer der Sicherheitsbeamten, drängte sich in die Menge der Herumstehenden. Der riesige Mann verscheuchte die Teenager wie lästige Fliegen. Er hielt den Blick auf Tom gerichtet.

„Pass auf", rief ich, aber es war zu spät.

Beau warf sich so schnell auf Tom, dass seine beigefarbene Uniform und fahle Haut kurz aufblitzten. Die Schaulustigen zerstreuten sich, auch Griffin lief davon. Ich blieb allein auf dem Spielfeld. Mein Magen zog sich krampfhaft zusammen, als der Sicherheitsmann Tom auf den Bauch drehte und seine Arme zurückdrückte. Dann band er ihm die Handgelenke mit Plastikfesseln zusammen. Ein anderer Sicherheitsmann machte sich auf die Jagd nach Griffin.

„Haben die beiden sich wegen dir geprügelt?", fauchte Beau mich an.

Ich schüttelte den Kopf und rang die Hände. In meinem Hals spürte ich einen so dicken Kloß, dass ich nicht sprechen konnte.

„Lassen Sie sie in Ruhe", grunzte Tom. Sein Gesicht war verdeckt von aufgewühlter Erde und Fetzen von Grasnarbe. „Schauen Sie sich doch ihre Haare an. Das war Griffin."

Die Blicke, die der Mann in meine Richtung warf, waren mir peinlich. Ich zog mir das Halstuch über die Stirn. Meine Finger streiften die Narbe, und ich merkte, wie meine Wangen vor Verlegenheit brannten.

„Das kann sie nicht beweisen", erwiderte Beau bissig und zog Tom hoch. „Du hast kein Recht, diese Sache selbst in die Hand zu nehmen, mein Junge."

„Ach ja, und wer kümmert sich denn sonst um uns?", schrie Tom. Wut blitzte aus seinen hellen Augen. „Wen interessiert schon, was mit uns passiert? Für euch sind wir doch nur Dreck."

Ich stand wie erstarrt auf dem Rasen. Mir war kalt, obwohl die Sonne herunterbrannte. Ich sah zu, wie Beau Tom wegführte. Die Angst schnürte mir das Herz ab. Toms Angriff auf Griffin würde alles noch viel schlimmer machen. Ich spürte, dass es noch nicht vorbei war.

* * *

Die Dunkelheit schmolz weg wie eine leichte Schneedecke. Ich kam wieder zu mir, hatte aber pochende Kopfschmerzen. Im Gesicht spürte ich etwas Kratziges. Ich schlug die Augen auf und sah einen dunkelroten Teppich. Ich lag im hinteren Fußraum eines großen Autos. Als ich versuchte, den Kopf zu heben, wurde mir übel. Ich stöhnte leise. Die Blitze in meinem Kopf hörten auf.

Vom Fahrersitz aus sah Antonio zu mir herunter. „Ich hab gedacht, Sie sind tot, Frau Doktor."

„Ich habe Epilepsie, Sie Idiot. Sie haben mich fast umgebracht."

Er richtete den Elektroschocker auf mich und starrte mich böse an. „Das kann ich immer noch machen, Frau Doktor."

Ich blinzelte gegen das Schwindelgefühl an und starrte zurück. „Warum haben Sie dann nicht Ihren Revolver benutzt?"

„Ich hatte keine Zeit, mit Ihnen zu streiten", erwiderte er und gähnte. „Außerdem sind Sie stiller, wenn Sie bewusstlos sind."

Ich versuchte, mich aufzusetzen, aber ich war noch immer geschwächt von dem Stromschock.

„Bleiben Sie unten, Frau Doktor. Ich will nicht noch mal zusehen müssen, wie Sie brutzeln."

Ich ließ mich wieder auf den Teppich fallen und seufzte. „Was wollen Sie von mir?", flüsterte ich. „Haben Sie mir nicht schon genug genommen? Sie haben alles zerstört, was ich habe, Antonio. Was brauchen Sie sonst noch?"

„Das werden Sie noch herausfinden, Frau Doktor." Wieder starrte er mich wütend an. Ich bekam eine Gänsehaut, sodass sich die feinen Härchen auf meinen Armen aufrichteten.

Draußen hupte ein Auto, und Antonio richtete den Blick

nach vorne. Er starrte mit schmalen Augen aus dem Fenster. „Wir sind schon da, Frau Doktor“, sagte er und stieg auf der Fahrerseite aus.

Dann riss er die Hecktür auf und zerrte mich nach draußen. Er drückte mir die kalte Mündung seines Revolvers zwischen die Rippen. Ich zuckte zusammen. Container und Kisten standen auf dem Betondock. Wir waren am Wasser, in der Nähe des Hafens.

Überrascht darüber, dass die Sonne so niedrig am Himmel stand, starrte ich auf den sich verdunkelnden Horizont. „Wie lange war ich bewusstlos?“

Antonio achtete nicht auf mich, sondern schob mich an den Rand des Docks. Die Mündung seines Revolvers bohrte sich in meinen Rücken.

„Wo… wohin gehen wir?“ Ich hatte weiche Knie und konnte mich kaum auf den Beinen halten.

Weiter vorn legte ein Fischerboot am Dock an. Ein Sonnendach verdeckte die Passagiere. Antonio war dicht hinter mir. Wir näherten uns dem Boot, und in mir stieg nackte Angst auf. Unter dem Sonnendach, das die hintere Hälfte des Schiffes bedeckte, waren zornige Stimmen zu hören. Antonio drängte mich bis zur Wasserkante.

Zwei Gestalten traten aus dem Schatten des Sonnendachs. Das Herz schlug mir bis zum Hals, als ich in Toms helle Augen blickte. Sein Gesicht war voller blauer Flecken und blutiger Schrammen. Er stand mit hängenden Armen und geballten Fäusten da. Neben ihm tauchte Blaine auf, mein Chef aus dem Krankenhaus – mit einem Revolver in der Hand.

„Hallo, Ruby“, sagte Blaine durch zusammengebissene Zähne.

Entsetzt starrte ich auf den Chefarzt der Notaufnahme. „Blaine?“ Mein Magen zog sich zusammen, als ich seinen Verrat begriff. „Warum machen Sie bei so etwas mit?“

Blaine knirschte mit den Zähnen. „Und wie können *Sie* mir alles kaputt machen? Sie hätten doch bloß mit Antonio zusammenarbeiten und sich aus der Sache mit der Sportmedizinischen Abteilung raushalten müssen! Warum konnten Sie nicht einfach machen, was man Ihnen gesagt hat?" Er zitterte vor Wut, und die Waffe in seiner Hand schwankte gefährlich nah an Toms Kopf herum.

Ich erinnerte mich plötzlich an die beiden Männer, die Tom vor dem Club aus dem Geländewagen gezerrt hatten. Antonio und Blaine. Sie hatten Tom entführt – am helllichten Tag vor den Augen der Drogenfahndung. Als sie weggefahren waren, hatte Lopez nicht gewusst, wer die Entführer waren. Mir wurde es schwer ums Herz, als ich erkannte, dass Toms Kollegen wohl keine Ahnung hatten, wo wir waren.

„Los, steigen Sie ins Boot", knurrte Antonio.

Weil ich Tom unverwandt ansah, zuckte ich zurück, als Antonio mich zur Bootsleiter stieß. Mir war noch immer schwindlig. Deshalb verlor ich beim ersten Schritt das Gleichgewicht und fiel neben Blaines Füße auf die Knie.

Antonio lachte spöttisch. „So kann man's auch machen."

Tom eilte an meine Seite. Ich sah die innere Anspannung in seinem Gesicht und die Besorgnis in seinen Augen. Er half mir auf die Beine.

„Tu, was ich sage", flüsterte er.

Ich nickte stumm. Die Angst nahm mir den Atem.

Blaine winkte Antonio zu sich. „Was ist mit deinem Käufer? Wo ist Jason?"

„Die haben ihn, Mann. Er und seine Schwester sind bei der Razzia im Club den Bullen in die Hände gefallen."

„Was? Ich hab ihnen doch gesagt, sie sollen die Stadt verlassen." Blaine schlug sich aufgebracht mit der Hand an die Stirn. „Wie ist das passiert?"

Mit einem Achselzucken sprang Antonio ins Boot. „Er hatte diese blöde Idee mit den Geländewagen, die in alle Richtungen fahren sollten. Der ist ausgerastet, dieser eingebildete Wichtigtuer."

„Geländewagen?“ Blaine wirkte verwirrt.

„Er nannte es den … den Bechertrick.“ Antonio hob die Schultern. „Das ist der Trick, bei dem man diese drei Becher nimmt und einen Papierball unter einem versteckt …“

„Ich weiß, was das ist“, unterbrach ihn Blaine gereizt. „Aber was sollte das Ganze?“

„Er hat die Geländewagen mit Sprengstoff präpariert. Mir hat er erzählt, dass er eine Zeitlang in der Armee war“, erklärte Antonio mit einer lässigen Handbewegung. Er tippte sich mit dem Finger an die Schläfe. „Der Typ ist *loco* – verrückt.“

„Er hat *Bullen* in die Luft gejagt?“, fragte Blaine entsetzt.

„Na klar doch. Du hast den tollsten Teil der Show verpasst“, erwiderte Antonio. „Es hat einfach BUMM gemacht!“ Er breitete die Hände aus. „Die Bullen sind in alle Richtungen geflogen!“

Ich kämpfte gegen den Brechreiz und hielt mich krampfhaft an der Reling fest. Toms Blick wurde düster. Er presste die Lippen aufeinander.

„Und was ist mit dem Geld?“, fragte Blaine. „Hat er es bei sich gehabt?“

„Das weiß ich nicht, Mann“, antwortete Antonio. „Ich hab dir doch gesagt, dass der Typ aus der Haut gefahren ist, als er rausgefunden hat, dass der da von der Drogenfahndung ist.“ Mit einer Kopfbewegung deutete er auf Tom. „Er hat irgendwas geschrien über Verrat und die Familie … und dass er alle in die Luft sprengen wird.“

„So ein Idiot.“ Blaines Gesicht war wutverzerrt. „Meinst du, sie haben ihn lebend erwischt?“

„Ich hab seine Schwester Mia gesehen. Bin aber nicht lang genug geblieben, um zu sehen, ob sie Jason aus dem Club geführt oder getragen haben.“

„Wenn er noch lebt, wird er uns verpfeifen.“

„Was ist denn mit dem Deal in Chicago?“, fragte Antonio. „Wenn wir eine andere Ambulanz benutzen, können wir den Stoff liefern.“

Die beiden besprachen nur deshalb ihre Drogengeschäfte offen vor uns, weil sie sich sicher waren, dass wir diese Informationen nicht mehr würden weitergeben können.

Blaine warf mir einen Blick zu. „Was haben Sie und Lilah der Drogenfahndung erzählt?"

„Gar nichts." Meine Stimme klang schrill. „Ich habe nichts gewusst."

Toms Hand tastete nach meiner. „Sie hatte vor dem Brand keine Informationen, und die Unterlagen sind alle verbrannt."

Das Boot schwankte in den Wellen. Mir drehte sich der Magen um. Ich hasste Boote.

Antonio starrte Tom aus schmalen Augen an. „Und wie ist uns dann die Drogenfahndung auf die Schliche gekommen?" Er deutete auf mich. „Sie hat uns verpfiffen, Blaine. Sie hat es allen erzählt."

„Was genau haben Sie denen gesagt, Ruby?", fragte Blaine. Sein Blick war eiskalt.

„Ich … ich habe gesagt, dass ich nicht weiß, ob Sie dahinterstecken, Blaine", erwiderte ich zaghaft.

Blaines Gesicht verzog sich zu einer düsteren Grimasse. „Ich glaube nicht, dass Sie die Wahrheit sagen, Ruby. Ich glaube, Sie wissen mehr, als Sie zugeben."

Ich sah ihn entgeistert an. „Ich lüge nicht, Blaine. Dafür habe ich zu viel Angst."

„Ach ja. Und wie kommt es, dass Sie Antonio damals in der Cafeteria erzählt haben, Sie hätten alles herausgefunden?"

Ich schloss die Augen. „Da habe ich bloß geblufft", flüsterte ich.

„Ja, natürlich", entgegnete Blaine bissig. „Was haben Sie den Bullen erzählt … wissen die über mich Bescheid?"

Tom trat zwischen mich und Blaine. „Sie hat uns gar nichts erzählt, Blaine. Wir konnten die Dokumente nicht zurückverfolgen. Deshalb wollte ich mich doch mit Jason treffen. Ich wollte ihn wegen seiner Drogengeschäfte auffliegen lassen."

Blaines Augen verengten sich zu schmalen Schlitzen. „Lügner."

„Lassen Sie sie gehen", sagte Tom mit ruhiger Stimme.

Blaine lachte höhnisch. „Das kommt nicht infrage." Er entsicherte den Revolver.

Tom hob beide Hände. „Ganz ruhig", murmelte er. „Langsam, langsam. Gehen wir die Sache ganz ruhig an."

An Antonios Auge zuckte ein Muskel. „Auf was warten wir noch, Mann? Knall sie ab und schmeiß sie über Bord. Wir müssen weg von hier."

Blaine fuhr sich nervös mit der Zunge über die Lippen. Dann sah er mich an. „Kommen Sie her, Ruby."

„Okay, warten Sie!", sagte Tom. Sein Blick flog zwischen Antonio und Blaine hin und her. „Ich bin bei der Drogenfahndung. Wenn Sie in Schwierigkeiten geraten, bin ich so was wie Ihre Versicherung."

„Tom, nein", rief ich. „Die bringen dich um."

Tom achtete nicht auf mich, sondern bewegte sich auf Blaine zu. „Überlegen Sie es sich."

Mein Blick fiel auf den Revolver, den mein Chef in seiner zitternden Hand hielt. Ich konnte es vor lauter Angst kaum noch aushalten.

„Wenn wir Informationen über Sie gehabt hätten, dann hätten wir die Razzia in Ihrem Haus durchgeführt und nicht in einem Club", gab Tom zu bedenken. Er wandte sich halb von den beiden Männern ab und zog aus der Hosentasche einen kleinen Gegenstand, den er in seiner geballten Faust verbarg. Ich konnte nicht erkennen, was es war. „Warum sollten wir einen Drogenhändler jagen, wenn wir den Hintermann kriegen könnten? Sie haben noch etwas anderes in Aussicht … einen weiteren Drogenverkauf? Die Drogenfahndung weiß nichts davon. Sie haben dann das Geld aus dem Deal." Tom machte einen Schritt auf Blaine zu. „Dann können Sie abhauen."

Antonio richtete den Revolver auf Toms Brust. „Keine Bewegung", befahl er.

Tom hob die Arme und blieb stehen. Er wirkte gelassen. „Denken Sie darüber nach, Blaine. Niemand weiß, dass Sie in die Sache verwickelt sind. Niemand kommt Ihnen auf die Spur. Sie können einfach verschwinden."

„Jetzt mach sie doch endlich kalt", schrie Antonio und machte einen Satz auf mich zu. Er warf mich zu Boden. Ich stieß mit dem Kopf an den eingebauten Takelage-Kasten. Plötzlich blitzten hinter meinen Augen Sterne auf. Ich schrie auf vor Schmerz.

Tom sprang auf Antonio zu. Er rammte ihn mit der Schulter, sodass der andere Mann auf dem Deck landete. Sie schlugen aufeinander ein. Antonios Revolver glitt unter die Sitze. Wieder schrie ich auf, diesmal vor Angst. Das Boot schwankte gefährlich. Ich hielt mich krampfhaft an der Stange des Sonnendachs fest, um nicht ins Wasser zu fallen.

„Aufhören!", schrie Blaine und feuerte einen Schuss in die Luft ab. Die Kugel durchschlug das Sonnendach. „Jetzt reicht es!"

Tom und Antonio erstarrten. Tom blutete an der Lippe. Er stand auf und zerrte keuchend an seinem Hemd. Es sah so aus, als wollte er sich gleich wieder auf Blaine stürzen. Ich versuchte mich zu bewegen, aber Blaine packte mich am Arm und schob mich vor sich, um mich als Schutzschild zu gebrauchen.

„Lassen Sie das lieber bleiben", warnte er Tom. Ich war vor Angst wie gelähmt. Mein Magen rebellierte, und mir war übel von dem Schlag gegen den Kopf.

Tom rührte sich nicht vom Fleck.

„Antonio, steh auf. Wir müssen aufs offene Meer", befahl Blaine. Mühsam kam Antonio auf die Beine. Er packte seine Waffe und schob sie in den Hosenbund. Dann kletterte er hinter das Steuer und startete den Motor des Fischerbootes. Das Boot legte vom Deck ab und machte eine Kurve nach rechts.

Blaine deutete mit seiner Waffe auf einen Sitzplatz. „Setzen Sie sich, Tom." Er zerrte mich auf die Bank und setzte sich neben mich. Den Revolver hatte er noch immer auf meinen Kopf gerichtet. Tom setzte sich uns gegenüber. Die Anspannung stand ihm ins Gesicht geschrieben. Mit den Augen suchte er meinen Blick. Ich musste schlucken, um nicht wieder zu weinen.

Das Boot sprang über die Wellen. Der Wind wehte mir die kalte Gischt in die Augen. Ich fröstelte und kämpfte gegen die in mir aufsteigende Panik an.

Antonio warf einen Blick über die Schulter. „Was machen wir jetzt, Blaine?", rief er.

„Fahr uns an eine schöne, ruhige Stelle. Wir wollen tauchen", erwiderte Blaine und lächelte Tom an. „Zumindest zwei von uns."

Tom sah mich an. In seinem Blick lag kein großspuriges Selbstvertrauen mehr, nur noch Sorge.

Antonio warf einen Blick zurück. Er fuhr sich mit der Zunge über die fleischigen Lippen. „Jetzt ist es vorbei mit Ihrem unverschämten Glück, stimmt's, Frau Doktor?"

Tom hatte einen seltsamen Ausdruck im Gesicht, als sein Blick Antonio streifte. Dann wandte er sich wieder Blaine zu. „Jason und seine Schwester haben gelebt, als wir sie verhaftet haben."

„Das können Sie doch gar nicht wissen." Blaine drückte meinen Arm so fest, dass es wehtat. Ich zog scharf die Luft ein.

„Ich habe ihm heimlich Meth verabreicht. Der Typ ist unberechenbar." Dann rief er Antonio zu: „Das stimmt doch, oder?" Zu Blaine sagte er: „Wetten, dass Jason bereits auf dem Weg zum Polizeirevier geredet hat? In diesem Zustand kann er nicht mehr lügen. Habe ich recht, *Doktor* Blaine?"

„Sie haben gesagt, dass die Drogenfahndung keine Fakten hat", brüllte Blaine.

„Keine Fakten über *Sie*", korrigierte ihn Tom. Das Boot hüpfte über die Wellen. Ich zuckte zusammen. Was wollte Tom bloß bezwecken?

„Was soll denn das heißen?" Antonio drehte sich abrupt vom Steuer weg. Plötzlich wirkte er nervös.

Tom lehnte sich zurück. Seine Stimme klang laut und selbstsicher. „Wer hat sich mit Jason getroffen? Wer hat ständig die

Ambulanz drangsaliert? Wessen Foto erscheint jetzt, in diesem Moment, in allen Medien? Nach wem wird denn gefahndet – wegen des Verdachts, den Mord an Dakota begangen und den Brandanschlag auf die Ambulanz verübt zu haben?“

Antonios Gesicht verzog sich zu einer wütenden Grimasse. „Was?“

Blaine richtete sich auf. Die Hand, in der er die Waffe hielt, begann wieder zu zittern. „Hör nicht auf ihn, Antonio. Er versucht bloß …“

„Blaine braucht einen Sündenbock für den Fall, dass etwas gründlich schiefläuft, Antonio.“ Toms Stimme klang noch immer sicher und bestimmt. „In der ganzen Stadt wird nach Ihnen gefahndet, nicht nach Blaine, denn der hat sich nicht die Hände schmutzig gemacht. Er hat Sie reingelegt.“

„Was ist mit meinem Foto?“, brüllte Antonio vom Steuer aus. Er drehte sich abrupt um und hielt das Steuerrad fest. Das Boot schlingerte seitwärts.

„Halts Maul!“, brüllte Blaine zurück. Er sprang auf und richtete seine Waffe auf uns, aber Tom war schneller. Seine Arme schnellten nach vorn und stießen Blaine zu Boden. Ein Schuss löste sich.

Ich wich erschrocken zurück, als die Kugel mit einem metallischen Geräusch von der Reling abprallte. Antonio warf sich auf den Boden. Das führerlose Boot drehte sich wie wild im Kreis. Wir alle wurden auf das Deck geworfen. Blaines Waffe rutschte über die Holzplanken und blieb unter dem Takelage-Kasten liegen.

Tom kam mühsam wieder auf die Beine. Er sprach auf Antonio ein. „Der Anschlag auf Ruby, die Brandstiftung, alles wird Ihnen in die Schuhe geschoben. Blaine kommt davon – mit weißer Weste.“

„Hör nicht auf ihn“, schrie Blaine und stand ebenfalls auf. Er deutete auf Tom. Seine Stimme klang heiser. „Er ist ein Lügner. Er wird fürs Lügen bezahlt!“

Das Boot wurde langsamer, weil niemand auf das Gaspedal trat. Schließlich trieben wir träge auf den Wellen.

Antonio lehnte sich an die Reling. Er richtete seinen Revolver auf mich und starrte Tom böse an. „Am besten bringe ich euch alle um die Ecke. Dann hat die Drogenfahndung keine Beweise mehr."

Ich schluckte die bittere Galle, die ich in meiner Kehle spürte.

„Wir haben DNA-Spuren von Ihrem Blut aus der Sportmedizinischen Abteilung", fügte Tom rasch hinzu. „Das ist ein Beweis, dass Sie dort waren und Ruby angegriffen haben. Auch wenn sie keine Aussage mehr machen kann, kriegen wir Sie."

Antonio machte ein langes Gesicht. Dann warf er Blaine einen wütenden Blick zu. „Du hast mich losgeschickt, damit ich sie umbringe. Ich lass mich dafür nicht allein einbuchten. Ich hab unsere Telefongespräche aufgenommen."

Blaines Mund verzog sich im trüben Licht zu einer Grimasse der Wut. Er brüllte Antonio an. Dabei flogen Speicheltropfen von seinen Lippen. „Du hast *was*?"

In Toms Körper spannten sich alle Muskeln an. Er beobachtete die beiden Männer aufmerksam.

Das Boot hatte Schlagseite. Ich klammerte mich an die Stange des Sonnendachs. Als eine Woge das Boot traf, wäre ich beinahe über Bord gegangen.

„Du meinst, ich bin bloß ein blödes Bandenmitglied", brüllte Antonio. „Du meinst, du kannst mir das alles in die Schuhe schieben?" Er brüllte immer lauter. Seine Waffe richtete er jetzt auf Blaines Brust. Die beiden Männer machten sich bereit zum Angriff.

Tom bewegte sich schnell wie der Blitz. Er hob die Hand, und plötzlich explodierte eine helle Wolke aus Licht. Es war Blitzpulver. Blaine taumelte schreiend zurück. Er schlug sich die Hände vor das Gesicht. Als er gegen Antonio stieß, warf er ihn auf das Deck.

„Los, Ruby, spring!", schrie Tom.

Die Sekunden verlangsamten sich zu hektischen, zusammenhanglosen Bewegungen. Blaine wollte sich auf mich stürzen, aber mit seinen tränenblinden Augen konnte er nichts sehen. Ich sprang aus seiner Reichweite, hüpfte auf die Sitzbank und rannte am Heck des Bootes entlang. Rechts von mir erleuchteten die Positionslichter eines herannahenden Schiffes die jetzt dunklen Nachthimmel.

„Tom!“, schrie ich laut. Ich wich aus, als Blaine mich packen wollte. Dann deutete ich auf die Lichter, auf die nahende Hilfe.

Mit einem wütenden Knurren holte Blaine zum Schlag aus, aber ich sprang auf die Reling des Hecks. Dort oben schwankte ich wie ein Seiltänzer.

„Spring, Ruby!“, schrie Tom wieder.

Ich kann mich nicht bewegen. Ich kann ihn nicht verlassen.

Tom riss sich von Antonios eisernem Griff los und kroch in meine Richtung. Voller Wut stieß er Blaine zur Seite.

„Untertauchen!“, schrie Tom und schlug mir mit der flachen Hand auf den Rücken. Ich fiel über Bord.

Ich schrie laut auf, als ich mit dem Bauch zuerst auf den dunklen Wellen aufschlug. Die eiskalten Wellen zogen mich nach unten. Ich bewegte die Beine und tauchte tiefer unter die Wasseroberfläche. Über mir hörte ich ein gedämpftes Knallen. Aus dem Boot feuerte jemand Schüsse auf mich ab.

Ich meinte, mir müssten die Lungen platzen, als ich hustend auftauchte. Etwa fünfzig Meter weiter sah ich, wie sich die Positionslichter des Fischerbootes entfernten. Ein heller Blitz im Boot und das dröhnende Krachen von Schüssen durchdrangen die dunkle Nacht.

Ich schrie und schluchzte gleichzeitig. „Tom!“

* * *

Der Tauchlehrer von dem anderen Schiff fischte mich aus dem Meer. Seine Schüler halfen mit, mich an Bord zu ziehen. Keuchend und weinend lag ich an Deck, umrundet von angetrunkenen Paaren. Im Licht der Decklampen starrten sie mich mit offenen Mündern an.

Der Tauchlehrer half mir auf die Beine. Seine Augen waren weit aufgerissen vor Schreck. „Waren das Schüsse, was ich da eben gehört habe?“

Auf seiner Windjacke war der Name „Skip“ aufgestickt.

Ich nickte, machte ein paar taumelnde Schritte und übergab mich.

Die Passagiere sprangen entsetzt zurück, als ich vor Schwäche auf die Knie fiel.

„Können Sie bitte die Küstenwache anrufen? Sagen Sie denen, dass sie Mr Lopez, den Leiter der Drogenfahndung, verständigen sollen.“

Skip nickte wortlos und half mir auf einen Liegestuhl. Eine Frau reichte mir ein feuchtes Handtuch und trat ein paar Schritte zurück. Ich stand unter Schock, saß zitternd da und starrte auf das dunkle Meer.

Erschöpft lehnte ich den Kopf an die Lehne des Liegestuhls. Ich schloss die Augen, weil ich beten wollte. Aber mir fehlten die Worte, und so blieb mir nur das Seufzen meiner zerschlagenen Seele. Die Müdigkeit legte sich über mich wie eine riesige Welle, und ich glitt in eine erlösende Dunkelheit.

Kapitel 36

Jugendstrafanstalt Dresden Heights
Vor zehn Jahren

Es regnete sonst nie so stark, schon gar nicht hier in dieser Gegend. Aber diesmal goss es in Strömen, und die Regentropfen hörten sich an wie Glaskugeln, die auf eine metallene Pastetenform niederprasselten. Ich sagte mir, dass dies ein gutes Zeichen sein könnte, als ich auf allen Vieren über das Blechdach des verlassenen Busbahnhofs krabbelte. Vielleicht würde der Regen das Knirschen des Metalls dämpfen, das sich unter meinem Körpergewicht bog. Rost und Schmutz flossen wie ein rötlicher Bach am Dach herunter. Ich grub meine Finger in das löchrige Blech, um nicht abzurutschen. Dann warf ich einen zaghaften Blick über die Schulter. Zwei Stockwerke unter mir tauchten die Straßenlampen den Asphalt in ein blasses, orangefarbenes Licht. Ich wich schaudernd zurück.

Diese großen Höhen sind gar nicht gut.

Ich erklomm das Dach und sah noch einmal vorsichtig herunter auf die verlassene Straße. Das mit Stuckgips verputzte Gebäude stand seit sechs Jahren leer. Jetzt dienten seine Wände als Hintergrund für Schmierereien und als Unterschlupf für die Straßenkinder aus dieser Gegend. Die Türen und Fenster im Erdgeschoss waren verbarrikadiert, aber ein Mädchen aus dem Biologieunterricht hatte erwähnt, dass ich im zweiten Stock nach eingeschlagenen Fenstern Ausschau halten sollte, denn diese dienten den Jugendlichen als Einstiegsmöglichkeit. Ich suchte die Dachlinie mit meinen Blicken ab. Dort waren sie, eine Reihe von Lüftungsflügeln, deren fehlendes Glas aussah wie ungleichmäßige Zahnlücken im Gesicht des Gebäudes.

Ich drehte mich auf dem Dach, schwang die Füße darüber und ließ mich auf den Mauervorsprung des Stockwerkes fallen. Suchend ruderte ich mit beiden Händen, bis ich einen Fensterrahmen packen konnte. Keuchend spuckte ich Regenwasser aus. Dann bewegte ich mich vorsichtig und auf Zehenspitzen an dem Mauervorsprung entlang.

Du schaffst das, Ruby. Du bekommst die Kraft dafür, ganz bestimmt.

Ich holte tief Luft und schlich mich seitlich an den intakten Fenstern vorbei zu denen ohne Glas, denn die brauchte ich für meine Zwecke. Mir zitterten die Knie, als ich in den Hohlraum der darunterliegenden Wartungsgarage sah. Die vagen eckigen Umrisse von umgeworfenen Spinden türmten sich in der Dunkelheit zu einem zackigen Gebirge auf. Über mir erhellte ein Blitz den Himmel. Auf dem Boden wurden zerrissene Zeitschriften und Berge von Abfällen sichtbar. Ich zuckte zusammen, als der Donner über mir krachte. Mit schmerzenden Fingern packte ich den Fensterrahmen. Am ersten eingeschlagenen Fenster schob ich vorsichtig die Beine in die Öffnung. Mit der Spitze meines Tennisschuhs tastete ich nach der noch aufrecht stehenden Reihe von Spinden. Ich konzentrierte mich so stark auf die nächsten Schritte, dass sich meine Zungenspitze zwischen die Zähne schob. Dann erstarrte ich, als ich Toms Stimme hörte, einen lauten Schrei aus dem Inneren des Gebäudes. Halb verrückt vor Angst und Sorge zielte ich auf die Stelle, an der ich die Spinde vermutete. Ich schloss die Augen und sprang. Die Oberfläche der Spinde war schlüpfrig vom Regen. Ich fand nur schwer Halt.

Ein weiterer Schrei hallte durch den Raum mit den umgestürzten Schließfächern und die leeren Flure. Ich spürte meinen rasenden Pulsschlag bis in die Fingerspitzen, und so rutschte ich ab. Ich landete mit einem dumpfen Aufprall auf dem schmutzigen Fliesenboden und schnappte nach Luft.

Dann rief ich laut: „Wo bist du?“

Ich rappelte mich mühsam hoch und sah mit zusammengekniffenen Augen in die Dunkelheit. Aus dem Innern des Gebäudes hörte ich meinen Namen. Ich stolperte weiter in die Richtung, aus der Toms Stimme kam. Dann glitt ich auf feuchtem Abfall und durchnässten Zeitschriften aus. Ich übersah einen alten Werkzeugkasten und fiel darüber. Als ich an die scharfe Kante eines umgekippten Tischs stieß, entwich mir zischend die Luft aus den Lungen.

Von fern hörte ich Toms Aufschrei: „Das kannst du nicht machen! Hör auf!“

Trotz des brennenden Schmerzes in meiner Seite richtete ich mich auf und taumelte vorwärts. Die Panik drohte mich zu überwältigen. Ich begann wieder zu schreien: „Ich komme, ich komme!“

Ich hoffte, dass der Klang meiner Stimme das Schlimmste verhindern würde. Vielleicht würde der Gedanke an einen Zeugen auf Griffin abschreckend wirken. Toms schmerzerfülltes Heulen versetzte mir einen Stich ins Herz. Ich rannte blind los und stieß dabei gegen Wände. Weiter vorn stolperte ich die Treppe ins Erdgeschoss hinunter. Eine zerbrochene Tür baumelte traurig in den Scharnieren. Durch den Spalt drang schwaches Licht von draußen herein.

Ich bin fast am Ziel!

Ich hörte Griffins wütenden Schrei und spurtete in die Richtung, aus der er kam. Beinahe hätte ich wieder den Halt verloren, als ich in den offenen Hof des Gebäudes taumelte. Ein paar Meter entfernt kämpften Tom und Griffin miteinander. Sie drängten sich an einen Maschendrahtzaun.

Ich stieß einen Schrei aus, während mein Herz bis zum Hals schlug.

Griffin drehte abrupt den Kopf. Ich sah in die Augen eines Verrückten.

Tom stand mit dem Rücken zum Zaun. Ich sah, wie Griffin ihm ein Messer an den Hals drückte. Seine Unterlippe war aufgeplatzt. Blut tropfte auf sein zerrissenes weißes T-Shirt.

Er versuchte angestrengt, sich gegen den festen Griff seines Gegners zu wehren. „Ruby, verschwinde von hier!"

„Griffin, hör auf!" Meine Stimme klang flehend.

Griffin achtete nicht auf mich, sondern wandte sich wieder Tom zu. Er packte ihn am T-Shirt und schüttelte ihn, als ob er eine Stoffpuppe wäre. Regen strömte vom Himmel herab. Pfützen bildeten sich um die Füße der beiden.

„Griffin! Was machst du da?", schrie ich und kam vorsichtig näher. Meine Gedanken überschlugen sich.

Ich bin hilflos. Ich weiß nicht, wie ich diesen ungleichen Kampf beenden soll.

Griffin sah mich nicht an, als er mir antwortete. Seine vor Wut verengten Augen hatte er auf das Messer an Toms Hals gerichtet.

„Er muss bezahlen", brüllte Griffin. Speicheltropfen flogen aus seinem Mund. „Er ist schuld, dass alle über mich gelacht haben!"

Der Regen lief an ihren Nasen und ihrem verfilzten Haar herab. Ich konnte Toms Gesicht nicht sehen, aber seine Hände zitterten, als er versuchte, Griffins Messer abzuwehren. Ich arbeitete mich Zentimeter um Zentimeter weiter. Wenn ich den beiden nahe genug wäre, könnte ich Griffin ablenken, und dann hätte Tom vielleicht eine Chance.

„Du hast das doch gar nicht nötig", sagte ich mit ruhiger Stimme.

„Doch, genau das hab ich nötig!", knurrte Griffin.

Jetzt war ich näher dran. Ich fing Toms Blick auf und versuchte, ihm ein Zeichen zu geben, aber Griffin kam mir zuvor. Er holte mit dem Messer aus. Tom wehrte sich verzweifelt, und ich schrie laut, als meine Hände Griffins Arm berührten.

Und dann war plötzlich alles still. Ich erinnerte mich später, dass in jenen Sekunden, als alles stillstand, sogar der Regen geräuschlos herabströmte.

Griffins Augen weiteten sich. Das Licht eines erneuten Blitzschlags spiegelte sich in seinem entsetzten Blick. Leuchtend rote

Tropfen spritzten auf mein weißes T-Shirt. Blut begann zu fließen, als der Regen unablässig auf uns fiel. Mein Herz raste, als ich mich schwankend am Zaun abstützte.

Dann ging alles ganz schnell. Die Geräusche trafen mich wie ein Schlag. Ich hörte, wie das Messer laut klappernd auf den Asphalt fiel. Entsetzt sah ich Tom an. Sein Gesicht war kreidebleich, als er die Arme nach mir ausstreckte.

Ich sah die klaffende Wunde an Toms Seite. Mein Herzschlag setzte aus.

Toms Blick wurde trüb, als er mich ansah. „Ruby?"

* * *

Erschrocken wachte ich auf. Das ohrenbetäubende Tuten des Signalhorns vom Schiff der Küstenwache riss mich aus dem Schlaf. Von meinem Platz im Liegestuhl aus beobachtete ich, wie das Schiff längsseits des Taucherbootes festmachte.

Dorris stand am Deck. Sie half mir an Bord. Dann legte sie mir eine Wolldecke um die Schultern und führte mich in die Kabine.

„Ruby", flüsterte sie. „Was ist passiert?"

In kurzen, abgehackten Sätzen erzählte ich ihr alles. Mein Bericht wurde von Weinkrämpfen unterbrochen, als ich Dorris die letzten dramatischen Stunden schilderte. Zwischendurch stellte sie mir gezielte Fragen. Nachdem ich alles erzählt hatte, lehnte sie sich zurück und schüttelte den Kopf.

„Sie haben uns an der Nase herumgeführt. Antonio hat einen unserer zuverlässigsten Informanten dazu gebracht, uns zum Haus seines Cousins zu lotsen. Der Typ sah Antonio verblüffend ähnlich. Als wir seine Identität überprüften, waren wir sicher, dass wir ihn hatten. Auf dem Polizeirevier nahmen wir ihm die Fingerabdrücke ab, aber es dauerte etwa eine Stunde, bis wir die Ergebnisse hatten. Erst dann wussten wir, dass wir den Falschen festgenommen haben. Bis dann …" In ihren Augen las ich Resignation. „Wir wissen nicht, wer Antonio gewarnt hat."

Ich nippte an dem heißen Kaffee. „Antonio muss Tom und mir zur gesicherten Wohnung gefolgt sein. Er hat herausgefunden, wer Tom wirklich ist. Dann hat er Jason und Blaine gewarnt, dass sie auffliegen würden."

„Deshalb hatten sie auch drei verschiedene Geländewagen bereitgestellt, um uns abzulenken. Die Videos der Überwachungskameras zeigen deutlich, wie sie Tom in der Seitenstraße in ein Auto gezerrt haben. Sie haben den Club noch nicht einmal betreten."

Verzweifelt starrte ich auf die dunkle Flüssigkeit im Kaffeebecher. Vom kalten Wasser und der Angst, die ich durchgestanden hatte, war ich noch wie betäubt.

Dann erinnerte ich mich an das, was Antonio gesagt hatte. „Hat es eine Explosion gegeben?"

Dorris nickte. Jetzt erst bemerkte ich ihre rotgeränderten Augen. „Wir haben die drei Geländewagen, die vom Club wegfuhren, geortet und angehalten, aber in keinem von den Autos war Tom. Die Fahrer waren Jugendliche aus dem Viertel. Als wir den letzten Geländewagen verfolgten, hatten wir zuerst seine Spur verloren. Dann fanden wir das Auto. Es stand in einem Tunnel. Als wir die Türen öffneten, ist es explodiert. Das Auto war eine Sprengfalle."

„Eine Sprengfalle? Es ist explodiert?", fragte ich und dachte an Antonios Worte. „Das war Jason."

„Derjenige, der das Auto im Tunnel abgestellt hat, hatte es geplant, Polizisten in die Luft zu jagen. Wir gehen davon aus, dass es eine selbstgebastelte Bombe war", erklärte Dorris.

Entsetzt schlug ich mir die Hand vor den Mund. „Und Lopez?"

„Er liegt im Krankenhaus auf dem OP-Tisch", murmelte sie. „Die Ärzte meinen, dass er in Lebensgefahr schwebt. Zwei Ermittler sind bei der Explosion gestorben."

Ich versuchte, meine Tränen zu unterdrücken. „Das tut mir so leid, Dorris."

Sie sah mich an. Ihre Augen blickten traurig. „Uns tut es leid, Ruby. Dieser Einsatz ist total schiefgelaufen. Wir waren völlig ahnungslos. Aber jetzt wissen wir mehr. Wir werden das Leben von Blaine durchleuchten und herausfinden, was er sonst noch auf dem Kerbholz hat."

Mir lief es eiskalt den Rücken herunter. „Er hat Familie."

„Nicht mehr lange", murmelte Dorris.

„Und was … was tun wir jetzt für Tom?", fragte ich mit leiser Stimme.

Dorris legte mir die Hand auf die Schulter. „Wir nutzen alle verfügbaren Kräfte und tun alles Menschenmögliche, um ihm zu helfen – mit Schiffen, Hubschraubern … mit allem, was uns zur Verfügung steht."

„Er hat mir das Leben gerettet, Dorris. Tom hat mich über Bord gestoßen. Er hat sich als Geisel angeboten."

Der schmerzliche Blick aus Dorris' Augen brachte mich beinahe wieder zum Weinen. Ich wickelte mich fester in die Decke. Mein Atem ging stoßweise, weil ich ein lautes Aufschluchzen unterdrücken wollte. „Ich habe einen Schuss gehört, nachdem …"

„Denken Sie lieber nicht daran", sagte Dorris. Ihre Augen füllten sich mit Tränen. Sie strich mir beruhigend über den Rücken. „Wir geben nicht auf, Ruby. Wir geben nicht auf, bis wir ihn finden", versprach sie mir.

Nach einer Weile ließ sie mich in der Kabine allein und ging auf Deck, um mit den anderen Ermittlern und der Küstenwache zu sprechen. Vor dem Kabinenfenster glitt ein Strahl des Schiffsscheinwerfers über das Wasser. Ich fuhr mir mit beiden Händen über das Gesicht. Wieder überlief mich ein eiskalter Schauder. Als ich mir noch etwas Kaffee in den Becher goss, hörte ich einen Tumult an Deck. Ich rannte nach oben.

„Sie haben eine Leiche gefunden", sagte Dorris zu mir. Ihre

zusammengepressten Lippen bildeten eine grimmige Linie in ihrem Gesicht. „Wir wissen noch nicht, wer es ist."

Mein Herz stolperte, während ich im Dunkeln nickte und die Zähne zusammenbiss, um die Angst zurückzudrängen, die in mir aufstieg. Männer in blauen Uniformen liefen an der Reling entlang. Sie beugten sich vor und schrien sich Anweisungen zu. Dann manövrierten sie einen hydraulischen Kran mit einem daran befestigten Haken über die Seite des Schiffs.

Quälend langsam hob sich der Kran. Am Haken baumelte eine zerlumpte menschliche Gestalt. Atemlos umklammerte ich die Reling mit beiden Händen. Ich zitterte vor Angst.

„Wir brauchen Licht", rief Dorris.

Der Strahl des Scheinwerfers durchschnitt die Dunkelheit und erleuchtete den schlaffen, tropfnassen Körper von Antonio Llave.

Eine Stunde später legten wir im Hafen an. Dorris führte mich von Bord und brachte mich zu einem Auto, das auf uns wartete. Scott saß am Steuer. Er wich unseren Blicken aus.

Ich hörte die Stimme von Dorris wie aus weiter Ferne, obwohl sie neben mir auf dem Rücksitz saß. „Wohin soll ich Sie bringen?"

„Ich weiß nicht."

Die Innenbeleuchtung des Autos ging mit einem leisen Klicken an. Dorris musterte mich mit einem traurigen Blick. „Sie haben eine richtig schlimme Schwellung im Gesicht, und Ihre Lippe ist aufgeplatzt. Wir sollten Sie ins Krankenhaus bringen."

Ich fuhr mir mit der Zunge über die Unterlippe und hatte den metallischen Geschmack von Blut im Mund. Mir wurde übel, als ich daran dachte, wie Antonio mich an die Kante des Takelage-Kastens gestoßen hatte.

„Es geht mir gut. Die Lippe ist bloß ein bisschen aufgerissen."

„Stimmt es, dass Sie Epilepsie haben?", fragte Dorris mit sanfter Stimme. „Der Elektroschocker, mit dem Antonio Sie angegriffen hat, hatte eine hohe Voltzahl. Wir lassen das lieber abklären. Der Tauchlehrer hat berichtet, dass Sie sich an Deck seines Bootes übergeben haben und ohnmächtig geworden sind."

Ich rümpfte die Nase. „Ich glaube nicht, dass diese beiden Vorfälle zusammenhängen, Dorris", erwiderte ich ausweichend.

Ich habe wohl mit dem ganzen Körper auf den Stress reagiert.

Sie lächelte verständnisvoll. Dann beugte sie sich vor und klopfte dem Fahrer auf die Schulter. „Fahr uns zum Krankenhaus, Gary." Mit einem Achselzucken fügte sie hinzu: „Unsere Leute sind sowieso alle dort."

Ich schwieg, weil jeder Protest zwecklos gewesen wäre.

Als wir in die Straße zum Krankenhaus einbogen, wandte ich mich Dorris zu. „Halten Sie bitte nicht am Haupteingang." Ich berührte meine geschwollene Wange. „Ich möchte nicht, dass meine Kollegen mich so sehen."

Sie nickte, und wir fuhren auf den Parkplatz an der Seite des Gebäudes. Ich streckte die Hand aus, als Dorris aussteigen wollte.

„Ich will kein großes Aufsehen. Ich gehe hinten rein und suche jemanden, der mich untersucht und ein paar Tests durchführt."

Dorris verzog das Gesicht. Sie wirkte unschlüssig. „Ich kann Sie nicht einfach hierlassen."

„Doch, das können Sie, Dorris. Mir ist es lieber, wenn Sie wieder aufs Schiff gehen und nach Tom suchen."

Sie spitzte die Lippen. „Wir bleiben in Kontakt."

Ich schlug die Autotür zu. „Ich werde hier sein."

Keuchend rannte ich durch den seitlichen Eingang. Ich machte mich auf den Weg zur Notaufnahme und bog hinter dem Tresen der Anmeldung scharf nach rechts ab. Dann schlich ich mich in den Aufenthaltsraum.

Renée saß am Tisch. Sie aß ein asiatisches Nudelgericht und wollte gerade die Stäbchen zum Mund führen, als sie mich sah. Erschrocken hielt sie inne. „Ruby, was ist mit deinem Gesicht?"

„Ich habe eine anstrengende Nacht hinter mir", erklärte ich

ihr. „Kannst du mir ein bisschen aushelfen? Ich brauche etwas für meine Lippe."

Erschrocken ließ sie die Nudeln zurück in die Plastikschüssel fallen. „Was ist denn passiert?"

„Ich will da draußen nicht gesehen werden", erwiderte ich, ohne ihre Frage zu beantworten. „Kannst du mir einen Eisbeutel bringen?"

Sie stand auf. „Bleib hier, Ruby", sagte sie und ging zur Tür. „Ich bin gleich zurück."

Ich starrte blicklos auf die Krankenschwestern und die Patienten, die draußen vor den Fenstern des Aufenthaltsraums hin und her gingen. Tränen brannten in meinen Augen, aber ich blinzelte sie weg. Ich wollte hier nicht schluchzend zusammenbrechen. Stattdessen schloss ich die Augen und ließ mich auf dem Stuhl zurückfallen.

Ich kann nicht mehr, Herr … Bitte hilf mir. Gib mir Kraft.

Ein einziger Satz klang in meinem schmerzenden Kopf wie ein Echo: *Vertrau mir.*

Plötzlich stieg Wut und Ärger in mir auf. Ich warf die Arme hoch. Durch die abrupte Bewegung kippte der Tisch um, so dass Renées Nudeln über den Fußboden flogen. Vor meinem inneren Auge sah ich Toms verängstigtes Gesicht. Ich begann zu zittern. Was war mit ihm passiert? Jetzt kamen sie doch, die lauten Schluchzer.

Die Tränen liefen mir über die Wangen, und ich schrie zur Zimmerdecke: „Ich weiß nicht, wie ich das machen soll. Ich weiß nicht mehr, wie das geht, dir zu vertrauen!"

Mir wurde es schwer ums Herz. Ich vergrub mein Gesicht in den Händen und weinte laut. Salzig schmeckende Tränen brannten auf meiner verletzten Lippe. Ich suchte auf den Arbeitsflächen nach Papiertaschentüchern. Die große Angst, die ich noch immer spürte, raubte mir die letzten Kräfte. Ich putzte mir die Nase, wischte mir das tränennasse Gesicht ab und versuchte, ruhiger zu werden. Vor dem Fenster des Aufenthaltsraumes sah ich ein bekanntes Gesicht. Ich sprang auf. Der Stuhl kippte um. Ich rannte zur Tür, riss sie auf und zischte seinen Namen: „Little, was machst du hier?“

Er schlenderte lässig zu mir herüber. „Ich habe im ganzen Krankenhaus nach Ihnen gesucht, Ruby D. Wo sind Sie gewesen?“ Er zog die Augenbrauen zusammen und deutete auf meinen Kopf. „Was ist denn mit Ihrem Gesicht passiert?“

Ich zog ihn in den Aufenthaltsraum. Dann ließ ich die Jalousien herunter. Ich schloss die Tür ab und drehte mich aufgeregt zu ihm um. „Was machst du hier, Little? Die Polizei sucht nach euch.“

Er deutete auf seinen Rollkragenpullover, der an seinem muskulösen Hals aus den Nähten zu platzen drohte. „Ich bin in verdeckter Mission unterwegs.“ Er zog den Rollkragen herunter und zeigte mir seine rote Tätowierung. Mit hochgezogenen Augenbrauen musterte er die herumliegenden Nudeln und die umgekippten Möbelstücke. „Haben Sie heute einen schlechten Tag, Frau Doktor?“

Ich warf ihm einen verärgerten Blick zu. „Du hast meine Frage nicht beantwortet, Little. Warum bist du hier?“

Sein Gesicht wurde plötzlich ernst. „Ich bin hier, um Sie zu holen.“

„Warum das denn?“

„Wir brauchen Sie dringend, Ruby D. Sie müssen mit mir kommen.“ Little sah mich mit einem herzerweichenden Augenaufschlag an.

Misstrauisch trat ich einen Schritt zurück. „Und was habt ihr diesmal vor?“

Little wich meinem Blick aus. „Das ist ein Geheimnis.“

Kapitel 37

„Ein Geheimnis? Was meinst du damit?“, fragte ich gereizt.

„Können Sie nicht einfach mal mitkommen?“

„Dann sag mir zuerst, warum ich das machen soll.“

Little sah zum Fenster, das den Blick in die Notaufnahme freigab. „Es geht um Downey.“

„Was ist mit ihr passiert?“

„Gar nix, Frau Doktor. Sie hat bloß …“ Er schnalzte missbilligend mit der Zunge. „Können Sie mir nicht einfach … vertrauen?“

„Hast du gerade gehört, was du gesagt hast? Du hast mich beim letzten Mal entführt, *entführt*, Little. Und du willst, dass ich dir vertraue?“

„Na ja, diesmal bitten wir Sie doch so, wie sich's gehört, Frau Doktor. Das ist doch schon mal was.“ Er lächelte und sah mich mit einem treuherzigen Blick an. „Vertrauen Sie mir, Frau Doktor.“

Vertrau mir. Vertrauen Sie mir. Allmählich gehen mir diese Worte auf die Nerven.

„Also gut“, fauchte ich, noch immer verärgert. „Wohin gehen wir?“

„Ich hab doch schon gesagt, es ist ein …“

„Ja, ja“, unterbrach ich ihn. „Es ist ein Geheimnis.“

Ich kritzelte eine kurze Entschuldigung an Renée auf eine Papierserviette und deponierte meine Nachricht auf der Anrichte. Dann steckte ich den Kopf aus der Tür, um zu sehen, ob die Luft rein war. Ich gab Little ein Zeichen, mir zu folgen. Wir schlenderten scheinbar gelassen zum Ausgang, der zu den Parkbuchten für die Krankenwagen führte. Von dort aus gingen wir zum Besucherparkplatz. Pauls aufgemotztes Auto stand auf einem Kurzzeit-Parkplatz. Little zog den vom Parkplatzwächter hinter den Scheibenwischer geklemmten Parkschein heraus, knüllte ihn zusammen und warf ihn über die Schulter.

„Damit ist das doch nicht einfach erledigt“, erklärte ich ihm, als ich mich auf den Beifahrersitz setzte.

„Klar ist das erledigt.“ Er fuhr los, und dann ging es zurück in mein Stadtviertel. Wir kamen am öffentlichen Park vorbei, den Lebensmittel-Discountern und dem Waschsalon. Dann bogen wir in die Straße ein, in der Darnell und Paul wohnten. Little hielt vor ihrem kleinen Häuschen an, stellte den Motor ab und lächelte mich an.

„Sie ist da drin.“

„Was soll das sein? Das neue Notfallzentrum für dieses Viertel?“, fragte ich und warf einen skeptischen Blick auf das winzige Haus.

„Wir können ja nicht mehr zu Ihnen in die Ambulanz“, erwiderte Little leise.

„Ich habe keine Arzttasche dabei, Little.“

„Das macht nichts.“

Ich klopfte an die Tür. Maddie, die Großmutter von Darnell und Paul, erschien im Türrahmen. Mit einem Lächeln öffnete sie das innere Gitter und ließ uns herein. Auch sie wirkte ruhig und gelassen.

„Dr. McKinney“, sagte sie leise. „Sie ist hinten.“

„Aha“, entgegnete ich, noch immer verwirrt.

Maddie öffnete eine Tür im hinteren Teil des Häuschens. Downey und Darnell unterbrachen ein geflüstertes Gespräch und starrten mich mit großen Augen an. Hinter mir hörte ich die Schritte von Little. Niemand war verletzt. Niemand sah krank aus.

„Was ist hier eigentlich los?“ Downey stand auf. Sie wirkte nervös. „Dr. McKinney, Darnell hat mir erzählt, wie Sie ihm das Leben gerettet haben.“

„Na ja, so kann man es auch sehen."

„Erzähl schon, Downey."

„Darnell ist nicht in einer Bande. Er hat Streit bekommen mit einem Typen in dem Haus, in dem ich wohne. Der ist hinter mir her, weil er will, dass ich für ihn … arbeite."

„Ein Zuhälter."

„Es war nicht Darnells Idee, Sie zu entführen. Paul reagiert manchmal krass, wenn es um seinen Bruder geht."

„Wo ist Paul?"

„Er redet gerade mit dem Typen, der hinter Downey her ist." Darnells hellbraune Augen sahen mich herausfordernd an.

„Was geht hier eigentlich vor sich? Was ist denn jetzt das große Geheimnis, das Little mir im Krankenhaus nicht erzählen konnte?"

„Downey will sich revanchieren, weil Sie mir das Leben gerettet haben", erklärte Darnell. „Sie hat ein paar Infos für Sie."

„Was für Infos?"

„Ich glaube, ich weiß, wohin die Ihren Freund gebracht haben, Dr. McKinney."

Ich starrte sie ungläubig an. Ihre Worte machten mich zunächst sprachlos. Mein Puls raste, und ich spürte das Pochen meines Herzens bis in meine Schläfen. „Was hast du da gesagt?"

„Ihr Typ, Ihr Freund. Der Typ mit den grünen Augen", erklärte Darnell. „Dieser Bulle von der Drogenfahndung."

„Wie … woher wisst ihr …" Ich schüttelte heftig den Kopf, um wieder klar denken zu können. „Wovon redet ihr überhaupt?"

„Am Hafen gibt es einen Platz, wo wir …" Sie musterte Little und Darnell. „Wo wir alle hingehen und … äh … rumhängen. Wenigstens haben wir das noch bis vor einem Monat gemacht, aber dann sind zwei ganz schräge Typen dort aufgetaucht. Die haben uns weggejagt."

„Wie haben die Typen ausgesehen?"

„Ich weiß nicht. Es waren zwei Typen, aber einen von denen hab ich schon mal gesehen."

„In der Notaufnahme", fügte Darnell hinzu. Er verzog verächtlich den Mund. „Der ist alt, hat graue Haare. Der andere ist ein Bandentyp, ein richtig fieser Kerl."

„Ein Bandentyp?"

„Ja, und wir fanden das komisch, dass die beiden da rumgehangen haben", sagte Downey. „Die haben Kisten ins alte Bootshaus gebracht."

„Ins Bootshaus?"

„Ja, dieses Haus, das halb von der Mole überbaut ist. Dort stehen Traktoren und so ähnliche Sachen rum, wie auf einer Baustelle, aber keiner arbeitet da."

Meine Angst wurde mit jedem Wort größer. Ich wandte mich an Little. „Kann ich dein Telefon benutzen?"

Little reichte mir sein Handy, und ich wählte die Nummer des Notrufs. Ich wartete ab, als ich das Besetztzeichen hörte. Dann legte ich auf und wählte wieder. Eine automatische Stimme sagte mir, ich solle in der Leitung bleiben. Frustriert legte ich wieder auf.

„Komm schon", rief ich ins Telefon. Ich drückte die Wahlwiederholungstaste. Wieder war die Leitung besetzt. Beim vierten Mal erreichte ich eine Telefonistin. „Ich habe einen Tipp bekommen, dass sich die Täter, die für die Bombe im Geländewagen verantwortlich waren, auf einer Baustelle verstecken, und zwar im ..."

„Bleiben Sie bitte dran. Ich verbinde Sie mit der Sonderleitung der Polizei", unterbrach mich die gelangweilt klingende Stimme der Telefonistin.

„Nein, ich weiß, dass das die Männer sind, nach denen Sie fahnden", rief ich. „Ich muss mit einem leitenden Ermittler sprechen ..."

Die Telefonistin hatte mich bereits verbunden. Ich hörte Wartemusik. Zunächst starrte ich auf die Tastatur, und dann wählte ich eine andere Nummer.

„Äh, Frau Doktor, Sie rufen doch nicht die Bullen an, oder?", fragte Little. Er wirkte unruhig.

„Ich muss die Polizei anrufen, Little. Die müssen der Sache nachgehen. Tom ist …“ Wieder stieg Panik in mir auf. „Er ist in großen Schwierigkeiten. Der Typ, der ihn in seiner Gewalt hat, will ihn umbringen.“

„Aber die Bullen suchen doch schon nach uns!“, wandte Little ein.

„Ich habe euch nicht verpfiffen, Little“, erwiderte ich beleidigt. „Das habe ich euch doch versprochen.“

„Klar, aber die Frau im Frauenhaus hat uns verpfiffen. Die hat die Tätowierungen beschrieben, das Auto, einfach alles“, konterte Little.

„Ich rufe einen bestimmten Polizisten an, okay?“ Ich wählte Bens Nummer aus dem Gedächtnis und wartete ab. „Seid ihr sicher, dass ihr auf der Baustelle den Arzt aus der Notaufnahme und ein Bandenmitglied gesehen habt?“

„Die haben sich ständig angeschrien.“

Ben nahm ab. „Wer ist da?“

„Ben, ich bin's, Ruby“, meldete ich mich atemlos. „Ich brauche deine Hilfe.“

„Ruby, ist alles in Ordnung mit dir? Ich habe gehört, dass du bei diesem fehlgeschlagenen Polizeieinsatz in der Forrest Street dabei gewesen bist. Tom …“

„Deshalb rufe ich an“, unterbrach ich ihn. „Ich habe Informationen über die Leute, die an diesem Einsatz beteiligt waren. Ich kann den leitenden Ermittler der Drogenfahndung nicht anrufen. Er ist verletzt, aber ich habe mir gedacht …“

„Wenn du Lopez meinst, er ist gestorben, Ruby“, sagte Ben leise.

„Oh nein“, flüsterte ich.

„Von wo rufst du an? Ich kenne die Nummer nicht.“

„Ben, ich habe einen Tipp von Leuten, die ein paar Typen auf der Baustelle am Hafen gesehen haben. Ich glaube, es handelt sich um Blaine … er hat Tom entführt.“

„Blaine? Dein Chef?“ Bens Stimme klang skeptisch.

„Ich habe keine Zeit, dir alles zu erklären, Ben“, rief ich flehend. „Bitte schick jemanden dort hin.“

„Ruby, zwei Polizisten und ein Ermittler der Drogenfahndung sind bei einer Explosion gestorben. Ich weiß nicht, wen ich anrufen soll. Hast du den Notruf angerufen?“

„Ben, das habe ich schon versucht. Man hat mich mit einer Warteschleife verbunden. Aber ich brauche jetzt jemanden, der dorthin fährt, jetzt sofort!“

„Die Explosion des Geländewagens hat eine Menge Verrückte aus der Versenkung gelockt. Mindestens zwei Gruppen behaupten, dass sie mit dieser Tat ein Zeichen für den Umweltschutz setzen wollten.“

„Aber Ben, ich weiß, dass dieser Tipp echt ist.“ Mir wurde flau im Magen, während ich versuchte, ihn zu überzeugen. „Bitte! Ich weiß nicht, wie viel Zeit Tom noch hat!“

„Ich versuche, jemanden zu erreichen. Ich rufe dich zurück.“ Er legte auf.

Die drei Jugendlichen nickten bedächtig. Eine Minute verging und dann die zweite. In der dritten Minute schnappte ich verzweifelt nach Luft.

„Ruf bitte an!“, schrie ich das Telefon an. „Ruf endlich an, Ben!“

„Vielleicht haben die alle zu tun, wegen der Explosion und anderem Zeugs“, meldete sich Darnell zu Wort.

„Woher wisst ihr denn Bescheid über alles, was heute passiert ist?“

Die drei reagierten mit einem vereinten Achselzucken. Ich lief in dem kleinen Raum nervös auf und ab. Der Holzfußboden hallte unter meinen Schritten. Mein Herz schlug bis zum Hals. Ich versuchte, trotz meiner Angst ruhig zu atmen.

Bitte, Herr. Bitte rette Tom.

„Lieben Sie diesen Typen, Frau Doktor?“, fragte Downey. Mit ihrer Frage riss sie mich aus meiner panischen Angst. Ihre sanften Augen begegneten meinem Blick.

Meine Lippen bebten. Ich nickte. Eine Träne traf das Telefon in meiner Hand.

„Ja, mit allen Fasern meines Herzens“, antwortete ich.

Little hüstelte. „Dann sollten wir vielleicht nicht warten, bis uns keiner anruft.“

„Ich weiß nicht, was du meinst.“

Little breitete die Hände aus. „Sie sind doch Ruby D. und haben vor nichts Angst. Stimmt's? Wir machen das selber. Wir holen Ihren Freund da raus.“

„Vor nichts Angst … Ich stehe hier und heule auf dein Telefon, Little.“

„Pah. Mädels heulen doch die ganze Zeit. Ich mein' doch bloß, Sie sind immer auf der Straße und reden mit diesen krassen Typen.“ Er stupste mit dem Daumen auf seine Brust. „Sie flicken Bandenmitglieder zusammen, helfen Ausreißern …“

Downey stand auf. „Ja, wenn was ist, fragen wir doch immer nach Ihnen … Ruby D., die unerschrockene Ärztin.“

Darnell deutete auf seinen verheilten Arm. „Die sogar im Krankenhaus einbricht, um Leben zu retten“, fügte er hinzu.

„Leute, ich bin ungefähr eins sechzig groß. Ich kann das nicht alleine schaffen.“

Little hob die Hand. „Ich komme mit.“

„Das kann ich nicht verantworten. Ihr seid noch nicht mal volljährig“, konterte ich.

„Ich bin neunzehn“, entgegnete Little.

„Und wir sind achtzehn“, fügte Darnell hinzu. Er legte den Arm um Downeys Schultern und zog sie an sich.

Ich musterte die beiden misstrauisch. „Das seid ihr nicht.“

„Wie wollen Sie denn die richtige Stelle finden?“, fragte Downey. „Es gibt doch keine Adresse und auch sonst nix.“

Seit meinem Anruf bei Ben waren jetzt zehn Minuten vergangen. Zehn kostbare Minuten, in denen man Tom eine Menge antun konnte.

„Kommt, wir fahren los.“

Kapitel 38

Zu viert quetschten wir uns in das Auto. Little saß am Steuer. Mit quietschenden Reifen fuhr er vom Bordstein weg. Aus dem Auspuff kam eine schwarze, beißend riechende Rauchwolke. Ich legte ihm die Hand auf den Arm.

„Langsam, Little. Wir wollen doch nicht von der Polizei angehalten werden."

„Entschuldigung, Ruby D.", murmelte er und drosselte das Tempo.

„Wo ist dieses Bootshaus?"

„Ich zeig dir, wo du abbiegen musst, wenn wir im Hafen sind." Downey zeigte mit dem Finger auf die Windschutzscheibe.

Das Handy von Little summte in meiner Hand.

„Vielleicht ist das dieser Bulle."

Ich klappte das Telefon auf. „Hallo?"

„Ruby, ich bin es, Ben. Ich muss wissen, welche Baustelle du meinst." Seine Stimme klang aufgeregt.

„Gibt es denn mehr als eine?"

„Ruby, im Hafengelände gibt es überall Baustellen. Kannst du ein bisschen präziser sein?"

„Äh, Moment." Ich bedeckte das Telefon mit der Hand und wandte mich an Downey. „Es gibt mehr als eine Baustelle!", zischte ich.

„Woher soll ich das denn wissen?"

„Aber welche ist es denn? Gibt es dort irgendetwas, woran man sich orientieren kann?"

„Äh ... in der Nähe sind Boote und Schiffe."

Ich fuhr mir frustriert mit den Fingern durchs Haar. „Ben, sie sagt, in der Nähe sind Boote und Schiffe."

Nach einem kurzen Schweigen hörte ich wieder seine Stimme. Diesmal klang sie skeptisch. „Ruby, wer hat dir diesen Tipp gegeben?"

„Spielt das denn eine Rolle?", entgegnete ich ausweichend. „Es ist ein verlässlicher Tipp. Sie haben zwei Typen gesehen, einen Arzt aus der Notaufnahme und ein Bandenmitglied … Wie oft muss ich es denn noch erklären? Es spielt keine Rolle …"

„Sind es Jugendliche?", unterbrach mich Ben.

„Und wenn schon, Ben", erwiderte ich bissig. Langsam wurde ich wütend, und mein Puls beschleunigte sich.

„Ich kann dir nicht glauben, Ruby. Ich habe Streifenpolizisten von der Straße geholt, um einem Tipp nachzugehen, der von einem Straßenkind kommt? Die sind vielleicht nur aufs schnelle Geld aus. Woher willst du wissen, dass die dich nicht anlügen?"

„Sie würden mich bei so etwas nie anlügen!" Meine Stimme zitterte. „Hilfst du uns jetzt oder nicht?"

Ich warf einen Blick auf das Display. Kein Signal. Ich biss die Zähne zusammen und klappte das Telefon zu. „Er ist weg."

Downey beugte sich vor. In ihren Augen blitzte der Zorn. „Er meint, wir lügen, stimmt's? Wir sind nicht so eiskalt."

„Das weiß ich doch."

Sie verschränkte die Arme vor der Brust und ließ sich in den Sitz zurückfallen.

Ich sah aus dem Fenster. Little hielt nicht an, als die Ampel auf Rot sprang. Wir rasten an Häusern und Eckläden vorbei, bis wir auf der Schnellstraße waren. Little schlängelte sich durch den Verkehr und fuhr Richtung Hafen. Mit seiner freien Hand spielte er mit einem silberfarbenen Feuerzeug, das er an- und ausmachte.

„Woher kennen Sie diesen Typen?", fragte Darnell. „Ich mein', Sie kennen ihn doch von früher, oder nicht? Ich hab ihn nämlich hier noch nicht lange genug gesehen, dass Sie so in ihn verknallt sein können."

„Ich kannte ihn schon als Teenager, als ich in … in einer Einrichtung war."

Downey sah mich entsetzt an. „Nee, das glaub ich jetzt nicht, Ruby D. Sie waren im Jugendgefängnis?“

„Nein, ich habe keine Jugendstrafe verbüßt, Downey. Aber Tom hat sich um mich gekümmert. Er hat auf mich aufgepasst, und da sind wir uns näher gekommen.“

„Wie nah?“, wollte Little wissen.

„Er ist der einzige Typ, den ich jemals geliebt habe. *Der Mann meines Lebens.*“

„Toll!“, sagte Downey ehrfürchtig. „Das ist schon ziemlich nah.“

Darnell lachte leise. „Und dabei hab ich immer gedacht, dass Sie so 'ne Ärztin aus dem Nobelviertel sind und bloß ein bisschen Gutes tun wollen, bevor Sie nach Hollywood abreisen. Aber Sie waren ein Straßenkind, und Sie sind immer noch verknallt in einen Typen aus dem Jugendgefängnis … Sie sind nicht verrückt, Doktor, sondern eine von uns.“

„Wer sagt denn, dass ich verrückt bin?“

„Alle Erwachsenen“, erwiderte Little. „Also die, die sowieso nichts zählen.“

Downeys Blick fiel auf die blauen Flecken und Schwellungen in meinem Gesicht. „Warum haben Sie uns nie davon erzählt? So was muss ich doch wissen … dass Sie uns verstehen.“

„Meine Freundschaft mit Tom hat ein böses Ende genommen, Downey. Ein Junge ist gestorben. Ich will nicht, dass so was herumerzählt wird.“

Darnell beugte sich vor und starrte mich mit großen Augen an. „Haben Sie ihn erschossen?“

„Nein, es war ein Unfall. Der Junge war hinter Tom her und hat ihn mit einem Messer bedroht. Sie hatten sich schon seit Tagen gestritten …“

Es fiel mir leichter, diesen Teenagern meine Geschichte zu erzählen, als mit Ben darüber zu reden.

Wir wichen einem Lieferwagen aus. Der Fahrer hupte wütend.

„Und was ist dann passiert?“, fragte Little.

„Sie waren draußen im Regen, und als ich eingreifen wollte … in den Kampf …“ Die Stimme versagte mir, aber dann sprach ich weiter. „Der andere Junge ist in einer Pfütze ausgerutscht und mit dem Kopf auf die Bordsteinkante gefallen. Er war sofort tot. Aber er hatte noch kurz davor mit dem Messer auf Tom eingestochen. Es war ein Unfall, ein dummer Unfall. Danach ist Tom verschwunden.“

„Er ist einfach abgehauen?“, fragte Little verwirrt. „Und hat Sie zurückgelassen, damit Sie alles allein ausbaden?“

„Nein … äh … Niemand hat mir die Schuld am Tod des Jungen gegeben. Tom hat bestimmt …“

„Fahr hier runter!“, rief Downey plötzlich und zeigte mit dem Finger in die Richtung. „Genau hier.“

Little warf das Feuerzeug in die Brusttasche seines Hemdes und riss das Steuer rechts herum. Wir rasten die Ausfahrt herunter und bogen schlingernd in die Straße ab.

„Dort ist es! Dort ist es!“, schrie Downey.

Rechts von uns war eine Lagerhalle und gleich daneben eine Baustelle, die so wirkte, als hätte man sie schon lange aufgegeben. Die Holzbretter waren stark verwittert, die Warnkegel mit Schlamm bespritzt. Etwa zweihundert Meter weiter stand ein weiteres Gebäude. Das war alles. Das Gelände wirkte unfertig, wie ein vergessenes Bauprojekt der Stadt.

„Haltet euch fest“, sagte Little und zog eine Grimasse.

Ich stützte mich am Armaturenbrett ab, aber trotzdem klapperten meine Zähne, als wir über den mit Schlaglöchern übersäten Sandweg segelten.

„Fahr langsamer, Little.“ Ich hatte den metallischen Geschmack von Blut im Mund. „Wir wollen doch nicht, dass er uns bemerkt.“

Little verringerte die Geschwindigkeit, sodass wir förmlich weiterkrochen. Ich warf einen forschenden Blick auf das Gebäude.

Downey beugte sich vor und deutete auf ein Gebilde aus Holz.

„Sehen Sie das da? Das ist wie ein … Bootshaus. Es reicht bis übers Wasser, wie ein Bootssteg, ist aber überdacht."

Ich klappte Littles Telefon auf und starrte auf das Display. Noch immer kein Empfangssignal. Dann drehte ich mich zu Darnell und Downey um. Ich fixierte die beiden mit einem strengen Blick. „Ihr zwei bleibt hier. Steigt *nicht* aus, um mir zu folgen. Habt ihr verstanden?" Ich versuchte, meine Stimme streng klingen zu lassen.

„Klar, Ruby D.", versicherte Darnell.

Ich reichte ihnen das Telefon. „Versucht es weiter mit der Notrufnummer. Gebt unseren Standort durch. Wir sind auf der Sassafras Road abgebogen und in der Nähe des Gewerbegebiets mit den Lagerhallen. Alles klar?"

Downey packte mich am Ärmel. Ihre Unterlippe bebte. „Hoffentlich ist das nicht so wie beim letzten Mal, Frau Doktor. Ich hoffe, dass sich hier nicht der Kreis schließt."

Ihre Worte erschreckten mich. Ich nickte schweigend, dann sagte ich: „Das hoffe ich auch, Downey."

Little hielt an, und wir stiegen aus. Ich sah Darnell und Downey mit zusammengezogenen Augenbrauen an, als ich um das Heck des Autos herumging. Ich deutete auf meine Augen und dann auf die beiden.

Ich beobachte euch.

„Viel Glück", flüsterte Downey.

Little und ich schlichen uns an den Warnkegeln entlang, die am Rande einer Sandstraße standen, die zu dem Gelände führ te. Über uns in den Wolken hörte ich ein schwaches Donnergrollen. Ich starrte zum Himmel hinauf und fragte mich, ob Downey mit ihren Worten recht behalten würde. Sollte sich für Tom und mich der Kreis schließen? Ich sah Little an und warf einen Blick zurück auf das Auto. Downey hielt das Handy ans Ohr.

Nein, diesmal ist es anders. Diesmal bin ich nicht allein.

Über Erdhaufen und Bauabfälle ging unser Weg weiter bis

zum Gebäude. Little und ich krochen zur Rückseite des Bootshauses. Die Türen des Gebäudes lagen von der Straße abgewandt. Sie öffneten sich zu einem halbfertigen Landesteg, der ins Meer führte.

Im grauen Licht der Morgendämmerung fanden wir nur schwer einen Weg durch den Bauschutt. Little hielt seinen Revolver in der Hand. Plötzlich rutschte er aus und landete auf einem Knie. Er biss die Zähne zusammen. Wir warteten ein paar Sekunden. Es geschah nichts. Ich machte eine Handbewegung, damit wir unseren Weg fortsetzen konnten.

Als ich eine Stimme hörte, drehte sich mir vor Schreck der Magen um. Schwer atmend warf ich einen verstohlenen Blick um die Ecke. Ein Mann lehnte sich an die verzogene Holzwand und rauchte eine Zigarette. Sein Arm ruhte lässig auf einem Schnellfeuergewehr, das von einem Lederriemen baumelte. Er sprach in ein Funksprechgerät.

„Nee, hier draußen ist tote Hose", sagte er mit einem breiten Chicagoer Akzent.

Blaines Partner von der Ostküste … Er hatte etwas über Chicago gesagt, über einen weiteren Drogenhändler, den er beliefern wollte.

Ich schluckte schwer. Dann schlich ich mich zu Little zurück. Er war nicht mehr da! Vor Aufregung wurde mein Mund ganz trocken. Verzweifelt suchte ich den Bauschutt und die umgestürzten Maschinen mit den Blicken ab. Als ich das unverkennbare Klicken einer entsicherten Waffe hörte, bekam ich eine Gänsehaut. Langsam drehte ich mich um. Ich hob resigniert die Hände. Der Wachmann von eben grinste mich höhnisch an. Den Lauf des Gewehrs hatte er auf meine Brust gerichtet.

„Ich kann Ihnen alles erklären", flüsterte ich.

Er spuckte aus und starrte mich mit kalten, dunklen Augen an. Dann zog er ein Handy aus der Tasche und klappte es auf.

Wieder musste ich schlucken.

Plötzlich erschien Little hinter dem Wachmann. Mit dem

Griff seines Revolvers versetzte er dem Mann einen Schlag auf den Hinterkopf. Der Wachmann sackte in sich zusammen und landete mit einem dumpfen Aufprall auf seinem Gewehr.

„Little“, flüsterte ich erschrocken. Ich legte zwei Finger an den Hals des Mannes und suchte nach einem Puls. „Du kannst doch hier nicht herumschleichen. Wie schnell kann dir etwas passieren.“

Little deutete mit seinem Revolver auf den Mann. Sein Gesicht hatte einen verträumten Ausdruck. „Haben Sie und ich eben dasselbe gesehen?“

Der Wachmann hatte einen regelmäßigen Puls. Ich stand auf und wischte mir die Hände an meinen Hosenbeinen ab. „Ich meine ja nur … Wir sind hier nicht im Film.“

Little half mir, den Wachmann an die Seitenwand des Bootshauses zu ziehen. „Nee, denn wenn wir im Film wären, dann hätte ich einen Schalldämpfer, und Sie müssten diesem Typen nicht mehr den Puls fühlen, Frau Doktor.“

„Du …“

Ein Krachen innerhalb des Bootshauses ließ mich erstarren. Ich deutete auf das Fenster, das ein paar Meter hinter uns lag. Little nickte. Wir bewegten uns vorsichtig, bis wir unter dem Fenster standen. Ich gestikulierte mit den Händen und verschränkte meine Finger zu einer Räuberleiter. Little nickte wieder und machte es mir nach. Dann hob er mich hoch. Ich wischte den Staub vom Glas und spähte durch das Fenster. Ich konnte eine Gestalt erkennen, einen Mann auf einem Stuhl. Tom! Blaine richtete einen Revolver auf Tom. Seine Stimme klang verzerrt, auch wenn sie als gedämpftes Schreien nach draußen drang.

Wie viel … Chicago … Netzwerk …

Tom antwortete nicht. Mein Magen rebellierte. Blaine würde nicht mehr viel Zeit verschwenden, um Tom zu befragen. Ich sah mich nach weiteren Männern um, aber ich entdeckte niemanden. Wieder schrie Blaine. Tom schrie zurück, und dann ließ ein lauter Knall das alte Bootshaus erzittern. Ich keuchte erschrocken, zuckte zurück und verlor das Gleichgewicht. Ich riss Little mit.

„Nein!“, schnaufte ich. Ich bekam keine Luft. Mein Herz raste, und ich krallte mich mit den Händen in den Bauschutt, um aufzustehen und zur Tür zu rennen. Aber Little drückte mich nach unten. Mit seinen muskulösen Armen umklammerte er meine Beine und warf mich zurück in den Schutt. Schluchzend kämpfte ich gegen ihn an.

„Hören Sie doch“, flüsterte er eindringlich. „Hören Sie.“

Tom schrie erneut auf. Sein Schmerzensschrei erschütterte mich bis ins Mark, aber er war am Leben. Ich unterdrückte einen Brechreiz. Little hob mich wieder hoch, damit ich durch das Fenster sehen konnte. Tom wand sich vor Schmerzen auf dem Stuhl. Er blutete am Oberschenkel, aber er lebte. Er war verletzt, aber nicht tot.

Blaine schrie Tom an. Dabei lachte er, als sei er wahnsinnig geworden.

„Runter“, zischte ich. „Lass mich runter.“

Ich wich zurück und rannte am Bootshaus entlang nach hinten. Panik stieg in mir auf, und ich keuchte, während ich versuchte, meine Gedanken zusammenzunehmen. Tom blutete stark. Er könnte am Blutverlust sterben, wenn Blaine ihm nicht beim nächsten Mal in den Kopf schießen würde. Ein Wahnsinniger mit einer Schusswaffe war ein zu starker Gegner für mich und einen Teenager. Tränen strömten mir über das Gesicht.

Ich muss doch etwas tun, irgendetwas! Bitte hilf mir.

Ich bog um die Ecke und hielt abrupt inne. Ein weißer Geländewagen stand nur Millimeter vom Bootshaus entfernt.

Little lief mit stampfenden Schritten zu mir. Seine Augen waren vor Schreck geweitet. „Was machen Sie da, Frau Doktor?“, keuchte er.

Ich wandte mich zu ihm um. Auch ich atmete stoßweise. „Ich habe eine Idee.“

Kapitel 39

Ich zog Little zum Geländewagen. Dabei suchte ich mit meinen Blicken nach weiteren Wachleuten.

„Was wollen wir machen, Frau Doktor?“, keuchte er und stolperte hinter mir her.

„Ich brauche einen Schlauch, irgendwas Langes.“ Ich nahm Little den Revolver ab und ging zur Fahrerseite des Autos. Ich warf einen Blick ins Innere. Da war niemand. „Los, Little, beeil dich!“

Er rannte los. Ich stellte mich auf die Zehenspitzen und sah durch die Scheibe auf den Fahrersitz, unter das Armaturenbrett. Das Alarmlicht blinkte nicht. Ich drückte auf den Türgriff. Die Tür ging auf. Ein Hoffnungsschimmer leuchtete in mir auf. Ich kletterte auf den Fahrersitz. Ich kannte mich ein bisschen mit Geländewagen aus. Mit meiner Pflegemutter Sheila war ich regelmäßig mit ihrem alten Geländewagen in den Campingurlaub gefahren. Ich tastete mit einer Hand an der Seite des Fahrersitzes entlang, fand den Hebel und zog daran. Im Rückspiegel sah ich, wie die Tankklappe aufschwang. Ich musste lächeln. Als ich aus dem Auto sprang, traf mein Blick auf den von Little, der die Schutthaufen erklomm, während er von unserem Auto zurückkam.

Er hielt eine ganze Rolle mit durchsichtigem medizinischem Schlauchmaterial hoch.

„Im Kofferraum, von damals, als Sie dort drin waren“, keuchte er. „Downey sagt, sie probiert immer noch, beim Notruf durchzukommen. Keine Angst, ich hab ihnen eingeschärft, dass sie im Auto bleiben sollen.“

„Danke, Little.“ Ich packte den Schlauch, den ich damals benutzt hatte, um Darnell eine Infusion zu legen. Dann rannte ich zum Tank des Geländewagens. Ich drehte den Tankdeckel ab und steckte den Schlauch in den Tank. Dann drehte ich mich zu Little um und deutete auf das Heck des Geländewagens. „Schau mal, ob du die aufkriegst."

Er drückte die Heckklappe des Autos hoch. Ich merkte, wie der Schlauch auf den Boden des Tanks prallte. Dann nahm ich das andere Ende in den Mund und fing an zu saugen. Ich sah, wie die helle Flüssigkeit hochstieg und sich durch den Schlauch schlängelte wie Saft in einem überlangen, verschlungenen Strohhalm. Ich würgte und spuckte aus. Das Benzin floss auf den Sand.

„Little, warum brauchst du denn so lange?"

Ich warf einen Blick über die Schulter und sah das erschrockene Gesicht des Teenagers.

„Äh, Frau Doktor", stammelte er.

„Was ist los?" Ich zog meine Bluse aus und behielt nur noch mein ärmelloses Top an. Den Stoff knüllte ich zusammen und benetzte ihn mit Benzin. Dann rollte ich das Bündel im Sand. Ich zwang mich, ruhig zu bleiben und nicht an Toms schmerzverzerrtes Gesicht zu denken.

Little deutete in das Innere des Geländewagens. „Da ist was, was Sie sich angucken sollten."

Ich packte die mit Benzin getränkte Bluse und ging zu Little. Abrupt blieb ich stehen. An der Innenseite der Heckklappe spannten sich Kabel. Ich sah die mit Schraubdeckeln verschlossenen Rohre und das schwarze Isolierband. Jason hatte den anderen Geländewagen präpariert, damit der explodierte und die Polizisten in den Tod riss … Er hatte das Gleiche mit diesem Auto gemacht. Blaine musste gewusst haben, dass er den Geländewagen hier verstecken würde.

Im Heck stapelten sich Bündel, groß wie Ziegelsteine, die mit grünem Klebeband umwickelt und mit Nummern versehen waren. Ich starrte auf eine riesige Geldsumme, Tausende von Dollar.

„Das ist mir egal, Little", sagte ich und streckte die Hand aus. „Gib mir dein Feuerzeug."

Stöhnend steckte er die Hand in die Brusttasche seines Hemdes und holte das silberne Feuerzeug heraus. Ich ließ das Benzin aus dem Schlauch auf den Teppich im Kofferraum des Geländewagens laufen, dann hängte ich die Bluse über die Heckklappe.

„Ich glaub nicht, dass das bloß brennt, Frau Doktor. Das Schießpulver in den …"

„Ich weiß, Little, ich weiß", unterbrach ich ihn. „Lauf schon mal los."

Ich schnippte den Deckel des Feuerzeugs auf und hielt die kleine Flamme an die Bluse. Meine Hand begann zu zittern. Der Stoff ging mit einem leisen Zischen in Flammen auf. Vor meinem inneren Auge erschienen die Molotowcocktails, die durch die Fenster meiner Ambulanz geflogen waren. Ich trat zurück und starrte gebannt auf das Feuer, das sich mit rasender Geschwindigkeit im Kofferraum ausbreitete.

„Frau Doktor!", schrie Little.

Ich drehte mich um und rannte los, fort von den fauchenden Flammen. Ich bekam eine Gänsehaut. Eine laute Detonation warf mich nach vorn. Ich landete auf dem Bauch im Bauschutt. Die Luft entwich mit einem Zischen aus meinen Lungen. Ich kam schwerfällig wieder auf die Beine. Mir tränten die Augen, und in meinen Ohren rauschte es. Ich drehte mich zum Geländewagen um, der seltsamerweise aussah, als sei er noch immer intakt.

Little schaute hinter einer umgekippten Schubkarre hervor. „Vielleicht sind die Bomben …"

Die Druckwelle der Explosion tobte über uns hinweg. Sie warf mich nach hinten und blendete mich mit ihrem grellen Licht. Die Rohrbomben explodierten kurz hintereinander. Ich rollte mich schreiend zu einem Ball zusammen. Glassplitter und Metallteile trafen mich an Rücken und Beinen und rissen die Haut auf. Weil mir das Trommelfell geplatzt war, nahm ich die Detonationen bloß als gedämpftes Dröhnen wahr. Als endlich alles still war, warf ich keuchend einen verstohlenen Blick über meine verschränkten Unterarme.

„Little! Little, bist du verletzt?“ Ich brüllte laut, aber meine Ohren funktionierten nicht richtig. Mich umgaben gedämpfte Geräusche, aber ich konnte nicht feststellen, aus welcher Richtung sie kamen. Schließlich sah ich Little. Er hatte eine Hand auf sein Bein gepresst. Durch seine Finger sickerte Blut. Als er etwas zu mir sagte, las ich die Worte von seinen Lippen, denn seine Stimme klang wie ein Brummen aus weiter Ferne.

„Ich bin okay, Frau Doktor.“

Ich drückte meine Finger auf die Ohren und versuchte, sie frei zu bekommen.

Mit weit aufgerissenen Augen hob Little eine zitternde Hand und griff nach den Papierfetzen, die vom Himmel herunter regneten. Mit offenem Mund starrte ich auf einen versengten Zwanzigdollarschein, der noch immer leicht glühte. Eine Wetterwolke aus Geld senkte sich auf uns herab wie ein Konfettiregen. Ich war sprachlos.

Little schob mir einen Revolver in die Hand. Mit dieser Bewegung riss er mich aus meiner Erstarrung. „Los jetzt!“

Ich nahm die Waffe und drehte mich zum Bootshaus um. Erschrocken starrte ich auf das von Flammen umzüngelte Loch, das die Bombenexplosion in die Seite des Holzhauses gerissen hatte. Mein Herz schlug stolpernd, weil ich befürchtete, dass Tom unter den Trümmern liegen könnte.

Geh mit mir, Herr.

Ich wappnete mich für das, was auf mich zukommen würde. Dann richtete ich den Revolver auf das Bootshaus, holte tief Luft und rannte auf das Flammenmeer zu.

Kapitel 40

Tom

Die Kugel durchschlug Toms Oberschenkelknochen und trat mit einem abscheulichen Krachen aus der Unterseite seines Beines aus. Der abgefeuerte Schuss hallte wie ein Echo wider und übertönte seinen Schmerzensschrei.

„Wie tief?“, schrie Blaine. „Erzählen Sie mir, wie tief das geht. Wissen die über Chicago Bescheid?“

Tom biss so fest die Zähne zusammen, dass sie knirschten. Er atmete keuchend ein und aus, damit er nicht ohnmächtig wurde. „Nein, Blaine. Chicago ist sicher. Verschwinden Sie dorthin.“

„Das kann ich nicht!“, brüllte Blaine. „Ich habe eine Frau und Kinder. Sie … sie brauchen mich. Ich muss für sie sorgen.“

Tom verzog das Gesicht. Er wollte unbedingt bei Bewusstsein bleiben. Eine Welle des Schmerzes durchzuckte ihn und nahm ihm den Atem. „Sie behaupten also, dass Sie das alles für Ihre Kinder getan haben?“

Blaines Gesicht wurde zu einer wütenden Grimasse. „Haben Sie eine Ahnung, was Privatschulen kosten? Alles ist gut gelaufen. Es war ein schöner Nebenverdienst, bis Sie beide es kaputt gemacht haben!“

„Sie haben das Ihrer Familie angetan“, knurrte Tom. „Nicht ich.“

„Halt's Maul!“ Blaine verpasste Tom einen Rückhandschlag quer über das Gesicht. „Sie haben alles kaputt gemacht!“

Tom spürte den Geschmack von Blut in seinem Mund. Er spuckte blutvermischten Speichel in Blaines Richtung. „Ich hab's Ihnen doch schon gesagt. Sie haben nur eine Chance. Verschwinden Sie, und zwar sofort.“

„Ich verliere alles, was ich habe. Meine Frau, meine Kinder." Ein erstickter Schrei entwich Blaines verzerrten Lippen. Er sprang vor und drückte Tom den Revolver unter das Kinn. Seine Augen blitzten wuterfüllt. „Sie nehmen mir das, was ich liebe. Deshalb nehme ich Ihnen das, was Sie lieben. Ich suche Ruby und bringe sie vor Ihren Augen um!"

Tom biss die Zähne zusammen. Er sah Blaine unverwandt an. „Sie werden sie niemals finden."

„Ach ja?"

Tom nickte. Er keuchte, weil er vor Schmerzen nicht richtig atmen konnte. „Ja, und wissen Sie, warum?"

„Warum?", fauchte Blaine.

Tom sah zu, wie Ruby den Geländewagen anzündete und losrannte. „Weil sie Ihnen zuvorkommen wird, um Sie zuerst zu töten."

Die Detonation von draußen brachte Blaine zu Fall. Toms Stuhl kippte auf die Hinterbeine, und dann fiel er auf die Seite. Ein stechender Schmerz durchfuhr ihn. Er sah plötzlich alles Grau in Grau. Wieder schrie er auf. Noch immer war er an den Stuhl gefesselt. Er kniff die Augen zu, als Schutt und Holzsplitter vom Dach des Bootshauses herunterfielen.

Blaine war wieder auf die Füße gekommen. Er sah lachend auf Tom herab. „Sieht so aus, als ob Ihre Retterin die Sache verpatzt hat." Er grinste höhnisch, und dann hob er den Revolver. „Sie ist bloß eine …"

Eine zweite Detonation krachte durch die Wand und die Fenster. Die Druckwelle zerriss Holz und Glas mitten im Flug und traf Blaine mit voller Wucht.

Tom vergrub sein Gesicht im Schutt. Er hielt die Luft an, als alles um ihn herum in einer Wolke aus Feuer und Glas explodierte.

Blaine landete neben ihm. „Was ist das?", schrie er. Sein Gesicht war von der Hitze und der Angst gerötet.

Tom musste husten. Sein Blick war getrübt, das Bein in einem unnatürlichen Winkel verdreht und unter dem Stuhl eingeklemmt.

„Schneiden Sie mich los!“, schrie er.

Blaine jaulte auf. Er stürzte sich auf Tom, legte beide Hände um seinen Hals und drückte zu. „Sie waren das!“

Tom versuchte, sich gegen den Würgegriff zu wehren. Er zerrte an seinen Fesseln. Wieder sah er alles Grau in Grau.

Plötzlich spritzte Schutt neben Blaines Knie auf. Jemand schoss auf ihn. Erschrocken ließ er von Tom ab. In seinem Gesicht war nackte Angst zu sehen. Seine Waffe rutschte in die Schatten hinter ihm.

Keuchend und hustend schnappte Tom nach Luft, während seine Augen Blaines Blick folgten.

Ihre Haare wurden von der Hitze des Feuers aufgewirbelt. Ihre Augen blitzten, als Ruby durch die Wand aus Feuerflammen stürmte. Sie sah Tom unverwandt an. Ihr Anblick nahm ihm den Atem. Dann hob sie den Revolver und drückte den Abzug. Sie schoss in die Luft.

„Keine Bewegung!“

Kapitel 41

Ich taumelte durch die zerfetzte Wand des Bootshauses. Als ich über einen heruntergefallenen Deckenbalken stolperte, löste sich ein Schuss aus meinem Revolver. Meine Hand zitterte wie wild vom Rückstoß. Ich ging weiter durch den beißenden Rauch.

Blaine und Tom starrten mich mit weit offenen Mündern an. Blaines Hand war blutig. Unter Toms Bein hatte sich eine Blutlache gebildet. Bei diesem Anblick wurde es mir schwer ums Herz. Dabei war ich offenbar zusammengezuckt, denn wieder löste sich ein Schuss aus meiner Waffe.

„Keine Bewegung!“, schrie ich voller Angst, Blaine könnte Tom weitere Verletzungen zufügen.

Er zog den Kopf ein, als er meinen Aufschrei hörte. Ich dachte daran, dass ich eine Waffe in der Hand hielt, und so richtete ich den Revolver auf ihn.

Toms Gesicht wirkte aschfahl und schlaff, obwohl es mit Schutt verschmutzt war. *Er hat so viel Blut verloren.*

„Ruby“, stammelte Blaine. Er richtete sich auf. „Beruhigen Sie sich doch erst einmal.“

Ich konnte ihn kaum hören. Ich sah auf Tom herunter. Er war kaum noch bei Bewusstsein. Sein Blut floss in den Schutt, und plötzlich packte mich die Wut.

Ich blitzte Blaine böse an.

„Verschwinden Sie!“, brüllte ich.

Er drehte sich auf dem Absatz um und rannte in die dunklen Winkel des Bootshauses.

Über uns hörte ich das laute Krachen des einstürzenden Daches. Dieses Geräusch spornte mich zum Handeln an.

„Tom“, keuchte ich. Ich griff nach einem herumliegenden Metallstück. „Bleib bei mir, Tom.“

Ich setzte mich hin, zog einen Schuh aus und die Socke gleich mit. Dann umwickelte ich das scharfe Metallstück mit der Socke und säbelte durch das silberfarbene Klebeband, mit dem Tom an den Stuhl gefesselt war. Er sackte herunter und fiel auf den Schutt.

„Ruby, wie hast du die Explosion überlebt?", stöhnte er. Seine Augenlider flatterten.

Ich drehte ihn um und löste seinen Gürtel. Dann fädelte ich das eine Ende unter seinem Bein hindurch, knapp über dem Durchschuss, und zog den Gürtel mit einem Ruck zusammen.

Tom ächzte laut und schlug schwach nach meinen Händen.

Mit zusammengebissenen Zähnen zurrte ich den Gürtel ein letztes Mal zusammen und sicherte die beiden Enden.

„Tut mir wirklich leid, Liebling", flüsterte ich und fuhr mit der Hand über seine schweißnasse Stirn. „Ich weiß, dass das wehtut."

Die Wände um uns herum bewegten sich und neigten sich in einem seltsamen Winkel. Atemlos sah ich zu. Bald würde das Dach über uns einstürzen. Ich zog meinen Schuh wieder an. Dann packte ich Tom unter den Achseln. Ich hob und zog ihn. Die panische Angst gab mir die nötige Kraft.

„Lass mich einfach hier", murmelte Tom. „Geh, Ruby ..."

„Halt den Mund, Tom."

Vor lauter Anstrengung sah ich Blitze vor meinen Augen. Keuchend sah ich mich nach einem Hilfsmittel um. Wie in einer Höhle glitten die Schatten über die bizarren Formen von Trümmern und Abfällen.

Tom wurde ohnmächtig. Sein Kopf fiel zur Seite.

Dort ist etwas.

Ich entdeckte eine Plastikplane und zerrte sie zurück zu Toms zusammengesunkenem Körper. Ich rollte ihn auf die Plane und packte das eine Ende. Dann zerrte ich ihn zur Mitte des Bootshauses, weg von dem einstürzenden Dach. Hinter uns hörte ich ein leises Klicken. Ich erstarrte.

Blaines Gestalt wirkte wie ein Schattenriss vor dem Fenster, durch das Licht von draußen drang.

„Das ist ja toll“, kreischte er und wedelte mit seinem Revolver herum. „Raten Sie mal, was ich gefunden habe.“

„Blaine, wir müssen raus hier“, schrie ich. „Die Wände stürzen ein.“

Seine Augen waren weit aufgerissen, sein Blick flackerte wie der eines Wahnsinnigen. „Und wer ist schuld daran?“, brüllte er.

Staub fiel von der Decke und legte sich wie ein graues Tuch über den Raum.

Mir kroch der scharfe Salzgeruch von Meerwasser in die Nase. Genau vor mir riss der Boden auf. Unter mir sah ich die wilde Brandung des Meeres. Beinahe hätte ich Tom ins Meer gezogen. Ich starrte wie gebannt auf die Wellen, die sich an den Stützpfeilern brachen, und ich bekam weiche Knie.

Blaine lachte leise. „Ich hätte Sie wohl besser nicht aufhalten sollen.“

Ich trat von dem Riss im Boden zurück. Mir lief es eiskalt den Rücken herunter. Die Gischt von den heranprallenden Wellen stieg wie ein feuchter Nebel zu mir hoch.

Hinter Blaine schwang eine Tür laut knarrend hin und her.

„H … hören Sie, Blaine. Ich will hier raus, genau wie Sie“, sagte ich.

Er spannte den Hahn des Revolvers. Die Trommel klickte. Durch die Löcher sah ich die stumpfen Spitzen der Patronen. „Ich glaube nicht, dass ich Sie so einfach gehen lasse.“ Er richtete den Lauf der Waffe auf den Spalt im Boden. „Werfen Sie ihn rein.“

Meine Augen weiteten sich vor Entsetzen. „Was?“

„Sie haben mich richtig verstanden“, antwortete Blaine mit einem höhnischen Lachen. „Rollen Sie ihn ins Meer.“

Ich schüttelte den Kopf. „Das … das kann ich nicht machen.“ Ich kniff die Augen zusammen und wartete, dass er die Waffe auf mich abfeuerte.

„Ich hab gesagt, werfen Sie ihn rein!“

„Und ich hab gesagt: NEIN!"

Meine Angst verwandelte sich in rasende Wut. Ohne nachzudenken, sprang ich Blaine an. Mit einer Hand packte ich die Waffe, mit der anderen zerkratzte ich ihm das Gesicht. Wir schwankten hin und her, bis wir gegen die Wand knallten. Noch immer rangen wir miteinander. Ich machte einen Satz nach oben, schlang beide Beine um seine Taille und warf mich mit meinem ganzen Gewicht auf ihn. Wir fielen zu Boden. Aus seinem Revolver löste sich ein Schuss, ganz nah an meinem Ohr. Der laute Knall hallte in meinem Kopf wider, und ich spürte einen pochenden Schmerz.

Aber ich ließ nicht ab von meinem Gegner. Ich drehte meinen Kopf blitzschnell und biss ihm mit aller Kraft in die Hand, genau unter dem Daumengelenk. Er schrie und riss die Hand weg. Der Revolver fiel herunter und glitt ins Meer. Blaine rappelte sich auf die Knie hoch und holte mit der Faust zum Schlag aus.

Ich zuckte zurück.

Plötzlich sauste ein Gegenstand an mir vorbei. Ich spürte einen Windhauch an meiner Wange, als Tom mit einem großen Holzstück auf Blaines Brust zielte wie ein Schlagmann beim Baseball. Von der Wucht des Aufpralls fiel Blaine an die Wand. Sein Kopf knallte an das Holz. Er glitt zu Boden.

„Tom", schrie ich laut. Ich rannte los, um ihn aufzufangen, als er hinfiel. „Wie …"

Über uns ertönte ein seltsames Krachen. Ein Dachbalken fiel herunter und riss Teile des Dachs mit. Jetzt war die Tür zum Hafenbecken blockiert. Unter uns toste das Meer. Weiße Gischt spritzte über das Loch im Bodenbelag. Hinter uns züngelten die Flammen an den Wänden entlang. Beißender Rauch versperrte die Sicht.

Wir sitzen in der Falle.

Ich zitterte und taumelte unter dem Gewicht von Toms Körper. „Ich weiß nicht …" Die Angst nahm mir den Atem. „Ich weiß nicht, was ich machen soll, Tom."

Toms Augen wanderten hin und her. Er hob eine Hand, um meine Wange zu streicheln. „Weißt du was …“, sagte er leise und begann zu husten. „Ich will an keinem anderen Ort sein als in deinen Armen, Ruby.“

„Ich liebe dich so sehr, Tom. Es spielt keine Rolle, wie unser Leben aussieht … Ich … ich will nur noch mit dir zusammen sein.“

„Ruby …“ Toms Augen verdunkelten sich vor Schmerz. „Du kannst nicht hierbleiben.“

„Nein, Tom“, schluchzte ich und packte ihn am Hemd. „Steh auf, bitte!“

Tom zog mich an seine Brust. Ich spürte seinen unregelmäßigen Atem in meinem Haar. „Ruby, ich will, dass du von hier aus schwimmst.“

Vor Angst schien sich mein Herz zusammenzuziehen. „Nein.“

„Du musst hier weg, bevor alles einstürzt. Bitte.“

Ich stand auf. Hilflose Wut über die verschwendeten Jahre brannte in mir. Wieder packte ich Tom am Hemd. „Ich werde … uns … nicht aufgeben … nicht schon wieder“, schrie ich und schluchzte laut. „Nicht schon wieder.“

„Ruby, ich kann mit dieser Verletzung nicht schwimmen“, rief er und packte meine Hände. „Ich will nicht, dass du an diesem Ort stirbst.“ Seine schönen Augen blickten schmerzerfüllt.

Mir wollte das Herz brechen.

Ich machte den Mund auf, weil ich ihn bitten wollte, sich endlich zu bewegen, aber plötzlich schwankte die Wand. Der Raum verrutschte wie in einem schrecklichen Albtraum. Und dann flog ich durch die Luft und stürzte kopfüber durch kalten Nebel. Tosende Wellen zogen mich wie mit eisigen Fingern in die Tiefe.

Kapitel 42

Jugendstrafanstalt Dresden Heights
Vor zehn Jahren

Es geschah so schnell. Griffins Tod war ganz anders als die Sterbeszenen in Filmen. Es gab keinen lauten Schrei, und es zuckte auch kein Blitz vom Himmel. Alles war still, bis auf ein überraschtes Keuchen. Als Griffin sich mit dem gezückten Messer auf Tom stürzen wollte, rutschte er aus. Es sah sogar aus, als ob er auf ein paar regennassen Kieseln tanzen würde, bevor er fiel. Sein Kopf prallte mit einem hässlichen Krachen auf den Bordstein. Sein gebrochenes Genick stand in einem seltsamen Winkel vom Kopf ab. Er sah mich mit leerem Blick an. Regen fiel in seine kalten blauen Augen.

Ich starrte ihn wie gebannt an. Dann entwich mir ein langer, heulender Schreckensschrei. Tom stöhnte. Ich sah sein aschfahles Gesicht und seine angespannten Kiefermuskeln. Mein Herz überschlug sich beim Anblick des Blutes, das ihm aus der Seite strömte. Es lief an seinen Jeans herunter und bildete eine Pfütze an seinen Füßen. Ich ging zu ihm und drückte meine Hand auf die klaffende Wunde. Dann half ich ihm, sich auf den Boden zu setzen. Der Regen prasselte auf uns nieder. Die Tropfen krochen mir wie eisige Nadeln unter die Kleider.

„Ist er …“, keuchte Tom. Er konnte den Blick nicht von Griffin abwenden. „Ist er tot?“

Ich fuhr mir mit der Zunge über die Lippen, blinzelte die Regentropfen weg und drückte meine zitternden Finger auf Griffins Hals. Eine Sekunde, zwei Sekunden. Erschrocken zog ich meine Hand weg.

„Er … da ist kein Puls“, sagte ich. Mir versagte die Stimme.

Ächzend wälzte sich Tom auf die Seite.

Angst stieg in mir hoch. „Tom, kannst du gehen?"

Mit zusammengebissenen Zähnen schüttelte er den Kopf. Er schnappte zischend nach Luft.

„Was soll ich machen?"

„Hol Hilfe, Ruby", stöhnte Tom. Sein Blick trübte sich. „Beeil dich."

Ich nickte stumm. Dann kletterte ich den Maschendrahtzaun hoch. Oben angekommen, ließ ich mich auf die andere Seite fallen. Ich rannte los. Meine Beine wurden schwer und meine Brust brannte vor Anstrengung, aber ich rannte weiter. Es war mitten in der Nacht. Wer würde sich hier draußen aufhalten? Wo könnte ich Hilfe holen?

Bitte lass Tom nicht sterben! Bitte lass ihn nicht sterben, Herr.

Ich stolperte und fiel auf die spitzen Steine im Feld. Meine Handflächen brannten. Lange konnte ich nicht mehr durchhalten. Ich schluchzte laut auf.

Ein einziger Gedanke drang wie ein Echo durch meine Angst: *Vertraue mir. Halte durch.*

Ich spurtete auf die Straße, die hinter dem Feld lag. Dann rannte ich zu einem Spirituosenladen. Ich schlug mit den flachen Händen an die verschlossenen Fenster und schrie um Hilfe. Im hinteren Teil des Ladens flackerte ein Licht auf. Der Ladenbesitzer, ein Koreaner, der uns immer wegjagte, weil er meinte, wir würden ihm die Süßigkeiten stehlen, taumelte nach vorn, während er den Gürtel seines Bademantels festzog. Er warf einen besorgten Blick nach draußen, zögerte kurz, aber dann rannte er auf mich zu. Er schloss die Tür auf.

„Was ist denn passiert?"

„Mein Freund, er liegt verletzt im Busbahnhof." Mir zitterten die Hände, als ich auf das alte Gebäude hinter dem Feld deutete. „Bitte rufen Sie einen Krankenwagen."

Er kniff die Augen zusammen, weil ihm der Wind ins Gesicht wehte. Dann sah er in die Richtung, in die ich gedeutet hatte und ging zur Ladentheke. „Du hast Glück. Ich musste die Wasserleitung reparieren."

„Was?"

„Die Wasserleitung, die Wasserleitung", wiederholte er gereizt. „Das erste Mal, dass ich hier übernachte, und ein Kind kommt schreiend an meine Tür."

„Das erste Mal …" Ich hielt inne. Mir klopfte das Herz bis zum Hals. Ich schloss die Augen, ballte die Fäuste und hob sie unter mein Kinn. Jetzt zitterte ich vor Kälte in meinen regennassen Kleidern.

Ich vertraue dir, Herr. Ich vertraue dir. Das verspreche ich dir.

* * *

Ich stürzte ins Meer. Teile des Bootshauses krachten neben mir ins Wasser. Die eisigen Wellen des Ozeans zogen mich in die Tiefe. Hilflos schlug ich um mich, aber ich ging unter. Zuckendes Licht vom Feuer aus dem inzwischen dachlosen Raum über mir erhellte die Wellen. Gegenstände sausten auf mich zu. Ich starrte mit brennenden Augen nach oben, weil ich verzweifelt versuchte, an die Oberfläche zu gelangen.

Eine Gestalt fiel auf mich zu, schoss durch das Wasser und trieb weg von mir, hin und her gestoßen von den Wellen. Es war ein Stück Holz. Rechts von mir fiel wieder etwas klatschend ins Wasser. Diesmal kam die Gestalt direkt auf mich zu. Ich trat um mich, um auszuweichen.

Im Licht, das gebündelt durch das Wasser drang, blitzte Blaines verzerrtes Gesicht mal hell, mal dunkel auf. Seine Augen blickten wild. Er streckte die Hände aus und packte mein Haar. Offenbar schrie er etwas, denn aus seinem Mund drangen Luftblasen.

Ich drehte mich um und trat nach ihm. Endlich ließ er mich los. Ich bewegte heftig die Arme, als ich an die Wasseroberfläche gelangte. Hustend schnappte ich nach Luft. Ich ruderte mit den

Armen, um gegen die Strömung anzukämpfen. Etwas Schweres klatschte neben mir ins Wasser. Ich sah nach oben. Die von Flammen umtosten Wände des Bootshauses schwankten über dem Loch, das sich direkt über mir befand.

Ich musste weg von hier.

„Tom?", rief ich laut und versuchte, mich paddelnd an der Oberfläche zu halten, aber die Wellen wirbelten mich im Kreis herum. Auf der Wellenkrone angekommen, sah ich den Pfeiler, als mich das Wasser nach vorne trieb. Ich warf die Arme zurück, damit die Beine nach vorne kamen. Plötzlich spürte ich den Beton des Pfeilers unter den Fußsohlen. Ich schoss um den Pfeiler herum und stieß dabei mit der Hand gegen die Fläche. Vor Schmerz schrie ich auf und versuchte, mich an der Seite des Pfeilers festzuhalten, aber die Wellen im Kanal unterhalb der Kaimauer waren zu stark. Ich krachte gegen die Betonwand. Wieder sah ich Sternchen. Voller Panik krallte ich mich an der Wand fest wie eine Katze in einer Badewanne. Wieder schrie ich verzweifelt.

Blaines schrilles Lachen hallte durch den Kanal. Ich erstarrte vor Schreck. „Ruby D.!" Sein Schrei kam aus dem Dunklen. Dann lachte er hysterisch.

Ich spürte ihn, bevor ich ihn sah. Seine Hände hatten mich bereits an den Armen gepackt.

„Sie werden hier unten sterben", schrie er laut.

Wieder packte er mich an den Haaren. Gerade wollte er mich unter Wasser drücken, als etwas auf ihn fiel. Sein Kopf krachte gegen meinen. Der Balken verfing sich in seinen Kleidern und zog ihn herunter. Er klammerte sich an mir fest. Seine panische Angst gab ihm fast übermenschliche Kräfte.

Ich warf mich hin und her. Die Luft entwich aus unseren Lungen und bildete große Blasen, während wir in die dunkle Tiefe des Meeres sanken. Plötzlich sah ich eine Gestalt, die oben auf dem Wasser trieb und im Sonnenlicht wie ein Schattenriss wirkte. Es war Tom. Eine Wolke aus Blut breitete sich unter seinem Körper aus, während die Wellen ihn auf und nieder bewegten.

Plötzlich packte mich eine wilde Wut. Ich riss mich los. Mit letzter Kraft trat ich nach Blaine und dem Wasser, und wie durch ein Wunder stieg ich nach oben. Blaines verzweifelt rudernde Arme entfernten sich von mir. Ich warf einen Blick nach unten und sah die Luftblasen, die aus der Tiefe kamen. Blaine war verschwunden. Vor meinen Augen wurde alles grau. Ich schwamm weiter, obwohl mir die Beine schwer wurden. Aber ich kämpfte gegen die Fluten, bis ich die Oberfläche erreichte.

Bitte, Herr. Bitte hilf mir.

Eine große Hand griff ins Wasser, schloss sich um meine Hand und zog mich heraus. Ich sprang förmlich über die Wellen, spuckte Wasser aus und schnappte nach Luft. Little starrte auf mich herab. Er lag an der Kante der Betoneinfassung auf den Knien.

„Frau Doktor, alles okay mit Ihnen?“, fragte er.

Mein Herz klopfte so laut, als ob es bersten wollte. Ich klammerte mich an Littles Hände. „Wo … wo ist Tom?“

„Die bearbeiten ihn gerade.“ Little zog mich über den Betonabsatz des Kanals.

Blaine und ich waren unter das Bootshaus getrieben und im Kanal von einem Strudel erfasst worden.

Ich riss mich von Littles festem Griff los und kroch auf festen Grund.

Polizeiautos und Krankenwagen kreuz und quer auf der sandigen Einfahrt des Bootshauses. In der Ferne stieg Rauch aus dem noch immer schwelenden Geländewagen und den brennenden Trümmern des Bootshauses.

Darnell und Downey lehnten sich an Littles Auto.

Versengte Geldscheine flatterten im Wind.

Ben war mit einem Polizeiaufgebot gekommen.

Weiter unten am Kai hörte ich Stimmen.

Mehrere Männer drängten sich um eine liegende Gestalt. Sanitäter breiteten ihre Taschen aus, zerrten an Toms Hemd und rissen es auf. Einer von ihnen kauerte sich über Tom. Er hielt die Elektroden des Defibrillators in die Höhe.

Mich durchfuhr das blanke Entsetzen, und ich begann zu schreien. „Tom!"

„Ruby, nicht." Ben löste sich aus der Menschentraube und rannte auf mich zu. Er zog mich in die Arme und drehte mich um, damit ich den Anblick nicht ertragen musste.

„Lass mich los!"

Drei … zwei … eins … Herzstillstand.

„Los!", rief der Sanitäter.

Toms Körper zuckte unter den Elektroden. Er ruderte mit den Armen.

Ich schnappte nach Luft und schluchzte auf.

Das Gerät prüfte die Werte und gab lange Pieptöne von sich, während es nach einem Puls suchte.

Wieder Herzstillstand.

Die Elektroden senkten sich erneut auf Toms Körper, und wieder zuckte er.

Der Sanitäter schimpfte leise, während er Toms Mund mit einem Beatmungsbeutel bedeckte. Er drückte auf den Ballon und zwang Luft in seine Lungen.

„Noch ein Mal", lautete seine Anweisung.

Ich hörte den Summton. Die Elektroden luden sich erneut auf. Atemlos sah ich zu. Wieder suchte das Gerät nach einem Puls.

Kein Puls, Herzstillstand.

„Los!"

Die Beine wollten mir nicht mehr gehorchen. Ich bedeckte die Augen mit meinen geballten Fäusten, während ich in meinen nassen Kleidern vor Kälte zitterte. Ich musste an jene Nacht vor zehn Jahren denken. Das Blut, die Tränen und die Angst … die Angst, dass sich der Kreis jetzt schließen könnte.

Ich vertraue dir, Herr. Ich vertraue dir Tom an.

Eine Sekunde Stille, dann zwei Sekunden. Und dann: „Luft, gebt mir den Sauerstoff!“, schrie der Sanitäter. „Der Puls ist da!“

Ich schlug die Augen auf. „Tom!“

Er würgte, und die Sanitäter rollten ihn auf die Seite. Wasser floss ihm stoßweise aus dem Mund. Er erbrach sich und schnappte nach Luft.

Ich rannte zu ihm. Jetzt kamen mir Freudentränen, und mein Herz hüpfte vor Glück.

Er tastete nach meiner Hand und drückte sie. „Hallo …“ Seine blau verfärbten Lippen bebten.

„Atme weiter“, sagte ich mit zittriger Stimme. „Atme einfach ein und aus.“

Der Sanitäter stülpte eine Sauerstoffmaske über Toms Gesicht. Die Maske beschlug von seinem Atem.

Mir wurde flau im Magen. „Bleib bei mir.“

„Wir müssen ihn für den Transport fertig machen“, sagte der Sanitäter. Sein Partner zog mich weg von Tom.

„Ich komme mit. Ich bin Ärztin im hiesigen Krankenhaus“, flüsterte ich.

Als er auf der Trage lag, schloss Tom die Augen.

Der Sanitäter nickte, und ich stieg mit ihnen in den Krankenwagen. Er bearbeitete Toms Bein, dann legte er eine Infusion.

Ich drückte Toms Hand und wartete atemlos, bis ich einen sanften Druck spürte. Seine Augen öffneten sich einen Spalt, aber ihre hellgrüne Farbe war kaum zu erkennen. Er flüsterte etwas unter der Sauerstoffmaske.

Mit einem Kopfschütteln beugte ich mich zu ihm. Mit den Lippen berührte ich sanft seine Schläfe. „Sei ganz ruhig, Tom. Ich gehe nirgendwo hin.“

Er nickte schwach. An seiner Schläfe glitt eine Träne herab.

Kapitel 43

Drei Wochen später

Schweigend fuhren wir durch die Abenddämmerung. Toms Hände klopften nervös auf das Lenkrad seines Ford Mustang. Gelegentlich strich er sich mit der Handfläche über sein linkes Hosenbein. Dabei zuckte er zusammen. Er konnte sein Bein schon jetzt wieder belasten, weil man sich entschieden hatte, seinen Oberschenkelknochen mit einem Metallstab zu verstärken und nicht einen Streckverband anzulegen. Der Arzt stellte ihm eine vollständige Heilung in Aussicht. Obwohl Tom rasche Fortschritte machte, was seine Gesundheit betraf, wirkte er in letzter Zeit oft unkonzentriert.

„Wohin fahren wir?", fragte ich leise.

Tom räusperte sich, dabei strich er sich wieder über das Bein. „Vertraue mir einfach, Ruby."

„Na gut."

Wir fuhren auf einen dunklen Parkplatz. Ich sah aus dem Fenster. „Nanu, wir sind ja vor einer Schule."

Er warf mir einen verträumten Blick zu. „Ich weiß, dass du nicht über das reden willst, was damals in der Jugendstrafanstalt geschehen ist …"

„Tom …"

Er hob die Hand. „Du musst aber wissen, *warum* ich weggegangen bin, Ruby. Ich glaube … ich glaube, dann hörst du endlich auf, dir Sorgen zu machen."

Ich spitzte die Lippen, senkte den Kopf und starrte auf meine Hände. „Also gut."

Tom legte seine Hände auf meine. „Beau – du weißt doch, der Sicherheitsmann aus *Dresden Heights* – hat mich damals im

Krankenhaus besucht, Ruby. Er hat mir erzählt, dass du dir absichtlich eine weitere Chance ruiniert hattest, bei einer Familie zu leben, die dich wirklich wollte … Es war eine gute Familie."

Ich nickte wortlos.

Er hatte recht.

„Nach Griffins Tod, nach all den Streitereien und dem Schmerz, habe ich erkannt, dass es nicht gut für dich war, wenn du mit mir zusammengeblieben wärst, Ruby. So wie ich damals war, brachte ich dich in Gefahr."

„Ich war auch daran beteiligt, Tom."

Tom hob die Hand, wischte mir mit dem Daumen eine Träne von der Wange und sprach mit einem traurigen Lächeln weiter. „Ich war ein Hindernis für dich, Ruby. Du hast nicht an diesen Ort gehört."

„Ich habe geglaubt, dass du mir die Schuld gegeben hast, weil ich eine zu große Belastung für dich war."

„Nein, Ruby, die Entscheidung, dich zu verlassen, war die schwerste in meinem Leben. Aber ich habe geglaubt, ich hätte das Richtige getan. Ich wollte, dass du eine Zukunft hast."

„Es war nicht allein deine Entscheidung", entgegnete ich leise. Mir liefen die Tränen über die Wangen. „Was ist denn, wenn du wieder so eine Entscheidung triffst? Habe ich etwa nichts zu sagen, wenn es um meine Zukunft geht?"

Tom antwortete mit einem Seufzen und einem Kopfnicken. Er ging um das Auto herum und öffnete die Tür auf der Beifahrerseite. Ich wollte nicht aussteigen. „Komm mit."

„Können wir denn nicht hier reden?", flüsterte ich.

„Nein." Er hielt mir die Hand hin.

Ich stieg zögernd aus. „Was hast du vor, Tom?"

Mithilfe des Gehstocks hinkte Tom nur noch leicht. Er zog mich zum Schulgelände. Riesige Bäume überragten die Gebäude. Ich erkannte Maulbeerbäume.

Wir gingen zum Eingang. Tom gab einen Türcode ein, und das Tor glitt automatisch auf.

„Tom, was machen wir hier?“

Er blieb stehen, drehte sich zu mir um und fuhr mir mit dem Finger über den Nasenrücken. „Pssst, sei still.“

Ich zwinkerte die Tränen weg, nickte jedoch zustimmend.

„Leg los, Brad“, rief Tom in die Dunkelheit hinein.

Eine seltsame Melodie erklang. Plötzlich ging das Licht an, und ich sah leuchtend gelbe Speichen eines Rades. Meine Augen wurden größer. Hinter dem Schulgebäude blinkte ein Riesenrad. Ich schlug mir mit der Hand auf den Mund, weil ich sprachlos war. Tom zog mich zum Riesenrad.

„Der Jahrmarkt packt heute Abend zusammen. Am Morgen fahren sie weiter, aber Brad schuldet mir einen Gefallen, und so …“ Toms Stimme wurde schwächer. Sein Blick ruhte auf mir. „Willst du mitfahren?“

Ich nickte, noch immer sprachlos vor Staunen. Tom half mir auf eine der bemalten Bänke, die am Riesenrad herunterhingen. Er legte den Sicherheitsbügel über uns und nickte Brad zu. Der Mann tauchte aus dem Nichts auf, um den Startknopf zu drücken.

„Bis ganz nach oben?“, fragte er Tom.

„Klar doch“, antwortete Tom und lächelte mich an.

Ich saß wie gebannt da und hörte der Dampforgelmusik zu, die aus den alten Lautsprechern kam. Der Sitz schwankte ein bisschen, aber dann setzte sich das Riesenrad in Bewegung. Als wir oben angekommen waren, stoppte Brad das Rad und ging weg.

„Man hat mir einen Job angeboten, Ruby“, begann Tom. Jetzt sah ich die innere Anspannung in seinem Gesicht. „Aber nicht bei der Einsatzgruppe.“

„Oh.“

Er will weg von hier.

„Es handelt sich um eine Lehrtätigkeit bei der Drogenfahndung. Ich soll neue Mitarbeiter in einem Programm für verdeckte Ermittlung unterrichten.“ Er sah mich erwartungsvoll an.

„Tom, ich verstehe nicht so ganz …“ Ich saß neben ihm und begann zu zittern. „Ist es weit weg?“

„Nein … Ich arbeite hier in San Diego. Ich wollte es dir noch nicht sagen, bis ich die Zusage hatte.“

„Was hat das zu bedeuten? Arbeitest du dann nicht mehr als Drogenfahnder?“

„Aber nicht doch.“

„Warum … warum nicht?“

„Na ja, ich brauche Zeit, weil ich dir helfen will, die Ambulanz wieder aufzubauen. Die Straßenkinder brauchen dich, Ruby. Die Arbeit, die du machst, ist … einfach fantastisch.“

„Tom, ich ... ich weiß nicht, was ich sagen soll.“ Ich sah ihn verblüfft an. „Du willst mir helfen?“

„Aber unter einer Bedingung“, entgegnete er.

„Was?“

Tom nahm meine Hand. Seine Augen blickten ernst, als er meine Handfläche küsste. „Ruby Dawn McKinney“, flüsterte er, und seine Hand zitterte. „Ich muss dich etwas fragen.“

Mein Herz schlug unregelmäßig, und mir verschlug es die Sprache. Ich sah, wie er eine kleine Schachtel aus der Tasche zog. Die Schachtel war aus rotem Samt und mit einer Schleife verziert. Er hob den Deckel an.

Ich sah verblüfft hinein.

Zwei ineinander verschlungene, goldene Herzen umgaben einen leuchtenden runden Brillanten.

„Der ist wunderschön“, flüsterte ich. „Ich habe gedacht …“

„Ich weiß, was du gedacht hast, Ruby“, murmelte er.

Noch immer zitterte ihm die Hand, als er den Ring aus der Samtschachtel nahm. Die Lichter des Riesenrads spiegelten sich in der Inschrift.

Ewige Liebe.

Ich sah noch immer verblüfft in seine wunderschönen Augen. „Meinst … meinst du es wirklich ernst?“

Tom nickte. Er beugte sich vor und berührte mit seinen Lippen sanft meinen Mund, so sanft, dass mich ein tiefes Glücksgefühl durchfuhr.

„Du bist die Einzige, die ich jemals geliebt habe, Ruby. Ich habe dich geliebt, bevor ich überhaupt wusste, was das bedeutet“, flüsterte er. „Ich … ich kann mir nicht vorstellen, ohne dich durchs Leben zu gehen.“

Mein Herz schlug schneller. Ich legte die Arme um Toms Hals und zog ihn fest an mich. Mein Glück war so vollkommen, dass ich es nicht fassen konnte. Ich küsste ihn auf die Wangen, die Nase, die Augenlider, während mir die Tränen über das Gesicht strömten.

Tom lachte und nahm mein Gesicht in beide Hände. „Ist das ein Ja?“

„Ja“, schluchzte ich. Meine Seele sang vor Freude. „Tausend Mal ja.“

Er steckte mir den Ring an den Finger und drückte mich an seine Brust. „Ich liebe dich, Ruby Dawn.“

„Ich liebe dich auch“, flüsterte ich.

Atemlos blickte ich über den Rand des Riesenrads und sah in den Himmel. Die Wolken färbten sich purpurrot, als die letzten Sonnenstrahlen über der Stadt aufleuchteten. Ich schloss die Augen und flüsterte ein stilles Gebet für Tom, für diese Stadt, für alles, was ich nicht zu träumen gewagt hätte.

Danke, himmlischer Vater.